GILL THOMPSON

Die Leuchtturm-
Schwestern

atb aufbau taschenbuch

GILL THOMPSON studierte Kreatives Schreiben an der Chichester University. Beim Schreiben wird sie oft von wahren Begebenheiten inspiriert. Thompson lebt mit ihrer Familie in West Sussex und arbeitet dort als Englischdozentin.

Im Aufbau Taschenbuch ist außerdem ihr Roman »Das Kind von Gleis 1« lieferbar.

GABRIELE WEBER-JARIĆ lebt als Autorin und Übersetzerin in Berlin. Sie übertrug u.a. Mary Morris, Mary Basson, Kristin Hannah, Imogen Kealey und Allison Pataki ins Deutsche.

1940 auf den Kanalinseln: Die Schwestern Alice und Jenny waren einst unzertrennlich, doch als die Deutschen Jersey besetzen, stehen sie plötzlich auf vermeintlich gegnerischen Seiten. Jenny, die ihren Traum von einem Mathematikstudium auf ungewisse Zeit aufschieben muss, beteiligt sich gemeinsam mit ihrem Freund Pip am Widerstand der Inselbewohner und leitet heimlich Nachrichten an spanische Zwangsarbeiter weiter. Alice hingegen ist als Krankenschwester damit konfrontiert, dass nun auch Deutsche zu ihren Patienten zählen. Als sie auf Stefan, einen jungen deutschen Arzt, trifft, lernt sie außerdem, dass nicht alle Deutschen ihr Feind sind. Und doch kann er weder sie noch ihre Familie vor dem Schicksal schützen, das sie ereilt …

GILL THOMPSON

Die Leuchtturm-Schwestern

ROMAN

Aus dem Englischen
von Gabriele Weber-Jarić

atb aufbau taschenbuch

Die Originalausgabe unter dem Titel
The Lighthouse Sisters
erschien 2022 bei Headline Review, London.

ISBN 978-3-7466-4052-5

Aufbau Taschenbuch ist eine Marke der
Aufbau Verlage GmbH & Co. KG

1. Auflage 2023
© Aufbau Verlage GmbH & Co. KG, Berlin 2023
www.aufbau-verlage.de
10969 Berlin, Prinzenstraße 85
Copyright © 2022 Gill Thompson
Der Verlag behält sich das Text- und Data-Mining nach § 44b UrhG
vor, was hiermit Dritten ohne Zustimmung des Verlages untersagt ist.
Umschlaggestaltung www.buerosued.de, München
nach Vorlage des Originalcovers von Headline Publishing Group
unter Verwendung von Motiven von © Dave Wall / Arcangel
und © Iwona Podlasinska / Arcangel
Satz LVD GmbH, Berlin
Druck und Binden CPI books GmbH, Leck, Germany

Printed in Germany

Für Joshua,
von Deiner Grandma, die Dich heiß und innig liebt.

PROLOG
November 1996

An manchen Tagen, wenn der Wind sanft von Süden kommt, ist ihr, als brächte er einen Hauch von Salz mit sich, wie der Wind auf der Insel, der ihr einst so vertraut war. Und schon ist sie wieder an der Saint Aubin's Bay, wo die Sonne den nassen Sandstrand silbrig färbt und auf den Wellen Lichtsterne aufblitzen. Sie weiß, dass sie sich täuscht und zu weit landeinwärts lebt, als dass der Geruch des Meeres zu ihr dringen könnte. Nicht einmal Möwen kommen bis hierher – es sei denn, es naht ein schwerer Sturm. Doch wenn sie die Augen schließt, sieht sie die Vögel vom Himmel herabstoßen und die Köpfe in die Wellen tauchen, hört ihre Klagerufe. Erinnerungen bestürmen sie dann: William, der ihren Vater am Strand bis zum Hals im Sand eingräbt, mit Ausnahme einer sandverkrusteten Hand, die weiterhin ein Buch hält; ihre Mutter auf der Kante ihres Liegestuhls, die mit einer Thermoskanne mit Schottenmuster Tee ausschenkt; ihre Schwester, die in ihrem blauen handgestrickten Badeanzug ins Wasser läuft und erschrocken hochspringt, als sie auf die kalten Wellen trifft. Schien denn immer die Sonne in jener sorglosen Vorkriegszeit oder ist es ihre Einbildungskraft, die ihre Erinnerungen mit einem so milden Licht umgibt?

Sie sitzt stets am Fenster, und das Fenster ist immer geöffnet, sogar wenn die Klinke mit Raureif überzogen ist und die vereisten Scheiben nur wenig Licht einlassen. Im Winter spürt sie den eisigen Wind auf ihrem Gesicht, im Sommer die wärmenden Sonnenstrahlen. Mittlerweile ist das ihr einziger Kontakt mit der Natur – es sei denn, man zählt die bunten Chrysanthemen, die ihre Tochter ihr bisweilen mitbringt und die das Zimmer mit ihrem erdigen Geruch erfüllen.

Mühsam steht sie auf, packt zuerst die glänzenden Armstützen ihres Ohrensessels und stemmt sich hoch, so, wie man es ihr beigebracht hat. Sie schlurft zur Kommode, verschiebt dabei den Teppich. Die Fotos lächeln ihr entgegen. Sie spricht jeden Tag mit ihnen, fährt mit dem Zeigefinger über das glatte Glas, möchte einige der abgebildeten Menschen mit reiner Willenskraft wieder zum Leben erwecken. Die alten Fotos sind schwarz-weiß und inzwischen verblasst, die Menschen darauf in der förmlichen Kleidung vergangener Tage. Da ist ihr Vater, der in die Kamera grinst. Wie immer hat er ein Buch in der Hand, als hätte er gerade von den Seiten aufgeblickt. Daneben das Foto ihrer Mutter. Sie trägt einen Trilby, schräg aufgesetzt, wie es damals Mode war. Ihr Kostüm ist von dunkler Farbe, der Rock wadenlang, im Ausschnitt der Jacke weiße schaumige Spitze. Sie ist unglaublich dünn, noch dabei, sich von den schrecklichen Nachkriegsmonaten zu erholen, in denen keine Nahrungsmittel mehr geliefert wurden und die Inselbewohner Angst hatten zu verhungern.

Daneben stehen die Fotos ihrer drei Kinder, die bereits in Farbe sind, und dann die zehn Enkelkinder in verschiedenen Altersstufen und Lebensphasen.

Am liebsten ist ihr das Foto, das ihr Vater aufgenommen hat. Es zeigt sie und ihre Schwester am Saint Catherine's Tower, der ihnen den Namen »Leuchtturm-Schwestern« eingetragen hat. Sie lächelt beim Anblick der unschuldigen, für alle Zeit festgehaltenen Gesichter, spürt wieder die Freude jenes Augenblicks vor siebzig Jahren. Die Innigkeit ihrer Beziehung war über die Jahre mal stärker, mal schwächer, doch die Liebe, die sie verbindet, sitzt tief. Sie waren während des Kriegs füreinander da, sind es noch immer. Wie ein Leuchtturm war diese Liebe Fixpunkt und Schutz zugleich. Einst hat sie ihr den Weg nach Hause gewiesen.

Auch an diesem Tag wird sie ihr Leben aufscheinen lassen.

Teil I

Juni – Juli 1940

KAPITEL 1
Insel Jersey

Als Alice von ihrer Schicht nach Hause kam, waren alle hinten im Garten.

Auf ihrer Station im Krankenhaus war die Luft stickig gewesen, und bei dem vergeblichen Versuch, sie aufzufrischen, hatten die Ventilatoren sich mit lautem, enervierendem Klappern gedreht. Alice hatte sich auf die frische Brise draußen gefreut, doch dann war es dort noch wärmer und drückender als drinnen gewesen. Die Sonne brannte über der Stadt, und die schwüle Luft hüllte Alice wie eine Wolldecke ein.

Sie stieß das Gartentor auf und steuerte den getüpfelten Schatten unter dem alten Apfelbaum an.

Mum war dabei, von den Löwenmäulchen am Küchenfenster die welken Blüten abzuzupfen. Die übrig gebliebenen leuchteten hell im Sonnenschein. »Setz dich mit der Schwesterntracht nicht auf die Wiese, mein Schatz«, sagte sie. »Im Schuppen steht ein Liegestuhl.«

Alice stellte ihn unter dem Apfelbaum auf, ließ sich hineinsinken und zog ihre festgeschnürten Schuhe aus. »Oh, tut das gut.«

»Wie war dein Tag?«, fragte Mum. »Möchtest du einen Tee?« Sie legte ihren Korb und die Gartenschere ab.

»Zu warm – anstrengend – und ja, bitte Tee.«

»Kommt sofort.« Mum ging in die Küche.

Alice streifte ihre steifen Manschetten und die Haube ab und legte sie ins Gras. Sie lehnte den Kopf zurück und schloss die Augen vor dem grellen Sonnenlicht. Von der Bank hinten an der Mauer kam Gemurmel. Jenny und Dad, die sich über ein Mathebuch gebeugt hatten. Sie waren so vertieft in ihre Diskussion, dass sie nicht einmal Alice' Gruß erwidert hatten. William riss Händevoll Gras aus und führte die Halme durch das Gitter von Binkies Käfig. Alice sparte sich die Mühe, ihm Hallo zu sagen, er hätte ebenfalls nicht reagiert.

Eine gewichtige Männerstimme ertönte und kündigte Nachrichten an. Mum musste das Radio in der Küche angeschaltet haben. Alice hörte, dass Paris von den Deutschen bombardiert worden war. Fünfundvierzig Menschen waren bereits umgekommen. Es war beängstigend, wie zügig die Deutschen vorrückten. Von Dünkirchen aus waren sie nach Süden vorgedrungen, hatten die Somme schon überquert. Frankreich würde nun bald besiegt sein. Und dann? Was würden die militärischen Fortschritte der Deutschen für die Kanalinseln bedeuten? Von Frankreich nach Jersey war es nicht weit. Ein Schweißtropfen rann von ihrer Schläfe zum Kinn. Alice wischte ihn fort.

»Hier, mein Schatz.« Ihre Mutter stellte den Becher Tee mit so viel Elan neben Alice ab, dass er etwas überschwappte. »Ist alles in Ordnung? Du bist ein bisschen blass um die Nase.«

Alice griff nach dem Becher und nahm einen kleinen

Schluck. »Es war eine lange Schicht. Und nun auch noch diese Nachricht über Paris.«

»Vielleicht hätte ich das Radio nicht anschalten sollen.«

»Doch. Nützt doch nichts, den Kopf in den Sand zu stecken, die Deutschen kommen trotzdem immer näher. Rebekah ist zutiefst beunruhigt. Außerdem sorgt sie sich um ihren Mann.« Alice war ihrer jüdischen Kollegin und Freundin auf der Station begegnet und musste an deren angespannte Miene denken. Sie hatte erst kurz vor Kriegsbeginn geheiratet; wenig später hatte ihr Mann sich verpflichtet und war in England stationiert worden. Seitdem hatte Rebekah ihn nicht mehr gesehen.

Mum strich ihre Schürze glatt. »Die arme Rebekah. Ich weiß, wie ich mich fühlen würde, wenn William in den Krieg gezogen wäre.«

Alice sah zu ihrem Bruder hinüber, der in seine eigene Welt versunken war. »Der Krieg wird hoffentlich vorbei sein, bevor er eingezogen werden kann.«

»Hoffentlich.« Mum wandte sich um. »James, Jenny ... möchte jemand Tee?«

Jenny blickte von ihrem Mathebuch auf. »Nein danke.«

Dad antwortete nicht.

Mum verdrehte die Augen und kehrte in die Küche zurück.

Alice lehnte sich wieder zurück. Eigentlich müsste sie sich umziehen. Die weißen Manschetten hatten wahrscheinlich schon Grasflecke bekommen, und die schweißfeuchte Rückseite ihrer Tracht dürfte im Liegestuhl knitterig geworden sein.

Sie würde sie waschen und bügeln müssen. Doch zuerst musste sie sich von ihrer Schicht erholen.

Diese Schwüle wollte einfach nicht weichen. Auf ihrem Arm hatten sich Gewittertierchen niedergelassen. Alice streifte sie ab. Vielleicht würde es ein Unwetter geben.

Mit einem Mal war in der Ferne ein Brummen zu hören. Es klang wie ein Schwarm aufgebrachter Fliegen. Alice setzte sich auf, beschirmte ihre Augen mit der Hand und blickte in die Richtung, aus der das sonderbare Geräusch kam. Und dann erschien am Himmel plötzlich eine Reihe schwarzer Punkte, die sich auf Fort Regent zubewegte, der Festung, die über Saint Helier aufragte.

»Dad?« Alice stand auf.

»Mmm?«

»Was ist das?« Wie schrill ihre Stimme war.

Jedes Geräusch schien plötzlich ein Eigenleben zu führen. Die mahlenden Zähne des Kaninchens. Klapperndes Geschirr. Knarrendes Holz, als Dad von der Bank aufstand. Der Lärm am Himmel.

Aus den Punkten wurden Flugzeuge. Sie flogen in Formation, wurden zu einem schwarzen Pfeil. Alice' Brust schnürte sich zu, die schwere, warme Luft blieb in ihrer Kehle stecken.

»*Dad!*«

»Runter! Alle flach auf den Boden!«

Alice warf sich auf die Wiese, ihr Pulsschlag beschleunigte sich, und dann explodierte die Angst in ihrer Brust.

Wieder hörte man aus der Küche Geklapper.

Jenny schrie. Alice drehte sich nach ihr um. Ihre Schwester

lag neben ihrem Vater, der den Arm in einer schützenden Geste über sie gelegt hatte.

William hockte noch immer vor dem Kaninchenkäfig und raunte Binkie etwas zu. »Runter, Will!«, rief sie.

Ihr Bruder erstarrte.

»Du musst dich hinlegen, William«, brüllte ihr Vater.

William rührte sich nicht.

Mum kam aus der Küche gerannt, stieß ihn zu Boden und hielt ihn mit einer Hand auf dem Rücken fest. Der Junge wimmerte.

Mit ohrenbetäubendem Lärm donnerten die Flugzeuge heran. Alice wagte nicht aufzusehen. Es hatte keine Warnung gegeben, keine Alarmsirenen. Sie hatten keine Zeit gehabt, dem Bombenangriff auszuweichen, vor dem sie sich seit Monaten gefürchtet hatten. Und nun waren die Deutschen überfallartig erschienen, und sie würden in ihrem Garten sterben. Alice wappnete sich gegen die Detonationen, den glühenden Schmerz, das rote Blut auf der Wiese …

»Es ist alles gut, das sind unsere Leute.« Eine vertraute Stimme, ganz aus der Nähe. Alice stand auf.

Durch das Dröhnen der Flugzeugmotoren hatte sie das Klicken des Gartentors nicht gehört. Pip Marett, ein ehemaliger Schüler ihres Vaters, kam über die Wiese – ein groß gewachsener, gut aussehender junger Mann.

Alice errötete.

Dad und Jenny rappelten sich hoch und klopften ihre Kleidung ab. Mum half William auf die Beine.

Die ersten Flugzeuge waren nun direkt über ihnen, die metallenen Unterseiten glänzten in der Sonne. Pip legte den Kopf in den Nacken und zählte leise mit. »Mein lieber Mann«, sagte er. »Achtzehn Whitleys.«

»Whitleys?« Ihr Vater trat zu ihnen und blickte in die Höhe. »Die sehe ich jetzt zum ersten Mal.«

Pip musste gegen den Lärm anschreien. »Man erkennt sie an der stumpfen Nase und der Kuppel, die wie das Dach eines Treibhauses aussieht.«

Whitleys waren schwere Bomber. Alice schaute zu dem letzten hinauf. Der Bug war so, wie Pip ihn beschrieben hatte. Doch trotz der Markierung der Royal Air Force an den Seiten – ein roter Punkt in weißem und blauem Kreis – fühlte sie sich schwach vor Angst. Es hätten auch deutsche Bomber sein können. Nach ihnen hielten sie fortwährend Ausschau, erwarteten jeden Augenblick ihren Angriff. »Weißt du, warum sie hier sind?«, fragte sie Pip.

Er sah den Whitleys nach, bis sie in der Ferne verschwunden waren. Dann wandte er sich zu ihr um. »Sieht aus, als wollten sie den Flugplatz von Saint Peter ansteuern.«

»Und wozu?«, fragte Dad.

»Wahrscheinlich, um aufzutanken. Vielleicht nehme ich das Boot, segele dorthin und schau mal nach. Möchte jemand mitkommen?«

Ein prickelndes Gefühl stieg in Alice auf. Wie schön es wäre, mit ihm auf seinem Boot zu sein. Sie hoffte, außer ihr wollte niemand mit.

»Ich mache mir nicht so viel aus Bootsfahrten«, sagte Dad.

Pip lächelte Mum an. »Mrs Robinson?«

Mum schüttelte den Kopf. »Danke für das Angebot, aber ich muss mich ums Abendessen kümmern. Die Flugzeuge haben mich aufgehalten.« Es klang, als wären die Bomber gekommen, um sie an ihren Essensvorbereitungen zu hindern.

Pip räusperte sich. »William?«

»Lieber nicht«, sagte Mum. »Es könnte ihn ängstigen.«

Will hatte das Kaninchen aus dem Käfig geholt, hielt es in den Armen und barg sein Gesicht in dem weichen Fell, wie er es immer tat, wenn ihn etwas aufgeregt hatte.

»Alice … Jenny?«, fragte Pip hoffnungsvoll.

Jenny trat vor, doch Dad hob abwehrend die Hand. »Jenny hat morgen ihre schriftliche Matheprüfung.«

Jenny sah Pip an und zuckte mit den Schultern. »Tut mir leid.«

»Schade«, sagte er.

In der Schule war Pip eine Klasse über Jenny und eine unter Alice gewesen. Alice hatte ihn zuletzt vor einem Jahr gesehen. Damals hatte er für die Abiturprüfungen gebüffelt und ihr Vater ihm Nachhilfeunterricht gegeben. Manchmal hatte auch Jenny daran teilgenommen, obwohl es kein einziges Fach gab, in dem sie Nachhilfe gebraucht hatte.

Alice versuchte nachzurechnen, seit wann sie in Pip verschossen war, doch sie wusste nur noch, dass sie in ihren letzten beiden Schuljahren oft an ihn gedacht hatte. Sie hatte sich ihm nie offenbart, nicht einmal andeutungsweise. Dazu war sie zu schüchtern. Doch nun würde ihr die Zweisamkeit auf seinem Boot womöglich helfen.

»Ich würde gern mitkommen«, sagte sie und wurde verlegen. Vielleicht hatte er ihre Gedanken gelesen.

»Bist du nach der Schicht nicht zu müde?«, fragte Jenny.

»Nein. Außerdem kann ich mich auf dem Boot wunderbar entspannen.«

Alice war, als müsste Pip sich zu seinem Lächeln zwingen, aber vielleicht bildete sie sich das nur ein.

»Also gut«, sagte er. »Ich mache das Boot fertig. Weißt du, wo die *Bynie May* liegt?«

Alice nickte.

»Wir müssen uns beeilen. Hast du ein Fahrrad?«

Alice wandte sich zu ihrer Schwester um. »Kann ich deins nehmen?«

Jenny kickte einen Stein fort. »Meinetwegen.«

»Ich ziehe mich nur rasch um, und dann komme ich nach«, wandte sich Alice wieder Pip zu.

»Bis später.« Er verschwand durch das Gartentor.

Alice, die mit einem Mal überhaupt nicht mehr müde war, lief ins Haus und die Treppe hinauf zu ihrem Zimmer. Sie musste sich umziehen, doch das Einzige, woran sie denken konnte, war, dass sie mit Pip Marett allein auf seinem Boot sein würde.

 KAPITEL 2

Zwanzig Minuten später war Alice am Hafen von Saint Helier, vor ihr ein Wald aus Masten. Die Boote wiegten sich auf den Wellen und stießen leise klackend aneinander. Sie ließ ihren Blick über die Anlegestellen gleiten und entdeckte Pip, der ihr von einem Segelboot aus winkte. Im Näherkommen sah sie den Namen »Bynie May« in verschnörkelter Schrift auf der Seitenwand.

»Hallo!«, rief er. Seine Augen waren so blau wie das Meer.

»Hallo.«

»Komm, dir kann nichts passieren. Ich habe auch noch eine zweite Schwimmweste.« Er hielt ihr seine Hand hin.

Alice stieg die Stufen der Kaimauer hinab und griff nach der warmen Hand. Wieder spürte sie dieses Prickeln. Als sie aufs Deck trat, schaukelte das Boot, doch Pip hielt sie fest und lachte. Alice stimmte in sein Lachen ein.

Kurz darauf steuerte er das Boot aus dem Hafenbecken und dann über die Saint Aubin's Bay. Alice saß auf der niedrigen Bank, die sich von einer Seite des Boots zur anderen erstreckte. Pip hatte diese Bank als »Ducht« bezeichnet.

Sie versuchte, ihm nicht im Weg zu sein und sich klein zu machen, wenn er »Achtung« rief, und sie dem Baum ausweichen musste. Voller Bewunderung sah sie, wie sicher er das Boot manövrierte. Er hantierte mit den Leinen, bewegte die Ruderpinne hin und her, spähte unter dem Segel hindurch, um sich der Route zu vergewissern. Und schaffte es dennoch, sich die ganze Zeit mit ihr zu unterhalten.

Alice sagte nur wenig. In der klobigen Schwimmweste fühlte sie sich befangen. Wenig später, als der Wind auffrischte, wünschte sie, sie hätte einen dickeren Pullover angezogen, Unförmigkeit hin oder her. Die untergehende Sonne gab nur noch wenig Wärme ab. Wie dem auch sei, sie hatte seit Langem gehofft, Pip würde mit ihr segeln gehen, hatte sich nach seinen Besuchen gesehnt, die nach seinem Abitur immer seltener geworden waren.

»Wie laufen Jennys Prüfungen?«, fragte er.

»Gut, glaube ich. Morgen ist die letzte.« Das war die Matheprüfung, über die danach zu Hause lang und breit geredet werden würde. Dad würde an Jennys Lippen hängen und für die anderen in der Familie keinen Blick mehr haben.

Manchmal wünschte Alice, sie wäre genauso klug wie ihre Schwester. Vielleicht hätten sie dann mehr Gemeinsamkeiten. Als Kinder waren sie Freundinnen gewesen, doch als sie älter wurden und man erkennen konnte, dass Jenny den mathematischen Verstand ihres Vaters geerbt hatte, hatte Alice sich in zunehmendem Maß ausgeschlossen gefühlt. Die Gespräche ihres Vaters und ihrer Schwester schienen sich nur noch um das ein oder andere Theorem zu drehen. Und Mum wurde von William und ihrer Hausarbeit absorbiert. Erst bei den Patienten im Krankenhaus hatte Alice wieder Anerkennung gefunden.

Ihr Blick fiel auf Pips Hand an der Ruderpinne. Sie war kräftig und gebräunt, die Nägel sauber und ordentlich geschnitten. Die Härchen auf seinem Unterarm schimmerten golden in den letzten Sonnenstrahlen. »Schön, dass du mitgekommen bist«, sagte er.

»Hab ich gern gemacht.« Lächelnd schaute sie ihm in die Augen und dann rasch wieder fort. War das zu gewagt gewesen?

Er erwiderte ihr Lächeln. »Es tut gut, mit jemandem reden zu können. Jemandem sagen zu können, wie sehr mir der Krieg zu schaffen macht. Es frustriert mich, dass ich meinen Teil nicht beitragen kann.«

»Hast du dich nicht gemeldet?«

»Hätte ich sofort getan, aber Dad war dagegen. Er will, dass ich hierbleibe, ihm im Büro helfe. Den Papierkram erledige und so.« Pip nestelte an seinem Hemdkragen, als wäre er ihm zu eng.

»Klingt interessant.«

Pip lachte rau auf. »Wohl kaum. Aber besser, ich finde mich damit ab. Im Moment jedenfalls. Ich habe ja noch das Boot und kann rausfahren.« Er zuckte mit den Schultern. »Vielleicht werden im Krieg irgendwann ja auch Segler gebraucht.«

»Du machst das jedenfalls sehr gut.«

»Kennst du Jack, den alten Fischer?«

Alice nickte.

»Der hat es mir beigebracht. Einen besseren Lehrer findest du nicht. Dad wollte, dass ich es zu etwas bringe beim Segeln, also habe ich alles von der Pike auf gelernt.«

Alice blickte auf das Segel, das der Wind blähte. Es sah hübsch aus.

Pip wies auf den Martello-Turm von Noirmont. »Weißt du noch, wie oft der im Geschichtsunterricht vorkam? Errichtet, um uns vor den Truppen Napoleons zu schützen.« Sein Blick wanderte in die Ferne. »Hoffentlich beschützt er uns auch vor den Deutschen.«

Alice' Magen verkrampfte sich. Für einen kurzen Moment hatte sie den Krieg vergessen. »Glaubst du, sie schaffen es bis hierher?« Sie dachte an die Whitleys. Obwohl es britische Bomber gewesen waren, hatten sie ihr erneut die Gefahr vor Augen geführt, dass auch auf Jersey gekämpft werden könnte.

Pip zuckte die Achseln. »Dad glaubt es nicht.« Sein Vater zählte zu den Schöffen der Insel, er musste es wissen.

»Das tröstet mich.«

»Falls er sich nicht irrt.«

Pip lenkte das Boot an den Klippen entlang, um einem felsigen Riff auszuweichen. Er wirkte konzentriert, das Meer war kabbelig geworden. Doch als sie die heikle Stelle hinter sich hatten, schien er sich weiter unterhalten zu wollen.

»Wie war es heute im Krankenhaus?«, fragte er.

Alice blickte auf ihre marineblaue Hose, streckte die Beine aus und überkreuzte die Fußknöchel. Sie konnte sich entspannen, musste sich nicht sorgen, dem Baum ins Gehege zu kommen, bis zur nächsten Wende würde es noch dauern. Es war schön, dass er sich nach ihrer Arbeit erkundigte. In ihrer Familie interessierte man sich dafür nur wenig.

Sie schilderte Pip ihren Tag, versuchte, den einzelnen Begebenheiten größere Bedeutung zu verleihen. Pip beobachtete das Segel, strich sich das Haar glatt, in das der Wind gefahren war, und reagierte nicht. Die unschönen Aufgaben wie Bettpfannen leeren, Bettlägerige waschen und Erbrochenes aufwischen, behielt Alice für sich. Stattdessen erzählte sie ihm von einer Patientin fortgeschrittenen Alters, die an diesem Tag furchtbar blass gewesen sei und nur ein wenig Suppe geschafft habe, bevor sie den Kopf weggedreht und die Augen geschlossen habe. Sie hoffe, dass sich ihr Zustand über Nacht nicht verschlechtere. Der Gedanke, dass dann niemand die Hand der alten Frau halten und mit ihr sprechen würde, setze ihr zu. Glücklicherweise war ihre Freundin Rebekah die Nachtschwester. Sie würde sich um sie kümmern.

Pip schwieg.

Auch Alice wusste nichts mehr zu sagen. Vielleicht sollte sie ihm von Rebekah und ihrem Mann erzählen. Während sie noch überlegte, wo sie anfangen sollte, fragte Pip: »Geht es Jenny gut?«

»Jenny?«

»Ja.« Pip zog an einer Leine. Als das Boot wendete und der Baum über sie hinwegschwang, beugte Alice sich tief zu Pip vor und nahm einen Hauch seines Rasierwassers wahr.

»Hat dein Vater nicht gesagt, dass sie morgen ihre schriftliche Matheprüfung hat?«

Alice richtete sich auf. Hatte er ihr vorhin nicht zugehört?

»Doch, wie gesagt, es ist die letzte Prüfung.« *Hatte sie gereizt geklungen?*

»Richtig«, murmelte er geistesabwesend. Sein Blick wanderte über das Segel. »Das bleibt jetzt eine Zeit lang so.«

Für einen Moment dachte Alice, er meinte Jenny, dann wurde ihr klar, dass er von dem Segel gesprochen hatte.

»Ein Segelboot zu steuern ist ziemlich harte Arbeit, oder?« *O nein, war ihr wirklich nichts Besseres als dieser banale Satz eingefallen?*

Ihr Vater war nie mit ihnen Segeln gegangen. Er war gebürtiger Londoner. Anders als der Großteil der Inselbewohner hatte er das Meer nicht im Blut. Im Gegensatz zu den Familien ihrer Freundinnen hatten sie auch nie ein Boot besessen. Ein einziges Mal war Alice mit einer Gruppe Pfadfinderinnen segeln gewesen, was ihr nicht sonderlich gefallen hatte. Hätte sie nicht bei Pip sein wollen, wäre sie auch an diesem Nachmittag nicht auf dem Wasser.

Pip blickte auf das Meer hinaus und gab ihr keine Antwort. Entweder hatte er ihr wieder nicht zugehört oder ihr Kommentar war ihm zu albern gewesen. Wahrscheinlich genossen Segler die Arbeit, die ein Törn mit sich brachte. Vielleicht hielt er Alice auch generell für dumm. Warum fiel ihr nichts Vernünftiges zu sagen ein? Jenny hätte es vermocht. Sie hätte die Wellenbewegungen berechnet oder etwas Dergleichen und ihn damit beeindruckt.

An Alice' Tag im Krankenhaus war er jedenfalls nicht interessiert, das war nun mehr als offenkundig. Vielleicht sollte sie einfach den Mund halten.

Alice starrte aufs Wasser, in dem sich der tiefblaue Himmel spiegelte. An manchen Tagen hatte es einen metallischen Farbton, als wären die Wellen herausgehämmert und lackiert worden. Würde sich ihre Form nicht unentwegt verändern, sähen sie aus wie ein Relief.

Noch immer spielten letzte Sonnenstrahlen auf dem Meer. Der Wind hatte inzwischen nachgelassen. Alice betastete ihr Gesicht, auf dem die Haut spannte. Anscheinend hatte sie sich bereits in der kurzen Zeit auf dem Wasser einen leichten Sonnenbrand geholt.

Sie stellte sich vor, sie und Pip wären das Paar in einem Liebesfilm. Das Boot würde sich allein steuern; er säße neben ihr, hätte einen Arm um sie gelegt und sie ihren Kopf an seine Schulter gelehnt. Im Hintergrund würde Geigenmusik aufbranden. Er würde ihr tief in die Augen blicken und sie sich glücklich an ihn schmiegen.

Aber sie befand sich nicht in einem Liebesfilm. Das Boot würde sich nicht allein steuern, vielmehr musste Pip konzentriert bei der Sache sein. Vielleicht dachte er auch noch immer an die Whitleys. Dennoch hatte er sie aufgefordert, mit auf sein Boot zu kommen. Irgendwie jedenfalls. Sie musste nur noch warten, bis er den ersten Schritt machte.

Sie umrundeten Portelet dicht an der Küste entlang. Als sie sich Ouaisné näherten, deutete Pip auf die Höhle von La Cotte. Alice betrachtete den düsteren Einschnitt in den Felsen.

»Jahrelang haben Archäologen die Höhle erforscht. Mein Dad hat mir davon erzählt«, sagte er.

»Ich glaube, einige von ihnen habe ich dort gesehen. Weißt du, was sie gefunden haben?«

»Sachen aus der Steinzeit. Werkzeuge – ein paar Knochen.

Es heißt, in der Eiszeit hätten die Höhlenbewohner Mammute über die Klippen getrieben, um sie zu töten. Die hatten es nicht leicht, wenn sie so für ihr Essen sorgen mussten.« Pip lachte.

Alice lachte mit ihm und bewunderte die Grübchen, die sich in seinen Wangen bildeten.

Mit geblähtem Segel überquerten sie die Saint Brelade's Bay. Alice warf einen Blick auf ihre Armbanduhr. Sie waren schon seit einer Weile unterwegs, und noch immer hatte Pip keinen Vorstoß gemacht. Ob sie ihn ermutigen sollte? Vielleicht ein Drama inszenieren, indem sie sich ins Wasser fallen ließ, und er sie retten musste? Dann stellte sie sich vor, wie sie in ihren klatschnassen Sachen frieren und Pip sich ärgern würde, weil er ihretwegen vorzeitig umkehren musste. Also ließ sie es bleiben.

Sie umsegelten die große Landzunge im Südwesten der Insel und sahen den Leuchtturm von La Corbière.

Alice betrachtete den kalkweißen Turm auf den weit in die offene See hinausreichenden Felsen. Ein anderer Leuchtturm kam ihr in den Sinn. Vor Jahren – damals war sie zehn und Jenny acht – war Dad mit ihnen nach Saint Catherine's Breakwater gefahren, dem Wellenbrecher im Nordosten der Insel. Zu der Zeit musste ihre Mutter bereits mit William schwanger gewesen sein, sie erinnerte sich, dass Dad ihr geraten hatte, während ihrer Abwesenheit die Beine hochzulegen.

Sie waren über den lang gestreckten schmalen Steindamm gelaufen. An dessen Ende stand unten der Leuchtturm Saint Catherine's Tower, und sie waren die Stufen zu ihm hinuntergestiegen. Jenny hatte ihren Vater mit Fragen gelöchert, wollte wissen, wie hoch der Turm war, wie weit sein Licht reichte.

Schon damals konnte man in ihr die angehende Mathematikerin erahnen. Alice hatte nur eine Frage, nämlich: »Wofür ist der?«

Im Geist hörte sie wieder die Stimme ihres Vaters. »Er dient Seeleuten zur Orientierung und als Warnung und führt sie sicher nach Hause.«

»Dann helfen Leuchttürme den Menschen?«

»Könnte man so sagen.«

Bei der Erinnerung musste Alice lächeln. »Ich liebe Leuchttürme«, sagte sie. »Ein Licht, dass die Menschen warnt und gleichzeitig führt.« *Verdammt, musste sie so geschraubt klingen?*

»Bis dahin segeln wir nicht«, sagte Pip. »Wir kürzen den Weg ab, wie es die Fischer tun, müssen nur auf die Felsen achten. Daran sind schon viele Schiffe und Boote zerschellt.«

Er manövrierte das Boot geschickt an felsigen Inselchen vorbei, und dann waren sie in der Saint Ouen's Bay.

»Dahinten ist der Flugplatz«, sagte Pip. »Die Flugschneise befindet sich über uns. Bis ich den Anker werfe und wir das Segel einholen, segeln wir am Wind.«

Kurz darauf warf er den schweren Anker über Bord. Das Boot verlangsamte seine Fahrt. »Hilf mir mit dem Segel.« Alice tat wie geheißen.

Die Wellen leckten am Boot, das nun ruhig im Wasser lag. Milde Abendluft strich Alice über die sonnenverbrannten Wangen. Pip ließ sich auf der gegenüberliegenden Sitzbank nieder und blickte zum Flugplatz hinüber. »Inzwischen dürften die Whitleys aufgetankt haben. Falls sie das vorhatten. Vielleicht heben sie demnächst ab.« Er sprang auf und tauchte unter das Vordeck. »Mal sehen, ob ich einen Radiosender reinbekomme und mehr erfahre.« Er kehrte mit einem Detektorradio zurück, stellte es auf seine Sitzbank und setzte die Kopfhörer auf. Mit konzentrierter Miene drehte er an dem Regler. »Nur statisches Rauschen«, murmelte er verdrießlich. Er drehte weiter. »Nichts. Wahrscheinlich sind wir zu weit draußen.« Er trug das Gerät zurück und nahm seinen Platz wieder ein. »Ich dachte, wir könnten die BBC-Nachrichten hören.«

»Das können wir doch noch tun, wenn wir wieder zu Hause sind«, sagte Alice. Sie hoffte, er würde sie noch einmal nach ihrer Arbeit im Krankenhaus fragen oder überhaupt etwas über sie wissen wollen. Vielleicht würde er einen zweiten Segelausflug vorschlagen. Doch er schien sich nur für den Flugplatz und die Whitleys zu interessieren. Als dort weiterhin nichts zu sehen war, wandte er sich ihr wieder zu.

»Glaubst du, dass Jenny in Cambridge angenommen wird?«

Nicht schon wieder Jenny. Alice faltete den losen Stoff eines Hosenbeins über dem Knie. »Mein Vater geht davon aus. Sie ist sehr intelligent.«

Pips Blick wurde bohrend. »Aber es steht noch nicht fest?«

»Nein, natürlich nicht.« *Wirkte er erleichtert?*

»Hat sie dir was gesagt?«

»Worüber?«

Er blickte über das Wasser. »Wie sehr sie es sich wünscht. Ob sie dort jemanden vermissen würde.«

Noch immer hielt er das Gesicht abgewandt.

Hatte er sie deshalb mit auf sein Boot genommen? Um herauszufinden, welche Pläne Jenny hatte?

Bevor sie ihm antworten konnte, ertönte der Lärm aufheulender Motoren. Pip deutete in Richtung Flugplatz. »Da kommen sie.«

In gleicher Formation wie bei ihrem Hinflug stiegen die Whitleys auf und steuerten das offene Meer an. Der Motorenlärm steigerte sich, doch diesmal konnte er Alice nichts anhaben; sie war gedanklich mit Pip und Jenny beschäftigt. Sie würde Pip nicht fragen, was er für Jenny empfand, wollte nicht, dass er ihre Eifersucht bemerkte. Stattdessen würde sie ihre Schwester später aushorchen.

Pip zählte die Whitleys, kam aber nur bis sechzehn. »Komisch«, sagte er. »Zwei sind nicht gestartet.«

»Vielleicht hast du dich verzählt.«

»Habe ich nicht«, entgegnete er irritiert.

Toll, nun hatte sie ihn verärgert.

»Sie haben Schwierigkeiten hochzukommen.« Er wies auf den letzten Bomber, der dicht über den Wellen flog und nur langsam stieg. »Der Treibstoff und die Bombenladung haben sie schwer gemacht.«

Die Bomber drehten in Richtung Süden ab. »Ich frage mich, wohin sie unterwegs sind«, fuhr Pip fort. »Wahrscheinlich nach Frankreich. Vielleicht bombardieren sie dort deutsche Stellungen. Jedenfalls können sie weit fliegen, wenn sie hier aufgetankt haben. Womöglich sogar bis Deutschland. Vielleicht zerstören sie dort eine ganze Stadt.«

»Hoffentlich«, sagte Alice, die vergeblich versuchte, ebenso hartgesotten wie er zu klingen. In Wahrheit machte ihr der Gedanke an die Verwundeten und Toten zu schaffen, die es nach dem Angriff geben würde. Die Deutschen mochten ihre Feinde sein, doch es waren noch immer Menschen.

Es wurde kühler, und sie fragte sich, wie lange Pip noch vor Anker liegen wollte. Fröstelnd rieb sie sich die Arme und wünschte, er würde ihr seine Windjacke anbieten. Doch der Gedanke schien ihm gar nicht zu kommen, er blickte über das Meer hinaus zu den violett geränderten Wolken am Horizont, deren Anblick Alice noch unbehaglicher machte. Es sah aus, als könnte dort das Unwetter heraufziehen, das sich mit den Gewittertierchen angekündigt hatte.

»Vermutlich waren zwei einfach zu schwer, um aufzusteigen«, sagte er und beugte sich über den Bootsrand, um den Anker einzuholen. »Lass uns umkehren. Auf dem Rückweg sind wir schneller. Die Flut hat eingesetzt, und wir werden den Wind im Rücken haben.«

Vielleicht war er ihrer Gesellschaft überdrüssig geworden, dachte Alice bekümmert. Der gesamte Ausflug war nicht so verlaufen, wie sie es sich auf dem Weg zum Hafen ausgemalt hatte. Oder es ging ihm wie ihr und er wollte einfach nach Hause, um zu Abend zu essen und weil ihm kalt geworden war.

»Sag mir Bescheid, wenn du noch mehr über die Whitleys herausfindest.«

Er nickte zerstreut.

Sie half ihm, das Segel zu hissen. Dann machten sie sich auf den Heimweg.

*

Zurück auf festem Land, fühlte Alice sich wacklig auf den Beinen, und auf dem Heimweg knurrte ihr Magen.

Zu Hause saßen alle in der Küche am Radio. Mum stand auf und reichte ihr einen Teller mit Eintopf, der schon angetrocknet war. Der Teller hatte wer weiß wie lange in einer mit Wasser gefüllten Pfanne auf dem Herd gestanden. Alice holte sich einen Löffel und setzte sich an den Küchentisch.

Der Nachrichtensprecher verkündete, dass Italien England und Frankreich den Krieg erklärt hatte.

»Dieser verdammte Mussolini«, sagte Dad, obwohl er selten fluchte. »Er macht nur mit, weil er glaubt, die Deutschen gewinnen.«

Alice' Magen zog sich zusammen. War es denkbar, dass die Deutschen den Krieg gewannen? Und was würde dann aus Jersey? Was aus ihnen? Was aus ihr und Pip? Nein, sie und Pip gab es nicht.

»Ab sofort kaufe ich nicht mehr bei Rossi«, sagte Mum.

»Sei nicht albern«, erwiderte Dad. »Paolo Rossi hasst die Deutschen. Nur Mussolini, dieser Verrückte, hat den Krieg erklärt. Es gibt genug Italiener, die so denken wie wir.«

»Ich frage mich, was in diesem Krieg aus den Kanalinseln wird?«, sagte Jenny.

Dad tätschelte ihre Hand. »Uns kann nichts passieren. Die Inseln sind seit fast tausend Jahren im Besitz der englischen Krone. Ungefähr zweitausend britische Soldaten sind bei uns zu unserem Schutz stationiert. Davon abgesehen, haben die Deutschen uns auch im Großen Krieg nicht angegriffen, warum sollten sie es jetzt tun?«

Jenny schien beruhigt.

Wenig später gingen Alice und Jenny nach oben in ihr Zimmer unter dem Dach. Als sie ihre Nachthemden anhatten, zog Jenny eine kleine Holzkiste unter ihrem Bett hervor. Dad hatte sie für sie als Schatzkiste gefertigt, als sie noch Kinder waren. Jeden Abend holten sie sie hervor, meistens enthielt sie Naschwerk. Früher jedoch hatten sie auch kleine Briefe für die andere hineingesteckt. Mit einem Mal hatte Alice die Umschläge wieder vor Augen, auf die Jenny mit kindlicher Hand ihren Namen gekrakelt hatte. Ein anderes Mal waren kleine Zeichnungen in der Kiste gewesen – oft von den Leuchttürmen, die sie liebten – oder kurze Mitteilungen. Damals waren sie einander eng verbunden gewesen, hatten sich, wenn ihre Mutter dachte, sie schliefen, gehamsterte Süßigkeiten geteilt und sich im Dunkeln flüsternd unterhalten. Sie hatten sich alles erzählt. Wann hatten sie sich voneinander entfernt? Als Jenny ihre Liebe zur Mathematik entdeckt hatte? Als kleines Mädchen hätte Alice sich nicht vorstellen können, dass sie und ihre Schwester jemals etwas anderes als Freundinnen sein könnten. Nun war nur noch das gemeinsame Naschen übrig geblieben.

»Es gibt nur noch Äpfel, Alice«, sagte Jenny.

»Macht nichts.«

Jenny reichte ihrer Schwester einen Apfel und schob die Kiste zurück.

Als jede in ihrem schmalen Bett lag und einen Apfel aß, erkundigte Jenny sich nach Alice' Segeltour und wollte wissen, ob es schön gewesen war.

Im Dunkeln konnte Alice den Gesichtsausdruck ihrer Schwester nicht erkennen, daher wusste sie nicht, wie die Frage gemeint war.

»Schön? Es ging so. Pip wollte die Whitleys sehen. Mag sein, dass er auch froh war, Gesellschaft zu haben.«

»Hm.« Krachend biss Jenny in ihren Apfel.

»Wärst du lieber mit ihm gekommen?«

»Warum, ich habe doch keinen Anspruch auf ihn.«

»Aber du magst ihn.«

Einen Moment war nur Kauen zu hören. Dann sagte Jenny: »Ja ... ich mag ihn.«

»Und er dich, das war offenkundig.« Alice starrte in die Dunkelheit.

»Das weiß ich. Er möchte aber mehr als nur mit mir befreundet sein.«

»Und du willst das nicht? Warum nicht?«

Jenny stieß die Bettdecke von sich und setzte sich auf. »Das weißt du doch.«

»Nein. Ist Dad dagegen?«

»Nein ... höchstens indirekt.«

»Was soll das heißen?«

Ein Seufzer. »Es hat mit Cambridge zu tun.«

»Ach. Aber dahin würdest du doch erst im nächsten Jahr gehen.«

»Soll ich mich mit ihm einlassen und dann fortgehen?« Jenny nagte das Fruchtfleisch rings um das Kerngehäuse ab.

»Wenn es etwas Ernstes ist, wird er auf dich warten«, entgegnete Alice so ruhig wie möglich. Sie aß ihren Apfel bis auf den Butzen auf, ließ sich Jennys Butzen geben und trug beide zum Papierkorb.

»Ein Mathematikstudium dauert mindestens drei Jahre. Ich kann ihn nicht bitten, so lange auf mich zu warten.«

Alice setzte sich auf Jennys Bettkante, um ihre Schwester besser sehen zu können.

»Aber zwischendurch hättest du doch Ferien. Dann wärst du wieder hier. Außerdem könnte er dich in Cambridge besuchen.« Als Alice sich vorstellte, dass ihre Schwester und Pip ein Paar werden könnten, durchfuhr sie ein scharfer Stich der Eifersucht. Sie hatte Jenny nie erzählt, was sie für Pip empfand, und nun würde sie es erst recht nicht mehr tun.

»So einfach wird das nicht, wir haben schließlich Krieg.«

»Dad hat doch gesagt, dass wir hier sicher sind.«

»Und was ist mit Cambridge?«

»Vielleicht wirst du gar nicht angenommen.« Alice hatte es kaum gesagt, als sie ihre Worte auch schon bereute. Sie hatte nicht missgünstig klingen wollen, es war nur eine Folge ihrer Eifersucht gewesen.

»Weiß ich.« Jenny schlug mit der Faust auf die Bettdecke. »In meinem Kopf drehen sich die Gedanken wie ein Karussell.«

»Dann denk nicht so weit in die Zukunft. Genieß den Augenblick.« Alice sah Pip vor sich – den wachen Blick, den durchtrainierten, kraftvollen Körper, die souveräne Art, mit der er sein Boot navigierte. »Sei froh, dass du jemanden hast, der sich für dich interessiert. Erst recht, wenn es jemand wie Pip ist.« Sie löschte ihre Erinnerungsbilder und beschloss, ab sofort nicht mehr an ihn zu denken. Pip wollte nicht sie, sondern Jenny.

»Vielleicht hast du recht.«

»Lass es einfach geschehen. Du würdest ihm nichts vormachen, er weiß doch, dass du nach Cambridge willst.«

»Hm.«

Alice griff nach Jennys Hand. Doch die Geste fühlte sich leer an, die frühere Nähe war einfach nicht mehr vorhanden.

»Genieß den Tag und kümmere dich nicht um die Zukunft. Wie sagt man das noch auf Latein?«

»*Carpe diem.*«

»Na dann, *carpe diem.*« Alice kehrte zu ihrem Bett zurück und kroch unter die Bettdecke. »Gute Nacht.«

»Gute Nacht.«

Es dauerte eine Weile, bis Alice Schlaf fand. Und dann träumte sie, sie wiege sich mit ihrem Bett auf Wellen, und über ihr kreisten deutsche Bomber.

 KAPITEL 3

Kurz vor dem Ende ihrer Schicht ertönte die gebieterische Stimme von Mrs Le Maistre. »Schwester! Meine Blumen brauchen frisches Wasser.«

Alice schluckte ihren Unmut hinunter und zwang sich zu einer ausdruckslosen Miene. Typisch Mrs Le Maistre, sie im letzten Moment aufzuhalten. Wortlos nahm sie die Vase mit den lilafarbenen Iris vom Nachttisch und trug sie in den unreinen Arbeitsraum. Normalerweise hatte sie nichts dagegen, einem Patienten oder einer Patientin zuliebe länger zu bleiben, etwa für Mrs Perchard, deren Mann im Großen Krieg gefallen war. Ihr konnte sie zuhören, während sie ihr den Rücken oder die Füße rieb oder sie geduldig mit süßen Quarkspeisen fütterte, um den mageren Körper der alten Frau aufzupäppeln. Mrs Le Maistre hingegen stahl ihr nur ihre Zeit, sie behandelte Alice wie eine Dienstbotin.

»Soll ich übernehmen?« Rebekah stand im Türrahmen, ihre weiße Haube und die weiße Schürze glänzten im einfallenden Sonnenlicht.

»Würdest du das tun? Mrs L-M hat wieder einen Extrawunsch.«

»Natürlich. Geh nach Hause, deine Schicht war vor einer

halben Stunde zu Ende. Ich kümmere mich um Madames Blumen und nehme ihre nächsten Befehle entgegen.«

»Du bist ein Engel. Ich muss dringend an die frische Luft.« Rebekah seufzte. »Ja, hier ist es furchtbar stickig. Draußen ist es besser.«

Alice schob eine Haarsträhne unter ihre Haube. Die Tracht klebte an ihrem Rücken, und die Schürze hatte Knitterfalten. Am liebsten wäre sie zum Meer gerannt, hätte sich in die Fluten geworfen und sich Schmutz und Schweiß abgespült. Dann sagte sie sich, dass sie bald zu Hause sein würde und sich umziehen konnte. Sie wischte die verschwitzten Hände an ihrem Rock ab. »Meine Mutter hat sich nach dir erkundigt. Und nach deinem Mann. Hast du von ihm gehört?«

Rebekah senkte den Kopf. »Er hat sich seit ewigen Zeiten nicht mehr gemeldet. Vielleicht wegen der Luftkämpfe über dem Ärmelkanal. Da muss es ganz schön rundgehen.«

Alice registrierte die bemühte Munterkeit in der Stimme ihrer Freundin.

»So heißt es jedenfalls in den Nachrichten. Hast du die Whitleys gestern gesehen?«

»Nur gehört. Zuerst dachte ich, es wären deutsche Flugzeuge.«

»Ging mir genauso. Es war schrecklich. Weißt du, was Tom fliegt?«

Rebekah zuckte mit den Schultern. »Wahrscheinlich eine Spitfire.«

Alice drückte den Arm ihrer Freundin. »Bestimmt hörst du bald von ihm.«

Rebekahs Lächeln wirkte verkrampft.

Alice holte tief Luft und fragte: »Woher wusstest du eigentlich, dass du in Tom verliebt warst? Ich meine damals, als ihr euch kennengelernt habt.«

Vor fünf Jahren hatte Rebekah Jersey besucht und war einem Einheimischen namens Thomas Liron begegnet. Und obwohl Rebekah damals erst achtzehn war, war sie nicht mehr zu ihren Eltern in England zurückgekehrt, sondern auf Jersey geblieben. Für Alice waren die beiden immer die wahre Geschichte einer großen Liebe gewesen.

»Du stellst vielleicht Fragen.« Rebekah lehnte sich gegen das Spülbecken. »Es hat sich einfach richtig angefühlt. Und natürlich. Als wären wir füreinander bestimmt. Oder klingt das zu schnulzig?«

Alice schüttelte den Kopf. »Eher hilfreich.«

Rebekah musterte sie neugierig. »Darf ich daraus schließen, dass du jemanden kennengelernt hast?«

Alice fächelte sich mit der Hand Luft zu. »Leider nicht. Ich wollte es einfach wissen. Falls ich jemals jemanden finden sollte.«

»Natürlich wirst du das. Und dann erinnere dich an meine Worte.«

Alice umarmte ihre Freundin. »Bis morgen. Bleib stark.«

*

Pip heftete Kopien in einem Ordner ab, stellte den Ordner zurück in den Aktenschrank. Den ganzen Morgen hatte er gebeugt am Schreibtisch gesessen, dabei hatte sich sein Nacken verspannt. Er begann, ihn zu massieren.

»Kannst du die Briefe einwerfen?«, fragte sein Vater.

Pips Vater war nicht mehr der Jüngste, führte jedoch noch immer seine Steuerberatung und lernte Pip an, so dass dieser die kleine, gut gehende Firma eines Tages übernehmen konnte. Darüber hinaus war er seit zwei Jahren Schöffe, hatte also mehr als genug zu tun und brauchte einen Assistenten.

Pip schnappte sich die Briefe, eilte hinaus an die frische Luft und dehnte seinen steif gewordenen Rücken.

In ihrem mit Aktenordnern vollgestopften Büro gab es nur ein winziges Fenster, das nach Westen ging, so dass sie erst ab dem späten Nachmittag etwas Sonne bekamen. Draußen aber brannte die Sonne, und Pip lockerte seine Krawatte. Sein Vater hätte das nicht gern gesehen, er musste daran denken, sie auf dem Rückweg wieder festzuzurren.

Statt die Briefe in den nächstgelegenen Briefkasten zu werfen, wanderte Pip zur Post und blickte dabei wehmütig zum Hafen hinüber. Im Geist sah er die *Bynie May* auf ihrem Anlegeplatz, wie sie sanft auf den Wellen schaukelte.

Er dachte an die Tour zur Saint Ouen's Bay, die er mit Alice unternommen hatte. Inzwischen wusste er, dass zwei der Bomber tatsächlich zu schwer gewesen waren, um starten zu können. Dann erinnerte er sich an das erhebende Gefühl, als die Whitleys über ihn hinweggedonnert waren. Wie sehr er die Piloten beneidet hatte.

Und nun rückten die Deutschen weiter vor, kamen Jersey immer näher, und er vermochte nichts dagegen zu tun, konnte nur die Nachrichten im Radio verfolgen. Er dachte an die Berichte über die Schlacht von Dünkirchen. Als die britischen Soldaten evakuiert werden mussten, hatte er nach Frankreich segeln und an der Rettungsaktion teilnehmen wollen. Auch das hatte sein Vater nicht erlaubt.

Pip fiel es schwer, die Wut auf seinen Vater im Zaum zu halten. Er könnte in der Royal Air Force oder der Royal Navy sein, statt in einem muffigen Büro zu sitzen und die Ablage zu machen. Sein Vater war einfach überfürsorglich, vielleicht weil er nur noch Pip hatte. Pips Mutter war bei der Geburt ihres Sohnes gestorben.

Und nun sollte er Steuerberater werden. Zwar konnte er einigermaßen gut rechnen und vielleicht auch logisch denken, aber die Finanzen anderer Leute interessierten ihn nicht im Entferntesten.

Die ersten Zeilen eines Gedichts von Herbert Asquith fielen ihm ein. Er hatte es in der Schule auswendig lernen müssen, die Überschrift lautete: *Der Freiwillige*.

Hier liegt ein Mann,
das halbe Leben hat er in einer grauen Stadt verbracht
und Akten geordnet.
So würden seine Tage vergehen, dachte er,
ohne eine zerbrochene Lanze
im Turnier des Lebens.

Pip konnte diesen Gedanken nachvollziehen. Womöglich würde auch er sein Leben mit einer stumpfsinnigen Arbeit verbringen und nie ein Abenteuer erleben, während andere Männer seines Alters lernten, wie man eine Spitfire flog, auf Schiffen Bordkanonen abfeuerte, Geschütze bediente. Oder sie wurden zu Bodenkämpfen ausgebildet. Er hingegen lernte, mit einer Rechenmaschine umzugehen, Korrespondenzkopien alphabetisch abzuheften und Umschläge fehlerlos zu adressieren.

An der Post warf er die Briefe ein. Danach musste er zurück und durfte nicht länger trödeln.

Pip ignorierte die Möwenschreie und das leise Rauschen der Brandung. Er widerstand der Versuchung, einen Umweg durch den Hafen zu machen, und trottete zurück ins Büro.

Diesmal schalt sein Vater ihn nicht für seine lange Abwesenheit. Stattdessen hatte er sich mit geschlossenen Augen in seinem Schreibtischstuhl zurückgelehnt, und auf seiner Stirn glänzte eine dünne Schweißschicht.

»Ist alles in Ordnung?«, fragte Pip beunruhigt.

Sein Vater öffnete die Augen. »Leider nicht.«

»Warum, was ist passiert?« Pip ließ sich an seinem Platz nieder.

»Der Vizegouverneur hat angerufen. Churchill zieht die Truppen von Jersey ab.«

»Was?« Pip glaubte, seinen Ohren nicht zu trauen. »Ich dachte, die Engländer wollten uns schützen.«

Sein Vater seufzte. »Das dachten viele. Vielleicht möchte Churchill es auch, doch das Kriegskabinett hat sich anders entschieden. Angeblich können sie es sich nicht leisten, die Soldaten hierzulassen. Strategisch gesehen, halten sie die Kanalinseln für irrelevant.«

Pip hatte einen trockenen Mund bekommen und schluckte krampfhaft. »Und nun?«

»Die Soldaten verschwinden, und wir müssen unsere Waffen abgeben. Morgen wird es offiziell verkündet.«

»Also überlässt man uns den Deutschen.«

»Könnte man so sagen.« Sein Vater zuckte mit den Schultern. »Vielleicht gelingt es uns, die Kinder der Insel nach England zu schicken. Aufs Land, wo sie in Sicherheit sind.«

Pip dachte an William, Jennys kleinen Bruder, der dem Leben so hilflos gegenüberstand. Wie sollte man ihn von seiner Familie trennen können?

Sein Vater stand auf. »Ich gehe ins Parlament. Versuche, mehr herauszufinden.« Er war grau im Gesicht, und die Anzahl seiner Falten schien sich seit dem Morgen verdoppelt zu haben.

Pip beschloss, zu den Robinsons zu laufen und ihnen die Nachricht zu überbringen.

*

Wenig später saß er in der gemütlichen Küche der Robinsons am Tisch und hatte einen Becher Tee vor sich. Die Nachhilfestunden kamen ihm wieder in den Sinn. Mr Robinson hatte es ihm nicht leicht gemacht, doch bei ihm hatte er gelernt, was Disziplin bedeutete. Ihm verdankte er die guten Noten auf dem Abiturzeugnis. Hinzu kam, dass er Jenny damals regelmäßig hatte sehen können. Entweder hatte sie in seiner Nähe Staub gewischt, in einer Ecke gesessen und gelesen oder an einer Stunde teilgenommen. Nach ihrer Schulzeit hatten sie angefangen, sich außerhalb des Hauses zu treffen, gingen am Strand spazieren, fuhren zusammen Fahrrad oder er lud Jenny zu einem Törn auf der *Bynie May* ein. Und nun war er in sie verliebt. Aber wer wusste schon, wie die Zukunft aussah. Der Krieg kam immer näher, und Jenny würde vielleicht nach Cambridge gehen.

Als er Mr Robinson die Neuigkeit mitteilte, wurde dessen Gesicht so grau wie es das von Pips Vater.

»Ich kann nicht fassen, dass Churchill uns im Stich lassen will.«

»Mein Vater sagt, es war die Entscheidung des Kriegskabinetts.«

Mr Robinson hob die Schultern. »Kommt aufs selbe raus.«

Mrs Robinson stellte einen Teller mit Scones vor Pip. »Und wie soll die Evakuierung der Kinder vonstattengehen?«, fragte sie bedrückt.

Pip nahm sich ein Scone und biss hungrig hinein. »Mein Vater hofft, dass sie in England untergebracht werden können. Irgendwo auf dem Land, wo sie in Sicherheit sind.«

Als hätten ihre Beine nachgegeben, ließ Mrs Robinson sich auf einen Stuhl fallen. »Ich kann William nicht fortschicken.«

Mr Robinson griff nach ihrer Hand. »Das müssen wir jetzt nicht entscheiden. Wir werden in Ruhe überlegen, was das Beste für ihn ist.«

»Ich weiß, was das Beste für ihn ist. Er muss hierbleiben. Wir verstehen ihn, und Fremde machen ihm Angst. Er könnte großen seelischen Schaden nehmen.«

Es war der private Austausch eines Elternpaars, der Pip verlegen machte. Er blendete das Gespräch aus und dachte an Jenny, die wahrscheinlich am Strand war. Und Alice müsste im Krankenhaus sein. Er steckte sich das letzte Stück Scone in den Mund, schluckte es hastig hinunter und spülte mit Tee nach. Dann stand er auf.

»Ich muss wieder. Bin nur gekommen, um Ihnen die Nachricht zu überbringen.«

»Danke, mein Junge«, sagte Mr Robinson, der sich ebenfalls erhob.

In den Augen seines ehemaligen Lehrers würde er wahrscheinlich immer ein Junge sein, dachte Pip. Die Frage war nur, wie er reagieren würde, wenn sein ehemaliger Nachhilfeschüler und seine Tochter ein Liebespaar wären. So beiläufig wie möglich fragte er: »Wissen Sie, wo Jenny ist?«

Mrs Robinson warf ihm einen seltsamen Blick zu. Oder hatte er sich das nur eingebildet? »Wahrscheinlich unten am Strand. Die Prüfungen sind ja vorbei.«

»Und das Wetter lädt dazu ein«, erwiderte Pip hölzern. Sollten die Deutschen tatsächlich bei ihnen landen, wäre es mit Strandausflügen wahrscheinlich vorbei.

»In der Tat.« Mr Robinson blickte aus dem Fenster auf die Beete mit den in der Sonne leuchtenden Blumen und seufzte so schwer, als böte sich ihm dieser Anblick zum letzten Mal.

Pip verabschiedete sich.

*

Jenny breitete ihr Handtuch auf einem flachen Felsen aus. Trotz der flirrenden Hitze und des wolkenlosen Himmels lag der Strand verlassen da. Jenny hatte nichts dagegen, sie war gern allein.

Sie streifte ihr Kleid ab, den Badeanzug trug sie bereits darunter, und setzte sich auf ihr Handtuch.

Sie blickte auf die Wellen, die stetig ihre Farben wechselten, sah zu, wie sie heranrollten und sich wieder zurückzogen. Sie fragte sich, warum man die jeweils siebte in einer Folge eigentlich für die größte hielt. Hing es mit dem Mond zusammen, mit dem Wind oder war es nur eine Volksweisheit? Und warum ausgerechnet die siebte? Das musste doch eine Bedeutung haben. Weil die Sieben als magische Zahl galt? Auch in Märchen kam sie häufig vor – und natürlich in der Schöpfungsgeschichte.

Jenny begann die weiter entfernten Wellen zu zählen, die aufstiegen, sich dem Strand entgegenwälzten und schäumend auf dem Sand ausliefen. Einige waren größer als andere, und manche trugen ihren Schaum weiter über den Sand, aber eine durchgehend größte siebte Welle konnte sie nicht feststellen. Merkwürdig. Vielleicht würde sie die Antwort darauf – und auf viele weitere Fragen, die sich in ihrem Kopf angesammelt hatten – in Cambridge erhalten.

Nach einer Weile wurden ihr die Hitze und die brennende Sonne zu viel. Sie stand auf und lief zum Wasser.

Die ersten Wellen fühlten sich auf ihrer heißen Haut so kalt an, dass sie erschrocken zurückwich. Doch dann überwand sie sich, warf sich in die Fluten und schwamm hinaus. Schon bald bemerkte sie, wie gut es ihr tat, nichts als Sonne und Meer zu spüren. Die Sorgen, wie die schriftlichen Abiturprüfungen ausgefallen waren, und ob man sie in Cambridge nehmen würde, lösten sich auf.

Die unkleidsame Schuluniform hatte sie endlich ablegen können. Nun musste sie auf die Prüfungsergebnisse warten und dann anfangen, sich auf die Aufnahmeprüfung in Cambridge vorzubereiten. Zuvor jedoch würde sie sich ein paar Wochen Pause gönnen, damit war sogar ihr Vater einverstanden gewesen. Gäbe es keinen Krieg, hätte sie den ganzen Sommer in Ruhe genießen können. Doch seit Dünkirchen sah es für die englischen Streitkräfte schlecht aus, und am Vortag hatte Paris sich den Deutschen ergeben.

Vielleicht war der Gedanke, Jersey könnte nicht angegriffen werden, nur Wunschdenken. Sie liebte ihre Insel. Hier war sie groß geworden, hatte mit ihrer Schwester am Strand gespielt, Sandburgen gebaut, mit ihr im seichten Wasser geplanscht. Sie dachte an den Ausflug zu Saint Catherine's Breakwater zurück. Am Leuchtturm hatte Dad sie und Alice fotografiert und jeder zu Weihnachten ein gerahmtes Foto geschenkt. Auf die Rückseite hatte er geschrieben: *Die Leuchtturm-Schwestern, Saint Catherine's 1930*. Die Fotos besaßen sie noch immer, sie würde ihres sogar mit nach Cambridge nehmen – falls man sie dort annähme.

Sie drehte sich auf den Rücken, ließ sich treiben und spürte, wie die Wellen an ihr leckten. Als sie den Kopf hob, sah sie das Schildpattmuster, das die Sonne auf ihre Beine unter dem Wasser malte. Sie legte den Kopf wieder zurück und blinzelte in den wolkenlosen Himmel.

Wieder wanderten ihre Gedanken zu der Studienzeit, die im nächsten Jahr vielleicht beginnen würde. In Cambridge wäre sie eine Studierende unter vielen, würde nicht mehr wie in der Schule herausragen und jedermanns Erwartungen erfüllen, einschließlich ihrer eigenen. Sie war noch nie in Cambridge gewesen und konnte sich weder die Stadt noch das Universitätsgelände richtig vorstellen, wusste nur, dass ihr das Meer fehlen würde. Das Flachmoor rings um Cambridge würde diesen Verlust niemals wettmachen können.

Auch ihre Familie würde sie vermissen. Aber vielleicht wäre es gut, eine Zeit lang von Alice getrennt zu sein. Als Kinder waren sie einander verbunden gewesen, doch nun schienen sie sich ständig in den Haaren zu liegen. Das konnte bereits aus dem kleinsten Anlass geschehen. Wie oft war Alice ins Zimmer geplatzt und hatte sie gestört, wenn sie für die Schule gelernt hatte. Und warum musste sie immer Lärm machen, wenn sie frühmorgens aufstand, um zur Arbeit zu gehen?

In Cambridge würde sie endlich ein eigenes Zimmer haben. Sie würde unabhängig sein. Und wenn sie in den Ferien nach Hause käme, würden sie und Alice sich vielleicht wieder so gut wie früher verstehen. Im Grunde liebten sie einander ja, waren noch immer die Leuchtturm-Schwestern.

Jenny drehte sich auf den Bauch und schwamm zurück.

Im seichten Wasser richtete sie sich auf, spürte den felsigen Grund unter ihren Füßen und die Strömung, die an ihren Beinen zog. Dann entdeckte sie Pip. Er stand in den Dünen, hatte die Augen mit der Hand beschattet und blickte sich suchend um. Sie rief seinen Namen, winkte und lief auf ihn zu. Auch er würde ihr in Cambridge fehlen, sogar sehr. Nach Alice war er nun derjenige, dem sie sich anvertraute, mit dem sie ihre Sorgen und Nöte teilte.

Als sie ihn erreichte, strahlte er. »Deine Eltern haben mir gesagt, dass du am Strand bist.«

Sie gingen zu dem Felsen, auf dem Jennys Handtuch lag. Pip raffte es auf, wickelte sie darin ein und rubbelte ihren Rücken und ihre Arme trocken.

»Das ist lieb, danke.« Jenny nahm ihm das Handtuch ab und legte es quer, um ihnen beiden eine Unterlage zu bieten. Pip schlang einen Arm um sie, und sie schmiegte sich an ihn. Verwundert stellte sie fest, wie verkrampft sein Körper war. Sie löste sich von ihm. »Stimmt etwas nicht?«

Er las einen Stein auf und schleuderte ihn ins Meer. Dann erzählte er ihr von dem Plan der Engländer, ihre Truppen aus Jersey abzuziehen.

»Und was bedeutet das für uns?«

»Keine Ahnung.« Pip zuckte mit den Schultern. »Die Kinder sollen nach England evakuiert werden. Aber deine Mutter möchte William nicht fortgeben.«

»Das geht auch nicht. Ohne uns kommt Will nicht zurecht.« Pip tastete nach dem nächsten Stein.

Jenny betrachtete ihn von der Seite – die verspannte Kinnpartie, die sonnengebräunte Haut, den muskulösen Körper. Man hätte ihn für einen Matrosen halten können, aber niemals für einen angehenden Steuerberater.

Pip hatte einen neuen Stein gefunden. Als er ihn warf, landete er auf dem Trockenen. »Ich bin so wütend. Zum einen, weil die Soldaten abziehen. Zum anderen, weil ich nicht mit ihnen ziehen kann.«

Jenny wurde das Herz schwer. Wenn er könnte, würde er also sofort losmarschieren. Ihm zuliebe hoffte sie, sein Wunsch würde sich erfüllen, doch ihr selbst wäre es lieber, wenn er auf der Insel bliebe und in Sicherheit wäre.

Sie bohrte ihre Zehen in den Sand. Ihre Gefühle für ihn waren kompliziert. Für lange Zeit war er für sie wie ein Bruder gewesen, und nun, da er mehr wollte, fühlte sie sich dazu noch nicht bereit. Vielleicht wäre es für ihn besser gewesen, sich in Alice zu verlieben, die älter als sie war und sich vielleicht schon nach einer Liebesbeziehung sehnte.

»Versprich mir, dass du nichts Unüberlegtes tust.«

»Sollte ich mich in Gefahr begeben, sage ich dir vorher Bescheid.«

»Sprich nicht so leichtfertig.« Jenny stand auf. Sie wollte nach Hause. Am Himmel waren Schleierwolken entstanden, die sich über die Sonne legten. Und Pip war mit seinen Gedanken nicht bei ihr, sondern bei den englischen Soldaten und dem Kriegsgeschehen. Sie streifte ihr Kleid über den noch feuchten Badeanzug.

Hand in Hand kehrten sie in die Stadt zurück, jeder in seine Gedanken versunken. Auf der Route du Fort sahen sie einen Militärlastwagen voller Soldaten.

»Da, sie hauen schon ab.« Mit bitterer Miene blickte Pip zu den Männern in ihren kakifarbenen Uniformen, die Stahlhelme trugen und von prall gefüllten Seesäcken umgeben waren.

Jenny hatte nie einen der englischen Soldaten kennengelernt. Sie war nur einmal mit Alice bei einem ihrer Blaskon-
zerte im Howard Davis Park gewesen. Sie hatte aber angenommen, dass sie immer in Fort Regent sein würden, um die Insel
vor feindlichen Angriffen zu bewahren, so wie es seit Hunderten von Jahren der Fall gewesen war.

Und nun ließen sie Jersey im Stich. Bei dem Gedanken
packte sie ein diffuses Angstgefühl. Was wäre, wenn die Deutschen tatsächlich zu ihnen übersetzten?

Schutzsuchend umklammerte sie Pips Hand.

KAPITEL 4

Am Sonntagmorgen konnte Pip ausschlafen. Als er langsam zu sich kam, hörte er die Kirchenglocken läuten, und ihm war, als schwinge in ihrem Klang etwas Verlorenes mit. Der Lastwagen mit den englischen Soldaten fiel ihm ein; sie waren auf dem Weg zum Hafen gewesen, inzwischen würden sie die Insel verlassen haben. Vielleicht kam ihm das Glockengeläut deshalb so klagend vor.

Der Abzug der englischen Truppen hatte ihm zugesetzt. Er hing an Jersey. Auf dieser Insel war er geboren, hier war seine Heimat. Die rauen Klippen, die malerischen Buchten und die grünen Hänge, all das fand er wunderschön. Noch mehr jedoch liebte er das Meer mit seinen Launen und changierenden Farben. Wenn es ruhig war, schimmerte es in Türkis, war es verdrießlich, färbte es sich grau, und wenn es aufgebracht war, nahm es eine grünliche Farbe an.

Nur wenn er auf dem Wasser war, fühlte er sich frei. In einem anderen Leben wäre er Fischer geworden, so wie Jack, hätte mit der *Bynie May* Wind und Wellen getrotzt. Er hätte das Salz des Meeres gerochen und geschmeckt, hätte sich im Sturm mit seiner Kraft gemessen.

Wenn er wenigstens auf irgendeine Weise für seine Insel

kämpfen könnte, nun da die Engländer abgezogen waren. Schließlich war er ein Marett, und die Maretts waren seit Jahrhunderten auf Jersey, gehörten zu seiner Geschichte.

Er blickte aus dem Fenster, sah die Möwen über einen graublauen Himmel jagen und beneidete sie um ihr wildes Leben. Mit einem Seufzer stand er auf, was blieb ihm auch anderes übrig. Unten würde sein Vater am Frühstückstisch auf ihn warten. Er beschloss, nach dem Frühstück in den Jachtclub zu gehen, um zu hören, was andere vom Abzug der Briten hielten.

Als Pip im Esszimmer erschien, las sein Vater Zeitung. Auf dem Tisch standen die Reste des Frühstücks.

»Guten Morgen«, sagte Pip, obwohl es bereits zwölf Uhr war. Er nahm sich eine kalte Scheibe Toast aus dem Ständer und bestrich sie mit Marmelade.

»Guten Morgen. Du bist spät dran.«

»Tut mir leid.« Der Toast war weich geworden. »Ich mach mir frischen Tee«, sagte Pip.

»Mach mir eine Tasse mit.«

Pip ging in die Küche und setzte Wasser auf. Er dachte an Mrs Robinson, die ihn fast wie einen Sohn behandelte, ihm stets etwas zu essen und zu trinken vorsetzte. Er stellte sich vor, seine Mutter lebte noch. Würde sie ihn wie Mrs Robinson verwöhnen? Oder würde sie ebenso streng wie sein Vater sein und ihn wegen jeder Kleinigkeit kritisieren, etwa wenn er auf dem Tisch Krümel hinterließ oder vergessen hatte, den Deckel wieder auf ein Marmeladenglas zu schrauben. Mit Sicherheit wäre sie stolz gewesen, als er sein Abitur geschafft hatte, hätte vielleicht manchmal für ihn Partei ergriffen, wenn Dad allzu strikt war.

Sein Vater sprach selten über Pips Mutter, und nur auf dem Kaminsims stand ein gerahmtes Foto von ihr. Darauf saß sie in den Dünen, beschattete ihre Augen mit einer Hand und lachte in die Kamera. Ihr brünettes Haar war vom Wind aufgeweht worden, und sie sah unglaublich jung aus. Hatte sie sich mehr Kinder gewünscht? Hätte er Geschwister, würde Dad ihm womöglich erlaubt haben, am Krieg teilzunehmen. Oder wenn Mum noch da wäre, hätte sie Dad vielleicht dazu überredet. Aber was nützten ihm diese Überlegungen. Es war, wie es war.

In der Speisekammer lagen zwei frische Lammkoteletts auf einem Teller.

»Soll ich anfangen, unser Mittagessen vorzubereiten?«, rief Pip ins Esszimmer.

»Ja, bitte. Ich komme gleich und helfe.«

Pip nahm Kartoffeln aus dem Gemüseregal.

Sie hatten mit ihrem Mittagsmahl kaum begonnen, als das Telefon klingelte. Dad legte seine Serviette ab und trat hinaus auf den Flur, wo der Wandapparat hing.

Pip spitzte die Ohren, um das Gespräch zu belauschen. Doch sein Vater sprach zu leise, als dass er das Gesagte hätte verstehen können. Pip bekam nur mit, dass Dad ärgerlich klang.

Als er zurückkam, sagte er: »Das war Generalmajor Harrison. Er hat ein Telegramm der britischen Admiralität erhalten. Offenbar sitzen noch immer einige ihrer Leute an der französischen Küste fest, und nun sollen wir sie mit unseren Booten holen. Eine Unverschämtheit! Sie wollen uns nicht verteidigen, aber wenn es darum geht, ihre Soldaten vor den heranrückenden Deutschen zu retten, sind wir ihnen gut genug.« Er steckte die Serviette zurück in den Hemdkragen und griff wieder nach Messer und Gabel.

Diese Soldaten hatten in Frankreich gekämpft, dachte Pip. Hatten zum britischen Expeditionskorps gehört, und dann hatte die deutsche Wehrmacht ihnen entlang der belgisch-französischen Kanalküste die rückwärtigen Verbindungen abgeschnitten. Als von England aus die große Rettungsaktion über den Ärmelkanal begann, hatte er sich ausgemalt, mit der *Bynie May* daran teilzunehmen und als Held zurückzukehren. Jennys Bewunderung wäre ihm dann sicher gewesen. Vielleicht auch die seines Vaters.

»Sagst du im Jachtclub Bescheid?«, fragte er seinen Vater.

»Noch nicht. Zuerst muss ich herausfinden, wie viele Boote benötigt werden. Wir können die Rettungsboote freigeben und die Frachter im Hafen, die eigentlich Kartoffeln laden sollten.«

»Was ist mit kleineren Booten?«

Dad sah ihn scharf an. »Die brauchen wir nicht. Komm bloß nicht auf die Schnapsidee, mit der *Bynie May* loszusegeln.«

Pip stach mit der Gabel in sein Lammkotelett. »Natürlich nicht.«

Am Nachmittag ging er in den Jachtclub, wo sich die Nachricht inzwischen herumgesprochen hatte. Mr Le Masurier, der Kommodore, wurde von Clubmitgliedern umringt, die alle durcheinanderredeten.

»Die *Duchess* ist noch nicht seetüchtig«, erklärte ein älterer

Mann mit düsterer Miene. »Der verdammte Krieg hat mir einen Strich durch die Rechnung gemacht.«

»Die *Lady Jane* könnten wir nehmen, aber der Eigentümer ist in England«, sagte ein anderer. »Ich weiß nicht, ob wir sie uns einfach borgen können.«

Le Masurier schüttelte den Kopf. »Nicht nötig. Wir haben seetüchtige Boote und Schiffe, deren Eigentümer anwesend sind. Ich fahre mit der *Klang II*.«

»Ich schließe mich mit der *Saint Clement* an«, sagte ein Mann mit wettergegerbtem Gesicht. »Ich habe auch schon jemanden, der als Maat mitkommt.«

Ein Mann mit zerzaustem Vollbart versprach, mit seiner *Teazer* zu segeln, und nickte einem jungen Mann zu. »Bob darf auch mit.« Bob errötete vor Freude.

Pip betrachtete ihn neidisch. Bob war sechzehn, drei Jahre jünger als er. Es war unfair, dass er an der Rettungsaktion teilnehmen durfte, er, Pip, jedoch nicht.

Auch andere Männer boten ihre Boote und Dienste an.

»Gerade verlässt ein Zerstörer den Hafen von Portsmouth und macht sich auf den Weg zu uns«, sagte Le Masurier und warf einen Blick auf den Zettel in seiner Hand. »Es ist die *HMS Wild Swan* unter Korvettenkapitän Younghusband. Wenn er heute Abend hier eintrifft, brechen wir mit ihm gemeinsam auf.«

»Was ist mit den kleineren Booten?«, rief einer.

»Die können sich der Flotte anschließen, die morgen bei beginnendem Tageslicht von hier aus in See sticht. Die Nachtfahrt ist zu gefährlich für sie.«

Enttäuschte Stimmen wurden laut, doch offenbar war jedem klar, dass der Kommodore recht hatte. Pip sagte sich, dass er den Kanal tatsächlich lieber im Hellen überqueren würde. Dann fiel ihm ein, dass die *Bynie May* gar nicht auslaufen würde. Wieder würde ihm ein Abenteuer entgehen.

Er verließ den Jachtclub. Am Hafen sah er zu, wie die genannten Schiffe und Boote sich zur Überfahrt bereit machten.

Auf einem Fischerboot war ein Mann dabei, das Deck zu putzen. Als er sich aufrichtete und seinen Rücken streckte, erkannte Pip ihn.

»Jack!«

Der alte Mann drehte sich um. Als er lächelte, vertieften sich die Falten in seinen Augenwinkeln. »Ich dachte mir schon, dass du dich hier herumtreibst.«

»Fährst du mit den anderen nach Saint-Malo?«

»Sobald es morgen hell wird.« Jack tauchte seinen Wischmopp wieder in den Eimer, streifte einen Teil des Wassers am Rand ab. »Machst du auch mit?«

Pip zögerte. »Mein Vater will nicht, dass ich mit der *Bynie May* segele.«

»Recht hat er. Vergiss nicht, dass es wegen der Deutschen im Kanal keine Seezeichen gibt. Du bist zwar ein guter Segler, aber am Steuer sollten nur alte Seebären wie ich stehen. Wenn du willst, kannst du als Maat bei mir mitkommen.« Jack fuhr mit seiner Putzarbeit fort.

Pip überlegte. Er konnte sich nicht erinnern, dass Jack jemals die Kontrolle über sein Fischerboot verloren hatte oder gar panisch geworden war. Er kannte das Meer wie kaum ein anderer, ging nie Risiken ein, und wenn er ihm, Pip, auf ihren Fahrten das Steuer überlassen hatte, und ihm dann ein Fehler unterlaufen war, hatte Jack ihm gezeigt, wie man ihn korrigierte. Vielleicht würde Dad ihm erlauben, Jack zu begleiten.

»Ich frage meinen Vater«, rief er ihm zu.

»Tu das. Um vier morgen früh geht's los.«

»Aye, aye.« Pip rannte nach Hause.

Es dauerte lange, bis er seinen Vater überreden konnte. Während des ganzen Abendessens sprachen sie darüber. Ohne Ergebnis. Danach schenkte Pip seinem Vater ein Glas seines Lieblingswhiskeys ein, in der Hoffnung, der Alkohol würde ihn milde stimmen. Und doch musste er zum Schluss noch schweres Geschütz auffahren und sagen: »Ich weiß, dass du Mums Leben retten wolltest und es nicht konntest, aber das war vor langer Zeit. Es geht nicht, dass du mir immerzu Ketten anlegst, nur, um mich vor weiß der Kuckuck was zu bewahren. Dir zuliebe bin ich nicht in den Krieg gezogen, und dir zuliebe segele ich nicht mit der *Bynie May* nach Saint-Malo, aber lass mich bitte auf Jacks Boot mitfahren. Bei ihm bin ich in guten Händen, und das weißt du genauso gut wie ich.«

Dad ließ den Rest Whiskey in seinem Glas kreisen, bevor er ihn in einem Zug hinunterstürzte und Pip nachdenklich musterte. »Also gut, meinetwegen.« Er stand auf. »Aber komm mir ja wieder heil nach Hause. Geh keine Risiken ein.«

»Darauf gebe ich dir mein Wort«, erwiderte Pip mit wild klopfendem Herz.

Um drei Uhr morgens stand er auf, zog seine warme Hose

an und zwei Pullover übereinander. Sogar Mitte Juni würde es auf dem Kanal früh am Morgen kalt sein.

Er war zu aufgeregt, um etwas essen zu können, trank nur zwei Tassen Tee und schmierte sich reichlich Brote zum Mitnehmen. Schließlich könnten auch die Männer, die sie retten würden, hungrig sein. Um auf der sicheren Seite zu sein, steckte er noch einen halben Laib Brot und einen großen Kanten Käse in seinen Rucksack.

Er wunderte sich, dass sein Vater nicht aufgestanden war, um ihn zu verabschieden und ihm noch zahllose, unerwünschte Ratschläge mitzugeben. Wie auch immer, Pip nahm Rucksack und Südwester und verließ das Haus so leise wie möglich.

Trotz der frühen Stunde ging es am Hafen bereits lebhaft zu. Boote wurden mit Vorräten beladen, Segel gehisst, Takelagen geprüft. Jack saß im Heck seines Boots und studierte eine Seekarte.

Pip rief seinen Namen.

Jack sah auf und winkte ihn an Bord.

Neben Jacks Fischerboot lag die *Désirée-Jacqueline*. An Deck stand ein junger Mann in Pips Alter, der ein Seil auf dem Arm aufwickelte und dabei eine ordentliche Acht nach der anderen legte. Er und Pip nickten einander zu.

Außer ihnen waren auf dem Wasser kaum noch junge Männer zu sehen, die meisten waren eingezogen worden oder hatten sich freiwillig gemeldet. Bevor sein Neid, vermischt mit Schuldgefühlen, übermächtig werden konnte, sagte Pip sich, dass er wenigstens an diesem Tag seinen Beitrag leisten würde, sogar mit Genehmigung seines Vaters.

»Das wird keine einfache Tour«, sagte Jack. »Die Flut wird erst in knapp vier Stunden einsetzen.« Er seufzte. »Zuerst geht es nach Süden, dann nach Osten und an den Minkies vorbei.« Bei den Minkies, oder Les Minquiers, handelte es sich um eine Gruppe kleiner Felseninseln neun Meilen südlich von Jersey. Bei ruhigem Wetter sahen sie malerisch aus, bei Sturm stellten sie eine Gefahr dar. Zahlreiche Schiffe waren dort schon verunglückt. »Danach nehmen wir die Cocq Passage und sparen drei Meilen. Die Hinfahrt wird einigermaßen laufen. Die Rückfahrt dürfte rau werden.«

Pip hatte den Wetterbericht im Radio gehört. Für später am Tag war Sturm vorhergesagt.

Als sie aufbrachen, war am Horizont ein kleiner Hügel der aufgehenden Sonne zu sehen. Er reichte aus, um den Himmel orange zu färbten und einen glitzernden, bernsteinfarbenen Pfad auf das Wasser zu malen. Außerdem wurde es ein wenig wärmer.

Jack folgte der *Désirée-Jacqueline*. Sie passierten die Minkies, wo die Wellen kabbeliger wurden. Danach steuerten sie die Bucht von Saint-Malo an.

Jack sprach über die Anweisungen, die alle Steuermänner bekommen hatten. »Im Hafen von Saint-Malo nehmen wir so viele Männer wie möglich an Bord. Leider weiß keiner, in welcher Verfassung sie sind, aber was soll's. Anschließend schaffen wir sie zu den großen Schiffen, die weiter draußen vor Anker liegen, kehren zurück und nehmen die nächste Gruppe auf. So lange, bis alle in Sicherheit sind.«

»Endlich kann ich mal bei etwas mitmachen«, sagte Pip.

Jacks Blick wurde streng. »Das wird heute kein Pappenstiel, mein Junge.«

»Natürlich nicht. Ich wollte nur sagen, dass ich froh bin, einmal meinen Teil beitragen zu können.«

Jack blickte auf das Meer hinaus. »Gestern hat die HMS *Wild Swan* ein Sprengkommando nach Saint-Malo gebracht. Sobald wir alle Männer eingesammelt haben, sollen sie die Kraftstofftanks im Hafen von Saint-Malo in die Luft jagen und die Tore des inneren Hafens absperren. Auf die Weise gerät der Kraftstoff nicht in die Hände der Deutschen. Auch unsere Konvois können sie dann nicht so schnell verfolgen.«

»Mann«, sagte Pip begeistert. »Klingt ganz schön aufregend.«

Jack sah ihn kopfschüttelnd an. »Was vor uns liegt, ist kein Abenteuer. Sollte der Feind die Männer des Sprengkommandos entdecken, werden sie erschossen. Selbst wir werden uns in ihrer Schusslinie befinden, und keiner kann sagen, ob wir ihnen schnell genug entkommen können. Die Deutschen marschieren jetzt schon im Eiltempo auf den Hafen von Saint-Malo zu.«

»Mein Vater hat die Briten als unverschämt bezeichnet. Sie verlangen von uns die Rettung ihrer Soldaten, ziehen aber ihre Truppen von Jersey ab.«

Ein kleines Lächeln huschte um Jacks Lippen. »Es ist auch unverschämt. Aber wir haben ja nicht vor, das englische Kriegskabinett zu retten, sondern ein paar arme gestrandete Schlucker, die gekämpft haben. Für die tun wir es.«

Ein Motorboot näherte sich ihnen. Der Lärm war zu groß,

um weiterreden zu können. Mit dem aufschäumenden Wasser begann Jacks Boot zu schaukeln.

An Bord des Motorboots war eine Gruppe englischer Soldaten. Ihre Gesichter waren aschfahl, die Haltung gebeugt. Sie waren besiegt worden, und das sah man ihnen an. Doch nun waren sie in Sicherheit, nur das zählte.

Als Jack mit seinem Boot in den Hafen von Saint-Malo einlief, stand die Sonne hoch am Himmel, und ihnen bot sich ein so großartiger Anblick, dass Pips Herz höher zu schlagen begann. Überall waren Boote – Fischerboote, Ketschen, Schaluppen, Jachten. Einige verließen den Hafen bereits wieder mit geretteten Soldaten und geblähten Segeln. Pip speicherte das Bild in seinem Gedächtnis ab. Für ihn würde dieser Tag den Höhepunkt des bisherigen Kriegsverlaufs darstellen. Vorausgesetzt, sie gelangten sicher nach Hause.

Bei ihren ersten Passagieren handelte es sich um Soldaten der Yorkshire Light Infantry, die sie zu dem großen Schiff *Duchess of Normandy* bringen sollten. Pip bot ihnen seine belegten Brote an, die Männer revanchierten sich mit Stückchen Schokolade. Sie gehörte zu der kargen Verpflegung, die sie in Saint-Malo mitbekommen hatten. Pip studierte die Gesichter. Sie waren grau vor Erschöpfung, die Blicke leer. Als sie die Armeemäntel auszogen und auf ihren Rucksäcken zusammenfalteten, sah er, wie dünn die Soldaten waren. Einige sprachen leise miteinander, andere schwiegen und hielten ihre Gesichter mit geschlossenen Augen in die Sonne.

»Wie war es in Frankreich?«, fragte Pip den jungen Soldaten an seiner Seite.

»Es war die Hölle«, erwiderte er.

Pip erschrak, und seine Kampfbereitschaft erhielt einen Dämpfer.

Sie lieferten die Männer an der *Duchess of Normandy* ab. Am frühen Nachmittag waren sie wieder am Hafen von Saint-Malo. Die Sonne war mittlerweile verschwunden, die Wolken hingen schwer herab, und die Wellen waren höher geworden. Die salzige Gischt spritzte bis aufs Deck von Jacks Boot, und über ihnen wirbelte der Wind die Möwen wie Papierfetzen durch die Luft.

»Wir warten auf die Männer des Sprengkommandos«, sagte Jack. »Die sitzen sonst fest, weil die *Wild Swan,* ohne auf sie zu warten, nach England zurückgekehrt ist. Die Nachricht ist eben per Funk reingekommen. Sobald sie die Tanks in die Luft gejagt haben, nehmen wir sie auf.« Als eine aufschäumende Welle seitlich gegen das Boot schlug, glich er die Schaukel-bewegung mit seinem Körper aus.

Pips Herz begann zu hämmern. Hatte er seinem Vater nicht versprochen, keine Risiken einzugehen? Und nun mussten sie trotz des schlechter gewordenen Wetters auf die Sprengmeister warten.

»Habt ihr schon gehört?«, brüllte der Skipper eines anderen Boots durch den Wind.

»Was?«, rief Pip zurück, doch es war, als hätte der Wind ihm das Wort vom Mund gepflückt und davongeweht.

»Die Deutschen sind bald da. Sind nur noch neun Meilen entfernt.«

Jack stieß einen Fluch aus.

Pip drehte sich der Magen um. Was, wenn die Deutschen schon anrückten, bevor die Tanks gesprengt werden konnten? Was, wenn die Sprengung zwar rechtzeitig stattfand, er und Jack aber von herumfliegenden Metallteilen getroffen würden? Das Boot könnte sinken – sie könnten sterben. Jack war ein erfahrener Skipper, aber auch er konnte keine Wunder vollbringen. *Tut mir leid, Dad*, dachte er. *Tut mir leid, Jenny.* Er blickte zu Jack hinüber, der die Ruderpinne so fest umklammert hielt, dass die Knöchel seiner gebräunten Hand weiß hervortraten. Offenbar fühlte auch er sich nicht ganz wohl in seiner Haut.

Im nächsten Moment mischte sich das Getöse mehrerer Explosionen in den brausenden Wind, gefolgt von einem Schwall heißer Luft, und dann stiegen aus dem Hafen dunkle Rauchwolken auf. Pip war, als stünde seine Haut in Flammen, und in seinen Ohren dröhnte es.

Jack stieß ihn von seiner Sitzbank. »Bleib unten«, brüllte er. Ringsum waren Schreie zu hören, und in der Luft hing ein Gemisch aus beißendem Rauch und brennendem Kraftstoff.

Auf den nassen Holzbohlen des schlingernden Boots liegend, kniff Pip die Augen zusammen und machte sich darauf gefasst, bei lebendigem Leib zu verbrennen.

 KAPITEL 5

Als Alice im unreinen Arbeitsraum Flaschen mit sterilem Wasser auffüllte, kam Rebekah mit einem Armvoll schmutziger Bettwäsche herein, die sie in den dafür vorgesehenen Behälter fallen ließ. Durch das geöffnete Fenster hörten sie ein weit entferntes Donnergrollen, und sie wechselten einen beunruhigten Blick.

»Was war das?«, fragte Rebekah.

»Keine Ahnung. Klang, als käme es von der französischen Küste.«

»Hoffentlich waren es nicht schon die Deutschen«, sagte Rebekah.

Alice sah sie besorgt an. »Vielleicht wäre es besser, wenn du Jersey verlässt.« Der Vorschlag kostete sie Überwindung. Sie hing an ihrer Freundin und wollte nicht, dass sie fortging. Aber womöglich wäre sie in England sicherer. In Deutschland, den von Hitler besetzten Gebieten und im annektierten Österreich wurden Juden das Leben zur Hölle gemacht.

Rebekah schüttelte den Kopf. »Was soll ich da? Meine Arbeit ist hier, und Jersey ist mein Zuhause.« Sie dachte an den Zorn ihrer Eltern, als sie einen Nicht-Juden geheiratet hatte. Würde sie zu ihnen nach England zurückkehren, würden sie ihr von morgens bis abends Vorhaltungen machen. In Jersey hingegen hatte niemand an der Wahl ihres Ehepartners Anstoß genommen – bisher auch nicht an ihr.

»Wir passen auf dich auf«, sagte Alice. »Ich werde sogar persönlich dafür sorgen, dass die Deutschen dir nichts anhaben können.«

Rebekah lächelte. »Danke.«

»Schwester Robinson!«, ertönte von draußen die barsche Stimme der Oberschwester. »Seit zehn Minuten warte ich auf das sterile Wasser.«

Alice verdrehte die Augen. »Ich komme.«

Nach ihrer Schicht war Alice versucht, am Hafen entlangzulaufen, doch sie hatte Angst, dort auf Pip zu treffen. Seit ihr klar war, dass er nicht mit ihr, sondern mit Jenny zusammen sein wollte, wusste sie nicht recht, wie sie sich ihm gegenüber verhalten sollte. Vielleicht hatte er ihre Gefühle für ihn erkannt und empfand nun Mitleid mit ihr. Dabei schien Jenny keineswegs in ihn verliebt zu sein, aber was nützte ihr das. Sie musste wohl akzeptieren, dass Pip sich nicht für sie interessierte.

Als sie zu Hause die Küche betrat, stritten sich Jenny und ihr Vater.

»Ich will euch nicht verlassen«, sagte Jenny mit rotem Kopf. »Nicht jetzt.«

»Nächstes Jahr würdest du doch sowieso in Cambridge sein«, erwiderte Dad gereizt. »Wo also ist das Problem?«

»Das Problem ist, dass ich noch ein Jahr bei meiner Familie sein möchte.«

Alice schenkte sich einen Becher Tee ein. »Wohin soll es denn gehen?«

»Nirgendwohin«, erwiderte Jenny knapp.

Dad seufzte. »Niemand möchte, dass du uns verlässt, aber du musst an deine Zukunft denken.«

»Ich denke sehr wohl an meine Zukunft.«

Dad griff nach der *Jersey Evening Post* und schlug eine Seite auf. »Hier.« Er strich die Seite glatt und tippte auf einen Aufruf. Darin wurden die Bewohner Jerseys aufgefordert, sich mit Schiffen nach England evakuieren zu lassen. »Du kannst nicht mehr lange warten. Das erste Schiff legt Mittwoch ab. Gut, vielleicht handelt es sich nur um einen der alten Frachter, die kurzfristig eingesetzt werden können, aber auch der wird dich sicher nach England bringen. Und dann kannst du so lange wie nötig bei Charles und Cynthia in London wohnen.« Charles und Cynthia waren Dads Cousin und dessen Frau.

Jenny starrte in ihren Teebecher. »Ich weiß nicht …«

»Vielleicht gibt es etwas, das Jenny hier festhält«, sagte Alice.

Jennys Gesichtsfarbe vertiefte sich. »Ich habe durchaus vor, nach England zu gehen. Irgendwann.«

»Nicht irgendwann, sondern jetzt«, entgegnete Dad ärgerlich.

»Warum denn?«, fuhr Jenny auf. »Die Aufnahmeprüfung in Cambridge findet im November statt. Und sollte ich sie bestehen, fängt das erste Trimester erst im nächsten Oktober an. Was soll ich denn in der Zwischenzeit in England machen?«

»Das wird sich finden«, entgegnete ihr Vater. »Wichtig ist, dass du in Sicherheit bist.«

Alice nahm einen Schluck Tee. »Sollten wir dann nicht alle nach England übersiedeln? Ich meine, wenn es hier so gefährlich ist. Zumal zwei von uns sowieso schon halbe Engländer sind.« Ebenso wie ihr Vater war Alice in London geboren. Kurz vor ihrer Geburt hatten ihre Eltern Dads Eltern in London einen Besuch abgestattet. Es war in den Sommerferien und ihre Mutter hochschwanger. Und dann hatten ihre Wehen vorzeitig eingesetzt. Dad hatte zum Schulbeginn nach Jersey zurückkehren müssen. Mum hatte gewartet, bis sie die Überfahrt mit ihrem neugeborenen Baby wagen konnte.

»Alice bitte«, sagte Dad und runzelte die Stirn. »Wir anderen haben nicht vor, eine englische Universität zu besuchen. Wir bleiben während des Kriegs natürlich auf der Insel. Vielleicht werden wir uns hier gefangen fühlen, aber das kann ich dann nicht ändern. Doch wenn Jenny jetzt nicht nach London geht, kommt sie vielleicht nicht mehr von hier fort, und dann war ihr ganzer Fleiß umsonst.«

Im Flur klingelte das Telefon. Jenny lief hinaus.

Man hörte sie telefonieren.

Als sie zurückkehrte, wirkte sie bedrückt. »Das war Mr Marett. Pip wird vermisst.«

»Wieso denn vermisst?«, fragte Alice.

Jenny setzte sich wieder. Ihre Augen hatten einen feuchten Glanz bekommen. »Er ist mit einer Bootsflotte nach Saint-Malo gefahren, um gestrandete englische Soldaten aufzunehmen. Die anderen Boote sind zurück. Das, auf dem er war, noch nicht.«

»Dieser dumme Junge«, sagte Dad. »Er hat von jeher etwas Kopfloses gehabt.«

»Er wollte Menschen retten«, entgegnete Jenny. »Das ist etwas Gutes. Er ist nicht aus Jux und Tollerei losgefahren. Auch nicht einfach nach England abgehauen.«

»Dann wollen wir hoffen, dass er bald wieder da ist«, sagte Mum einlenkend. »Einen zweiten Tod in der Familie würde Mr Marett nicht verkraften.«

Nervös begann Jenny, mit den Fingern eine Haarsträhne zu zwirbeln.

Alice sah Pip wieder auf der *Bynie May* vor sich. Das gebräunte Gesicht, die sichere, kräftige Hand, mit der er das Boot an den Klippen vorbeinavigiert hatte. Darüber schob sich ein Bild, auf dem er im stürmischen Meer mit den Wellen kämpfte, und der Wind seine Hilferufe davontrug. Dann sah sie ihn untergehen, und ihr Herz zog sich schmerzhaft zusammen.

Jenny sprang so abrupt auf, dass ihr Stuhl umfiel.

»Herrgott nochmal, Jenny«, fluchte Dad. »Was soll das?«

»Du hast gewonnen«, erwiderte Jenny. »Ich gehe nach England.«

Dad nickte zufrieden. »Sehr schön. Du wirst es nicht bereuen.«

Den ganzen Abend warteten sie auf die Nachricht, dass Pip sicher zurückgekehrt war. Schließlich wurde es Zeit, zu Bett zu gehen, obwohl Alice nicht glaubte, dass sie und Jenny schlafen konnten.

»Wie kommt es, dass du deine Meinung geändert hast?«, fragte sie, als sie an der Seite ihrer Schwester in der Dunkelheit lag.

Stille.

»Jen?«

»Wegen Pip«, antwortete Jenny schließlich.

»Aber wieso denn? Ich dachte, seinetwegen hattest du bleiben wollen.«

Jenny seufzte. »Er wollte mir Bescheid geben, bevor er etwas Gefährliches unternimmt. Das hat er mir versprochen. Und dann verschwindet er ohne ein Wort. Ich hatte nicht die leiseste Ahnung, dass er nach Saint-Malo fährt, um gestrandete englische Soldaten zu retten.«

»Vielleicht hatte er keine Zeit mehr, es dir zu sagen. Außerdem ist er von jeher impulsiv gewesen, in dem Punkt hat Dad recht.«

»Dad hat es ›kopflos‹ genannt.«

Alice dachte daran, dass Pip sich von einem Moment zum anderen entschieden hatte, nach Saint Peter zu segeln, nur um nachzusehen, ob die Whitleys dort auftankten und weiß der Geier wohin flogen. War das nötig gewesen? »Vielleicht hat ihn jemand gebeten mitzufahren, und er hat eingewilligt, ohne lange zu überlegen.«

»Er hätte mich anrufen können. Oder mir eine Nachricht zukommen lassen können.«

Alice blickte zu Jennys Koffer, dessen Umriss sich ganz schwach in der Dunkelheit abzeichnete. Gleich nach dem Abendessen hatte ihre Schwester gepackt. Auch sie konnte impulsiv sein. »Und deshalb gehst du nach England?«

Wieder ein Seufzer. »Pip wollte sich von Anfang an zum Kriegsdienst melden. Und hätte sein Vater es ihm nicht verboten, hätte er es auch getan. Ohne vorher mit mir darüber zu sprechen. Vielleicht setzt er sich ja irgendwann über das Verbot seines Vaters hinweg und zieht doch in den Krieg. In dem Fall würde ich ihn, auch wenn ich hierbleibe, monatelang nicht sehen.«

»Aber wenn du Jersey verlässt, wird er denken, dass du dir nichts aus ihm machst«, sagte Alice. »Du hast Glück, jemanden wie Pip zu haben. Oder bedeutet er dir nichts mehr?« Sie hätte noch einiges mehr sagen können, doch dann hätte Jenny womöglich erkannt, dass sie selbst etwas für Pip empfand.

»Natürlich bedeutet er mir noch was. Aber wenn er irgendwo mit den Deutschen kämpfen würde, könnte ich ebenso gut in England sein. Zumal er dort wahrscheinlich stationiert wäre. Außerdem muss ich an meine Zukunft denken.«

Wie rigoros ihre Schwester war. »Dann hoffe ich, dass du deine Entscheidung nicht bereuen wirst.« Alice stellte sich vor, wie es wäre, wenn Jenny in England leben würde. Auch innerlich würden sie sich dann wohl noch weiter voneinander entfernen. Bliebe sie hingegen auf der Insel, könnten sie versuchen, ihre frühere Nähe wiederherzustellen.

Aber was wäre, wenn Pip nicht mehr zurückkehren würde?

 KAPITEL 6

Am Hafen hatte sich unzählige Passagiere eingefunden, die auf ihr Schiff nach England warteten. Bei den meisten schien es sich um Familien zu handeln, die sich auf eine lange Abwesenheit eingestellt hatten. Die Männer trugen Hüte und Wintermäntel über Anzügen aus leichtem Stoff, die Frauen dicke Mäntel über Sommerkleidern. Auch die Kinder waren warm gekleidet. In den Koffern hatte man anderes unterbringen müssen.

Bereits jetzt sehnte Jenny sich nach ihrer Familie. Sie hatte ihre Eltern gebeten, sie nicht zum Hafen zu begleiten, hatte sich nicht vor aller Augen von ihnen verabschieden wollen, denn wahrscheinlich hätte sie dann geweint. Im Übrigen musste sie anfangen, sich an ihre Selbständigkeit zu gewöhnen.

Sie dachte an das schöne Frühstück, das ihre Mutter ihr an diesem Morgen so liebevoll bereitet hatte. Danach war ihr der Abschied noch schwerer gefallen. Dann wanderten ihre Gedanken zu William, der ihr erlaubt hatte, ihm einen Kuss zu geben, und sie verwirrt angeschaut hatte, als sie ihm auf Wiedersehen gesagt hatte. Er lebte in seiner eigenen kleinen Welt, und Veränderungen machten ihm Angst. Ob Alice sie vermissen würde? Oder wäre sie einfach nur froh, das Zimmer ab sofort für sich allein zu haben? Ihre Mutter würde sich um sie sorgen, so viel war Jenny klar. Sie hatte sie beim Abschied so fest an sich gedrückt, als wolle sie Jenny zurück in ihren Leib pressen. Dad hatte feuchte Augen gehabt. Zwar hatte er gewünscht, dass sie nach England ging, doch Jenny wusste, dass sie ihm fehlen würde.

Sie verscheuchte die wehmütigen Gedanken, straffte ihre Schultern und stellte sich vor, wie stolz ihre Familie wäre, wenn sie die Aufnahmeprüfung für Cambridge bestünde.

Als Nächstes versuchte sie, sich Charles und seine Frau Cynthia vorzustellen, die sie bisher noch nicht kennengelernt hatte. Dad war zusammen mit Charles aufgewachsen, viel mehr wusste sie über diese Verwandten nicht. Ihre Londoner Adresse steckte in der Handtasche ihrer Mutter – die jetzt ihre war. Jedenfalls hatten diese beiden sich bereit erklärt, sie so lange wie nötig bei sich aufzunehmen. Was äußerst großzügig war. Sie würde darauf achten müssen, ihnen nicht lästig zu fallen. Allerdings waren es wohlhabende Leute, vielleicht war ihr Haus groß genug, dass man einander aus dem Weg gehen konnte.

Jenny warf einen Blick auf ihren Koffer. Jeder, der sich evakuieren ließ, durfte nur einen mitnehmen, mit einem Höchstgewicht von fünfundzwanzig Kilo. Nachdem Mum den Koffer auf ihrer Personenwaage gewogen hatte, hatte sie einige Bücher herausnehmen müssen. Doch sie hatte noch immer genügend Fachliteratur dabei, um sich auf die Prüfung im November vorbereiten zu können.

Jenny wollte nicht an Pip denken – und tat es doch. Er würde es nicht verstehen, wenn er bei seiner Rückkehr feststellte, dass sie ohne Abschied nach England abgereist war. Und dann wäre es, wie Alice vermutet hatte. Er würde annehmen, dass sie sich nichts aus ihm machte. Das würde ihn verletzen. Aber was, wenn ihm tatsächlich etwas zugestoßen war?

Mit einem Mal wusste Jenny nicht mehr, ob es wirklich richtig war, die Insel zu verlassen. Auf dem Weg zum Hafen war sie an einem Plakat vorbeigekommen. *Seid nicht feige, bleibt zu Hause!*, hatte in Riesenlettern daraufgestanden. War es feige von ihr, sich nach England abzusetzen? Sie schüttelte den Gedanken ab und versuchte, sich wieder auf London und Cambridge zu konzentrieren.

Dann kam ihr Schiff, und die Menge bewegte sich ein Stück voran. Wie Dad gemutmaßt hatte, handelte es sich um einen alten Frachter, aus dessen Schornsteinen schmutzige Rauchwolken quollen. Faserige Rauchfäden lösten sich und schwebten in der Luft.

Die Frau vor Jenny wandte sich um und sagte: »Ein Luxusdampfer ist das ja nicht.«

Jenny hob die Schultern. Sie hatte gehört, dass Frauen und Kinder im Frachtraum untergebracht würden, die Männer an Deck. Bei der Vorstellung, die Fahrt über den Ärmelkanal unter Deck zu verbringen, spürte sie einen Anflug von Klaustrophobie. Sie hatte vergessen zu fragen, wie lange die Überfahrt nach Weymouth dauerte. Und dann stünde ihr noch die Zugfahrt durch Südengland nach London bevor. Sie würde sich die belegten Brote und den Apfel einteilen müssen, die ihre Mutter ihr mitgegeben hatte. Aber vielleicht wurde sie vor lauter Aufregung gar nichts essen können.

»War keine leichte Entscheidung«, fuhr die Frau fort. Auf dem verschrammten Koffer an ihrer Seite saß ein Junge, der sich die Augen wischte.

»Ist mit ihm alles in Ordnung?«, fragte Jenny. Der Kleine war in Williams Alter.

Die Frau reichte ihm ein Taschentuch. »Nimm das, nicht die Hände.« Dann drehte sie sich wieder zu Jenny um. »Wir mussten den Hund zurücklassen, den er gerade erst bekommen hatte. Er scheint ihm mehr als seine Freunde bedeutet zu haben.«

Jenny sah ihren Bruder vor sich, der sein Gesicht im weichen Fell seines Kaninchens barg, es in den Armen hielt und mit ihm redete.

»Der arme kleine Kerl«, sagte Jenny. »Haben Sie jemanden, der sich um den Hund kümmert?«

Die Frau schüttelte kaum merklich den Kopf. »Wir haben niemanden gefunden«, murmelte sie. »Wir mussten ihn einfach laufen lassen. Vielleicht nimmt ihn jemand auf, oder er wird ein Straßenhund. Oder ...« Sie zuckte die Achseln.

Jenny schauderte. Noch gab es auf der Insel genug zu essen, aber was, wenn die Deutschen Jersey besetzten und die Nahrungsmittel knapp wurden, weil die Frachter, die sie versorgten, nicht mehr anlegen durften? Würden die Inselbewohner in ihrer Not dann anfangen, ihre Haustiere zu schlachten? So wie man es aus anderen Ländern hörte, in die die Deutschen einmarschiert waren? Würden Mum und Dad Binkie opfern, wenn es nicht mehr genug zu essen gab?

Ein Mann trat zu ihnen. »Hast du es mitbekommen?«, fragte er die Frau, die mit Jenny gesprochen hatte.

»Was?« Die Frau holte eine Thermosflasche aus ihrer Reisetasche, drehte den Becher ab und füllte ihn mit Tee. Sie fragte Jenny, ob sie einen Schluck wolle. Jenny verneinte dankend. Sie wollte niemandem etwas wegnehmen. Die Frau reichte den Becher ihrem Mann.

Er nahm einen Schluck. »In der Gruppe da vorn hat einer gesagt, Russland und die Türkei wären in den Krieg eingetreten und würden jetzt gegen die Deutschen kämpfen.«

»Das glaube ich nicht«, sagte seine Frau. »Die Russen und Deutschen haben doch einen Nichtangriffspakt geschlossen. Und die Türkei soll angeblich mit Deutschland befreundet sein.«

»Ich wiederhole nur, was ich gehört habe.«

Die Frau runzelte die Stirn. »Wenn das wahr wäre, könnten wir genauso gut hierbleiben. Ich möchte nicht in England ankommen und erfahren, dass die Deutschen besiegt wurden, und der Krieg vorbei ist.«

Der Mann betupfte sich die schweißglänzende Stirn mit einem Taschentuch. »Und bei der Rückkehr würden wir dann feststellen, dass ein paar Ganoven unser Haus ausgeräumt haben.«

»Wir hätten die Türen zunageln sollen.«

Der Mann lachte. »Wenn jemand stehlen will, tritt er auch zugenagelte Türen ein. Nun sieht es aus, als wären wir noch zu Hause. Das ist besser. Aus psychologischen Gründen.« Er zwinkerte Jenny zu.

Jenny war sich nicht sicher, ob sie mit seiner »Psychologie« übereinstimmte. Doch die Vorstellung, der Krieg könnte demnächst beendet sein, verwirrte sie. Womöglich musste sie gar nicht fort, sondern konnte weiterhin den Inselsommer genießen. Konnte Zeit mit Pip verbringen. Den Gedanken, er könnte vielleicht nicht zurückkehren, verdrängte sie. Aber dann hörte sie im Geist ihren Vater sagen: *Du kannst nicht hierbleiben, das ist mir angesichts der militärischen Entwicklungen zu ungewiss. In England bist du an Ort und Stelle, wenn die Aufnahmeprüfung ansteht. Und bis dahin wird die Zeit verfliegen.*

Mit einem Mal kursierte unter den Wartenden ein neues Gerücht. Es besagte, dass das vorherige Evakuierungsschiff von den Deutschen torpediert worden war.

Jenny wurde so panisch, dass sie den eigenen Angstschweiß roch. Ihr Frachter näherte sich der Anlegestelle. Sie musste sich entscheiden, entweder einsteigen oder zurückbleiben. Sie fragte sich, was wäre, wenn sie auf dem Meer angegriffen würden. Oder sie schafften es nach England, nur um dort zu erfahren, dass der Krieg bald zu Ende sein würde. Aber wenn sie nun wieder nach Hause ginge, und der Krieg doch noch andauerte, würde es vielleicht für lange Zeit keine Möglichkeit mehr geben, nach England zu gelangen. Sie konnte sich einfach nicht entscheiden.

Als sie schließlich doch mit schweißfeuchter Hand nach ihrem Koffer greifen wollte, glaubte sie ihren Namen zu hören. Sie drehte sich um. Jemand bahnte sich einen Weg durch die Menge zu ihr. Dann erkannte sie die vertraute Gestalt, und ein großes Glücksgefühl durchströmte sie. »Pip!«

Er nahm sie in die Arme und drückte sie an sich. »Ich bin wieder da, und alles ist gut.«

Jenny küsste ihn auf die Wange. »Du ahnst nicht, wie froh ich bin, dass dir nichts zugestoßen ist.« Sie blickte zu dem Frachter, den sie nun wohl ebenso wenig betreten, wie sie ins Wasser springen würde. Pip hatte sich nicht freiwillig gemeldet, ihm war auch nichts geschehen. Sondern er war hier bei ihr. Sie konnte den Sommer mit ihm verbringen.

»Vielleicht ist es falsch«, sagte sie. »Aber ich glaube, ich bleibe lieber auf der Insel.«

»Ich finde, das ist eine gute Idee.« Pip nahm ihren Koffer und kämpfte sich mit ihr durch die wartenden Passagiere zurück in die Stadt.

»Es tut mir leid, dass ich dir vor der Fahrt nach Saint-Malo nicht Bescheid gegeben habe«, sagte er, als sie die Menschenmenge hinter sich gelassen hatten.

Nein, dachte Jenny, so leicht würde er ihr nicht davonkommen. »Du hattest es mir versprochen. Bevor du etwas Dummes tust, wolltest du mit mir darüber reden.«

Pip runzelte die Stirn. »Wir haben Menschen gerettet. Das war nicht dumm, sondern mutig und selbstlos.«

Er hatte recht. Jenny spürte, dass sie etwas nachgiebiger wurde. »Du hättest wenigstens anrufen können.«

Pip schüttelte den Kopf. »Dazu ging alles viel zu schnell. Als ich Dad abends endlich überredet hatte, mich mitfahren zu lassen, war es für einen Anruf zu spät. Und am nächsten Morgen sind wir schon um vier Uhr los.«

»Ich hatte Angst um dich.«

»So große Angst, dass du dich entschieden hast, nach England zu gehen?«

Jenny errötete. »Außerdem dachte ich, du würdest dich vielleicht doch noch freiwillig zur Armee melden. Oder zur Marine.«

»Das würde ich nie tun, ohne vorher mit dir darüber zu sprechen. Du weißt doch, wie viel du mir bedeutest.«

Jenny drückte seinen Arm. »Mein Plan abzureisen hatte in erster Linie mit meinem Vater zu tun. Er hat mich gedrängt, schon jetzt ein Schiff nach England zu besteigen. Und dann war ich wütend, weil du einfach beschlossen hast, dein Leben zu riskieren. Außerdem habe ich mir gesagt, dass du mich in England jederzeit besuchen kannst.«

»Das kann ich hier noch viel besser.«

Jenny lächelte. Plötzlich war ihr ganz leicht zumute. Die Überfahrt unter Deck des Frachters war ihr erspart geblieben, und sie musste nicht bei Verwandten wohnen, die sie nicht kannte. Sie würde auf ihrer geliebten Insel bleiben, bei ihrer Familie und Pip. Die Kriegszeit würden sie gemeinsam bewältigen, ganz gleich, was auf sie zukommen würde. Cambridge würde ihr nicht fortlaufen, sondern weiterhin verlockend in der Ferne schimmern.

»Wie war die Rettungsaktion, an der du teilgenommen hast?«, fragte sie. »Dein Vater hat bei uns angerufen und mir davon erzählt. Auch er hat sich große Sorgen um dich gemacht.«

Pips Blick richtete sich nach innen, die belebte Straße, die Häuser, nichts davon schien er mehr zu sehen.

Dann erzählte er ihr von den Sprengungen im Hafen von

Saint-Malo, den Explosionen, bei denen er um sein Leben gebangt hatte. Die auftretende Hitze hatte den Motor von Jacks Boot beschädigt, der daraufhin nicht mehr ansprang, ganz gleich, was sie unternahmen. Sie mussten warten, bis sie von einem anderen Boot aus dem Hafen von Saint-Malo geschleppt wurden. Dann waren sie zurückgesegelt. Im Dunkeln und bei Windstärke fünf. Erst nach zwanzig Stunden waren sie wieder im Hafen von Saint Helier gewesen. Es sei eine höllische Fahrt gewesen, sagte er, zumal auf dem Kanal sämtliche Seezeichen entfernt worden seien, und sie sich kaum hatten orientieren können. Zu Hause sei er todmüde ins Bett gekrochen. Er habe sie am Morgen anrufen wollen, sei jedoch erst am Vormittag wach geworden. Dann habe er bei ihr zu Hause angerufen und von ihrem Vater erfahren, dass sie vorhatte, nach England abzureisen. Ihr Vater habe ihn gebeten, nicht zum Hafen zu laufen, doch darüber habe er sich hinweggesetzt.

»Ich weiß nicht, ob ich wirklich an Bord des Frachters gegangen wäre«, sagte Jenny.

»Ach.«

Jenny lächelte ihn an. »Trotzdem war es gut, dass du gekommen bist.«

In der Küche der Robinsons bereitete Jennys Mutter das Mittagessen vor. Jennys Vater saß am Tisch und las Zeitung. Beim Anblick von Pip und Jenny erstarrten sie. Pip stellte den Koffer ab.

William lief zu Jenny und schlang seine Arme um sie. Jenny strich ihm über das Haar, und er schmiegte seinen Kopf in ihre Hand. Mum umarmte Jenny steif.

Dad blieb sitzen.

»Dad«, sagte Jenny.

Sein Blick glitt von ihr zu Pip. »Ich hoffe, du weißt, was du tust.«

»Ich wollte einfach bei euch sein«, entgegnete Jenny. »Ich möchte euch jetzt nicht alleinlassen.«

Ihr Vater sah noch immer Pip an.

»Wir wissen, was wir tun«, sagte Pip.

Mit bitterer Miene wandte Dad sich wieder der Zeitung zu.

Am Nachmittag musste Jenny ihren Verwandten in London einen Brief schreiben, in dem sie sich dafür entschuldigte, ihre Meinung geändert zu haben, und ihrer Hoffnung Ausdruck verlieh, dadurch keine allzu großen Unannehmlichkeiten verursacht zu haben. Insgeheim sagte sie sich jedoch, dass Cynthia und Charles womöglich froh waren, sie nicht wer weiß wie lange bei sich aufnehmen zu müssen. Als sie zur Post gehen wollte, um den Brief aufzugeben, bat Mum sie, William mitzunehmen.

»Er braucht Bewegung«, sagte sie. »Und ich hätte gern ein paar Minuten für mich allein.«

»Dann komm, William.« Jenny hielt ihm ihre Hand hin.

Er reagierte nicht.

Sie beugte sich zu ihm hinab. »Ich habe Geld dabei. Wenn du mitgehst, kaufe ich dir Süßigkeiten.«

Er griff nach ihrer Hand.

Auf dem Weg die Straße hinunter folgte William wie immer seinen seltsamen Einfällen. Mal balancierte er mit ausgebreiteten Armen auf dem Randstein, mal machte er Riesenschritte, um Rissen im Gehsteig auszuweichen. Schließlich entschied er sich, wie eine Krabbe seitwärts zu laufen.

Jenny war diese Verhaltensweisen gewöhnt, auch die Menschen, die ihre Familie kannten, waren es. Fremde hingegen starrten den Jungen an, drehten sich sogar noch einmal nach ihm um, wenn sie ihn passiert hatten.

Jenny beachtete sie nicht. Sie hatte bereits vor langer Zeit aufgehört, sich darüber zu sorgen, was andere über ihren Bruder dachten. Bei Mum und Alice war es genauso, nur Dad wurde nicht gern mit William gesehen. Er würde auch nie das starke Band mit ihm knüpfen, das zwischen anderen Vätern und ihren Söhnen existierte, sogar zwischen Mr Marett und Pip.

In der Hauptstraße hatte sich vor dem Eingang der Bank eine endlos lange Warteschlange gebildet.

Jenny führte William daran vorbei. Er drückte sich ängstlich an sie.

»Die Leute tun dir nichts«, sagte Jenny beruhigend. Dann entdeckte sie ganz am Ende die wilde feuerrote Lockenmähne einer früheren Mitschülerin und trat zu ihr. »Louisa.«

Die junge Frau drehte sich um. »Hallo, Jenny.«

»Was ist los?«, fragte Jenny. »Warum stehen hier so viele Leute?«

»Wir wollen Geld abheben.«

»Und das wollen so viele?«

»Wir haben uns in die Liste für die Evakuierungen eingetragen und möchten unser Erspartes mitnehmen. Leider darf jeder nur zwanzig Pfund abheben.«

Ein großer, vierschrötiger Mann streifte Jenny und William im Vorbeigehen und murmelte eine Entschuldigung. William sah Jenny mit panischem Blick an.

Jenny hätte sich gern weiter mit Louisa unterhalten. Sie hatte zu den wenigen Mädchen gehört, die keine spitzen Bemerkungen gemacht hatten, wenn sie wieder eine gute Note bekommen oder von einem Lehrer gelobt worden war. Doch William war zu verängstigt, als dass sie noch länger verweilen konnte. Sie verabschiedete sich von Louisa.

Nach der grellen Sonne und dem Straßenlärm war die kühle Post eine Wohltat.

William sah sich enttäuscht um und sagte: »Keine Süßigkeiten.«

»Die kaufen wir anschließend. Zuerst geben wir unseren Brief auf.«

Es war nur ein Schalter geöffnet, vor dem es ebenfalls eine Warteschlange gab. Um ihn ruhig zu halten, legte Jenny ihrem Bruder eine Hand auf die Schulter.

Im Vorrücken erkannte Jenny die Schalterbeamtin, eine übergewichtige, ältere Frau namens Bracy, die ihren Dienst im Schneckentempo versah.

William beobachtete sie fasziniert. Als sie an die Reihe kamen und die Briefmarken erstanden hatten, rührte er sich nicht vom Fleck, sondern starrte Mrs Bracy weiterhin an.

»Haben Sie alles oder brauchen Sie noch etwas?«, fragte Mrs Bracy an Jenny gewandt. Ihr Blick huschte zu William.

»Erwarten Sie ein Baby?«, fragte William so laut, dass es für jedermann hörbar war.

Im Raum wurde es still.

»William!« Jenny spürte, wie glühende Hitze in ihre Wangen schoss. »Bitte entschuldigen Sie ihn, Mrs Bracy.« Sie sah William strafend an. »Das war nicht nett. Sag Mrs Bracy, dass es dir leidtut.«

»Es tut mir leid, dass Sie so aussehen«, sagte William.

Hinter ihnen sog jemand scharf die Luft ein. Eine Frau kicherte.

»Ich bitte um Verzeihung, Mrs Bracy«, murmelte Jenny. »William kann nichts dafür. Er wollte nicht unhöflich sein.« Sie überlegte, ob sie ihren Bruder bitten sollte, sich noch einmal zu entschuldigen, entschied sich jedoch dagegen. William wirkte bereits gestresst. Es war besser, sich zu verabschieden.

William griff nach den Briefmarken, leckte sie an und klebte eine nach der anderen in einer perfekten, geraden Reihe auf den Brief.

»Treten Sie zur Seite«, sagte Mrs Bracy und lächelte gezwungen. »Die Leute hinter Ihnen wollen auch drankommen.

»Natürlich.« Jenny spürte, dass ihr Gesicht noch immer glühte. Mit gesenktem Kopf fasste sie Williams Arm und ignorierte seine Beschwerde. Dann zog sie ihn mit sich zu dem Briefkastenschlitz und dann aus dem Postgebäude hinaus.

»Kriege ich jetzt Süßigkeiten?«, fragte er, kaum dass sie auf der Straße waren.

»Ja.« Wäre er ein Junge wie jeder andere auch, hätte sie ihm zur Strafe nichts mehr gekauft. Doch ihr Bruder würde einen Tobsuchtsanfall bekommen, wenn sie ihr Versprechen nicht hielt. Er verstand ja nicht, dass er etwas Falsches gesagt hatte.

Dennoch wünschte sie, Alice wäre mit ihm zur Post gegangen. Ihre Schwester hatte ein viel besseres Gespür dafür, wie man William behandeln musste – hätte auch zu Mrs Bracy etwas Versöhnliches zu sagen gehabt –, schließlich hatte sie in ihrem Beruf gelernt, mit schwierigen Menschen und Situationen umzugehen. Ihr hingegen war nur theoretisch klar, wie sie ihren Bruder handhaben musste, in der Praxis hatte sie Angst, Fehler zu machen. Und dann spürte William ihre Unsicherheit und wurde ungenießbar. Es war ein Teufelskreis.

Im Süßwarenladen, in dem glücklicherweise keine weiteren Kunden waren, kaufte sie Karamellbonbons mit Pfefferminzgeschmack, die ihr Bruder auf dem Heimweg still und zufrieden lutschte.

In der Hauptstraße schien die Warteschlange an der Bank noch länger geworden zu sein, und die Menschen wirkten sichtlich gereizt. Auch sonst sah man überall missmutige oder besorgte Gesichter.

Und Jenny fragte sich, ob es vielleicht doch falsch gewesen war, auf Jersey zu bleiben.

 KAPITEL 7

Alice' Mutter richtete ihren Hut vor dem Garderobenspiegel. »Macht es dir wirklich nichts aus, wenn du mit William hierbleibst?«, fragte sie zum dritten Mal.

»Nein«, entgegnete Alice. »Es ist doch alles perfekt. William würde sich auf der Feier langweilen, und ich bin froh, wenn ich meine Füße hochlegen kann.« Den ganzen Tag war sie mit den enggeschnürten, knöchelhohen Schuhen, die zu ihrer Schwesterntracht gehörten, durch Krankenhausflure gelaufen. Sie streifte die Schuhe ab und rieb ihre brennenden Füße durch die Wollstrümpfe.

Ihre Mutter warf ihr einen mitfühlenden Blick zu. »Dann erhol dich. Es ist auch genug Brot da. Nimm aber nicht zu viel Butter und Marmelade.«

Alice' Vater tauchte im Türrahmen auf und hielt Schuhe in der Hand. »Weiß jemand, wo die Schuhcreme ist?«

Mum seufzte. »Muss das jetzt sein? Du hattest den ganzen Tag Zeit, deine Schuhe zu putzen, oder willst du unbedingt zu spät kommen? Kannst du die Schuhe nicht mit Spucke säubern?«

Dad schüttelte den Kopf. »Wenn man etwas macht, sollte man es richtig machen.« Er war auf Socken, und die Säume der Hosenbeine stießen auf dem Fußboden auf, was seinen Gesamteindruck irgendwie schmälerte.

Mum reichte ihm die Schuhcreme.

»Wo ist die Schuhbürste?«

Mum verdrehte die Augen, bevor sie auch die Bürste hervorholte.

Dad kniete sich auf den Fußboden und verteilte die Creme mit der Bürste auf den Schuhen. »Wenigstens können wir jetzt zusammen mit Jenny an ihrer Abiturfeier teilnehmen. Das ist ein kleiner Trost angesichts ihres sonderbaren Entschlusses, nicht nach England zu gehen.«

»Hm.« Mum stand wieder vor dem Spiegel, trug Lippenstift auf und tupfte ihren Mund mit einem Taschentuch ab. Sie wandte sich um. »Ist das zu viel Lippenstift?«

Dad war noch mit seinen Schuhen beschäftigt.

»Du siehst wundervoll aus«, sagte Alice. »Jenny wird stolz auf dich sein.«

»Ich glaube, wir sind eher stolz auf Jenny.« Dad hauchte auf seine Schuhe und fuhr noch einmal mit dem Ärmel seiner Anzugjacke darüber.

»Also wirklich«, sagte Mum. »Glänzende Schuhe, aber Schuhcreme am Ärmel.«

»Ich habe die Unterseite des Ärmels genommen. Niemand wird was sehen.«

Mum gab missbilligende Laute von sich und verstaute Schuhcreme und Bürste wieder im Garderobenschrank. »Alice, ruf Jenny«, bat sie. »Sie hat jetzt lange genug getrödelt.«

Alice trat ins Treppenhaus. Sie musste nicht rufen, Jenny

kam bereits aus ihrem Zimmer. Sie trug die Schuluniform, die Mum gewaschen und gebügelt hatte, und hatte ihr kastanienrotes Haar mit Spangen zurückgesteckt.

»Wie hübsch du aussiehst«, sagte Alice. »Wie es sich für den Star der Schule gehört.«

Jenny verzog das Gesicht. »Ich möchte nicht hervorstechen, falls du das meinst.«

»Warum denn nicht? Es ist doch dein großer Abend.«

Jenny zuckte die Achseln. »Ich wünschte, die Feier wäre schon vorbei.«

»Sie wird bestimmt schön«, beteuerte Alice. Dann überwand sie sich und fügte hinzu: »Mum und Dad werden stolz auf dich sein.«

»Worauf denn? Darauf, dass ich nicht nach England gegangen bin?«

»Das vielleicht nicht. Aber du hast dich ja nicht grundlos entschieden hierzubleiben.«

Jenny nagte an ihrer Unterlippe. »Nein, grundlos war es nicht.«

Als Alice mit ihrem Bruder allein war, stellte sie das Küchenradio an. William, der am Tisch Schularbeiten machte, hielt sich die Ohren zu.

»Ist es zu laut?«, fragte Alice.

Er nickte.

Sie stellte es leiser. »Besser?«

William zuckte mit den Schultern.

Alice holte Brot und Brotmesser, um ihnen etwas zu essen zu machen, und betrachtete ihren Bruder. William war ein kluger Junge. Ebenso wie es bei Jenny gewesen war – die an diesem Abend jede Menge Preise einheimsen würde –, schrieb er in der Schule nur gute Noten. Die beiden hatten den Verstand ihres Vaters geerbt. Vielleicht würde auch William eines Tages in Cambridge studieren. Allerdings brachte er nie Freunde mit nach Hause, ging nie nach draußen, um mit anderen Kindern zu spielen. Das bereitete ihrer Mutter Kummer. Insofern war es richtig gewesen, ihn nicht nach England zu schicken. Eine andere Familie würde mit ihm nicht zurechtkommen, und er nicht mit ihr.

Alice' Gedanken wanderten zu ihrer Schwester. Seitdem sie mit Pip vom Hafen zurückgekehrt war, behandelte Dad Jenny frostig. Mitunter massierte er sich bei ihrem Anblick die Schläfen oder drückte seine Nasenwurzel zusammen, sichere Anzeichen dafür, dass ihn etwas störte. Jenny tat, als bekäme sie es nicht mit, aber sie wusste natürlich, dass sie ihren Vater enttäuscht hatte. Vielleicht würden die Preise an diesem Abend das ja wettmachen.

Alice bestrich zwei Scheiben Brot dünn mit Butter und stellte sie auf einem Teller vor William. Ohne von seinen Hausaufgaben aufzublicken, stopfte er sich eine halbe Scheibe in den Mund. Wie immer bedankte er sich nicht.

Sie butterte eine Scheibe für sich und setzte sich ans Radio. Bald sollte eine Musiksendung kommen, auf die sie sich freute, auch wenn sie die Musik nur ganz leise hören konnte.

Sie dachte an ihre Abiturfeier vor zwei Jahren. An jenem Abend hatte Jenny auf William aufgepasst. Soweit sie sich erinnerte, hatten ihre Eltern sich damals nicht sonderlich feingemacht, oder aber sie hatte es vergessen. Während der Feier hatte sie mit anderen aus ihrer Klasse auf einer unbequemen Holzbank gehockt und zugesehen, wie ihre Freunde und Freundinnen nacheinander zur Bühne gerufen wurden, um Preise entgegenzunehmen. Sie selbst rechnete weder mit einem Preis in Mathematik noch in Englisch, hatte jedoch gehofft, in den naturwissenschaftlichen Fächern einen zu ergattern. Doch auch die gingen an andere. Als ihre Freundin Suzanne mit ihrem Preis von der Bühne zurückkehrte, hatte Alice sich zu einem Lächeln zwingen müssen. Sie hatte den kleinen Pokal in die Hand genommen und sich vorgestellt, sie hätte ihn bekommen und ihre Eltern hätten ihr applaudiert. Und dann stieß ihr Sitznachbar sie in die Seite und sagte: »Alice, du bist dran.«

Alice fuhr zusammen. Sie hörte, wie ihr Name gerufen wurde, und sah Miss Dickie, die Schulleiterin, in die Zuschauerreihen spähen. »Alice Robinson? Bist du nicht da?«

Sie reichte Suzanne den Pokal zurück und stand auf. Vom langen Sitzen mit übereinandergeschlagenen Beinen war ihr rechtes Bein eingeschlafen, es kostete sie Mühe, nicht zur Bühne zu humpeln. Dennoch schien ihr Bein ein Eigenleben zu führen und hinter ihr her zu schleifen, als wäre sie verwundet worden. Hier und da vernahm sie ein Kichern.

Auf der Bühne drückte Miss Dickie ihre Hand viel zu fest, übergab ihr eine Urkunde und sagte: »Gut gemacht.«

Alice bedankte sich, stolperte die Stufen hinunter und hinkte mit hochrotem Kopf zu ihrem Platz zurück.

»Wofür hast du die Urkunde bekommen?«, fragte Suzanne.

Alice warf einen Blick darauf. *Alice Robinson* stand dort und darunter: *Für ihre Freundlichkeit.*

»Für ihre *Freundlichkeit*!«, hatte Dad auf dem Rückweg mit unüberhörbarem Spott in der Stimme gesagt.

Mum warf ihm einen rügenden Blick zu und strich Alice über das Haar. »Ich finde diese Urkunde sehr schön«, sagte sie. »Denn du *bist* ein freundliches Mädchen.«

Ein warmes Gefühl war in ihr aufgestiegen, doch es verging wieder, als sie den Blick ihres Vaters sah.

Die Urkunde hob sie in ihrer Kommode auf, doch sie wurde nie wieder erwähnt.

Ihre Eltern und Jenny kehrten gegen neun Uhr zurück und brachten einen Schwall feuchte Luft mit. Die Preisverleihung war wegen des Verdunkelungsbefehls abgekürzt worden. Alice hatte die Jalousien bereits heruntergelassen.

»Welche Preise hast du gewonnen?«, fragte sie ihre Schwester.

Lachend ließ Jenny Urkunden und einen dicken Band auf den Küchentisch fallen. William zuckte zusammen.

Alice nahm den Band auf. »*Shakespeares Gesammelte Werke.* Toll. War das der Preis für die beste Schülerin?«

Jenny nickte. »Ich weiß, es ist Krieg und die Mittel sind knapp, aber hätte man für mich nicht etwas aussuchen können, das mit Mathematik zu tun hat?«

Alice warf sich in Positur und begann mit Zeilen aus Shakespeares Theaterstück *Heinrich V.*: »*Noch einmal zur Bresche, teure Freunde, noch einmal, oder füllt die Mauer mit unseren …*«

»Hör bloß auf«, fiel Jenny ihr ins Wort. Sie trug den Sammelband ins Wohnzimmer und stellte ihn in das Bücherregal ihres Vaters neben Eulers *Anleitung zur Algebra*. »Bin froh, dass es damit vorbei ist, und ich mich dem Rest meines Lebens widmen kann.«

Dad schien der saloppe Kommentar zu stören, er warf Jenny einen übel launigen Blick zu.

*

Am nächsten Abend saßen sie nur zu viert am Abendbrottisch. Als Alice fragte, wo Dad sei, erwiderte Mum ausweichend, dass er etwas Wichtiges zu erledigen habe und deutete dabei mit einer unauffälligen Kopfgeste auf Jenny. Alice überlegte, worum es sich handeln könnte, doch ihr fiel nichts ein. Jenny schien den Austausch nicht mitbekommen zu haben. Sie rührte Milch in ihren Tee und erklärte William irgendein mathematisches Problem.

Mit einem Mal ertönte von draußen das Krachen mehrerer Detonationen, durchsetzt von schrillen Pfeiftönen. William schlug sich die Hände auf die Ohren. Alice legte einen Arm um ihn und zog ihn an sich.

»Was ist das?«, fragte Jenny entsetzt.

Ihre Mutter war leichenblass geworden. »Ich bin sicher, diesmal sind es die Deutschen«, sagte sie zittrig. »Vielleicht glauben sie, hier gäbe es noch englische Soldaten. Womöglich hat Churchill vergessen, ihnen zu mitzuteilen, dass sie uns im Stich gelassen haben.«

»Pip hat gesagt, sollten die Deutschen nach Jersey kommen, werden sie mit uns kurzen Prozess machen«, flüsterte Jenny.

Alice trat ans Fenster, drückte zwei Lamellen der Jalousien auseinander und spähte in den dämmrigen Abend. Wieder hörten sie eine Detonation.

Hastig stellte Mum die mit gebratener Leber, Zwiebeln und Kartoffelpüree gefüllten Teller unter den Tisch und legte das Besteck dazu.

»Was machst du?«, fragte Jenny.

»Falls wir aus der Luft angegriffen werden, will ich, dass wir unter dem Tisch sitzen. Da ist es sicherer.«

Alice nahm die Hand ihres Bruders. »Komm, William, wir machen ein Picknick.« Sie zog ihn mit sich unter den Tisch.

Es war eng und unbequem, als sie dort ihr Mahl zu sich nahmen. Ständig kam einer dem anderen in die Quere oder stieß sich den Kopf an der Tischplatte.

Als der Lärm aufhörte, krabbelten sie unter dem Tisch hervor und stellten die leeren Teller und das Besteck ins Spülbecken.

Mum schaltete das Radio ein, um zu erfahren, ob es in den Nachrichten eine Erklärung für das Getöse gab, doch in dem Moment war wieder ein schriller Laut zu hören. Mum drückte sich eine Hand auf die Brust, doch dann atmete sie auf. »Gott sei Dank, es ist nur das Telefon.« Sie lief in den Flur, um abzunehmen.

Alice hörte gemurmelte Worte. Dann rief ihre Mutter: »Alice, es ist jemand aus dem Krankenhaus.«

Alice nahm ihr den Hörer ab. Nach dem Gespräch rannte sie die Treppe hinauf zu ihrem Zimmer.

»Was wollten sie von dir?«, rief Mum ihr nach.

»Verletzte«, rief Alice zurück. »Das ganze Pflegepersonal muss ins Krankenhaus.«

»Was ist denn passiert?«, fragte Jenny, aber Alice hatte bereits die Zimmertür hinter sich geschlossen.

Kurz darauf kam sie herunter und war noch dabei, ihre Haube im Haar festzustecken. »Ich bin weg. Wann ich zurückkomme, weiß ich nicht.«

»Bis später«, sagte Jenny.

Mum wirkte beunruhigt.

Als Alice am Krankenhaus ankam, fuhren zwei Rettungswagen vor. Dann folgte ein dritter. In seinem Scheinwerferlicht sah Alice, wie die Hintertüren der ersten beiden Fahrzeuge aufgerissen wurden. Rolltragen wurden herausgezogen, auf jeder eine zugedeckte Gestalt, auf die die Rücklichter einen rötlichen Schein warfen. Alice überlief ein Schauder. Schon kamen die nächsten Rettungswagen, und eine Rolltrage nach der anderen wurde im Eiltempo ins Gebäude gefahren.

Alice setzte sich in Bewegung, hastete an der schrecklichen Karawane vorbei ins Krankenhaus. Auf dem Flur sah sie mehrere Ärzte, alle mit ernsten Mienen. Krankenschwestern hoben Verletzte auf Rollstühle. Als die nächste Rolltrage hereinkam, drückte Alice sich an die Wand, um ihr Platz zu machen. Dann sah sie das weiße Gesicht des Verletzten, die blutige Bandage um die Stirn, und ihre Beine drohten nachzugeben.

»Dad!«, flüsterte sie.

Ein Krankenpfleger trat zu ihr und sah sie besorgt an. »Brauchen Sie Hilfe?«

Benommen schüttelte Alice den Kopf.

»Hatten Sie eine lange Schicht?«, fragte er.

»Nein«, entgegnete Alice mechanisch. »Ich bin gerade erst gerufen worden.« Sie wunderte sich, dass sie noch Worte bilden konnte.

»Die verdammten Deutschen«, sagte er. »Die Dreckskerle haben den Hafen bombardiert.«

Panisch sah Alice der Rolltrage nach, auf der ihr Vater davongefahren wurde. Dann folgte sie ihm mit hämmerndem Herzen.

 KAPITEL 8

Alice hatte sich in der Chirurgie melden sollen, doch zuerst wollte sie zur Unfallstation und erfahren, was mit ihrem Vater war.

Auf dem Weg kam ihr Rebekah entgegen. Sie schenkte Alice ein Lächeln, das wieder erlosch, als sie den Gesichtsausdruck ihrer Freundin sah.

»Was ist mit dir?«, fragte sie erschrocken. »Hast du ein Gespenst gesehen?«

Alice war vor Angst übel, doch sie schaffte es, Rebekah zu sagen, was vorgefallen war.

Rebekah nahm sie in die Arme. »Geh zur Chirurgie, sonst gibt es Ärger. Ich versuche, mehr über deinen Vater herauszubekommen.«

»Danke.«

Alice machte sich von ihrer Freundin los.

»Soll ich deiner Mutter Bescheid geben?«

»Ja bitte. Sag ihr aber, dass sie nicht kommen soll. Man würde sie nicht zu meinem Vater lassen. Ich rufe sie an, sobald ich mehr weiß.«

In der Chirurgie war der Teufel los.

Zu allem Überfluss standen auf dem hell erleuchteten Flur

aufgeregte Patienten, die wissen wollten, was passiert war, und die wieder in ihre Betten gescheucht werden mussten.

Alice lief durch die Zimmer, um zu sehen, ob man ihren Vater vielleicht in einem von ihnen untergebracht hatte, konnte ihn aber nirgends entdecken.

Die Stationsschwester packte ihren Arm. »Was laufen Sie hier herum? Sie sind hier, um zu helfen. Ich brauche dringend Spritzen und Adrenalin.«

Alice stürzte los, um das Gewünschte zu holen.

Anschließend verrichtete sie ihre Aufgaben wie ferngesteuert, desinfizierte und bandagierte Wunden, half Verletzten von den Rolltragen ins Bett, deckte sie zu, kontrollierte ihre Vitalwerte, füllte Wärmflaschen mit heißem Wasser. Mit halbem Ohr bekam sie mit, dass es bei der Bombardierung des Hafens Todesopfer gegeben hatte, andere waren von Bombensplittern verletzt worden. Der Krieg hatte Jersey erreicht.

Alice' Gedanken überschlugen sich. Wo war ihr Vater? Als man ihn hereinbrachte, hatte er geatmet, so viel hatte sie mitbekommen, doch er war bewusstlos gewesen, und um den Mund hatte er einen bläulichen Kranz gehabt, was auf akuten Sauerstoffmangel deutete.

Sie überlegte, ob sie ihre Mutter anrufen sollte, entschied sich jedoch dagegen. Zuerst musste sie mehr über Dads Zustand erfahren.

Sie blickte auf die große Wanduhr. William wäre nun im Bett, Jenny vermutlich auch, es sei denn ihre Schwester säße bei ihrer Mutter, um auf neue Nachrichten aus dem Krankenhaus zu warten. Sie würden vor Sorge außer sich sein.

Alice maß gerade die Körpertemperatur eines Patienten, als Rebekah im Türrahmen erschien und sie zu sich winkte. Alice notierte den Wert auf der Krankenkarte und lief zu ihrer Freundin.

»Dein Vater wird zurzeit operiert«, flüsterte Rebekah. »Ihm wird ein Stück Schrapnell entfernt.«

Alice dachte an die blutige Bandage um Dads Kopf, und ihr wurde schwindelig.

Rebekah fasste ihren Arm. »Er wird operiert, Alice! Das ist ein gutes Zeichen. Das bedeutet doch, dass man ihn retten kann.«

Alice schluckte krampfhaft. Rebekah hatte recht. Hätte ihr Vater keine Überlebenschance, hätte man ihm Morphium verabreicht, und er wäre ruhig entschlafen. Aber wie schutzlos er ausgesehen hatte, wie gebrechlich.

Rebekah drückte sie kurz an sich. »Ich muss weiter. Halt mich auf dem Laufenden.«

Alice roch die Kohlenteerseife im Haar ihrer Freundin, die sie alle benutzten, seit es kein Shampoo mehr gab. »Danke«, sagte sie. »Ich gebe meiner Mutter Bescheid.«

Alice suchte die Oberschwester und holte sich die Erlaubnis, das Telefon auf der Station benutzen zu dürfen.

Gegen Mitternacht wurde ein Patient aus dem OP-Saal gebracht. Alice und ein Pfleger machten sich bereit, ihn in sein Krankenbett zu heben. Es war Alice' Vater. Er hatte eine frische Bandage um den Kopf, auch die blaue Desinfektionssalbe, die man vor der Operation aufgetragen hatte, war noch zu erkennen. Er trug nur die Hose, die ihm im OP-Saal übergestreift worden war.

Alice sah ihren Vater nur selten mit freiem Oberkörper. Selbst wenn sie am Strand waren, dauerte es, bevor er sich von seiner Kleidung trennte und die Badehose anzog. Nun fiel ihr der eingefallene Brustkorb auf, die spärliche weiße Behaarung, die knochigen Schultern und die blasse Haut. Er war zu einem alten Mann geworden.

Sie nahm seine Hand. »Alles ist gut«, sagte sie leise. »Ich bin bei dir.«

Die Stationsschwester trat zu ihr. »Wir werden für Ihren Vater alles tun, was in unseren Kräften steht.« Seit sie wusste, dass ihr Vater bei dem Bombenangriff verwundet worden war, begegnete sie Alice freundlicher. »Das Stück Schrapnell wurde entfernt, nun müssen wir dafür sorgen, dass die Wunde wieder heilt.« Sie fühlte Dads Puls und kontrollierte ihn mithilfe der Uhr, die an ihrer Tracht steckte. Trotz des hohen Geräuschpegels auf der Station schien sich um Dads Bett herum eine beklemmende Stille ausgebreitet zu haben.

»Der Puls ist schwach«, sagte die Stationsschwester. »Setzen Sie sich zu ihm, Alice. Ich mache den Tropf mit der Kochsalzlösung fertig.« Sie verschwand, um einen Infusionsständer zu holen.

Alice nahm die Hand ihres Vaters und strich ihm sanft mit dem Daumen über die faltige Haut. »Bitte, Dad«, flüsterte sie. »Bitte halte durch.«

Als sie um sechs Uhr morgens nach Hause geschickt wurde, hatte sich der Zustand ihres Vaters stabilisiert. Nun konnte man nur noch warten, bis sein Körper sich von der Wunde und der Operation erholt hatte.

Wäre es nach Alice gegangen, wäre sie am Bett ihres Vaters geblieben, doch die Stationsschwester bestand darauf, dass sie nach Hause ging. »Schlafen Sie ein paar Stunden«, sagte sie. »Sie sind zu erschöpft, um hier zu etwas nütze zu sein.«

»Meine Schicht ist beendet. Warum kann ich nicht bei meinem Vater bleiben?«

»Sie fallen in meinen Verantwortungsbereich«, erwiderte die Schwester fest. »Und wenn ich Ihnen einen Befehl erteile, erwarte ich, dass Sie ihn befolgen.«

Alice betrachtete ihren Vater: die schweren Lider über den geschlossenen Augen, die einen ins Bläuliche spielende Grauton hatten, die tiefen Falten von der Nase zum Mund, den schlaffen, geöffneten Mund, durch den der flache Atem ein und aus ging. Wahrscheinlich würde er noch eine Zeit lang schlafen.

Sie drückte seine Hand und stand auf.

Trotz der frühen Stunde war es draußen bereits warm. Gelbe und hellviolette Streifen zogen sich über den Himmel, und die ersten Sonnenstrahlen ließen die wenigen Wolken leuchten. Wieder würde es ein heißer Tag werden.

Alice setzte ihre Haube ab und legte sich die Worte zurecht, um ihrer Mutter und Jenny Dads Zustand zu erklären.

Auf der Einfahrt sah sie, dass die Jalousien im Haus bereits hochgezogen waren. Vielleicht war ihre Mutter gar nicht im Bett gewesen. Alice warf einen Blick durch das Wohnzimmerfenster. Ihre Mutter saß mit geschlossenen Augen und zurückgelehntem Kopf auf dem Sofa.

Leise drückte Alice die Haustür auf und betrat das Wohnzimmer. Mit einem Ruck wachte ihre Mutter auf und sah sie mit rot geränderten Augen an, das Gesicht weiß wie ein Laken.

Alice setzte sich zu ihr und beschrieb ihr Dads Zustand, der den Umständen entsprechend sei. Sie wollte ihrer Mutter keine falschen Hoffnungen machen, erst die nächsten Stunden würden ausschlaggebend sein.

Mum schluchzte auf. »Ich wusste, dass er nicht zum Hafen gehen sollte.«

Alice legte einen Arm um sie. Die Schultern ihrer Mutter waren ebenso knochig wie die ihres Vaters. Seit wann waren ihre Eltern so gealtert?

»Und was wollte er da?«

Mum holte zittrig Atem. »Pip suchen.«

»Pip?«

Mum nickte. »Er glaubt, dass Jenny und Pip mehr als Freundschaft verbindet. Deshalb ist er zum Jachtclub gelaufen. Er hatte vor, mit Pip zu sprechen. Im Büro von Mr Marett wollte er ihn nicht zur Rede stellen.«

»Warum denn zur Rede stellen?«

Mum seufzte. »Dein Vater ist der Ansicht, dass Pip Jenny den Kopf verdreht hat, und sie deshalb das Interesse an Cambridge verloren hat. Er wollte ihm klarmachen, dass Jenny eine große Zukunft hat, die Pip nicht gefährden dürfe.«

Alice stand auf. Natürlich hatte ihr Vater mit Pip reden wollen, auch wenn er die Beziehung von Pip und Jenny überbewertete. Ihre Schwester würde sich von niemandem den Kopf verdrehen lassen. Mit einem Mal wurde sie wütend. Warum zum Teufel war Jenny nicht nach England gegangen?

So, wie Dad es gewünscht hatte. Sie hatte es doch vorgehabt. Und dann hatte sie einfach ihre Meinung geändert, und nun lag ihr Vater mit einer Kopfverletzung im Krankenhaus. Aber die Folgen ihres Handelns hatten Jenny ja noch nie interessiert.

Alice fragte sich, ob ihr Vater es geschafft hatte, mit Pip zu reden. Konnte es sein, dass auch Pip in den Bombenangriff geraten war? Nein, davon hätte sie gehört.

Sie ging in die Küche, um für sich und ihre Mutter Tee zu kochen. Doch ihre Hände zitterten so sehr, dass ihr die simpelsten Handgriffe zu misslingen drohten.

Später am Morgen machten sie und ihre Mutter sich auf den Weg ins Krankenhaus. Aber es war noch außerhalb der Besuchszeit, und die Stationsschwester gestattete ihnen nicht, zu Dad zu gehen. Sie versicherte ihnen jedoch, dass er den Morgen gut überstanden hatte, und vertröstete Mum auf die Besuchszeit am Nachmittag. Als sie sich verabschiedete, wirkte Mum trotz allem ruhiger.

Alice kehrte in die Allgemeinmedizin zurück, die Station, auf der sie normalerweise arbeitete. Sie wusch die Bettlägerigen, füllte Infusionsbeutel, stellte die Mahlzeiten für Diabetiker zusammen, maß Vitalwerte.

Sobald ihre Schicht beendet war, lief sie wieder zur Chirurgie. Sie war sicher, dass Mum inzwischen bei Dad gewesen war. Jenny nicht, ihre Schwester musste auf William aufpassen, den man nicht mit ins Krankenhaus nehmen konnte. Der Anblick seines verwundeten Vaters hätte ihn zu sehr aufgeregt, und wer weiß, wie er sich dann aufgeführt hätte. Zwar waren seine

Tobsuchtsanfälle in letzter Zeit weniger geworden, doch unter großem Stress setzten sie nach wie vor ein.

Ihr Vater war wach, als sie sein Zimmer betrat. Sie zog sich einen Stuhl an sein Bett und nahm seine Hand. Es war ein seltsames Gefühl, denn diese Hand hatte sie seit ihren Kindertagen nicht mehr gehalten. Und selbst dann war meist er derjenige gewesen, der nach ihrer Hand griff, entweder damit sie nicht auf die Straße lief oder nicht rannte, wenn sie gehen sollte.

Sie betrachtete seine schmalen Finger und die sorgsam geschnittenen Nägel. Am Mittelfinger hatte er vom vielen Schreiben einen kleinen Hornhautbuckel, doch, davon abgesehen, waren es die weichen glatten Hände eines Mannes, der viele Jahre lang hauptsächlich mit dem Kopf gearbeitet hatte. Die Hände ihrer Mutter hingegen waren schwielig und gerötet, hatten an der Innenseite eines Handgelenks Brandmale. Sie neigte dazu, Pasteten oder einen Schmortopf ohne Ofenhandschuh aus dem Ofen zu ziehen. Und auf der Kuppe ihres linken Zeigefingers sah man hauchdünne Narben von Schnitten, die sie sich beim Kleinhacken von Gemüse zugezogen hatte. Sie hatte zu viel zu tun und verrichtete ihre Arbeiten oftmals zu hastig. Alice war wie sie, wohingegen Jenny und Dad nie in Eile schienen. Auch Jennys Arbeit spielte sich vor allem in ihrem Kopf ab.

»Alice?«, sagte ihr Vater leise, aber deutlich.

»Ich bin bei dir.«

Er versuchte, sich aufzusetzen, doch ihm fehlte die Kraft, und sein Kopf fiel ihm in den Nacken.

»Warte.« Alice stützte seinen Kopf und legte ihn sacht auf dem Kissen ab.

»Jenny«, flüsterte Dad.

»Jenny ist nicht da. Sie kommt morgen.«

Alice warf einen prüfenden Blick auf den Kopfverband. Es war kein frisches Blut ausgetreten, das war ein gutes Zeichen. Doch das Gesicht ihres Vaters war aschfahl.

»Du bist ein liebes Mädchen.«

Alice studierte seine Miene, konnte jedoch keinen Hinweis entdecken, dass er es herablassend gemeint hatte.

Dennoch sagte sie: »Lieb, aber nicht klug.« Und dann wünschte sie, sie könnte diese Worte zurücknehmen. Sie waren zu schnell aus der Tiefe ihres Herzens aufgestiegen und ihr über die Lippen geschlüpft.

»Es tut mir leid«, murmelte ihr Vater.

»Dir muss nichts leidtun.« Entschuldigte er sich, weil er zum Hafen gegangen war? Zur falschen Zeit am falschen Ort gewesen war? »Du dachtest, du würdest das Richtige tun.«

Dad deutete ein Kopfschütteln an. Selbst das schien ihm Schmerzen zu bereiten, er verzog das Gesicht.

»Schon gut«, sagte Alice. »Du musst nicht reden.«

Doch ihren Vater schien etwas zu beschäftigen. Etwas anderes als der Weg zum Hafen.

»Jenny ist wie ich.«

»Ja.« Alice strich die Bettdecke glatt. »Bei ihr ist der Apfel nicht weit vom Stamm gefallen.« Wie oft sie diesen Spruch zu Hause gehört hatte. Meistens kam er von Dad.

»Sie verstehe ich besser.«

»Sicher. Du verstehst Jenny, weil sie dir ähnelt.«

Dad nickte kaum merklich. »Aber ich liebe euch beide sehr.« Seine Stimme war schwächer geworden. Alice musste sich anstrengen, um seinen Worten zu folgen.

»Beide gleich.« Sein Kopf fiel zur Seite, seine Augen schlossen sich.

Alice fühlte seinen Puls. Schwach, aber spürbar.

Sie sah zu, wie sich das Gesicht ihres Vaters im Schlaf entspannte. Was hatte er ihr gerade mitgeteilt? Dass er Jenny besser verstand, aber keineswegs mehr als sie, Alice, liebte? Vielleicht wusste er ihre Freundlichkeit doch zu schätzen.

»Danke«, flüsterte sie und küsste seine Wange.

*

Mum hatte gekocht und für Alice ein Gedeck aufgelegt. William aß bereits. Jenny hatte ihr Mahl nicht angerührt.

Alice wusch sich die Hände und ließ sich am Küchentisch nieder. Ihre Mutter legte ein Stück Hähnchenbrust auf ihren Teller und reichte ihr die Schüssel mit gemischtem Gemüse.

»Wie geht es Dad?«, fragte Jenny und strich sich das Haar hinter die Ohren, was ihr Gesicht noch schmaler wirken ließ.

Alice griff nach Messer und Gabel. »Er ist noch schwach.« Mehr wollte sie vor William nicht sagen.

»Hast du mit ihm gesprochen?«, fragte Mum.

»Nur ganz kurz.« Bei der Erinnerung an das fahle Gesicht ihres Vaters schnürte sich Alice die Kehle zu, und sie legte ihr Besteck wieder ab.

»Worüber?«, fragte Jenny.

»Nichts Besonderes.« Alice sah zu ihrem Bruder, der dabei war, Fleisch und Gemüse auf seinem Teller penibel voneinander zu trennen.

»Morgen besuche ich ihn«, sagte Jenny. »Vielleicht sagt er mir dann, warum er mit Pip sprechen wollte. Pip weiß es nicht. Der Bombenangriff fand statt, bevor Dad ihn gefunden hatte.«

Alice tauschte einen Blick mit ihrer Mutter. Wahrscheinlich dachte Mum das Gleiche wie sie, nämlich, dass Dad über etwas hatte reden wollen, das nicht existierte. Und dabei um ein Haar umgekommen wäre.

In den nächsten Tagen blieb der Zustand ihres Vaters unverändert. Mum, Jenny und Alice besuchten ihn abwechselnd. William hatte das Kaninchen aus seinem Käfig geholt. Offenbar wollte er sich trösten, denn er trug es mit sich herum, streichelte es und flüsterte ihm kummervolle Worte zu.

Nach einem der Besuche bei ihrem Vater machte Jenny einen niedergeschlagenen Eindruck. Falls Dad jedoch mit ihr über Pip gesprochen haben sollte, behielt sie es für sich.

Alice hingegen musste immerzu an das denken, was er zu ihr gesagt hatte. Sie war für ihn nie zweitrangig gewesen, wie sie gedacht hatte. Vielleicht lernte er nun auch ihren Beruf zu schätzen, schließlich hatte er den ganzen Tag Gelegenheit, die Arbeit der Schwestern zu verfolgen.

Manchmal fuhr Alice durch den Kopf, dass, wenn Dad im Hafen umgekommen wäre, sie vielleicht nie erfahren hätte, dass er sie und Jenny im gleichen Maße liebte.

 KAPITEL 9

Obwohl er wusste, dass er aufstehen musste, döste Pip noch ein wenig. Doch dann rüttelte ihn das schrille Läuten des Telefons wach. Er stieg aus dem Bett und lief nach unten. Zu seinem Erstaunen war sein Vater noch im Haus und hatte den Hörer abgenommen.

»O Gott, nein!«, hörte Pip ihn sagen.

Pips Herz begann zu hämmern. Vielleicht war Mr Robinson gestorben.

Jenny hatte ihn weinend angerufen, als sie erfahren hatte, dass ihr Vater bei dem Bombenangriff verwundet worden war. Auch um ihn, Pip, hatte sie sich Sorgen gemacht und befürchtet, er könnte ebenfalls am Hafen gewesen sein.

Als sie sich anschließend trafen, war Jenny noch immer in Schock. Er hatte sie in die Arme genommen und zu trösten versucht.

Es war ihm nicht gelungen.

Nervös beobachtete er seinen Vater, wartete darauf, dass er ihm den Hörer reichte. Doch Dad sprach einfach weiter, fragte: »Ein Ultimatum?«

Pip runzelte die Stirn. Wer um alles in der Welt würde seinem Vater ein Ultimatum stellen?

»Ich komme vorbei. Danke für die Nachricht. Es ist ein trauriger Tag für uns alle.«

Dad legte auf und ging in die Küche, wo er nacheinander die Schranktüren öffnete. Dann fragte er: »Wo ist der Weinbrand, mit dem wir kochen?«

»Dad«, sagte Pip. »Was ist passiert?«

Sein Vater hatte die Flasche gefunden, goss eine ordentliche Portion in ein Glas und leerte es in einem Zug. Dann ließ er sich auf einen Stuhl fallen und barg das Gesicht in den Händen.

Pip setzte sich zu ihm. »Ist etwas mit Mr Robinson?«

Dad ließ die Hände sinken. »Wie kommst du denn darauf? Warum sollte Mr Robinson mich anrufen?«

»Das habe ich nicht gemeint. Ich dachte, jemand hätte etwas über ihn gesagt. Er wurde bei dem Bombenangriff verwundet und ins Krankenhaus gebracht.«

»Unsinn.« Dad machte eine unwirsche Handbewegung. »Das war der Bailiff. Die Deutschen haben uns ein Ultimatum gestellt. Wir sollen uns ergeben. Wenn nicht, greifen sie uns an. Das Parlament wird nachher zusammenkommen. Obwohl es nichts mehr zu diskutieren geben dürfte.« Er stieß einen schweren Seufzer aus. »Die Kanalinseln werden bald vom Feind besetzt sein.«

Vor Pips innerem Auge tauchte der Union Jack auf, die englische Nationalflagge, die, seit er denken konnte, über Fort Regent geweht hatte. Sollte dort jetzt die rote Flagge mit dem schwarzen Hakenkreuz gehisst werden?

»Und was bedeutet das für uns?«, fragte er.

Dad zuckte mit den Schultern. »Vielleicht weiß ich mehr, wenn ich die diplomatische Note gesehen habe, die die Deutschen unserem Parlament haben zukommen lassen.« Er erhob sich schwerfällig. »Was für eine Katastrophe.« Einen Moment lang stand er kopfschüttelnd da. Dann sagte er: »Mach dich fertig und geh ins Büro.«

Pip lief in sein Zimmer, um sich anzukleiden. Er würde nicht sofort ins Büro gehen, beschloss er, sondern zuerst zu Jenny fahren.

Wenig später lehnte er sein Fahrrad gegen das Haus der Robinsons, doch noch bevor er an der Haustür klopfen konnte, kam Jenny mit einem Einkaufskorb am Arm um die Ecke.

»Pip!« Sie stellte den Korb ab und küsste ihn rasch auf die Wange.

»Ich komme mit einer schlechten Nachricht«, sagte Pip.

Jenny erbleichte.

»Nein«, sagte Pip eilig. »Mit deinem Vater hat es nichts zu tun.«

Jenny atmete auf. »Gott sei Dank. Komm, wir gehen ein paar Schritte.« Sie wollte nicht, dass ihre Mutter sie zusammen sah.

Er berichtete ihr von dem Ultimatum der Deutschen. Jenny blieb stehen und sah ihn entsetzt an. Dann sagte sie: »Vielleicht hätte ich doch nach England gehen sollen.«

»Warum?«, fragte Pip. »Glaubst du, die Engländer hätten es leichter? Hör auf, dir ständig zu überlegen, ob du besser hier oder dort sein solltest.«

»Die Frage quält mich aber«, erwiderte Jenny. »Immerzu sehe ich Dads enttäuschte Miene vor mir. Er dachte, wir wären ein Liebespaar, und dass ich deshalb meine Meinung geändert habe. Um bei dir zu bleiben. Er ist zum Hafen gegangen, um dich zu suchen und mit dir zu reden. Und dabei ist er in den Bombenangriff geraten.« Tränen traten in ihre Augen. »Was ist, wenn er nicht überlebt? Das würde ich mir nie verzeihen.«

»So darfst du nicht denken«, sagte Pip. »Dein Dad wird wieder gesund. Ich hoffe nur, er weiß noch nicht, dass die Deutschen Jersey besetzen werden. Es würde ihn aufregen, auch wenn er Engländer ist. Er liebt Jersey genauso wie wir.«

Pip kannte die Geschichte von Jennys Vater, wusste, dass er aus Liebe zu Jennys Mutter am Gymnasium von Saint Helier eine Stelle als Mathematiklehrer angenommen hatte.

»Warum wehren wir uns nicht gegen die Deutschen?«, fragte Jenny. »Warum wollen wir so sang- und klanglos kapitulieren?«

»Wie denn wehren?«, fragte Pip. »Die englischen Truppen sind abgezogen, und die Männer der Insel zum großen Teil im Krieg.« Wieder spürte er seinen Zorn, nicht an den Kampfhandlungen teilnehmen zu dürfen. »Wir sind zu wenige, um Jersey verteidigen zu können. Wir können höchstens versuchen, den Deutschen das Leben hier so schwer wie möglich zu machen.« Mit der Spitze seines Schuhs malte Pip ein großes V auf den Erdboden. V für *Victory*.

Jenny schlang die Arme um sich. »Ich frage mich, wie sie sind. Die Deutschen, meine ich. Aus den Gebieten, die sie besetzt haben, kommen die schlimmsten Nachrichten. Sie prügeln, erschießen, vergewaltigen Frauen ...«

»Ich würde nicht zulassen, dass sie dir etwas antun. Nur über meine Leiche.«

Jenny drückte Pips Arm. »Ich würde aber nicht wollen, dass du für mich stirbst.«

»Trotzdem würde ich es für dich tun.«

Jenny streichelte Pips Wange. »Eins kann ich dir jetzt schon sagen: Wenn ein Deutscher zu uns kommt und etwas zu essen oder trinken verlangt, werde ich auf das, was wir ihm geben, spucken.«

Pip lächelte. »Ist wahrscheinlich klüger, als ihm ins Gesicht zu spucken.«

Jenny hob ihren Korb auf. »Ich muss los. Sag mir Bescheid, wenn du mehr erfahren hast.«

Pip nahm sie in die Arme und atmete den Duft ihres Haars ein. Er wollte sie küssen, am liebsten stundenlang, und sie nie wieder loslassen, doch sie befreite sich von ihm und schlug den Weg die Straße hinunter ein.

*

Am nächsten Tag sahen sie mit vielen anderen zu, wie auf die grauen Pflastersteine des Royal Square als Zeichen ihrer Kapitulation ein riesiges weißes Kreuz gemalt wurde. Und Jenny musste daran denken, wie sehr diese Entwicklung ihrem Vater zusetzen würde.

Sie sah einen Wachmann aus dem Parlamentsgebäude kommen, hörte, wie er die Menschen aufforderte zurückzutreten. »Die Dringlichkeitssitzung des Parlaments ist beendet«, erklärte er. »Der Parlamentspräsident wird jeden Augenblick erscheinen.«

Murrend wichen die Leute zurück.

Jenny warf Pip einen Blick zu. Seine Kinnpartie war verkrampft, sein Mund nur noch ein dünner Strich.

Eine Möwe flog über den Wachmann hinweg und hinterließ einen weißen Klecks auf seiner Mütze. Er nahm sie ab und betrachtete den Fleck mit säuerlicher Miene.

Die Umstehenden lachten, dankbar, dass noch etwas Lustiges geschehen konnte. Dann kehrte ihre Furcht vor der anstehenden Besetzung der Insel zurück.

Jenny blickte sich um. Nicht alle Männer und Frauen wirkten ängstlich, einige machten einen aufgebrachten Eindruck. Die Kinder hatten diese Stimmungen aufgefangen und reagierten weinerlich.

Schließlich öffnete sich die Pforten des Parlamentsgebäudes wieder, und der Parlamentspräsident trat mit versteinerter Miene heraus. Mit lauter Stimme erklärte er, er habe keine andere Wahl gehabt, als Jersey den Deutschen zu überlassen. Um zu demonstrieren, dass es auf der Insel keinen Widerstand gebe, müsse jedes Gebäude eine weiße Fahne zeigen.

»Eine weiße Fahne?«, fragte Mum, als Jenny nach Hause kam. »Woher soll ich denn eine weiße Fahne nehmen?«

»Wir können ein Laken verwenden«, erwiderte Jenny. »In den meisten Häusern hängen alte Betttücher aus den Fenstern.«

»Und warum sollte ich den Deutschen ein Betttuch opfern?«

»Weil du Ärger kriegst, wenn du es nicht tust. Ich bin sicher, sobald sie erkannt haben, dass wir keinen Widerstand leisten, darfst du es wieder aus dem Fenster nehmen.«

»Ich weiß etwas Besseres.« Mum lief die Treppe hinauf.

Als sie zurückkehrte, hatte sie ein weißes Stoffbündel unter dem Arm. »Hol mir eine Stange oder einen Stab aus dem Schuppen.«

Auf dem Weg zum Schuppen überlegte Jenny, ob Dad wohl wieder bei ihnen wäre, wenn es darum ging, die Himbeeren zu pflücken und die Stangenbohnen zu ernten. Sie erinnerte sich noch gut an den Tag, als er den Bohnenwigwam aus Bambusstangen errichtet hatte. Mit schwerem Herzen betrat sie den Schuppen und suchte einen Holzstab heraus.

In der Küche beäugte Mum den Stab kritisch, doch dann schien sie damit zufrieden und breitete das weiße Stück Stoff auf dem Küchentisch aus. Es stellte sich als lange Unterhose von Jennys verstorbener Großmutter heraus, die Mum aus unerfindlichen Gründen aufbewahrt hatte.

Mum verknotete die Hosenbeine und befestigte das Ungetüm an dem Stab. Dann lief sie wieder nach oben.

Jenny trat aus dem Haus und beobachtete, wie ihre Mutter die Unterhose aus dem Schlafzimmerfenster wehen ließ. Sie musste lachen. Es war ein furchtbarer Tag, doch Mum signalisierte ihre Kapitulation mit einer monströsen viktorianischen Unterhose.

Am Nachmittag machte Jenny sich auf den Weg zum Krankenhaus. Zuerst versuchte sie, das flatternde Weiß an den Häusern zu ignorieren und nicht daran zu denken, wie schnell sie kapituliert hatten. Dann fiel ihr auf, was alles aus den Fenstern hing. Ein altes Unterhemd mit gelblichen Schweißflecken, zerschlissene Windeln, fadenscheinige Kissenbezüge, verschmutzte

Geschirrtücher und löcherige Laken – alles kleine Zeichen des Widerstands. Jenny stiegen Tränen auf.

All das war dennoch vergessen, als sie das Krankenhaus betrat und ihr der Geruch der Desinfektionsmittel entgegenschlug. Wie um alles in der Welt schaffte ihre Schwester es bloß, hier zu arbeiten? Sicher, die Flure glänzten vor Sauberkeit, und die Pflegekräfte machten einen freundlichen Eindruck, doch der Geruch war fürchterlich, und immer hatte man es mit Kranken zu tun, die sterben konnten. Es flößte ihr Respekt für Alice ein, sie selbst hätte diese Arbeit niemals verrichten können. Sie zog den Geruch ihrer Mathematikbücher vor.

Um Dads Bett war der Vorhang zugezogen. Eine Krankenschwester trat zu Jenny. Ihre Miene war ernst.

Jennys Kehle schnürte sich zu.

»Der Zustand Ihres Vaters hat sich verschlechtert«, sagte die Schwester leise und legte eine Hand auf Jennys Arm.

Jenny war, als gebe der Boden unter ihren Füßen nach. »Was bedeutet das?«, flüsterte sie. »Wie viel schlechter?«

Der Blick der Schwester wurde mitfühlend. »Wir vermuten, dass er einen Myokardinfarkt hatte. Was bei älteren Patienten mit einer schweren Verletzung nichts Ungewöhnliches ist.«

»Was ist das?« Jenny vermochte das Wort nicht einmal auszusprechen. Wo war Alice? »Meine Schwester …« Sie musste nach Luft ringen.

Die Krankenschwester drückte ihren Arm. »Das ist ein Herzinfarkt. Soll ich Ihre Schwester rufen lassen?«

Jenny hatte die Frage gehört und gleich wieder vergessen.

Sie konnte nur noch an ihren Vater denken. »Ist mein Vater bei Bewusstsein?«

»Er hat Morphium bekommen. Gegen die Schmerzen. Aber er ist müde. Trotzdem können Sie mit ihm sprechen.«

Plötzlich hatte Jenny ein Bild vor Augen, auf dem sie und Alice an seinen Bettseiten saßen und jede eine Hand ihres Vaters hielt, als wollten sie ihn sich teilen. Sie erinnerte sich, dass Alice ihr von einem Gespräch mit Dad erzählt hatte, ihr jedoch nicht hatte verraten wollen, worum es dabei gegangen war.

»Könnte jemand meine Mutter anrufen und bitten, ins Krankenhaus zu kommen?«

»Das übernehme ich«, erwiderte die Schwester. »Setzen Sie sich zu Ihrem Vater.«

Jenny zog den Vorhang auf und ließ sich auf einem Besucherstuhl nieder.

Die Augen ihres Vaters waren geschlossen, der Kopf noch immer bandagiert. Zudem lag er so reglos da, dass er Jenny an eine Marmorstatue erinnerte.

»Dad?«

Seine Lider zuckten.

Jenny griff nach seiner Hand und drückte sie. Die Hand blieb kraftlos.

»Dad, bitte sieh mich an und sag etwas.«

Seine Lider hoben sich langsam, doch die braunen Augen blickten stumpf. »Jenny.« Es war kaum mehr als ein Hauch.

»Die Schwester sagt, du hattest einen Herzinfarkt und dass es dir bald wieder besser geht. Du weißt, wie gut die Ärzte und

Schwestern sind, die sich hier um dich kümmern. Du musst nur ruhen. Und wenn du wieder auf den Beinen bist, kannst du mir helfen, mich auf die Aufnahmeprüfung in Cambridge vorzubereiten. Du wolltest mir doch noch den Satz von Dirichlet erklären.«

Dads Lippen bewegten sich. Dann fiel sein Kopf zur Seite, und seine Gesichtszüge erschlafften.

»Dad?«, fragte Jenny panisch. »Dad!«

Die Schwester kehrte zurück und stutzte bei seinem Anblick. Sie legte zwei Finger auf die Innenseite seines Handgelenks und runzelte die Stirn. Dann beugte sie sich zu Dad hinab und führte ihr Ohr an seinen Mund. Als Nächstes zog sie eine kleine Stablampe aus ihrer Tasche, drückte die Lider eines Auges vorsichtig auf und leuchtete hinein. Sie schüttelte den Kopf.

Jenny krümmte sich stöhnend. Ihr war, als hätte sich eine eiserne Hand um ihr Herz geschlossen.

»Ich hole einen Arzt«, sagte die Schwester. »Soll ich Alice jetzt Bescheid geben?«

Jenny nickte benommen. Sie konnte sich denken, was der Arzt sagen würde, hatte es schon in dem Moment gewusst, als Dads Kopf zur Seite gefallen war. Und sie hatte über Cambridge geplappert, statt ihm zu sagen, wie sehr sie ihn liebte. Dass er stets ihr Held gewesen war. Wie sollte sie mit dieser Erinnerung leben können? Wie sollte Mum es ertragen, dass sie in seinen letzten Stunden nicht bei ihrem Mann gewesen war? Wie sollte sie Alice erklären, dass sie sie nicht rechtzeitig hatte rufen lassen?

KAPITEL 10

Am Abend war Pip allein in der Wohnung, sein Vater war noch im Parlamentsgebäude. Plötzlich hämmerte jemand an die Eingangstür. Als Pip öffnete, stand Jenny weinend vor ihm. Ihr Vater war gestorben.

Pip führte seine Freundin in die Küche und schenkte ihr einen Becher Tee ein. Als er einen Schuss Weinbrand hinzugeben wollte, schüttelte Jenny den Kopf. Auch den Tee rührte sie nicht an.

»Ich weiß nicht, was wir ohne Dad machen sollen.« Sie wischte über ihre Augen und putzte sich die Nase.

Pip nahm ihre Hand und erinnerte sich an den Tag, als er zu den Robinsons gefahren war, um ihnen vom bevorstehenden Abzug der englischen Truppen zu berichten. Damals hatte Mr Robinson die Hand seiner Frau gehalten. Sogar die rot-weiß karierte Wachstuchdecke auf dem Tisch hatte er noch vor Augen, das Marmeladenglas voller Wiesenblumen. Und in der ganzen Küche hatte es nach frisch gebackenen Scones gerochen. So heimelig war es bei ihm zu Hause nie. Weder er noch Dad wussten, wie man ein Heim verschönerte und gemütlich machte.

»Ich bin für dich da«, sagte er. »Und wenn ihr mich braucht, komme ich. Passe auf William auf und so weiter.«

Jenny atmete zittrig ein. »William wirkt so verloren.«

Pip streichelte Jennys Wange. »Natürlich. Aber die Zeit wird ihm über den Tod seines Vaters hinweghelfen. Auch ich bin mit nur einem Elternteil groß geworden.«

»Zuerst erfahren wir, dass die Deutschen Jersey besetzen werden. Und dann stirbt Dad.« Jenny schlug sich die Hände vors Gesicht. »Es ist zu viel auf einmal.«

»Es ist eine sehr schlimme Zeit«, sagte Pip. »Und natürlich bist du traurig. Aber von den Deutschen darfst du dich nicht unterkriegen lassen. Das würde dein Vater nicht wollen.«

Jennys Antwort ging in ihren Schluchzern unter.

Pip fühlte so sehr mit ihr, dass auch seine Augen feucht wurden. Er durchforstete sein Gehirn nach tröstenden Worten, doch alles, was ihm einfiel, erschien ihm der Situation nicht gerecht zu werden. Aber wie sollte er die richtigen Worte finden? Was Jenny gerade durchmachte, hatte er selbst noch nicht erlebt, schließlich war er gerade erst zur Welt gekommen, als seine Mutter starb. Er hatte nie etwas anderes als das Leben mit nur einem Elternteil erfahren. Für Jenny hingegen war der Vater eine feste Instanz gewesen, und sie hatte ihn geliebt. Wie sollte sie einen derartigen Verlust verwinden?

Wahrscheinlich machte sie sich auch Vorwürfe, dass sie seinem Wunsch nicht gefolgt und nach England gegangen war. Selbst er fühlte sich schuldig, schließlich hatte er dazu beigetragen, dass Jenny den Frachter nicht bestiegen hatte. Aber letztlich lag die Schuld bei den Deutschen. Ohne ihren Bombenangriff würde Mr Robinson noch leben.

»Du musst stark sein«, sagte er, ohne zu wissen, ob es das

Richtige war. Er folgte einfach seinem Gefühl. »Du musst versuchen, für deine Mutter da zu sein und William helfen, den Tod eures Vaters zu verarbeiten. Alice wird ja die meiste Zeit im Krankenhaus sein.«

Jenny ließ die Hände sinken. »Es ist alles meine Schuld«, sagte sie. »Warum habe ich Dad nicht klargemacht, dass wir kein Liebespaar sind? Hätte er das gewusst, wäre er nicht zum Hafen gegangen, um mit dir zu reden.«

»Aber das konntest du doch nicht ahnen.« Pip legte einen Arm um sie. Sie schüttelte ihn ab.

Als sie weitersprach, bebte ihre Stimme. »Alice war auf ihrer Station, als Dad gestorben ist. Nun ist sie wütend auf mich und sagt, ich hätte sie rufen müssen. Mum war auf dem Weg zu ihm. Als sie ankam, war es schon zu spät.« Tränenüberströmt schaute sie Pip an. »Ich dachte, Dad würde immer da sein. Er hätte es so gern gesehen, dass ich in Cambridge studiere.«

Pip konnte ihr Leid kaum noch ertragen und strich ihr über das Haar. Arme Jenny. Arme Familie Robinson.

Als Jenny nach Hause wollte, bestand er darauf, sie zu begleiten. Es schien ihr recht zu sein, sie gestattete ihm sogar, ihre Hand zu nehmen. Ihre Tränen waren versiegt, die Augen jedoch rot gerändert und geschwollen.

Pip versuchte mehrmals, sie von ihrer Trauer abzulenken, doch ganz gleich, was er sagte, sie gab ihm keine Antwort. Ihr Blick hatte sich nach innen gerichtet, auf ihren Schmerz und das Unglück, das ihre Familie befallen hatte.

Auf den abendlichen Straßen war es ruhig und so windstill, dass die weißen Fahnen und Kleidungsstücke an den Häusern schlaff herunterhingen. Pip stellte sich die Familien in den Häusern vor, wie sie sich um das Radio scharten, um die neuesten Nachrichten zu hören. Es hieß, dass die Leute begonnen hatten, ihre Wertgegenstände in Papier, alte Kleidungsstücke oder Stoffreste einzuschlagen, um sie im Keller oder auf dem Speicher vor den Deutschen zu verbergen. Oder sie im Garten zu vergraben. Offenbar befürchteten sie, die künftigen Besatzer würden sie berauben. Es kursierten so viele Gerüchte über das, was die Deutschen sich in den besetzten Gebieten zuschulden kommen ließen, und eins war schrecklicher als das andere. Vielleicht würden sie auch auf Jersey plündern, vergewaltigen und töten. Beklommen stellte er sich vor, sein Vater würde als feindlicher Amtsträger in ihr Fadenkreuz geraten, würde inhaftiert, verhört und gefoltert. Oder dass Jenny schreiend vor einer Horde Soldaten floh – oder William von ihnen gepeinigt wurde. Es gelang ihm kaum, diese Bilder zu verjagen.

Jenny schien ruhiger geworden zu sein. Aber wie kalt ihre Hand in seiner war. Er verstärkte seinen Griff, um ihr etwas von seiner Wärme abzugeben.

Der Garten der Robinsons lag verlassen im Dämmerlicht. Sie überquerten die Wiese, auf der bereits der Abendtau schimmerte. Pip erinnerte sich an den Nachmittag, als er den Robinsons die Sache mit den Whitleys erzählt hatte. Es war ein so schöner Tag gewesen, die ganze Familie war im Garten gewesen. Ein solches Familienleben hatte er sich von jeher gewünscht. Und nun hatte der Tod einen von ihnen genommen.

Sie betraten das Haus durch die Hintertür.

Mrs Robinson saß am Küchentisch und hatte den Kopf in die Hände gestützt. William hockte ihr gegenüber, hatte sein Kaninchen in den Armen und machte einen verstörten Eindruck. Es war für Pip kaum vorstellbar, dass Mr Robinson nie mehr in dieser Küche sitzen, Zeitung lesen und entweder allein oder zusammen mit Jenny ein kompliziertes Kreuzworträtsel lösen sollte. Er dachte an seine Nachhilfestunden zurück, an die Geduld, mit der Jennys Vater ihm bei seinen Matheproblemen geholfen hatte. Wie er die Zahlen und Zeichen, die Pip kunterbunt durch den Kopf schwirrten, mit ihm zusammen geordnet hatte, bis sie Sinn ergaben. Hatte er sich verrechnet, hatte Mr Robinson auf den Fehler gedeutet und ihn Schritt für Schritt mit ihm behoben. Und immer hatte es nach dem süßen, würzigen Pfeifentabak gerochen, den er rauchte – und nach der Wolle seiner Strickjacke.

Hin und wieder hatte Mrs Robinson ihn aufgefordert, mit ihnen zu Abend zu essen. Wie ehrfürchtig er dann den klugen Gesprächen von Jenny und ihrem Vater gelauscht hatte.

Pip setzte sich zu Mrs Robinson und sagte: »Es tut mir so leid.«

Sie sah ihn an. Ihre Augen waren vom Weinen verquollen, doch dann schien in ihrem schmerzerfüllten Blick etwas wie Zorn aufzuflammen.

Pip errötete. Dachte sie, er hätte den Tod ihres Mannes verschuldet? Sollte er sie um Vergebung bitten? Aber vielleicht hatte er sich den Zorn nur eingebildet, weil er sich schuldig fühlte. Statt sie um Verzeihung zu bitten, sollte er lieber überlegen, wie er ihr helfen konnte.

Jenny stellte die Teekanne auf den Tisch. Pip holte Becher aus dem Küchenschrank und schenkte Mrs Robinson Tee ein. Er füllte auch einen Becher für William. Der Junge rührte so hektisch in seinem Getränk, dass Tropfen auf die Tischdecke spritzten.

»Hör auf, Will!« Mrs Robinson drückte die Hände auf ihre Schläfen.

»Komm, Will«, sagte Pip. »Wir bringen Binkie raus und suchen ihm etwas zu fressen.«

Will drückte das Kaninchen an sich, doch er folgte Pip nach draußen.

Pip konnte ihn sogar überreden, das Tier wieder in den Käfig zu setzen. Anschließend rupften sie Gräser aus und fütterten Binkie durch das Drahtgitter. Das Kaninchen schnappte sich die Gräser mit den Zähnen und zermahlte sie systematisch. William suchte die nächste Portion zusammen.

Nach einer Weile kehrte Pip mit dem Jungen in die Küche zurück. »Soll ich William zu Bett bringen?«

Mrs Robinson antwortete ihm nicht.

Jenny nickte. »Das wäre lieb.«

Pip stieg mit William die Treppe hinauf. Anstandslos machte der Junge sich im Bad bettfertig und kehrte im Schlafanzug zurück. Pip faltete seine Tageskleidung zusammen und legte sie auf einen Stuhl.

William kletterte in sein Bett und deutete auf das Buch auf seinem Nachttisch. »Dad liest mir immer vor.«

Pip blickte auf den hellgrünen Einband von *Der Wind in den Weiden*, der ihm noch aus seinen Kindertagen vertraut war. Auf der Vorderseite sah man den Maulwurf und die Wasserratte auf einem Boot unter einem gelben Vollmond. Auch sein Vater hatte ihm die Geschichte einst vorgelesen. Er griff nach dem Buch und spürte ein schmerzhaftes Ziehen in der Brust. Dort, wo das lederne Lesezeichen lag, hatte Mr Robinson aufgehört vorzulesen.

Pip schlug das Buch an der gekennzeichneten Stelle auf. »Kapitel Sechs. Der Kröterich.« Beim Vorlesen gab er jedem Tier eine eigene Stimme, denn er war sicher, das hatte auch Mr Robinson getan. Kurz vor dem Ende des Kapitels schlief William ein.

*

Am Morgen schleppte Jenny sich in die Küche. In der Nacht hatte sie nicht geschlafen. Jedes Mal, wenn sie die Augen geschlossen hatte, war Dads blasses Gesicht und sein stumpfer Blick vor ihr erschienen, und sie hatte wieder seinen Seufzer gehört, als sein Kopf zur Seite fiel. In der Dunkelheit war ihr gewesen, als flüstere er ihr noch etwas zu.

Ein ums andere Mal hatte Pip sie am Vortrag zu trösten versucht, sie daran erinnert, wie sehr ihr Vater sie geliebt hatte, wie stolz er auf sie gewesen war.

Doch was nützten ihr Worte? Sie dachte an Alice, die sich, als sie zu Bett ging, wortlos von ihr weggedreht hatte. Ihre Schwester grollte ihr, zum einen, weil Dad ihretwegen am Hafen gewesen war, zum anderen, weil sie sie nicht zu Dad gerufen hatte, als er starb.

In der Küche war es noch dämmrig. Mum war noch nicht

aufgestanden, wahrscheinlich hatte auch sie in der Nacht wach gelegen.

Als Jenny den Brotkasten öffnete, war er bis auf ein paar Krümel leer. Auch hatten sie nur noch eine Flasche Milch. Sie musste einkaufen gehen, selbst wenn keiner von ihnen großen Appetit haben dürfte. Vielleicht sollten sie sogar Vorräte anlegen, nur für den Fall, dass die Deutschen die Geschäfte plünderten.

Im Flur vermied sie es, zu Dads Jacke an der Garderobe zu schauen, oder auf seine Schuhe im Regal.

Sie hastete aus dem Haus, musste sich sputen, wenn sie zurück sein wollte, bevor die anderen aufgestanden waren. Davon abgesehen, würde die Bewegung ihr vielleicht ganz guttun. Ihr Rücken schmerzte, weil sie sich in der Nacht von einer Seite auf die andere gewälzt hatte, immer in der vergeblichen Hoffnung, die Gedanken, die sie quälten, würden von ihr ablassen.

Sie lief die King Street hinunter und stellte fest, dass es ihr auch an der frischen Luft nicht besser ging. Stattdessen wurde ihr so schwindlig, dass sie den Eindruck hatte, die Häuser würden sich vorbeugen, um im nächsten Moment einzustürzen und sie unter sich zu begraben. Und überall schienen Augen zu sein, die sie beobachteten.

Seltsam war auch, dass die Straßen wie ausgestorben waren, und sich in den Geschäften noch nichts regte. Es war nicht einmal eine Katze zu sehen, die an den Häusern entlangstrich, keine Vögel, die auf den Bürgersteigen nach Essbarem pickten. Jenny hatte das Gefühl, als hielte Saint Helier aus Angst vor dem nahenden Feind die Luft an.

Sie öffnete die Tür der Bäckerei. Über ihr bimmelte ein Glöckchen, und der Geruch frischen Brots stieg ihr in die Nase. Mr Le Brun kam von hinten und wischte sich mit einem Lappen Mehl von den Händen.

»Jenny«, sagte er. »Ich kann es noch gar nicht fassen. Dein Vater war ein wunderbarer Mensch. Mein Beileid.«

Wie rasch sich die Nachricht verbreitet hatte, wahrscheinlich wusste bereits jeder in Saint Helier, dass ihr Vater gestorben war. »Zwei Baguettes bitte«, sagte sie und wich Mr Le Bruns mitfühlendem Blick aus, der ihr Tränen in die Augen trieb. Stattdessen fixierte sie die aufgereihten Brote im Regal hinter der Theke. Dad hatte hier so gern eingekauft und die ordentlichen Brotreihen bewundert.

Mr Le Brun ging nach hinten, um die Baguettes zu holen. Wieder bimmelte die Türglocke. Jenny hielt den Blick starr auf die Brote gerichtet. Sie wollte mit niemandem reden, wollte nicht, dass ihr jemand sein Beileid aussprach, und sie antworten musste.

Mr Le Brun kehrte zurück. Beim Anblick der neuen Kunden verhärteten sich seine Gesichtszüge.

Jenny drehte sich um. Zwei Männer in den feldgrauen Uniformen der Wehrmacht hatten die Bäckerei betreten, jeder mit einem Stahlhelm in der Hand. Also waren die Deutschen schon da.

Jenny wandte sich ab, dennoch war ihr, als füllten die beiden Männer den ganzen Raum aus, sogar das Licht schienen sie zu absorbieren. Jennys Magen zog sich zusammen, und sie wagte kaum noch zu atmen.

Die beiden Männer traten vor. Einer grüßte auf Englisch und deutete Jenny gegenüber eine knappe Verbeugung an.

Jenny reagierte nicht, stellte nur fest, dass er auf dem Scheitel seines blonden Haars einen Sonnenbrand hatte, und seine Nase voller Sommersprossen war.

Sie umklammerte den Henkel ihres Korbs, um das Zittern ihrer Hände zu kaschieren.

»Bitte, machen Sie weiter«, sagte der Soldat. »Wir warten.«

Jenny zahlte für die Baguettes. Plötzlich wurde ihre Angst von Zorn abgelöst. Es waren Landsleute dieser beiden Männer gewesen, die den Hafen bombardiert und den Tod ihres Vaters verschuldet hatten. Sie wünschte, sie hätte den Mut, sie anzuspucken und »Mörder!« zu rufen. Aber was würde sie damit erreichen, außer dass man sie festnehmen würde. Das würde Mum gerade noch fehlen. Sie musste Ruhe bewahren, so wie ihr Vater es ihr geraten hätte.

Mr Le Brun nickte ihr einen Abschiedsgruß zu. »Richte auch deiner Mutter mein Beileid aus.«

»Danke.« Jenny überlegte, wie sie an den Soldaten vorbeikommen sollte, die nun hinter ihr standen und ihr den Weg nach draußen versperrten. Einer trat zurück und hielt ihr die Tür auf. Sie murmelte ein Dankeschön.

So schnell, wie ihre wackligen Beine sie trugen, eilte sie nach Hause. Immer wieder sah sie die beiden Wehrmachtssoldaten vor sich, und ihr Herz war voller Hass auf sie und das Volk, dem sie angehörten.

*

Zwei Wochen später standen Jenny, William, Mum und Pip in der Hill Street inmitten zahlloser Inselbewohner, die mit mürrischen oder furchtsamen Mienen den offiziellen Einmarsch der Wehrmacht verfolgten. Die Truppen wurden sogar von einer Blaskapelle begleitet, die Marschmusik spielte.

Alice war nicht bei ihnen. Das Krankenhaus hatte ihr wegen des Trauerfalls in der Familie zwar Sonderurlaub angeboten, doch Alice zog es vor zu arbeiten. Sie wollte sich beschäftigen, um sich abzulenken. Jenny konnte das nachvollziehen. Sie neidete ihrer Schwester die Möglichkeit, wenigstens für einige Stunden am Tag an etwas anderes als den Verlust ihres Vaters denken zu können. Sie hingegen konnte nur ihrer Mutter beistehen und sich um William kümmern. Und immer wieder musste sie währenddessen zu dem verwaisten Sessel ihres Vaters blicken, der einen Vorwurf zu enthalten schien.

Ein Mann vor ihr kehrte den Soldaten demonstrativ den Rücken zu. Eine Frau schrie eine Beleidigung. Jenny bewunderte deren Mut. Jede Form des Widerstands war verboten und konnte schwere Strafen nach sich ziehen.

Sie sah Pip an. Seine Miene war ausdruckslos, doch sie war sicher, dass es in ihm brodelte.

»Wie konnte es bloß zu diesem Tag kommen?«, sagte sie, während die Truppen in perfekter Formation an ihr vorbeimarschierten, Augen geradeaus, Gewehrläufe an der Schulter. Zwölf Männer in einer Reihe, neun Reihen in einem Block. Falls auch die Soldaten aus der Bäckerei unter ihnen waren, würde sie sie nicht wiedererkennen, für sie sah einer wie der andere aus.

Pip antwortete ihr nicht. Er beobachtete den Aufmarsch mit geballten Fäusten.

Einige Soldaten waren in seinem Alter, und Jenny dachte, wie frustrierend es für ihn sein musste, zu sehen, wie andere für die Interessen ihres Landes kämpften, er jedoch nicht. Doch sie konnte seinen Vater verstehen, er hatte niemanden außer seinem Sohn und steckte ihn lieber in einen Anzug als in eine Uniform.

Die Soldaten aus der Bäckerei kamen ihr wieder in den Sinn. Seltsamerweise hatten sie nicht bedrohlich gewirkt, sondern waren höflich gewesen. Nun jedoch sah sie bloß die Machtdemonstration.

Einige Umstehende drehten sich zu ihnen um und bedachten sie mit missbilligenden Blicken. Eine alte Frau schimpfte mit hochrotem Kopf.

»William!«, zischte Mum. »Hör auf damit!«

Der Junge hatte begonnen, die Soldaten zu imitieren und marschierte auf der Stelle. Jenny warf ihm einen wütenden Blick zu. Warum konnte er nicht so wie alle anderen Jungen sein? Warum musste er stets die Aufmerksamkeit auf sich lenken? Sie glaubte ihren Augen nicht zu trauen, als er den Arm an seinen Kopf zum militärischen Gruß hob. Mum hielt ihm den Mund zu, bevor er etwas rufen konnte.

Die Leute vor ihnen glotzten William an.

»Will, nimm verdammt noch mal den Arm runter«, sagte Jenny scharf.

»Lass ihn«, sagte Pip. Er griff in seine Jackentasche und holte einen in Silberpapier eingewickelten Karamellbonbon hervor, den er William anbot.

Der Junge ließ den Arm sinken und griff nach der Süßigkeit. Kurz darauf lutschte er den Bonbon glücklich.

»Danke, Pip«, flüsterte Jenny.

Er drückte ihre Hand.

Armer Pip, dachte Jenny. Wie machtlos er sich fühlen musste. Und arme Insel Jersey. Was sollte nun aus ihr und ihren Bewohnern werden?

 KAPITEL 11

Am liebsten war Alice am späten Abend im Operationssaal. Sie mochte das gleißende Licht und im Kontrast dazu die Dunkelheit vor den schmalen, hochgelegenen Fenstern. Dann war ihr, als schliefe die ganze Welt, und nur sie, der Chirurg und das OP-Personal wären noch bei der Arbeit und damit beschäftigt, Leben zu retten. Ebenso liebte sie die konzentrierte Atmosphäre, die geübten Handgriffe des Chirurgen, das Lächeln in seinen Augen, wenn sie ihm das richtige Instrument reichte, bevor er danach gefragt hatte. In solchen Zeiten musste sie nicht an ihren Vater denken, sich nicht schuldig fühlen, weil sie ihn nicht hatte retten können, ihre Aufmerksamkeit galt ausschließlich dem Operateur und dem Patienten. Auch ihre Wut auf Jenny konnte sie im OP-Saal vergessen.

Sie arbeitete erst seit Kurzem als OP-Schwester, half eigentlich nur aus, nachdem so viele Pflegekräfte Jersey verlassen hatten und nach England umgesiedelt waren. Den Großteil ihrer Arbeitszeit verbrachte sie nach wie vor in der Allgemeinmedizin.

An diesem Abend operierte Sir Andrew Beaumont, ein Bär von einem Mann, jedoch mit schmalen, langen Fingern, die mit unglaublichem Geschick hantierten. Auch sein Körper bewegte sich flink und geschmeidig. Alice mochte diesen Arzt, der in der Regel gute Laune hatte und beim Operieren summte. In jüngster Zeit handelte es sich dabei meist um »Land of Hope and Glory«, Elgars patriotische Hymne auf England.

»Tupfer«, sagte er. »Hum-mum hum hum-mum hum mum mum.«

Alice reichte ihm das Gewünschte und war kurz davor, in das Summen einzustimmen. Fast hätte sie bei der Vorstellung, zusammen mit Beaumont bei einer OP zu summen, gelacht.

Sie hörte, wie ihr Magen knurrte, seit Stunden hatte sie keine Zeit gehabt, etwas zu essen. Doch niemand schenkte ihr Beachtung, wichtig war allein der Mann auf dem OP-Tisch.

»Das war's schon, Fritz«, sagte Beaumont. Mit einer Pinzette hielt er den Blinddarm hoch. Dann legte er das kleine fleischige Stück in die Wanne, die Alice ihm hinhielt.

»Fritz?«, fragte Alice, obwohl sie es sonst nie wagte, während einer OP das Wort zu ergreifen.

»Ja, ein Deutscher.« Beaumont griff nach der bereitliegenden Klammer. »Wurde vor ein paar Stunden mit Bauchschmerzen und hohem Fieber eingeliefert. Die Bauchdecke war hart. Wir haben ihn gerade noch rechtzeitig reinbekommen, bevor der Blinddarm platzen konnte.«

»Aber es ist ein Deutscher.«

»Richtig, Schwester«, erwiderte Beaumont und blickte Alice tadelnd an. »Aber er ist auch ein Mensch, der große Schmerzen hatte. Vielleicht erinnern Sie sich, dass unsere Arbeit darin besteht, anderen zu helfen. Unabhängig von ihrer Nationalität.«

Alice senkte den Kopf. Er hatte recht, doch hätten die Deutschen den Hafen von Saint Helier nicht bombardiert, würde ihr Vater noch leben. Der Mann auf dem OP-Tisch mochte daran nicht schuld sein, dennoch war er ihr Feind. Von draußen drangen Möwenschreie. Sie gingen Alice durch Mark und Bein.

Sie blickte auf den reglosen Deutschen. Was würde er ihnen antun, wenn er wieder genesen war? Mit einem Mal konnte sie in der stickigen, von Chloroform getränkten Luft kaum noch atmen.

Beaumont nähte die Wunde zu. »Gute Arbeit, Schwester«, sagte er. Er streifte seine OP-Kleidung ab, schrubbte seine Hände – und summte.

Alice hatte sich wieder gefasst und strich Jod auf die Naht. Da der Blinddarm nicht geplatzt war, dürfte es keine Komplikationen geben. Sie zog die sterile Papierdecke von dem Mann. Während der OP war sie so sehr darauf bedacht, alles richtig zu machen und nur auf den Körperteil zu achten, der operiert wurde, dass sie mitunter vergaß, dass unter der Decke ein Mensch lag.

Sie betrachtete das Gesicht des Deutschen, wollte ihn hassen, und sah doch nur einen bleichen, jungen Mann und eine blonde Haarsträhne, die unter der OP-Haube hervorgerutscht war. Er wirkte nicht bösartig, bloß schutzlos und verletzlich. Sie wollte seinen Namen erfahren und griff nach den Notizen, die Beaumont sich vor der OP gemacht hatte. Stefan Holz hieß er. Bei ihnen wäre er ein Stephen oder ein Étienne gewesen.

Dieser junge Mann hatte vielleicht eine Mutter und einen Vater, die sich um ihn sorgten. Eine Freundin oder Ehefrau und

Kinder. Nein, er war zu jung, um schon eine eigene Familie gegründet zu haben. Mit einem schweren Seufzer wandte Alice sich von ihm ab.

Vor dem Heimweg benutzte Alice noch einmal die Toilette. Als sie herauskam und sich im Vorraum die Hände wusch, trat Rebekah aus einer Kabine und lächelte Alice im Spiegel über dem Waschbecken an. »War viel zu tun?«, fragte sie und griff nach dem kleinen Stück Seife, das noch übrig war. Sie brauchten dringend Nachschub.

»Eine Blinddarm-OP mit Beaumont.«

Rebekah fing an zu summen, und Alice sagte lachend: »Heute war wieder ›Land of Hope and Glory‹ an der Reihe.«

»Ach.« Rebekah zog die Brauen hoch. »Obwohl die Engländer uns haben sitzen lassen, summt er noch Lieder zu ihren Ehren?«

»Ich nehme an, die Melodie ist ihm einfach in den Kopf gekommen, und er hat sich nichts weiter dabei gedacht.« Alice begutachtete sich im Spiegel. Sie sah müde aus. Sie kämmte ihr Haar und setzte ihre Haube wieder ordentlich auf.

»Wie geht es dir und deiner Familie?«, fragte Rebekah teilnahmsvoll.

Alice zuckte mit den Schultern. »Mum sagt nicht, wie es ihr geht. Jenny macht einen gequälten Eindruck, und William zieht sich noch mehr in sich zurück. Ansonsten kommen wir zurecht.«

»Sag mir, wenn ich helfen kann.«

»Ich glaube, im Moment leidet jeder, nicht nur wir. Hast du von deinem Mann gehört?«

Rebekah nickte. »Aber auch er sagt nicht viel. Darf er ja nicht, und seit die Deutschen Jersey besetzt haben, darf er es noch viel weniger. Ich meine aber verstanden zu haben, dass die Engländer eine große Offensive planen. Ich habe Angst um ihn.«

Im Juli hatte der Luftkrieg über England begonnen. Die Angriffe der deutschen Luftwaffe konzentrierten sich auf britische Flottenverbände, Rüstungsindustrien, Luftabwehrstellungen und Stützpunkte der Royal Air Force in Südengland. Selbst über Jersey waren deutsche Bomber zu sehen gewesen. Natürlich würde Rebekah um ihren Mann bangen. Und außer Alice hatte sie niemanden, der ihr Trost zusprach.

Eine andere Krankenschwester betrat die Toilette. Sie nickte Alice zu und rempelte Rebekah auf dem Weg zur Kabine an. Alice wartete auf eine Entschuldigung, die nicht kam. Kopfschüttelnd sah sie Rebekah an, doch ihre Freundin zuckte nur mit den Schultern.

»Möchtest du nach der Schicht mit zu uns kommen?«, fragte Alice. »Dann kannst du mit uns frühstücken und, wenn du magst, anschließend in Jennys Bett schlafen.«

Rebekah schien unschlüssig. »Und Jenny hätte nichts dagegen?«

»Jenny schläft tagsüber nicht. Sie wird mit ihrem Freund zusammen sein. Aber selbst wenn nicht, würde es ihr nichts ausmachen.« Jenny mochte Rebekah. Sie würde ihr das Bett ohne Weiteres für ein paar Stunden überlassen.

»Gut, dann komme ich mit.«

In der besetzten Kabine wurde die Wasserspülung gezogen. Die Schwester, deren Name Alice nicht mehr einfiel, kam heraus. Während sie sich die Hände wusch, ignorierte sie Alice und Rebekah. Beim Verlassen der Toilette warf sie ihnen einen abschätzigen Blick zu.

»Dumme Kuh«, sagte Alice, als die Tür hinter der Frau ins Schloss gefallen war. »Vor ein paar Monaten war ich mit ihr auf der Wöchnerinnenstation. Auch da war sie nicht nett, aber doch nicht so unhöflich wie jetzt.«

»Es sind nicht nur die Deutschen, die etwas gegen Juden haben«, erwiderte ihre Freundin. »Auch auf Jersey gibt es Leute, die mich hier nicht sehen wollen.«

»Diese Feindseligkeit werde ich nie verstehen«, sagte Alice. »Sie ist eine Schande. Erst recht von einer Krankenschwester, die dazu da ist, anderen zu helfen.«

»Sie ist keine schlechte Krankenschwester«, meinte Rebekah. »Sie hat sich nur gegen uns aufhetzen lassen.«

Alice legte einen Arm um sie und drückte sie an sich. »Wir werden sie einfach ignorieren. Ich halte zu dir, und daran wird sich nie etwas ändern.«

*

Im rosigen Morgenlicht durchquerten sie das Viertel Rouge Bouillon. *Es ist schrecklich, was diese Zeit aus uns macht*, dachte Alice. Deutsche, die früher vielleicht einmal Ferien auf der Insel verbracht hatten, waren nun Feinde; Juden, die es seit Hunderten von Jahren auf der Insel gegeben hatte, wurden plötzlich gemieden oder als unerwünscht betrachtet. Dass sie alle Menschen waren, zählte nicht mehr, es ging nur noch um Hass und Verfolgung.

Allmählich belebten sich die Straßen. Ladenbesitzer drehten die Schilder von »Geschlossen« zu »Geöffnet« um. Es waren ganz normale Handlungen, dennoch hatte Alice den Eindruck, dass sie in niedergedrückter Stimmung vollzogen wurden. Niemand rief einem anderen über die Straße einen Morgengruß zu, fragte, wie das Geschäft laufe oder gab eine Wettervorhersage ab. Falls jemand lächelte, wirkte es bemüht, und alle schienen nervös nach Wehrmachtssoldaten Ausschau zu halten. So also sah es aus, wenn eine Insel oder ein Land besetzt worden war. Die Farben schienen zu verblassen, die Menschen misstrauisch und ängstlich zu werden. Hier und da hatte sie den Eindruck, dass es Passanten gab, die Rebekah einen unfreundlichen Blick zuwarfen, aber vielleicht täuschte sie sich. Sie wollte nicht, dass ihre Freundin es bereute, auf der Insel geblieben zu sein.

Sie hakte sich bei Rebekah unter und gestand sich ein, dass sie manchmal wünschte, sie und nicht Jenny wäre ihre Schwester. Rebekah verstand sie, zwischen ihnen gab es keine Spannungen, hatte sich nach Dads Tod keine Kluft aufgetan. Oder hatten alle Geschwister Schwierigkeiten miteinander? Zwar hieß es immer, Blut sei dicker als Wasser, aber das änderte nichts an der Tatsache, dass sie mit Rebekah mehr gemein hatte als mit Jenny.

Vor dem Hotel Savoy standen Wehrmachtsoffiziere in tadellosen Uniformen und blank geputzten Stiefeln. Sie nickten Alice und Rebekah höflich zu.

Als sie außerhalb deren Hörweite waren, sagte Rebekah: »Also eigentlich haben die Deutschen sich bisher wie zivilisierte Menschen benommen. Vielleicht wurde die Wehrmacht ja nicht vom Ideengut der Nazis infiziert.«

»Bisher«, wiederholte Alice. »Aber sie sind gerade erst gekommen. Und erlassen eine Anordnung nach der anderen. Pip – das ist Jennys Freund – ist außer sich, weil er nicht mehr mit seinem Boot rausfahren darf.«

»Der Ärmste.« Rebekah lachte. »Das Autofahren haben sie uns auch verboten. Gut, dass wir noch radeln dürfen.«

»Gehen dürfen wir auch noch«, sagte Alice, die ihre müden Beine spürte.

»Siehst du«, meinte Rebekah. »Es gibt immer noch etwas Positives.«

Als sie den Vorgarten durchquerten, stachen Alice die vernachlässigten Blumenbeete ins Auge. Die Stockrosen ließen die Köpfe hängen, unten an den Wicken wucherte Unkraut. Das hätte ihrem Vater nicht gefallen. Auf dem Weg zur Hintertür blickte sie zu dem Bohnenwigwam und den Himbeersträuchern hinüber. Sah alles noch gut aus. Gott sei Dank, denn auf das Gemüse und Obst würden sie angewiesen sein. Sie pflückte eine Handvoll Himbeeren für Rebekah. »Die Beeren hat mein Vater noch gepflanzt.«

»Und so sorgt er noch immer für euch.«

Alice bekam einen Kloß in den Hals.

Frühstück im Haus Robinson war nun zu einer stillen Angelegenheit geworden. Seit die Deutschen Jersey besetzt hatten, waren die Nahrungsmittel für die Inselbewohner knapp geworden, doch selbst wenn sie so viel wie vorher zu essen gehabt hätten, Alice' Mutter gab sich mit der Zubereitung kaum noch Mühe. Meistens lag ein Laib Brot auf dem Tisch und daneben stand eine Schale mit Bratfett.

Als Alice und Rebekah die Küche betraten, war William dabei, seine Brotscheibe in winzige, gleichgroße Stücke zu schneiden. Jenny löste ein Kreuzworträtsel, und Mum blickte ins Leere. Dennoch empfing sie Rebekah freundlich und bedeutete ihr mit einer Geste, sich auf Dads Platz niederzulassen.

Zuerst versetzte es Alice einen Stich, ihre Freundin auf Dads Stuhl zu sehen, doch dann fand sie es eigentlich ganz schön, wieder zu fünft in der Küche zu sitzen.

Rebekah wandte sich William zu und begann, mit ihm zu plaudern. Seine starre Miene belebte sich. Rebekah war mit einem kleinen Bruder aufgewachsen und wusste, wie man mit William umgehen musste, ohne ihn zu ängstigen.

Nach dem Frühstück machte Alice noch einmal Tee. Rebekah arbeitete mit Jenny an einem Kreuzworträtsel. Dad hatte jeden Tag eins gelöst, vielleicht fühlte Jenny sich durch das Rätseln mit ihm verbunden, oder es machte ihr einfach Spaß – oder beides. Jeder von ihnen hatte mittlerweile Rituale, um sich Dad nahe zu fühlen.

Während sie darauf wartete, dass das Teewasser kochte, betrachtete Alice die zusammengesteckten Köpfe der beiden Frauen, die eine mit kastanienrotem, die andere mit dunklem Haar. Die beiden schienen sich gut zu verstehen, und sie verspürte einen Anflug von Eifersucht.

Sie erinnerte sich an Fleur, mit der sie als Zehnjährige befreundet gewesen war. Sie war hübsch gewesen, klug und lustig. In der Schule hatten sie zusammengesessen. Fleur hatte sie zum Lachen gebracht, wenn sie die Lehrer nachahmte oder sie als Karikaturen auf ihren Schreibblock kritzelte. In ihrem Beisein fühlte auch Alice sich witzig und interessanter als das scheue, unsichere Mädchen, das sie für gewöhnlich war.

Irgendwann hatte Mum ihr vorgeschlagen, Fleur nach der Schule zu sich einzuladen. Auf dem Weg erzählte Alice ihrer Freundin, wie sonderbar ihr Dad war, weil er den Kopf so oft in den Wolken hatte. Einmal sei er in Pantoffeln zur Schule gegangen, ein andermal mit zwei verschiedenen Schuhen, und einmal habe er seine Aktentasche in der Speisekammer deponiert. Fleur lachte, und Alice konnte es kaum erwarten, ihr ihren Vater zu präsentieren, in der Hoffnung, durch ihn selbst interessanter zu werden.

Doch dann stellte sich heraus, dass Mum an dem Tag schlechte Laune hatte und Dad so in ein Buch vertieft war, dass er Alice und Fleur kaum registrierte. Erst als sie zu Abend aßen, nahm er Alice' Freundin wahr, und dann hatte er nichts Besseres zu tun, als sie über ihre Familie auszufragen. Selbst als klar wurde, dass Fleur die Fragen als unangenehm empfand, bohrte er weiter, bis es sogar der achtjährigen Jenny peinlich wurde. Sie stand auf und sagte, sie wolle Fleur ihr Zimmer zeigen. Damals – vor Williams Geburt – hatten sie und Alice noch jeweils ein eigenes Zimmer. Alice wollte sich ihnen anschließen, aber Mum beharrte darauf, dass sie beim Abwasch half.

Als Alice endlich nach oben gehen durfte, saßen Fleur und Jenny auf dem Bett und flochten einander Zöpfe.

Später begleitete Alice ihre Freundin nach Hause. Nach ihrer Rückkehr sagte Mum ungehalten: »Ich verstehe dich nicht. Wie kannst du Fleur einladen und dich dann nicht um sie kümmern? Deine kleine Schwester musste das für dich übernehmen. Wenn du deine Freundinnen weiter so behandelst, wirst du bald keine mehr haben.« Alice lief hinauf in ihr Zimmer, warf sich auf ihr Bett und weinte vor Wut und Selbstmitleid.

Am nächsten Tag sprang Fleur in den Pausen mit anderen Mädchen seil. Danach dauerte es nicht lange, bis sie im Unterricht nicht mehr neben Alice saß und schließlich gar keine Zeit mehr mit ihr verbrachte. Manchmal sah Alice sie in der Pause mit Jenny zusammenstehen und plaudern, und dann fühlte sie sich elend.

Nach dem Frühstück ging Jenny einkaufen. Zuvor hatte sie Rebekah bereitwillig erlaubt, in ihrem Bett zu schlafen.

Alice zog sich mit ihrer Freundin in das Schlafzimmer zurück. Wenig später war Rebekah eingeschlummert, und Alice lauschte ihrem leisen, regelmäßigen Atem. Doch sie selbst fand keinen Schlaf, zu viele Gedanken schwirrten ihr durch den Kopf. Sie fürchtete sich vor den deutschen Besatzern. Sie vermisse ihren Vater und fragte sich, wie sie ohne ihn zurechtkommen sollten, und ob William den Verlust verkraften würde. Und was würde Jenny tun, nun da sie auf Jersey festsaß? Wieder flammte die Wut auf ihre Schwester auf. Wäre sie nach England gegangen, wäre Dad nicht zum Hafen gelaufen, um

Pip zu suchen. Sie wünschte, sie müsste ihre Schwester nicht jeden Tag sehen.

Immer wieder versuchte sie, diese Gedanken fortzuschieben und Ruhe zu finden, es war vergeblich. Sie blickte zu Rebekah. Eine weitere Sorge. Alice erinnerte sich an die Berichte über die Pogrome in Deutschland und Österreich. Geschäfte jüdischer Besitzer waren geplündert und zerstört worden, ebenso Wohnungen, Häuser und Synagogen. Jüdische Männer und Frauen waren gedemütigt, geschlagen, inhaftiert und umgebracht worden. Das Gleiche geschah in den von den Deutschen besetzten Gebieten. Und nun waren die Deutschen auf Jersey. Würden sie sich auch hier gegen die jüdische Bevölkerung wenden?

 KAPITEL 12

Jenny hockte unten in der *Bynie May*, die am Hafen vertäut lag, und versuchte, das Leckwasser zu ignorieren, mit dem sich ihr Rocksaum vollsog. Pip drehte an dem Regler seines Detektorradios. Ab und an warf er Jenny einen Blick zu, doch seine Aufmerksamkeit konzentrierte sich auf das Gerät, das bisher nur ein Rauschen von sich gegeben hatte.

Dann endlich war eine Männerstimme zu hören. Pip zeigte Jenny den gereckten Daumen und teilte den Kopfhörer mit ihr. Er hatte einen Bericht über einen Luftkampf zwischen deutschen und englischen Jagdflugzeugen hereinbekommen.

»Da – drei – vier – sechs – nein, zehn Messerschmitts sind in der Luft – und deutsche Bomber, ja, da sind auch Junkers – und unter ihnen ein Schiffskonvoi, der den Kanal verlassen will ...«

Unwillkürlich blickte Jenny in Richtung England, stellte sich den Kampf über dem Ärmelkanal vor, das Nahen der Junkers, den ohrenbetäubenden Heulton dieser Flugzeuge und die lang gezogene Rauchwolken, wenn sie oder die Jagdflugzeuge von feindlichem Geschützfeuer getroffen wurden und abstürzten. Bereits auf dem Weg zum Hafen hatte sie vom

Anflug der deutschen Bomber und der sie begleitenden Jäger gehört. Nun würden sie kämpfen, um so viele englische Kampfflugzeuge wie nur möglich abzuschießen.

Sie dachte an ihre Verwandten in London. Jedermann ging nun davon aus, dass London bombardiert werden würde. Wahrscheinlich wäre sie dort in größerer Gefahr als auf ihrer Heimatinsel gewesen; Jersey wurde seit der Besetzung nicht mehr angegriffen.

Pip verlagerte sein Gewicht, um einen Arm um sie zu legen. Das Boot schaukelte.

»Was für ein Chaos über dem Kanal herrscht«, fuhr die Stimme des Berichterstatters fort. »Kaum, dass sich noch erkennen lässt, welche unsere und welche ihre Flugzeuge sind ...«

Wie aufgeregt er klang, dachte Jenny. Warum löste der Krieg bei Männern einen Rausch aus, als wäre er ein Fußballspiel? Pip war nicht anders. Ständig hatte er die Kopfhörer auf und lauschte den Nachrichten auf seinem Detektorgerät, immerfort kreisten seine Gedanken um das Kriegsgeschehen, und stets war er voller Groll, weil er nicht daran teilnehmen durfte. Man konnte mit ihm kaum noch über etwas anderes reden. Manchmal sagte auch Jenny etwas zu den Kampfhandlungen, doch meistens überließ sie sich stumm dem Hass auf die Deutschen, die ihren Vater auf dem Gewissen hatten.

»Ich überlege, ob es überhaupt noch sicher ist, auf dem Boot Nachrichten zu hören«, sagte Pip. »Vom Kai aus kann man mich sehen, und ich möchte nicht, dass die Deutschen das Gerät beschlagnahmen. Dann hätte ich jeden Kontakt zur Außenwelt verloren.«

»Vor allem solltest du nicht BBC hören. Die Deutschen haben angeordnet, dass wir nur deutsche Sender empfangen dürfen.«

Pip lachte. »Das können sie vergessen. Wer von uns kann denn Deutsch?« Er blickte sich um. »Ich muss nur einen sicheren Ort für das Gerät finden.«

Jenny betrachtete das kleine Holzbrett mit den Spulen und dem Regler. Viel Platz brauchte dieses Gerät nicht. »Vielleicht unter deinem Bett?«

Pip schüttelte den Kopf. »Da findet es jeder.«

»Im Kamin hinter Holzscheiten verborgen?«

»Auch da würde man sofort nachsehen. Ich brauche einen Ort, auf den die Deutschen nicht kommen.« Er verstaute den Empfänger und die Kopfhörer wieder unter Deck.

»Ich werde darüber nachdenken«, versprach Jenny. »Vielleicht fällt mir etwas ein.«

Als sie den Hafen verließen, dunkelte es. Seitdem die Deutschen eine Ausgangssperre verhängt hatten, musste jeder um elf Uhr abends von der Straße sein. Eigentlich sogar schon um zehn Uhr, doch die Besatzer hatten angeordnet, die Uhren nach deutscher Zeit eine Stunde vorzustellen.

Über ihnen flogen zwei Junkers in Richtung Flugplatz. Jenny erkannte sie an den für sie typischen Doppelflügeln.

»Die müssen auf Jersey stationiert sein«, sagte Pip. »Ich kann nicht fassen, dass wir nun auch noch ihre Flugzeuge beherbergen müssen.«

»Vielleicht werden sie ins Geschützfeuer einer Spitfire geraten«, sagte Jenny.

»Ja, unsere Piloten sind todesmutig«, entgegnete Pip. »Sie könnten es schaffen, dass der Krieg bereits Weihnachten Geschichte ist.«

*

Zwei Wochen später lauschten sie auf der *Bynie May* Churchills Rede vor dem englischen Unterhaus.

»Noch nie zuvor in der Geschichte menschlicher Konflikte hatten so viele so wenigen so viel zu verdanken«, sagte der Premierminister. Mit den »wenigen« waren die Piloten der Royal Air Force gemeint, die in der Luftschlacht um England kämpften. Pip verfolgte die Rede andächtig bis zum Schluss.

»Rebekahs Mann fliegt eine Spitfire«, erzählte Jenny, als die Übertragung beendet war. »Und nun hat sie seit Wochen nichts mehr von ihm gehört.«

»Viele der Piloten sind umgekommen«, sagte Pip bedrückt.

»Aber die Deutschen haben noch größere Verluste«, entgegnete Jenny.

»Ja, ich denke, Churchill kann mit seinen Leuten zufrieden sein.«

»Hoffentlich überlebt Rebekahs Mann den Krieg.«

»Und was wäre, wenn ich eine Spitfire fliegen würde? Würdest du dir dann auch Sorgen machen.«

Jenny sah ihn verwundert an. »Ja, natürlich. Aber würdest du denn fliegen wollen? Ich kann mir dich immer nur auf einem Schiff vorstellen.«

Pip lächelte verträumt. »Auf einem Kriegsschiff, das mit den

Bordkanonen deutsche Stellungen an der Küste Frankreichs beschießt.«

Jenny betrachtete ihn kopfschüttelnd. »Ich weiß, wie schwer es für dich ist, nicht dabei zu sein. Lass uns das Beste daraus machen.«

Pip beugte sich vor, um Jenny auf den Mund zu küssen. Sie wich zurück.

Er runzelte die Stirn. »Was ist?«

Jenny blickte zur Seite. »Wir haben doch schon darüber gesprochen, und du kennst meine Gefühle.« Sie schaffte es einfach nicht, von seiner Freundin zu seiner Liebsten zu werden. Pip durfte ihre Hand halten und sie auf die Wange küssen, mehr wollte sie nicht.

Pips Kinnpartie versteifte sich. »Ja, ich weiß. Tut mir leid.« Er blickte über den Hafen. »Lass uns nach Hause gehen.«

Wie immer begleitete er sie nach Hause, doch diesmal fragte er nicht, wann sie sich wiedersehen könnten. Jenny nahm an, dass er ihr den verweigerten Kuss übel genommen hatte. Doch sie war aus so vielerlei Gründen unglücklich, dass sie sich nicht auch noch um Pips verletzte Gefühle kümmern konnte.

Als Alice sie abends in ihrem Zimmer fragte, wie die Sache mit Pip laufe, sagte Jenny: »Genau weiß ich das nicht. Er ist mein bester Freund, und ich bin gern mit ihm zusammen, aber das scheint ihm nicht zu genügen.«

»Weil er in dich verliebt ist«, sagte Alice.

»Aber ich nicht in ihn. Ich liebe ihn nur wie einen Bruder.«

Alice lachte. »Wie William?«

Jenny schnaubte. »Nein, natürlich nicht. Wie einen älteren Bruder.« Sie erinnerte sich an den Tag, als Pip William, der den Arm zum militärischen Gruß gehoben hatte, mit einem Bonbon abgelenkt hatte. Er konnte gut mit dem Jungen umgehen, und seit Dads Tod war er ihm gegenüber geradezu fürsorglich geworden. Und stets war er hilfsbereit – oder zumindest immer dann, wenn er sich nicht wieder in Kriegsphantasien erging.

»Du solltest ihn nicht hinhalten.«

»Das tue ich doch auch nicht. Nicht absichtlich. Ich möchte ihn nicht verletzen. Außerdem weiß er, wie es um mich steht. Vielleicht empfinde ich ja eines Tages mehr für ihn. Zumindest kann ich mir nicht vorstellen, jemals mit einem anderen zusammen zu sein.«

»Die meisten jungen Frauen würden viel dafür geben, dass jemand wie Pip sich um sie bemüht«, sagte Alice.

»Das hast du schon mal gesagt«, entgegnete Jenny und überlegte, ob sie Pip vielleicht nicht richtig zu schätzen wusste. Er würde nicht ewig auf sie warten. Sicherlich würde er irgendwann eine Frau finden, die ihn liebte. Dabei kam ihr Alice in den Sinn, die Pip sehr zu mögen schien. Zumindest wollte sie auffallend häufig über ihn reden. Und wie sie damals vor der Segeltour mit ihm zum Flugplatz von Saint Peter gestrahlt hatte. Aber Pip interessierte sich nicht für ihre Schwester, vielleicht war Alice deshalb oft so bissig. Abgesehen von den anderen Dingen, die sie ihr zum Vorwurf machte. Wie viel mittlerweile zwischen ihnen stand. Jenny beschloss, ein unverfängliches Thema anzuschlagen. »Wie läuft es im Krankenhaus?«

Alice seufzte. »Jedes Mal, wenn ein Patient mit einer Kopfverletzung eingeliefert wird, muss ich an Dad denken.«

So viel zu dem unverfänglichen Thema. »Das muss arg sein.«

Alice schwieg.

»Aber du hast wenigstens etwas zu tun«, sprach Jenny weiter.

»Ich habe kaum etwas, womit ich mich beschäftigen kann. Ich schlage nur die Zeit tot.«

»Dann hilf Mum mehr.«

Jenny dachte an den leeren Blick ihrer Mutter, ihre Antriebslosigkeit, ihre Schwierigkeiten, Entscheidungen zu treffen. »Du hast recht. Ich sollte einen größeren Teil der Hausarbeit übernehmen. Einkaufen gehen. Vielleicht sogar kochen.«

»Bitte nicht kochen.«

Jenny lächelte. Es war schon lange her, dass Alice sie wegen ihrer mangelnden Kochkünste geneckt hatte. »Dann kümmere ich mich eben mehr um William.«

»Das wäre sicherlich hilfreich. Er weiß nicht, wie er mit Dads Tod umgehen soll.«

Alice drehte sich auf die Seite. Kurz darauf war sie eingeschlafen.

Jenny lag noch lange wach. Ja, sie musste Beschäftigungen finden und ihre Mutter unterstützen. Alles war besser, als ständig zu überlegen, welche Schikanen die deutschen Besatzer sich als Nächstes ausdenken würden. Dann dachte sie an Pip und fragte sich, ob er, wenn er das Warten auf sie leid würde, vielleicht doch beschließen könnte, sich zum Kriegsdienst zu melden. Aber würde er es wagen, sich über das Verbot seines Vaters hinwegzusetzen? Jenny vermochte es nicht zu sagen.

Sie klopfte ihr zerdrücktes Kopfkissen auf und legte sich wieder zurück. Sie erinnerte sich daran, wie hart sie gearbeitet hatte, um die beste Mathematikschülerin ihres Jahrgangs zu werden. Warum ließ sie sich jetzt gehen? Sie musste ihr Leben in die Hand nehmen und von ihrem Verstand Gebrauch machen. Ja, sie würde ihre Mutter entlasten, doch sie wollte mehr tun. Wollte nicht nur Angst vor den Besatzern haben, sondern sich auch gegen sie wehren – am liebsten sogar aktiv gegen sie vorgehen.

Teil II

Juni – Dezember 1942

 KAPITEL 13

Jenny rieb Kartoffeln, um daraus Kartoffelstärke zu gewinnen. Die würde sie dann trocknen und zu Mehl mahlen. Nach Dads Tod hatte Pip ihr geholfen, einige Blumenbeete im Garten umzugraben. An einem windigen, grau verhangenen Frühlingstag hatten sie dort Kartoffeln gepflanzt.

Nun war es schon zwei Jahre her, dass Dad gestorben war. Und die Deutschen waren kurz nach seinem Tod auf die Insel gekommen.

Jenny warf ihrer Mutter einen Blick zu. Sie stand am Spülbecken und starrte aus dem Fenster. Unter ihrem abgetragenen blauen Pullover, der ihr viel zu weit geworden war, zeichneten sich ihre Schulterblätter spitz ab. Sie aß nicht nur zu wenig, sondern vernachlässigte sich auch, ihr dunkles Haar hing strähnig herab. Noch immer hatte sie den Tod ihres Mannes nicht verwunden, an nichts schien sie mehr Interesse zu haben. Zudem litt sie unter der deutschen Besatzung. Im Grunde hatte sie einen zweifachen Verlust hinnehmen müssen, zum einen den Mann, mit dem sie beinahe ein Vierteljahrhundert glücklich gewesen war, und zum anderen die Freiheit ihrer geliebten Insel.

»Setz dich, Mum«, sagte Jenny. »Ich mache dir eine Tasse Tee.«

Ihre Mutter rüttelte sich wach und strich sich über die Stirn. »Danke, Liebes, aber ich möchte keinen Tee. Ich muss das Abendessen vorbereiten, Alice wird gleich kommen.«

»Ich mache dir trotzdem eine Tasse. Sie wird dir guttun.«

Mum schien ihr nicht zuzuhören, offenbar war sie mit den Gedanken schon wieder woanders.

Am Morgen war Jenny auf dem Markt gewesen. Es hatte geheißen, dass es Fisch geben würde. Das stellte sich als Irrtum heraus, es waren lediglich Menschen da gewesen, die gedacht hatten, es gäbe Fisch. Auf einer Insel im Meer sollte das ja auch eine Selbstverständlichkeit sein. Doch, ebenso wie an anderen Tagen, war der Fang an die Besatzungsmacht gegangen.

Trotzdem hatte Jenny sich an der Käuferschlange angestellt und gehofft, der nächste Fang würde vielleicht auf den Markt kommen. Aber nach einer Weile hatten sich alle resigniert zerstreut. Die Kisten, die früher von Aalen, Muscheln, Garnelen, Makrelen, Heringen, Schollen und Brassen übergequollen waren, waren gähnend leer geblieben.

Als Jenny sich abwandte, hielt die Fischhändlerin sie zurück. »Warte einen Moment«, sagte sie. Dann holte sie unter ihrer Theke zwei Makrelen hervor, schlug sie in Zeitungspapier ein und legte sie in Jennys Korb. Als Jenny die Fische bezahlen wollte, winkte sie ab. »Ich hatte bei deinem Vater Matheunterricht. Er war ein wundervoller Lehrer. Vielleicht kann ich mich heute ein wenig revanchieren.«

Jenny bedankte sich und eilte nach Hause. Endlich würden sie noch einmal etwas anderes als Brot, Bratfett und Wurzelgemüse essen können.

Ihre Mutter schenkte ihr ein Lächeln, als Jenny die Fische auf einen Teller legte, wo ihre silbrige Haut im einfallenden Tageslicht schimmerte.

Nun nahm Mum die Makrelen aus. »Am besten mache ich eine Fischpastete und mit dem Kartoffelmehl eine Soße. Und aus Kopf, Gräten und Schwanz wird ein schöner Sud.«

Jenny reichte ihr den Tee. Einen Moment lang hatte die Aussicht auf das gute Essen die Stimmung ihrer Mutter gehoben. Es würde nicht lange anhalten, dann würde die Realität sie wieder einholen. Aber auch für Jenny war der Tod ihres Vaters eine Wunde, die nie ganz verheilen würde. Dennoch mussten sie irgendwie weiterexistieren, jeden Tag, jede Woche, jeden Monat, mussten das Leben, wie es nun war, wohl oder übel akzeptieren. Jenny wünschte nur, ihre Familie würde fester zusammenstehen.

Jenny begann, Kartoffeln zu schälen. Die Schalen würden sie mit den Fischresten aufkochen und eine Handvoll für Williams Kaninchen aufheben.

Als es an der Hintertür klopfte, stand sie auf, um zu öffnen. Seit es so wenig zu essen gab und in Speisekammern eingebrochen wurde, hatten sie sich angewöhnt, die Außentüren abzusperren.

Pip stand auf der Schwelle.

»Pip!«, sagte sie. »Mit dir habe ich gar nicht gerechnet.«

»Das war offenkundig, ich musste mehrmals klopfen.«

Jennys Mutter begrüßte Pip nur mit einem knappen Nicken. Zwar begegnete sie ihm weiterhin höflich, war aber sehr viel reservierter als vor Dads Tod.

Als Jenny sicher war, dass ihre Mutter sich wieder auf die Makrelen konzentrierte, drückte sie Pip rasch einen Kuss auf die Wange und fragte: »Was führt dich denn zu uns?«

Pip deutete auf das Detektorgerät, das er dabeihatte. Vor einer Weile hatte er es sicherheitshalber von seinem Boot geholt und in seinem Zimmer untergebracht. Wenn sein Vater abends aus war, hörte er dort allein oder zusammen mit Jenny die Kriegsberichterstattungen der BBC. An diesem Gerät hatten sie den Luftkrieg über England verfolgt, den die Deutschen verloren hatten, ebenso Berichte über die Schlacht um Moskau Ende des vergangenen Jahrs und den Angriff der japanischen Marineluftstreitkräfte auf die amerikanische Pazifikflotte in Pearl Harbor.

»Was ist mit dem Gerät?«, fragte Jenny.

Pip stellte den Empfänger auf den Küchentisch. »Die Deutschen haben angeordnet, dass alle Rundfunkgeräte abgegeben werden müssen. Angeblich aus militärischen Gründen, was immer das bedeuten soll. In Wahrheit wollen sie nicht, dass wir BBC hören. Wir müssen die Geräte noch heute in den Gemeindesaal des Rathauses bringen.«

»Machst du das?«

»Natürlich.« Pip zwinkerte ihr zu. »Ich bin schon auf dem Weg.«

»Warte noch«, flüsterte Jenny und drehte sich zu ihrer Mutter um. Laut fragte sie: »Soll ich zum Nachtisch ein paar Stachelbeeren pflücken?«

»Tu das«, sagte Mum. »Wir haben noch ein wenig Milch und Zucker, um sie zu süßen.« Sie wandte sich um. »Bleibst du zum Abendessen, Pip?«

Er verneinte dankend und erklärte, er werde zusammen mit seinem Vater essen.

Jenny deutete mit dem Kopf auf die Küchenschublade. »Kannst du zwei scharfe Messer herausnehmen?«

Pip sah sie verwirrt an, tat jedoch wie geheißen.

Jenny huschte ins Wohnzimmer und holte *Shakespeares Gesammelte Werke* aus dem Bücherregal – den Preis, den man ihr seinerzeit als beste Schülerin überreicht hatte. Sie hielt den Band so, dass ihre Mutter ihn nicht sehen konnte, und winkte Pip mit sich hinaus in den Garten.

»Wozu die Messer?«, fragte Pip. »Wozu der Shakespeare? Willst du mit mir *Romeo und Julia* spielen?«

»Quatsch.« Jenny öffnete die Tür des Schuppens. »Ich will dir helfen, dich über die Anordnung der Deutschen hinwegzusetzen. Es reicht doch, dass wir unser Radio abgeben, oder?«

Im Schuppen roch es modrig, und wieder musste Jenny an ihren Vater denken. Diesen Geruch hatte er immer ins Haus gebracht, wenn er Geranien zurückgeschnitten oder Keimlinge ausgestochen hatte. Im Geist sah sie seinen löchrigen Pullover und die schmutzigen Fingernägel. Sowie er in die Küche kam, hatte Mum ihm eine Nagelbürste in die Hand gedrückt. Er hatte sich die Hände am Spülbecken geschrubbt, und, wenn er gut gelaunt war, dabei eine Melodie gepfiffen.

Jenny verdrängte die Erinnerungen. Dennoch fragte sie sich, ob Dad mit ihrem Vorhaben einverstanden gewesen wäre. Wahrscheinlich ja. »Kluges Mädchen«, hätte er gesagt und sie gelobt, weil sie die Deutschen überlisten wollte. Allerdings hätte er sie auch auf das Risiko hingewiesen.

Sie legte den schweren Band auf Dads Werkbank, schlug ihn auf und bat Pip um ein Messer.

»Was soll das werden?«, fragte er.

Jenny schnitt die ersten Seiten heraus, stopfte sie in einen leeren Blumentopf und machte sich an die nächsten.

Es war eine mühselige Arbeit, die Messer waren nicht scharf genug.

Jenny betrachtete das Werkzeug, das Dad im Regal über der Werkbank untergebracht hatte, schob eine Kelle und eine Gabel zur Seite und griff nach einem Taschenmesser. »Damit dürfte es besser gehen.«

»Wenn du mir sagst, was du vorhast, kann ich dir vielleicht helfen«, sagte Pip.

»Siehst du das nicht?«

»Nein.«

Sie legte das Taschenmesser ab. »Ich schaffe eine Vertiefung, um deinen Empfänger darin zu verstecken. Da werden die Deutschen ihn niemals finden. Die Kopfhörer verbergen wir in einem Blumentopf.« Die Idee war ihr schon vor ein paar Tagen gekommen.

»Und woher willst du wissen, dass ich das Gerät nicht abgeben möchte?«

Jenny schnaubte. »Ich kenne dich doch.«

»Lass mich mal.« Pip nahm das Taschenmesser und säbelte so lange Seiten aus dem dicken Band, bis die Vertiefung groß genug war.

»Hol das Gerät«, sagte Jenny. »Und verabschiede dich von Mum, dann glaubt sie, dass du mit dem Detektorradio zum

Rathaus gehst. Wenn sie schläft, stelle ich den Band samt Gerät zurück ins Bücherregal.«

Pip lief los, um den Empfänger zu holen. Er passte perfekt in die Vertiefung.

Falls Jennys Mutter sich fragte, warum ihre Tochter fast eine Stunde brauchte, um für einen Nachtisch Stachelbeeren zu pflücken, erwähnte sie es nicht.

*

Pip würde an diesem Abend nicht mit seinem Vater essen, sondern zu einer Verabredung gehen, von der Jenny nichts wissen sollte.

Auf dem Weg dachte er zum wahrscheinlich hundertsten Mal, wie klug Jenny war. Die meisten Menschen hätten ihn vermutlich gedrängt, das Detektorgerät abzugeben, sie aber hatte sich etwas ausgedacht, um den Deutschen ein Schnippchen zu schlagen. Vielleicht hatte sie es auch als kleinen Racheakt für den Tod ihres Vaters getan.

Jennys Vater. Sein Geist schien sie noch immer heimzusuchen und daran zu erinnern, dass sie seinen Tod verschuldet hatten. Dieses Schuldgefühl hatte ihre Beziehung belastet, und Jenny hatte sich von ihm zurückgezogen. Seitdem versuchte er, sie nur noch als gute Freundin zu betrachten, doch das fiel ihm schwer. Zumal er mitunter den Eindruck hatte, dass sie doch mehr für ihn empfand. Er würde aber keinen Vorstoß mehr wagen, ganz gleich, wie groß die Versuchung war.

Im Moment schien sie mit ihm vor allem gegen die Deutschen kämpfen zu wollen. Damit hing auch seine Verabredung zusammen.

Er lief die Cattle Street hinunter zu dem Pub, der den Namen Caesarea trug. Als er die Tür aufziehen wollte, kam ein Mann heraus, und Pip schlugen lautes Stimmengewirr und das Geräusch klingender Gläser entgegen. Normalerweise verkehrte er nicht in Pubs. Lieber wanderte er abends allein oder mit Jenny am Meer entlang oder den Mount Bingham hinauf, um mit Blick auf das Wasser oder den Hafen vielleicht eine kleine Flasche Cider zu trinken. Oder er und Jack tranken auf einem ihrer Boote einen Schluck Rum. Aber selbst ein lauter, verrauchter Pub war ihm lieber, als mit seinem Vater in lastendem Schweigen zusammenzusitzen und tun zu müssen, als schmecke ihm der Whiskey, den sein Vater mit ihm trinken würde.

Er betrat den Pub, der brechend voll war. Sofort umgab ihn die warme stickige Luft, die nach Zigaretten, Bier und Körperausdünstungen roch. Der Tabakqualm wogte wie ein grauer Schleier über den Köpfen. Bei den meisten Gästen schien es sich um Arbeiter zu handeln, die vor dem Heimweg mit ihren Kollegen noch einen Schluck tranken, und um eingefleischte Trinker, die vor der Sperrstunde ihren Alkoholpegel erreichen wollten. Auch Wehrmachtssoldaten waren da. Wegen der Farbe ihrer Uniformen bezeichneten die Inselbewohner sie als »Blattläuse«. Sie standen etwas abseits von den anderen in einer Gruppe zusammen. Einige von ihnen schienen sich unbehaglich zu fühlen. Die Einheimischen versuchten, sie zu ignorieren.

Pip erinnerte sich an die Vorhut der Besatzer, die aus Offizieren bestanden hatte. Sie waren in der Regel steif, aber höflich aufgetreten. Inzwischen waren raue Männer nachgerückt. Seitdem kam es vermehrt zu Plünderungen und anderen gewaltsamen Übergriffen. Und die Inselbewohner hatten den letzten Rest Respekt vor den Deutschen verloren.

Pip betrachtete die Wehrmachtsgruppe grimmig. Er traf auf den Blick eines Soldaten, ein kräftiger junger Mann mit hellblondem Haar, und ihm war, als könne er in dessen Augen die Verachtung erkennen, die ihm als Zivilisten galt.

Pip wandte den Blick ab und kämpfte sich zum rückwärtigen Teil des Pubs vor, wo ihm jemand zuwinkte. Es war Robert Durand, mit dem er verabredet war. Sie waren zusammen zur Schule gegangen. Wie es aussah, hatte sein früherer Mitschüler seitdem zugelegt, und das dunkle Haar trug er nun so lang, dass es ihm in die Stirn fiel. Demnach war auch er kein Soldat.

»Hallo, Pip.« Robert stand auf und streckte Pip die Hand entgegen.

Pip schüttelte die Hand, fand es jedoch seltsam, jemanden aus der Schule auf eine so förmliche Weise zu begrüßen. Noch vor wenigen Jahren hätten sie sich einfach auf die Schulter geschlagen.

»Ich hab dir schon ein Bier bestellt«, sagte Robert und deutete auf das volle Glas auf dem Tisch. »Ich hoffe, du trinkst Bier.« Sein eigenes Glas war bereits zur Hälfte leer.

»Danke und ja, ich trinke Bier.« Pip ließ sich nieder und griff nach seinem Glas. »Bist du schon länger hier?«

Robert schüttelte den Kopf. »Bin gerade rechtzeitig gekommen, um den Ecktisch zu ergattern. Hier belauscht uns so schnell keiner.«

Pip fragte sich, was Robert ihm Geheimnisvolles mitzuteilen hatte. Warum er sich überhaupt mit ihm hatte treffen wollen. Sie waren in der Schule keine Freunde gewesen. Robert war fleißiger als er gewesen, hatte sich aus der Schulbücherei weiterführende Literatur zu den Unterrichtsinhalten geliehen, mit gleichgesinnten Schülern Diskussionen geführt, denen Pip nie hatte folgen können. Er war lieber auf dem Sportplatz gewesen, um für Wettrennen zu trainieren oder Rugby zu spielen.

Zuerst unterhielten sich über ihr Leben nach der Schule. Robert hatte in einer Versicherung angefangen, eine Arbeit, die Pip sich als ebenso langweilig vorstellte wie seine eigene. Doch Robert sprach gewichtig von seinem Job und warf mit Begriffen wie »Geschäftsfelder«, »Haftung« und »Schadenregulierung« um sich.

Dann zog er eine Packung Gauloises aus seiner Jackentasche und bot Pip eine an.

Pip lehnte dankend ab. Der Zigarettenrauch im Gastraum setzte ihm bereits zu, er musste seine Lunge nicht noch zusätzlich mit Teer belasten.

»Macht es dir etwas aus, wenn ich rauche?«, fragte Robert.

Pip schüttelte den Kopf. Die Luft war so schlecht, dass es auf Roberts Gauloise auch nicht mehr ankam. Er wunderte sich nur, woher sein alter Klassenkamerad die französischen Zigaretten hatte, die seit Kriegsbeginn Mangelware waren.

Robert steckte sich eine an, nahm einen tiefen Zug und stieß eine lange Rauchwolke aus.

Pip hatte den Eindruck, dass er auf Zeit spielte. Er nahm einen Schluck Bier.

Robert sah sich um, als wolle er sich noch einmal vergewissern, dass sie auch wirklich von niemandem belauscht wurden. Dann beugte er sich zu Pip vor und fragte: »Was weißt du über den Kommunismus?«

Pip stieg der beißende Rauch der Gauloise in die Nase. »So gut wie nichts«, entgegnete er. Vage erinnerte er sich, dass im Geschichtsunterricht irgendwann einmal von einer Russischen Revolution die Rede gewesen war, von Lenin und Marx, aber mehr fiel ihm dazu nicht ein.

Robert streifte die Asche seiner Zigarette am Rand des Aschenbechers ab, ein paar graue Flocken gingen daneben. »Wir von der JCP wollen die Aktivitäten des JDM stärken.« Bei dem Jersey Democratic Movement – kurz JDM – handelte es sich um die Widerstandsbewegung der JCP oder Jersey Communist Party. Pip wusste, dass Robert der kommunistischen Partei angehörte, auch er selbst hatte schon mit dem Gedanken gespielt, sich ihr anzuschließen. Doch wenn er dabei mitmachte, würde er seinen Vater in dessen amtlicher Funktion als Schöffe der Insel in Verlegenheit bringen, und das wollte er nicht. Mehr als die Partei interessierte ihn ohnehin die JDM, die, wie es hieß, Widerstandskämpfer ausbildete.

»Darüber hinaus haben wir beschlossen, die JCP zu reformieren«, fuhr Robert fort. »Sie soll sich wieder auf ihre ursprünglichen Werte besinnen. Solange die Deutschen hier sind, spielt sich das natürlich alles im Untergrund ab.«

Mit glänzenden Augen begann Robert einen längeren Vortrag über den Faschismus, das Versagen der Bourgeoisie, die sich ihm nicht widersetzt hatte, und den Kampf des Proletariats gegen das Kapital.

Pip hörte ihm nur mit halbem Ohr zu, bis er Robert schließlich unterbrach und fragte: »Und was hat das mit mir zu tun?«

Robert schwieg einen Moment. Dann sagte er: »Ich dachte, du könntest vielleicht bei uns mitmachen.«

Pip nahm noch einen Schluck Bier. »Ich weiß nicht, Robert. Wenn ich das tue, könnte es nicht nur mir, sondern auch meinem Vater schaden.«

Robert verdrehte die Augen. »Musst du immer noch tun, was dein Vater sagt? Abgesehen davon, braucht er es ja nicht zu erfahren.«

Pip blieb unschlüssig. »Lass mich darüber nachdenken.«

»Tu das.« Robert trank sein Glas aus. »Sag, hast du in der Schule nicht am Spanischunterricht teilgenommen?«

»Bestimmt nicht.« Pip lachte. »Fremdsprachen waren nicht mein Ding. Jenny hatte Spanisch belegt.«

»Jenny Robinson?«

Pip nickte.

»Meinst du, sie würde für uns Flugblätter übersetzen?«

»Vielleicht«, erwiderte Pip vorsichtig. »Für wen sollen die denn sein?«

»Für die spanischen Zwangsarbeiter auf der Insel. Die Deutschen behandeln sie wie Dreck, lassen sie kaum einmal in die Stadt. Zugang zu Nachrichten haben sie auch nicht.«

»Verstehe.« Ende vergangenen Jahrs hatten die Deutschen spanische Republikaner, die nach dem verlorenen Kampf gegen die Putschisten Francos, nach Frankreich geflohen waren, auf die Insel gebracht und interniert. Es waren Zwangsarbeiter die nun Bunker, Panzerabwehrwälle, Eisenbahntrassen und Tunnelsysteme bauen mussten. »Und was soll auf den Flugblättern stehen?«

»Die Wahrheit«, erwiderte Robert. »Genauer gesagt, wollen wir die Kriegsberichterstattung der BBC übersetzen. Die hektographierten Blätter schmuggeln wir mit den Entlausungsgruppen in die Zwangsarbeiterlager.«

Pip dachte nach. »Dabei könnten Jenny und ich möglicherweise helfen. Ich habe mein Detektorgerät behalten und kann BBC-Nachrichten hören.« Er erzählte Robert von dem Versteck in Jennys Shakespeare-Band.

»Das war schlau«, sagte Robert beeindruckt. »Willkommen an Bord.«

Pip leerte sein Glas. Vielleicht lag es am Alkohol oder dem Gefühl, endlich etwas gegen die Deutschen unternehmen zu können, jedenfalls fühlte er sich mit einem Mal großartig. »Ich frage Jenny, ob sie für euch übersetzt.« Er gab sich einen Ruck. »Kann sein, dass ich auch bei der JCP mitmache.«

»Das wäre prima.« Robert nahm sein leeres Glas und stieß an Pips Glas an. »Auf die Partei.«

Die Partei interessierte Pip herzlich wenig, doch bei dem Gedanken, den Deutschen Widerstand zu leisten, war ihm wie an dem Morgen, als er mit Jack nach Saint-Malo gesegelt war. Das war bereits ein gefährliches Unterfangen gewesen, doch noch gefährlicher wäre es, zum Widerstandskämpfer zu werden. Er wusste, was denjenigen blühte, die gefasst wurden, hatte von den Verletzungen gehört, die ihnen während eines Verhörs zugefügt worden waren.

Als Nächstes malte er sich aus, wie er und Jenny Nachrichten hören und Flugblätter verfassen würden. Sie würden sich wieder regelmäßig sehen.

Als er sich von Robert verabschiedet hatte, eilte er mit großen Plänen und beschwingtem Schritt nach Hause.

 KAPITEL 14

Als Alice aus dem Krankenhaus nach Hause kam, wartete ihre Mutter bereits auf sie und wirkte beunruhigt.

»Was hast du?« Alice setzte ihre Haube ab und spritzte sich am Spülbecken Wasser ins Gesicht. Der Tag war drückend heiß gewesen.

»Es geht um William.«

Alice wandte sich um. »Warum, was ist mit ihm?«

»Das weiß ich nicht. Er hat Halsschmerzen und ist heiser.«

Im einfallenden Licht der Nachmittagssonne sah Alice wieder, wie verhärmt ihre Mutter wirkte, und sie wünschte, sie wüsste, was sie dagegen unternehmen könnte. Aber wie half man jemandem, der ganz augenscheinlich das Interesse am Leben verloren hatte?

»Klingt nach einer Rachenentzündung. Wo ist er?«

Eine Rachenentzündung war schmerzhaft, aber nicht lebensgefährlich. Allerdings wirkte ihr Bruder schon seit einer Weile kränklich und wurde immer dünner, ganz gleich, wie oft Mum seinetwegen auf ihr Essen verzichtete. Andererseits sah keiner von ihnen mehr kräftig und gesund aus, seit die Deutschen auf der Insel waren.

»In seinem Zimmer.«

Alice ging nach oben.

William lag im Bett und zitterte trotz der Decken, die Mum über ihn gebreitet hatte. Und sein Atem war unstet.

»Will?«

Der Junge wimmerte.

Alice kniete sich neben sein Bett. »Lass mich deinen Rachen sehen, mein Schatz. Sperr den Mund ganz weit auf.«

Er öffnete den Mund nur einen Spaltbreit. Mehr schien er nicht zu schaffen. Alice tastete seinen Hals ab. Will stöhnte.

»Ich hole eine Taschenlampe«, sagte Alice. »Bin gleich wieder da.«

Er gab ihr keine Antwort, sah sie nur mit wässrigen Augen an.

In der Küche hatte Mum begonnen, Möhren in schmale Scheiben zu schneiden. Sie ließ das Messer ruhen und wandte sich Alice zu. »Ist es eine Rachenentzündung?«

»Ich bin mir nicht sicher.« Den Verdacht, den sie hatte, mochte Alice noch nicht aussprechen. »Kannst du mir die Taschenlampe geben? Ich muss mir seinen Rachen anschauen.«

Mum nahm die Lampe von der Fensterbank und reichte sie ihr. »Ich komme mit.«

In Wills Zimmer hielt Mum den Kopf des Jungen, während Alice seine Zunge nach unten drückte und in den Rachen leuchtete. Es war, wie sie befürchtet hatte. Rachen und Mandeln hatten einen gräulichen Belag, auch der scharfe Mundgeruch ihres Bruders verriet, dass es mehr als eine Rachenentzündung war.

Alice richtete sich auf. »Das war's schon«, sagte sie und streichelte Williams Wange.

»Was hat er?«, fragte ihre Mutter.

Mit ihrem Blick bedeutete Alice ihr, dass sie es vor dem Jungen nicht sagen wollte. »Bring Will etwas Heißes zu trinken. Ich bleibe solange bei ihm.«

Ihre Mutter lief hinunter in die Küche. Alice hörte, wie sie Wasser aufsetzte. Sie strich William das verschwitzte Haar aus der Stirn. Das Bild ihres Vaters kurz vor seinem Tod tauchte vor ihrem inneren Auge auf, und sie betete, dass sie mit ihrer Vermutung falsch lag. Einen weiteren Verlust würde ihre Mutter nicht verkraften, auch sie selbst und Jenny nicht.

Ihre Mutter kehrte mit einem Becher Kamillentee zurück.

William trank nur wenig, das Schlucken bereitete ihm zu große Schmerzen. Er schloss die Augen.

Alice betrachtete das Modellflugzeug, das Dad mit William gebaut hatte, eine Havilland Dragon. Es hing an einer Angelschnur von der Decke und bewegte sich in der warmen Luft. Sie erinnerte sich an die Szenen damals. William hatte der Bauanleitung minutiös folgen wollen. Dad verlor allerdings die Geduld und erklärte, er wisse, wie man es schneller und einfacher machen könne. Ihr Bruder bekam einen Tobsuchtsanfall, und Dad hatte ihm nachgegeben, jedoch nie mehr etwas mit seinem Sohn gebaut.

Als es aussah, als wäre William eingeschlafen, stiegen Alice und ihre Mutter leise die Treppe hinunter.

In der Küche fragte Mum: »Was fehlt ihm denn nun?«

»Im Krankenhaus gibt es mehrere Fälle von Diphterie«, entgegnete Alice so ruhig wie möglich. »William hat die gleichen Symptome.«

»Nein!«, flüsterte ihre Mutter und drückte eine Hand auf ihr Herz.

»Wir brauchen ein Antitoxin. Und das am besten sofort.« Sie sagte ihrer Mutter nicht, es gebe so viele an Diphterie erkrankte Patienten, dass ihr Vorrat an Antitoxinen zur Neige gegangen war. »Ich rufe Dr. Morgan an.«

Sie wusste, Dr. Morgan würde so schnell wie möglich kommen. Er war seit Langem ihr Hausarzt, hatte geholfen, Jenny und William zur Welt zu bringen und alle drei Geschwister bei Masern, Keuchhusten, Windpocken und Mumps behandelt. Nach Dads Tod war er als Erster erschienen, um ihnen sein Beileid auszusprechen.

Innerhalb einer Stunde war er da. Alice führte ihn nach oben und erzählte ihm leise von ihrem Verdacht.

Sie mussten William wecken.

Als Dr. Morgan ihn untersucht hatte, nickte er. »Du hattest recht«, sagte er zu Alice. »Diphterie. Ich bringe ihn ins Krankenhaus. Du arbeitest dort, du darfst mit mir fahren.«

Aufgrund des Diphterie-Ausbruchs war es Außenstehenden wegen der Ansteckungsgefahr nicht mehr erlaubt, Patienten im Krankenhaus zu besuchen oder auf dem Weg dorthin zu begleiten.

»In unserem Krankenhaus gibt es kaum noch Antitoxine«, sagte Alice unglücklich.

»In den anderen Krankenhäusern der Insel sieht es nicht besser aus.« Dr. Morgan seufzte. »Die verdammten Deutschen.

Sie haben die Krankheit eingeschleppt, und nun brauchen sie unsere Antitoxine auf.« Er betrachtete William. »Aber im Krankenhaus wird er wenigstens beobachtet.«

Alice war kurz davor zu erwidern, sie könne ihren Bruder auch zu Hause beobachten, doch dann überlegte sie es sich anders. Zum einen musste sie arbeiten, zum anderen würde er im Krankenhaus an einen Tropf angeschlossen und müsste nicht trinken und schlucken. Sie strich William eine verschwitzte Strähne aus dem Gesicht. Normalerweise würde sie sich fragen, ob er einen Krankenhausaufenthalt überhaupt ertragen konnte, doch er war so schwach, dass er sich wohl kaum dagegen wehren würde. Zudem konnte sie während ihrer Schicht zu ihm gehen und nach ihm sehen.

Ihre Mutter packte eine Tasche für den Jungen. Schlafanzüge, Waschlappen, ein kleines Stück Seife, Zahnbürste und Zahncreme. Zuletzt steckte sie noch zwei Rätselhefte dazu. Alice fragte sich, wann ihre Mutter glaubte, dass William rätseln würde, aber vielleicht hatte sie sich eingeredet, dass es ihm bald besser gehen würde.

Dr. Morgan schlug William in eine Wolldecke ein und trug ihn zu seinem Wagen. Alice half ihm, den Jungen auf den Rücksitz zu betten. Ihre Mutter sah ihnen ängstlich zu.

Sie brachten William in die Notaufnahme, wo er erneut untersucht und Dr. Morgans Diagnose bestätigt wurde. Anschließend kam Alice' Bruder auf die Isolierstation.

Dr. Morgan wandte sich an Alice. »Du hast den Arzt gehört. Inzwischen gibt es überhaupt keine Antitoxine mehr, und uns bleibt nur noch die Hoffnung.« Er legte eine Hand auf ihren Arm. »Geht es dir nicht gut? Komm, setz dich.«

Er führte Alice hinaus in den Wartebereich, wo sie sich auf einen Stuhl sinken ließ. Dann ging er zum Wasserspender, füllte einen Pappbecher und brachte ihn ihr.

Mit unsteter Hand nahm Alice einen Schluck. Nur am Rande registrierte sie die Hektik ringsum, die wartenden Mütter mit ihren kranken Kindern, die herumhetzenden Pflegekräfte.

»Was sollen wir tun, wenn …« Sie vermochte ihren Satz nicht zu beenden.

Dr. Morgan ließ sich neben ihr nieder. »Daran darfst du jetzt nicht denken. Es ist auch nicht deine Schuld, dass William krank geworden ist, die Diphterie grassiert auf der ganzen Insel. Und es ist nicht deine Aufgabe, ihn zu retten, dafür sind die Ärzte da.«

Alice blickte zu Boden. »Dad ist während meiner Schicht gestorben«, flüsterte sie.

»Alice, bitte«, sagte Dr. Morgan. »Auch der Tod deines Vaters war nicht deine Schuld, sondern die der Deutschen, die unseren Hafen bombardiert haben. Ich bin sicher, dass du dich um deinen Vater gekümmert hast, als er hier lag. Ebenso wie deine Mutter und deine Schwester. Er wird gespürt haben, wie sehr ihr ihn liebt.«

Alice erinnerte sich an das letzte Gespräch mit ihrem Vater. Wie gut es ihr getan hatte zu hören, dass er sie liebte. Aber hatte sie ihm ebenfalls gesagt, wie viel er ihr bedeutete? Nein, das hatte sie nicht. Aber es war auch nicht nötig gewesen, er hatte es immer gewusst.

»Ich muss wieder los«, sagte Dr. Morgan. »Werde mich aber regelmäßig melden, um zu hören, wie es William geht.« Er holte seinen Rezeptblock heraus. »Ich schreibe dir das Antitoxin auf. Für alle Fälle.«

»Aber es gibt doch keins mehr.«

»Für uns vielleicht nicht, für die Deutschen schon.«

»Und wie soll ich an deren Kontingent kommen?«

»Frag in ihrer Krankenhausapotheke nach.« Dr. Morgan reichte ihr das Rezept. »Ich drücke dir die Daumen.« Er stand auf.

»Danke.« Alice sah ihm nach, bis er um eine Ecke bog und verschwunden war. Dann kehrte sie zu ihrem Bruder zurück. Er war wieder eingeschlafen, schien jedoch ein wenig leichter zu atmen.

Sie machte sich auf den Weg zur Krankenhausapotheke der Deutschen.

*

Seit einem Jahr belegten die Deutschen den ersten Stock des Krankenhauses, hatten eigene Ärzte und eigenes Pflegepersonal. Auch den großen Operationssaal hatten sie für sich beschlagnahmt. Die chirurgische Abteilung und die Geriatrie für Männer hatten ihnen weichen müssen. Es hatte unter dem einheimischen Pflegepersonal und den Ärzten für Unruhe gesorgt, doch schließlich hatte man für die chirurgische Abteilung auf einer anderen Etage Platz geschaffen und die Geriatrie in ein Hotel in der Nähe verlegt.

Seit die Deutschen sich dort unten eingenistet hatten, war

Alice nicht im ersten Stock gewesen. Sie nahm stets die Treppe oder den Aufzug zu ihrer Station. Sollte sie vor dem Krankenhaus einem der deutschen Ärzte begegnen, wandte sie den Blick ab. Falls dieser sie grüßte, murmelte sie auch ihrerseits einen Gruß. Mehr hatte sie mit ihnen nicht zu tun.

Vorsichtig zog sie die Tür zur deutschen Station auf und lief leise über den Flur. Die Wände waren frisch gestrichen, und durch eine offen stehende Tür erkannte sie eine funkelnagelneue Ausstattung, die wahrscheinlich aus Deutschland gekommen war. Die Betten, die sie sah, entsprachen dem neuesten Stand und hatten nichts mit denen auf ihrer Station zu tun, bei denen man mitunter ein Stück Pappe unter ein Bein schieben musste, damit sie nicht wackelten. Wahrscheinlich gab es hier auch weder fadenscheinig gewordene Laken noch klumpige Matratzen.

Dann stand sie vor der Apotheke. Durch die große gläserne Trennscheibe konnte sie Regale voller Medikamente erkennen.

Doch es war niemand da. Leise klopfte sie an die Tür.

Der Apotheker erschien. Er trug eine Wehrmachtsuniform und musterte Alice kühl. »Ja bitte.«

Da sie kein Deutsch konnte, reichte sie ihm nur das Rezept.

Der Mann runzelte die Stirn. »Was soll ich damit?«, fragte er auf Englisch, wenn auch mit schwerem deutschem Akzent.

»Ich bräuchte ein Antitoxin«, sagte Alice. »Wegen eines Diphterie-Falls. Wir haben keins mehr.«

Er zuckte mit den Schultern. »Unsere Medikamente stehen nur deutschen Patienten zur Verfügung. Wir behandeln keine Einheimischen.«

»Das weiß ich.« Alice spürte, wie heftig ihr Herz gegen ihre Rippen schlug. »Aber mein kleiner Bruder ist sehr krank. Dr. Morgan, der das Rezept ausgestellt hat, hatte gehofft, Sie wären so freundlich, eine Ausnahme zu machen.«

Der Apotheker schüttelte den Kopf. »Es tut mir leid, dass ihr Bruder krank ist, trotzdem kann ich kein Antitoxin herausgeben.«

Alice schossen Tränen in die Augen. »Bitte. Ich flehe Sie an.«

Er reichte ihr das Rezept zurück. »Ich darf es nicht, so sehr ich es auch bedauern mag. Ich hoffe, Ihrem Bruder geht es bald besser.« Sein Ton war sanfter geworden, doch Alice sah ihm an, dass er seine Meinung nicht ändern würde. Sie steckte das Rezept ein, schluckte ihre Tränen hinunter und verließ die Station.

Was sollte sie jetzt tun? Sie könnte höchstens versuchen, in Frankreich Antitoxine zu bestellen, doch selbst wenn es dort noch welche gäbe, würde es zu lange dauern, bis die Sendung in Saint Helier ankäme. Für einen Moment spielte sie mit dem aberwitzigen Gedanken, das Medikament mit Rebekahs Hilfe aus der Krankenhausapotheke der Deutschen zu stehlen. Sie malte sich aus, wie Rebekah den Apotheker unter einem Vorwand fortlockte, und sie, Alice, sich in dieser Zeit in die Apotheke schleichen, über die Theke klettern und rasch ein, zwei Packungen mit dem Gegengift aus den Regalen an sich raffen würde. Aber was, wenn sie erwischt würde? In einem deutschen Gefängnis würde sie William erst recht nichts nützen.

Sie musste an die frische Luft, um einen klaren Kopf zu bekommen.

Draußen ließ sie sich an der Krankenhausmauer entlang auf den Boden rutschen und barg das Gesicht in den Händen. Ihrem Vater hatte sie nicht helfen können, deshalb musste sie nun alles daransetzen, um William zu retten. Die Frage war nur wie?

Vor ihrem inneren Auge tauchte die Küche zu Hause auf, mit einem weiteren leeren Platz. Sie sah Williams Kaninchen verlassen in seinem Käfig sitzen, das Modellflugzeug über einem verwaisten Bett. Mit einem Mal packte sie eine solche Verzweiflung, dass sie zu weinen begann.

»Was haben Sie denn?«, fragte eine Männerstimme. Wieder hörte sie Englisch mit deutschem Akzent, auch wenn er diesmal nur ganz schwach ausgeprägt war.

Alice ließ die Hände sinken, rappelte sich hoch und wischte hastig über ihre Augen. Vor ihr stand einer der deutschen Militärärzte und musterte sie besorgt.

»Nichts«, murmelte sie. Warum sollte sie einem Deutschen von William erzählen? Es würde ihn doch gar nicht interessieren. Ihr Blick fiel auf das Namensschild des Arztes. *Dr. Holz*. Irgendetwas daran kam ihr bekannt vor.

»Sagen Sie es mir«, bat er. »Vielleicht kann ich helfen.«

Alice sah die blonde Haarsträhne, die unter seiner OP-Haube hervorkam. *Holz*. Mit einem Mal war sie wieder im OP-Saal und half Dr. Beaumont bei einer Blinddarmoperation. Bei dem Patienten hatte es sich um einen Deutschen gehandelt. Stefan Holz – das war sein Name gewesen. Konnte er der Mann vor ihr sein? Oder trugen viele Deutsche den Nachnamen *Holz*?

Sie musste zurück zu ihrem Bruder, musste mit der Stationsschwester überlegen, wie man ihm ohne Gegengift helfen konnte. Doch wie von allein öffnete sich ihr Mund, und sie erzählte diesem deutschen Arzt, wie krank ihr Bruder war.

»Brauchen Sie ein Antitoxin?«, fragte er und lächelte entgegenkommend. Dabei bildeten sich in seinen Mundwinkeln kleine geschwungene Linien. »Soll ich es Ihnen besorgen?«

Alice starrte ihn an. »Können Sie das?« In ihrer Brust flackerte ein winziges Flämmchen der Hoffnung auf.

»Natürlich. Ich habe selbst einen Diphterie-Patienten. Warten Sie.« Er eilte ins Krankenhaus.

Alice schwirrte der Kopf. Träumte sie? Vor einer Minute hatte sie nichts als Hoffnungslosigkeit empfunden, und nun sollte es plötzlich eine Möglichkeit geben, William zu retten?

Sie dachte an das freundliche Gesicht dieses Arztes. Anders als seine Landsleute hatte er sie nicht von oben herab behandelt, nicht in barschem Ton aufgefordert, zu verschwinden. Sie erinnerte sich an Beaumonts Worte, dass die Arbeit von Ärzten und Krankenschwestern darin bestand, anderen zu helfen, unabhängig von ihrer Nationalität. Vielleicht dachte so auch dieser Dr. Holz.

Sie lehnte sich gegen die Mauer und wartete.

Und schon war er wieder da und überreichte ihr eine Packung Antitoxin. »Für Ihren Bruder.«

Im ersten Moment starrte Alice ungläubig auf die Packung. Konnte es tatsächlich so einfach sein? »Ich danke Ihnen«, sagte sie leise. »Ohne Sie wären wir verloren gewesen.« Sie versuchte sich an einem Lächeln, wusste aber nicht, ob es ihr gelang.

»Ich wünsche Ihnen und Ihrem Bruder alles Gute«, sagte er. »Halten Sie mich auf dem Laufenden, was den kleinen Patienten betrifft.«

Verlegen betrachtete Alice die Packung. Sie wusste nicht, was sie noch sagen sollte. Sollte sie ihm vielleicht von der OP erzählen? Ihn fragen, ob er damals der Patient gewesen war? Sie hätte es zu gern gewusst. »Vor zwei Jahren habe ich bei einer OP assistiert. Bei einer Blinddarm-OP. Der Patient trug denselben Nachnamen wie Sie. Sein Vorname lautete Stefan. Waren Sie das?«

Holz wirkte überrascht. »Ja, das war ich. Und Sie waren die OP-Schwester?«

Alice nickte.

Er strahlte. »Dann danke ich Ihnen im Nachhinein ganz herzlich für Ihren Einsatz und freue mich, dass ich mich nun revanchieren konnte. Ich weiß, dass mein Blinddarm kurz davor war zu platzen. Vielleicht haben Sie und Dr. Beaumont mir damals das Leben gerettet.«

Alice errötete.

»Gehen Sie zu Ihrem Bruder, bringen Sie ihm das Gegenmittel.«

»Danke, nochmals ganz herzlichen Dank.«

Wie viel leichter ihr auf dem Rückweg zumute war. Und wie warmherzig dieser Dr. Holz gewirkt hatte. Sie spürte noch immer seine Nähe und schämte sich, weil sie ihn nett gefunden hatte, obwohl er zu ihren Feinden gehörte.

 KAPITEL 15

Du hast dir von einem Deutschen ein Antitoxin geben lassen?«, fragte Jenny. »Musste das sein?«

»Ja, stell dir vor, das musste sein«, erwiderte Alice gereizt. »Bei uns gibt es nämlich keins mehr. Oder wäre es dir lieber, ich hätte Will einfach seinem Schicksal überlassen?«

Jenny betrachtete ihre Schwester, die soeben aus dem Krankenhaus zurückgekehrt war – das spitze Gesicht mit den hektischen roten Flecken, die müden Augen. Vielleicht hätte sie Alice nicht so anfahren sollen. Aber konnte man einem deutschen Arzt trauen?

»Bist du sicher, dass er dir das richtige Medikament gegeben hat? Nicht irgendein Mittel, das nur so aussah?«

»Nein, Jenny, das bin ich nicht«, erwiderte Alice verstimmt. »Aber warum hätte er sich diese Mühe machen sollen? Er musste mir gar nichts geben, er hätte mich einfach ignorieren können.« Erschöpft ließ sie sich auf einem Stuhl nieder.

Jenny zuckte die Achseln und setzte Teewasser auf. Sie wollte versuchen, Brombeertee zuzubereiten. Die Früchte an den Sträuchern waren zwar noch grün, die Blätter jedoch schon brauchbar. Sie hatte bereits eine Handvoll klein geschnitten und in die Teekanne gegeben. Schwarzer Tee war seit Monaten nirgendwo mehr aufzutreiben. Nur im Krankenhaus war laut Alice noch etwas vorrätig. Doch dieser Tee war als Belohnung für Blutspender gedacht, zusammen mit einem Gutschein für eine kleine Tafel Schokolade. Es gab Menschen, die sich allein wegen der Belohnung mehrmals Blut abnehmen ließen. Jenny hatte es einmal getan, aber nur mit der Absicht, anderen zu helfen. Wegen einer Tasse Tee und einer Tafel Schokolade hätte sie sich nicht dazu bereit erklärt. Ebenso wenig wie sie von einem deutschen Militärarzt ein Medikament angenommen hätte.

Als das Wasser kochte, goss sie es über die Brombeerblätter. Ein süßer Duft breitete sich in der Küche aus. Sie schob den Teewärmer auf die Kanne.

»Soll ich den Tisch decken?«, fragte Alice und massierte ihre Schläfen. Noch immer trug sie den Umhang, der zu ihrer Schwesterntracht gehörte, und die festgeschnürten Schuhe.

»Nein, du sollst sitzen bleiben und dich ausruhen.«

Während der Tee zog, schwiegen sie.

Schließlich schenkte Jenny zwei Becher ein. Milch verwendeten sie seit Langem nicht mehr. Wenn es sie überhaupt zu kaufen gab, war sie so teuer, dass Mum sich nur noch eine kleine Menge für William leistete. Tee, Milch – all das waren Dinge, die die Deutschen ausschließlich für sich beanspruchten. Aber vielleicht würde William wenigstens im Krankenhaus vernünftig ernährt. Dann fiel Jenny ein, dass er nicht schlucken konnte.

Alice blies auf ihren Tee. Sie nahm einen Schluck – und verzog das Gesicht.

»Schmeckt er so schlecht?« Jenny kostete ihr Gebräu und fand es durchaus genießbar.

»Ein Löffel Zucker wäre nicht übel.«

»Wir haben keinen mehr.«

»Wo ist eigentlich Mum?«, fragte Alice.

»Spazieren gegangen. Hat es im Haus nicht mehr ausgehalten.« Jenny sah ihre Schwester an. »Ich verstehe noch immer nicht, warum dieser deutsche Arzt bereit war, dir ein Antitoxin zu geben.«

Alice seufzte. »Er hat erkannt, dass ich verzweifelt war und beschlossen, mir zu helfen.«

»Und dann zweigt er so mir nichts, dir nichts etwas aus dem Vorrat der Deutschen ab? Hat er keine Angst, in Schwierigkeiten zu geraten?«

»Offenbar nicht. Interessanterweise hatte ich ihn –« Alice brach ab. Sie hatte ihrer Schwester von ihrer ersten Begegnung mit ihm während der OP damals erzählen wollen, überlegte es sich aber wieder anders. Welche Rolle spielte das auch?

»Was wolltest du sagen?«, fragte Jenny.

»Nichts.«

Jenny holte Luft, um etwas zu entgegnen, doch in dem Moment ging die Hintertür auf, und ihre Mutter kehrte zurück. Sie sah angespannt aus, der Spaziergang schien nicht viel bewirkt zu haben.

Jenny schenkte ihr einen Becher Tee ein.

Alice erzählte Mum, dass sie für William ein Antitoxin aufgetrieben hatte.

»Gott sei Dank.« Mum ließ sich schwer auf einen Stuhl

fallen. »Nun hat er wenigstens eine kleine Chance, wieder gesund zu werden.«

»Es ist mehr als eine kleine Chance«, sagte Alice.

»Hoffentlich«, erwiderte Mum bedrückt.

Und Jenny fragte sich, was Alice ihr über den deutschen Arzt hatte sagen wollen und dann lieber für sich behalten hatte.

*

Am Abend kam Pip. Jenny erzählte ihm, dass Alice auf irgendeine Weise die Gunst eines deutschen Militärarztes errungen hatte, und ihr das nicht ganz geheuer war.

»Wo ist das Problem?«, fragte Pip. »Hör doch auf, deine Schwester immerzu für alles und jedes zu kritisieren. Erst recht, wenn sie etwas erreicht hat, das weder du noch ich geschafft hätte.«

Sie verließen die Küche, um im Schuppen Nachrichten zu hören. Jenny hatte den Shakespeare-Band unter dem Arm.

»Vielleicht hast du recht. An ihrer Stelle hätte ich das Gegenmittel womöglich auch angenommen, ganz gleich, von wem es kam. Trotzdem hasse ich die Deutschen.«

»Das tun wir alle.«

Im Schuppen stellte Pip das Detektorgerät auf die Werkbank und holte die Kopfhörer aus dem Blumentopf, für den er mit einer Holzscheibe einen falschen Boden gefertigt hatten. Er setzte die Kopfhörer auf, verband sie mit dem Gerät und versuchte, BBC zu empfangen.

Jenny holte Schreibblock und Stifte aus ihrem Versteck.

Während Pip den Sender suchte, musste sie still sein, sonst wurde er ärgerlich.

Sie blickte sich im Schuppen um. Es war der Ort, an dem sie noch immer die Gegenwart ihres Vaters spürte. Im Haus verblasste sie langsam. Seine Schlafanzüge hatte Mum zerschnitten, um daraus Staublappen zu machen, seine Hemden und Anzüge in einen Koffer gepackt und auf den Speicher gebracht. Später sollte William die Sachen tragen. Jenny hatte seine Bücher behalten, doch alle anderen Hinweise auf sein Leben waren verschwunden – seine Hornbrille, die lackierte rotbraune Holzkiste mit seinen Füllhaltern, das Gläschen Kopfschmerztabletten, das auf seinem Nachttisch gestanden hatte.

Sein Bereich war der Schuppen gewesen. Hier sah Jenny ihn vor sich, wie er etwas reparierte, Stecklinge in Wurzelpulver stippte und sie behutsam einpflanzte; Dahlienknollen mit seinem Taschenmesser zerteilte und sie, eingewickelt in Zeitungspapier, bis zum Winter lagerte; im Frühling Samenkapseln aus Kopfsalaten stach und die Samen in Pflanzkisten säte. Mitunter hatte Jenny auf einem umgedrehten Blumentopf an seiner Seite gesessen, und sie hatten über ein mathematisches Problem gesprochen. Manchmal war auch Alice bei ihnen gewesen, hatte still Samen von Radieschen oder Möhren in Pflanzkisten gesät. Damals hatten sie noch aneinander gehangen, waren die Leuchtturm-Schwestern gewesen. Dieses Zusammengehörigkeitsgefühl fehlte ihr, so wie ihr die Schwester fehlte, die Alice einst gewesen war.

Bisweilen wünschte Jenny, sie wäre ebenso praktisch veranlagt wie Alice. Doch selbst bei einer praktischen Tätigkeit schwirrten ihr so viele Gedanken und Fragen durch den Kopf, dass ihr diese Arbeiten nie gut gelangen. In der Hinsicht hatte Alice es besser getroffen. Als Krankenschwester hatte ihr Tag eine feste Struktur, und ihre Arbeit diente einem konkreten Zweck. Davon abgesehen, hatte sie gar keine Zeit für unnütze Fragen und Gedanken.

Jennys Tage hingegen waren willkürlich. Mal stand sie stundenlang vor einem Lebensmittelgeschäft in einer Warteschlange, mal half sie ihrer Mutter beim Kochen oder Putzen. Nichts davon erfüllte sie oder beschäftigte sie so sehr, dass sie aufhörte, an ihren Vater zu denken, an ihre Beziehung zu Pip, an Cambridge. Daran, wie viel Leid sie den Deutschen verdankten. Warum rächte sie sich nicht? Sie hörte verbotene englische Nachrichten und übersetzte Flugblätter ins Spanische. Mehr hatte sie nicht vorzuweisen. Sie phantasierte von größeren Aktionen des Widerstands, tat jedoch nichts.

»Endlich«, sagte Pip, als er die Stimme eines Nachrichtensprechers hörte. »Bist du bereit?«

Jenny nickte und reichte ihm seinen Schreibblock. Pip notierte die Namen der deutschen Industriegebiete, die von alliierten Flugzeugen bombardiert worden waren. Dann die der Aleuten, die von japanischen Streitkräften besetzt worden waren. Attu und Kiska, so lauteten die Namen dieser Inseln. Jenny zog ihren Block heran und übertrug den Text ins Spanische.

Beinahe eine halbe Stunde lang notierten und übersetzten sie Kriegsberichte. Als die Nachrichtensendung beendet war, und sie wieder hinaus in den Garten traten, war es so dämmrig geworden, dass Bäume und Sträucher sich nur noch als dunkle Schatten abzeichneten.

Jenny blickte zum Himmel hinauf, an dem eine blasse Mondsichel stand. Sie hörte Binkie in seinem Käfig scharren. Hatte sie das Kaninchen überhaupt gefüttert? Schuldbewusst riss sie zwei Hände voll Gras aus, trat an den Käfig und schob die Halme durch das Gitter. Das Kaninchen stürzte sich darauf, die Zähne hoben sich weiß von der Dunkelheit ab.

Pip legte einen Arm um Jenny und streifte ihre Wange mit den Lippen. »Vielen Dank für deine Hilfe. Die Spanier werden sich freuen, wenn sie lesen, dass Deutschland nun in immer größerem Maß bombardiert wird.«

»Vielleicht werden die Deutschen den Krieg verlieren.«

»Das hoffe ich.«

»Meine Mutter kommt gleich vom Einkaufen zurück. Ich muss wieder ins Haus«, sagte Jenny und löste sich von Pip.

»Ich bringe die Übersetzung ins JCP-Büro. Willst du nicht mitkommen?«

Jenny schüttelte den Kopf. »Ich bleibe lieber bei Mum.«

»Dann bis morgen.« Pip küsste Jenny auf die Wange. »Lass den Kopf nicht hängen. Ich bin sicher, dass dein Bruder bald wieder auf dem Damm ist.«

Pip eilte zur Straße.

Jenny sah ihm nach, wie er leichtfüßig davonging. Die Nachricht über die alliierten Bombardierungen hatte ihm anscheinend Schwung verliehen. In dem Cottage, das die JCP als Zentrale eingerichtet hatte, würde er den spanischen Text abtippen und vervielfältigen. Jemand anders würde die Flugblätter in das Lager der Zwangsarbeiter schmuggeln. Die Spanier würden die Informationen an ihre Leidensgenossen weiterleiten. Vielleicht würde sich in ihnen dann die Hoffnung regen, dass ihre Qualen irgendwann ein Ende haben würden.

Es war Pips und ihr Beitrag zum Kampf gegen die deutschen Besatzer. Zwar war es nicht viel, aber immer noch besser als nichts.

 KAPITEL 16

Als Alice am nächsten Morgen am Krankenhaus ankam, stand Stefan Holz vor dem Eingang und rauchte eine Zigarette. Er nahm einen letzten Zug, als er Alice sah, ließ die Zigarette fallen und drückte sie mit dem Fuß aus.

»Einen schönen guten Morgen«, sagte er lächelnd.

Alice überlegte, ob er auf sie gewartet haben könnte, und blickte sich hastig um. Hoffentlich würde sie niemand aus dem Krankenhaus sehen. Man würde sonst annehmen, sie fraternisiere mit einem Deutschen. Dann hielt sie sich wieder vor Augen, wie hilfsbereit Dr. Holz gewesen war. Sie konnte nicht nur zum Gruß nicken und weiterlaufen.

»Guten Morgen.« Sie rang sich ein Lächeln ab.

»Wie geht es Ihrem Bruder?«

»Das werde ich gleich erfahren«, entgegnete Alice. »Es kann aber nicht schlimmer geworden sein, sonst hätte man uns benachrichtigt.«

»Ich bin sicher, das Gegengift hat ihm geholfen.«

»Ja, und nochmals vielen Dank. Das war sehr großzügig von Ihnen.«

Wieder lächelte er. »Ich habe selbst einen kleinen Bruder. Dietrich. Er ist zwölf Jahre alt.« Sein Blick ging in die Ferne.

»Sie müssen ihn sehr vermissen«, sagte Alice. Dann erschrak sie. Hatte sie zu mitfühlend geklungen? Das wollte sie nicht, es war besser, Abstand zu wahren.

»Ja, das tue ich.«

»Na dann.« Alice wandte sich dem Eingang zu.

»Wann haben Sie Mittagspause?«, fragte Holz.

»Um halb eins«, erwiderte Alice wie von allein.

»Das passt mir hervorragend, dann können wir uns hier wieder treffen. Und Sie berichten mir, wie es Ihrem Bruder geht.«

Unschlüssig blieb Alice stehen. Sie wollte nicht unfreundlich sein, hatte ihm eigentlich auch versprochen, ihn über Williams Zustand auf dem Laufenden zu halten. Zudem war er anders als die Deutschen, denen sie bisher begegnet war. Nett war er, sogar liebenswürdig. Und was sollte er schon anderes wollen, als zu hören, ob das Gegengift gewirkt hatte. Schließlich war er Arzt. »Gut«, sagte sie. »Bis dann.« An der Tür drehte sie sich noch einmal um und traf auf seinen Blick.

Auf der Isolierstation wandte Alice sich zunächst an die Stationsschwester, um sich nach ihrem Bruder zu erkundigen.

»Er hatte eine ruhige Nacht«, sagte diese. »So ein stilles, liebes Lämmchen.«

Alice fiel ein Stein vom Herzen. »Es lag an dem Antitoxin, oder?«

Am Vortag hatte sie der Schwester erklärt, dass man ihr das Gegenmittel auf der Station der Deutschen überlassen hatte, es jedoch eine Ausnahme gewesen sei. Die Schwester hatte sie prüfend angesehen, aber keine weiteren Fragen gestellt. Falls sie sich dabei etwas dachte, behielt sie es für sich.

»Die Visite war noch nicht, aber so viel kann ich Ihnen schon verraten: Ihrem Bruder geht es auf keinen Fall schlechter. Das Fieber ist gesunken.«

»Darf ich zu ihm?«

Die Schwester zögerte. »Sie wissen doch, dass das wegen der Ansteckungsgefahr nicht möglich ist. Außerdem schläft er. Vielleicht reicht es, wenn Sie durch das Fenster in seiner Zimmertür einen Blick auf ihn werfen.«

Es war besser als nichts. Alice bedankte sich und überquerte den Flur zu Williams Zimmer. Durch das kleine Fenster sah sie, dass er noch immer schlief, mit offenem Mund und zerwühltem Haar. Doch die Farbe seines Gesichts hatte sich normalisiert, die fiebrige Röte war verschwunden.

Sie kehrte zum Stationsbüro zurück. »Heute Mittag schaue ich noch mal vorbei.«

Die Schwester nickte. »Vielleicht kann ich dann schon Genaueres sagen.«

Als Alice mittags kam, erklärte sie, der behandelnde Arzt habe bei William deutliche Anzeichen der Besserung festgestellt. Zwar wollten sie mit der Diagnose noch vorsichtig sein, doch das Antitoxin könnte die Rettung des Jungen gewesen sein.

Die Sorge, die auf Alice' Brust gedrückt hatte, wurde ein wenig leichter.

Und dann war es halb eins.

Während des ganzen Morgens hatte sie sich mit der Frage herumgeschlagen, ob sie sich noch einmal mit dem deutschen Arzt treffen sollte. Wenn sie ehrlich war, wollte sie es eigentlich ganz gern. Darüber hinaus hatte sie sich gesagt, dass sie dazu verpflichtet war, da sie Dr. Holz nicht nur Dank, sondern auch die versprochene Auskunft über William schuldete.

Seltsamerweise lief sie vor dem Treffen zuerst auf die Toilette, um ihr Aussehen zu überprüfen, steckte herausgerutschte Strähnen unter ihrer Haube fest, benetzte ihre geröteten Wangen mit kaltem Wasser. Puder gab es seit Langem nicht mehr, davon abgesehen, war es dem Krankenhauspersonal ohnehin verboten, es während der Arbeitszeit aufzulegen.

Holz wartete bereits auf sie und lächelte verhalten. Er war tatsächlich anders als seine schroffen, herrschsüchtigen Landsleute. Aber vielleicht war auch er sich nicht sicher, ob es richtig war, sich mit ihr zu treffen.

Doch als Alice ihm von William erzählte, strahlte er und sagte: »Jetzt kann es mit ihm nur noch aufwärtsgehen.«

Alice wollte noch einmal betonen, dass sie seine Hilfe zu schätzen wisse. »Dr. Holz«, begann sie.

Er ließ sie nicht ausreden. »Nennen Sie mich Stefan.«

Alice errötete.

»Vielleicht sagen Sie mir auch Ihren Vornamen. Ihrem Namensschild kann ich lediglich entnehmen, dass Sie Schwester Robinson sind.«

Alice' Gesichtsfarbe vertiefte sich. War es nicht zu persönlich, einander beim Vornamen zu nennen? Oder wäre es unhöflich, wenn sie ihm seinen Wunsch ausschlug?

»Alice«, sagte sie leise.

Die Eingangstür flog auf, und eine Gruppe Lernschwestern kam lachend und plaudernd heraus. Sie verstummten, als sie

Alice bei Holz erblickten und warfen ihnen neugierige Blicke zu, ehe sie weiterliefen.

Stefan seufzte. »Nun habe ich Sie in Verlegenheit gebracht.« Alice blickte zur Seite. »Kein Problem.« Doch es war ein Problem.

Stefan bückte sich und hob einen Korb vom Boden auf. »Ich habe uns ein paar Kleinigkeiten besorgt. Falls Sie mir die Freude machen möchten, mit mir zu Mittag zu essen.«

Wie schön er das gesagt hatte. Doch das Problem ging davon nicht weg. Wenn sie nicht aufpasste, würde sie in den Ruf eines »Deutschenliebchens« geraten. Alice blickte zu dem bewölkten Himmel. Eigentlich hatten sie auch kein Picknickwetter. Sie schaute auf den Korb, aus dem ein frisch riechendes Baguette ragte. Seit Monaten hatte sie kein Baguette mehr gegessen. Selbst an weniger schmackhafte Brote war kaum noch zu kommen. Hungrig war sie auch.

»Danke«, sagte sie. Mehr fiel ihr nicht ein. Sie konnte nur hoffen, dass er nicht am Meer essen wollte. Dort wären um die Mittagszeit jede Menge Leute.

Aber er führte sie zu dem kleinen Garten hinter dem Krankenhaus, wo kaum jemand war.

Sie ließen sich auf einer Bank nieder, vor ihnen Beete voller Rittersporn, Rosen und Mädchenaugen.

Einen Moment lang schwiegen sie, und Alice hörte das Laub des Ahorns hinter ihr im Wind rascheln, roch die Blumen und die Erde, die von dem Regenguss am Morgen noch feucht waren.

»Also dann«, sagte Stefan und begann, den Korb auszupacken. Butter hatte er mitgebracht, Camembert, Tomaten, Äpfel und zwei Flaschen mit Ingwerbrause – Köstlichkeiten, die Alice seit ewigen Zeiten nicht mehr gesehen, geschweige denn genossen hatte. Auch an Messer und Servietten hatte er gedacht.

Verstohlen betrachtete Alice ihn von der Seite. Er hatte eine kräftige Kinnpartie, eine lange, gerade Nase und, trotz seines blonden Haars, einen dunklen Wimpernkranz. Auf dem OP-Tisch war er blass gewesen, nun jedoch leicht gebräunt. Auch war sein Aussehen in den beiden vergangenen Jahren männlicher geworden, das Jungenhafte und Weiche seiner Züge war verschwunden.

Sie wandte den Blick ab und sah sich um. Noch immer waren sie mehr oder weniger allein. Auch an den Fenstern des Krankenhauses stand niemand, der sie beobachtete. Als sie hinter sich Stimmen zu hören glaubte, fuhr sie herum, doch da war keiner, und sie entspannte sich.

Stefan erkundigte sich nach ihrer Familie und schien bestürzt, als er vom Tod ihres Vaters erfuhr. Er fragte, ob sie Freunde und Freundinnen habe, wollte wissen, ob sie gern Krankenschwester sei. Danach erzählte er ihr von seinem Leben in Deutschland, von seiner Entscheidung, Medizin zu studieren, um anderen helfen zu können. Dann war er eingezogen worden. 1939 hatte er seinen Dienst in einer Sanitätsabteilung aufgenommen. Der Krieg sei ihm zuwider, sagte er, an dessen Ziele habe er nie geglaubt.

»Mein Vater hat im Großen Krieg gekämpft und dieses furchtbare Leid damals miterlebt. Es hat ihn zum Pazifisten gemacht. Als dieser Krieg begann und ich eingezogen wurde, war er vor Sorge und Kummer außer sich. Sein einziger Trost ist, dass ich in einem Krankenhaus arbeite. Er hasst jede Art der Gewalt, ebenso wie ich.«

Wie seltsam, dass sie nie überlegt hatte, wie Deutsche über den Krieg dachten, ging es Alice durch den Kopf. Sie war einfach davon ausgegangen, dass sie den mörderischen Kampf, dem auch ihr Vater zum Opfer gefallen war, ausnahmslos guthießen. Deutsche anderer Gesinnung waren in diesem Bild nicht vorgekommen. Doch Stefan und sein Vater schienen zu diesen anderen zu zählen und Werte zu vertreten, die man ihren Landsleuten normalerweise nicht zusprach.

»Haben Sie noch mehr Geschwister?«, fragte sie.

»Außer meinem Bruder noch eine Schwester. Auch sie ist jünger als ich.«

Sie sah die Eltern und Kinder vor sich wie sie am Esstisch saßen und sich unterhielten. Der Vater voller Gram, dass sein ältester Sohn in dem verhassten Krieg umkommen könnte.

»Vermissen Sie Ihre Familie?«

»Natürlich.«

Alice senkte den Kopf. Hatte sie eine dumme Frage gestellt?

»Ich vermisse sie sogar sehr«, fuhr Stefan fort. »Und ich bin beunruhigt. So viele junge Mädchen bei uns in Deutschland sind bereit, dem BDM beitreten. Noch möchte meine Schwester es nicht, aber wer weiß, ob sie bei dieser Einstellung bleibt.«

»Was ist BDM?«

»Der Bund Deutscher Mädel. Eine der Jugendbewegungen, die von den Nationalsozialisten gesteuert werden. Der Druck auf die Mädchen, dem Verband beizutreten, ist groß.«

Es klang, als wäre er auch kein Freund der Nationalsozialisten. Vielleicht war seine ganze Familie gegen Hitler und die Nationalsozialistische Partei. In dem Fall wären sie ebenso deren Opfer wie die Bewohner von Jersey, mussten ein Regime ertragen, das sie ablehnten oder sogar hassten. Und Stefan war gezwungen, an einem Krieg teilzunehmen, an den er nicht glaubte.

Aber hätte er nicht nach Jersey gemusst, wäre sie ihm nicht begegnet. Dann erschrak sie. Woher, um alles in der Welt, war dieser Gedanke gekommen?

Alice warf einen Blick auf ihre Uhr. Wie schnell die Mittagspause vergangen war. »Ich muss zurück an die Arbeit«, sagte sie. »Vielen Dank für das wunderbare Picknick.«

»Gern geschehen. Vielleicht können wir uns ja noch mal treffen.«

Alice zauderte. Es gefiel ihr, mit ihm zusammen zu sein und zu plaudern. Und es tat ihr gut, dass sich jemand für sie und ihr Leben interessierte, das kam sonst selten vor. Dennoch gehörte er zum feindlichen Lager, und sie wollte nicht zu oft mit ihm gesehen werden.

»Vielleicht«, sagte sie.

Er steckte sich eine Zigarette an. »Wir könnten noch mal ein Picknick machen. Das Essen würde ich mitbringen.«

Bei diesem Picknick hatte Alice seit Langem wieder einmal etwas Gutes zu essen bekommen und war satt geworden. Aber wollte sie sich von Leckereien verführen lassen? War es gegenüber anderen Inselbewohnern überhaupt fair, wenn sie sich verwöhnen und von ihrem Feind versorgen ließ? Eigneten die Deutschen sich nicht alle Nahrungsmittel auf der Insel unrechtmäßig an? Eigentlich bestahlen sie die Einheimischen doch, wenn man es genau nehmen wollte.

Sie hob die Schultern. »Ich weiß nicht.«

»Überlegen Sie es sich«, sagte er. »Mein Angebot steht.«

»Danke.« Alice raffte sich auf. »Ich muss nun wirklich los.«

*

Als sie nach ihrer Schicht die Isolierstation besuchte, erfuhr sie, dass William weiterhin auf dem Weg der Besserung war, und er schon etwas Suppe gegessen hatte. Sie warf einen Blick durch das Fensterchen. Ihr Bruder war wach. Sie winkte ihm. Er lächelte schwach, doch sein Blick war klar.

Sie stand tief ins Stefans Schuld, das wusste Alice. Die Frage war nur, wie weit sie gehen wollte, um ihm ihre Dankbarkeit zu beweisen.

Auf dem Heimweg stieß sie wieder auf deutsche Soldaten mit hartem Blick, die in Paaren oder Gruppen den Gehweg einnahmen. Sie dachten nicht daran, ihr Platz zu machen, sie musste um sie herumlaufen. Als sie dabei in eine Pfütze trat, erntete sie höhnisches Gelächter.

So war Stefan nicht. Sie fragte sich, was Rebekah von ihm halten würde. Ihre Freundin fürchtete sich vor den Besatzern, wusste, dass die Verfolgung der Juden überall, wo die Deutschen waren, zunehmend brutaler wurde. Inzwischen war sie bereits als Jüdin registriert und in ihren Ausweis ein großes rotes »J« gestempelt worden. Andere Juden der Insel waren deportiert worden und keiner der Einheimischen konnte sagen, wohin. Sie waren einfach abgeholt und weggebracht worden, oftmals mitten in der Nacht. Rebekah lebte fortwährend in der Angst, die Nächste zu sein.

In der Midvale Road hörte sie Schritte hinter sich, schlurfende Schritte. Alice wandte sich um.

Eine lange Reihe zerlumpter Gestalten schleppte sich über den Gehsteig, alle so bleich und ausgemergelt, dass man kaum erkennen konnte, ob es Männer oder Frauen waren. Sie nahm an, bei der Kolonne, die langsam an ihr vorbeizog, handelte es sich um Zwangsarbeiter.

Alice drückte sich gegen eine Hausmauer. Die Gefangenen rochen nach Schweiß und Exkrementen. Um ihren Ekel zu verbergen, senkte sie den Kopf – und sah die Schuhe dieser Menschen, einige zu groß, andere zu klein, viele löchrig. Ein Mann hatte gar keine Schuhe an, seine Füße waren schwarz vor Dreck. Sie zwang sich, den Kopf wieder zu heben, wollte nicht wegschauen, und stellte fest, dass alle kahl geschoren waren, die Blicke bar jeder Hoffnung.

Den Rest ihres Heimwegs legte sie zutiefst erschüttert zurück.

Abends, als sie in ihren Betten lagen, erzählte sie Jenny davon.

»Das sind die Arbeiter der Organisation Todt oder kurz OT«, sagte Jenny, »und ganz arme Menschen. Die Nazis setzen sie in allen besetzten Gebieten bei Baumaßnahmen ein. Bei uns sollen sie vor allem Tunnel, Bunker und einen Schutzwall errichten. In der Regel handelt es sich um ausländische Zwangsarbeiter. Hitler bezeichnet sie als Untermenschen.«

»Die Lager müssen grauenhaft sein, und die Versorgung erbärmlich«, sagte Alice. »Die Leute sahen elend und halb verhungert aus.«

»Das sind sie auch. Sie sollen sich zu Tode schuften. Es sind ja genug Zwangsarbeiter da, die sie ersetzen können. ›Todt‹, das klingt doch schon wie ›tot‹.«

Der Gedanke, andere auf diese oder andere Weise umzubringen, war Alice wesensfremd. Ihre Arbeit – ihr ganzes Trachten – richtete sich darauf, Menschen zu helfen und sie vor dem Tod zu bewahren. »Wie kommt es, dass du so gut informiert bist?«

»Pip hat es mir erzählt«, erwiderte Jenny. »Er kennt sich aus.«

»Was weißt du noch über diese Organisation?«

»Nichts.«

Alice war sich nicht sicher, ob sie das glauben wollte, doch sie wusste, dass es zwecklos war, Jenny zu etwas zu drängen.

»Heute habe ich mit Dr. Holz zu Mittag gegessen. Das ist der Arzt, der mir das Gegengift besorgt hat.«

Jenny setzte sich auf und drehte sich zu Alice um. »Bist du nicht mehr recht gescheit? Willst du, dass man dir nachsagt, du würdest mit dem Feind fraternisieren?«

»Nein, das will ich nicht«, entgegnete Alice verärgert und wünschte, sie hätte den Mund gehalten. »Ich wollte ihm nur noch einmal sagen, wie dankbar wir ihm sind. Wer weiß, ob Will ohne das Gegenmittel überlebt hätte.«

»Trotzdem musstest du doch nicht mit ihm essen. Es hätte doch ausgereicht, dich zu bedanken und ihm meinetwegen noch eine Flasche von Dads Brombeerwein zu schenken.«

Sie hatte nicht fraternisiert, dachte Alice, sondern nur mit einem freundlichen Mann zu Mittag gegessen, und das nicht heimlich, sondern im Garten des Krankenhauses. »Er ist nicht wie andere Deutsche. Außerdem ist er als Arzt hier, nicht als Soldat. Und er ist gegen den Krieg, hätte niemals freiwillig daran teilgenommen.«

»Toll«, sagte Jenny. »Dennoch sind es seine Landsleute, die Dad auf dem Gewissen haben.«

»Wäre Stefan an dem Tag am Hafen gewesen, hätte er alles getan, um ihn zu retten.«

»Ach«, sagte Jenny. »Dann ist er also schon Stefan. Fehlt bloß noch, dass du sagst, du fühlst dich zu ihm hingezogen.«

Alice spürte, wie sie errötete, und war froh, dass es im Zimmer dunkel war. »Natürlich nicht. Ich bin ihm lediglich dankbar.«

»Dann sieh zu, dass es dabei bleibt.« Jenny ließ sich zurücksinken und drehte sich von Alice fort. Kurz darauf war sie eingeschlafen.

Alice starrte in die Dunkelheit und verfluchte sich. Warum hatte sie Jenny etwas von Stefan erzählt? Nun würde ihre Schwester denken, sie wäre auf dem Weg, ein Deutschenliebchen zu werden. Dabei hatte sie nur mit einem Mann zu Mittag gegessen, der ihr und ihrer Familie einen großen Gefallen getan hatte. Im Übrigen schien ihre Schwester bereits vergessen zu haben, dass ihr Vater nur ihretwegen an jenem Tag am Hafen gewesen war.

Nein, so zu denken, war unfair. Dennoch musste Alice insgeheim zugeben, dass Stefan ihr nicht gleichgültig war. Vielmehr hatte er etwas in ihr geweckt, das neu für sie war. Es war ganz anders als das, was sie einmal für Pip empfunden hatte. Genau konnte sie es noch nicht benennen, sie wusste nur, dass dieses Neue schön war.

 KAPITEL 17

Am Nachmittag war nur Jenny zu Hause. Alice arbeitete noch im Krankenhaus, und Mum war losgegangen, um sich an einem Lebensmittelgeschäft anzustellen. Als sie ein Auto ihre Einfahrt hochkommen hörte, warf Jenny einen Blick aus dem Fenster.

Es war Dr. Morgan, der aus dem Wagen stieg, die hintere Tür öffnete und William heraushalf. Dann trug er den Jungen zum Eingang.

Jenny zog die Eingangstür auf und stellte erfreut fest, dass William wieder eine gesunde rosige Gesichtsfarbe hatte, und sein Blick wach und klar war. Dass er versuchte, sich aus den Armen Arztes zu winden, und Jenny nicht gestattete, ihm das Rätselbuch aus der Hand zu nehmen, waren ebenfalls gute Zeichen.

»Ich danke Ihnen«, sagte Jenny zu Dr. Morgan. »Macht es Ihnen etwas aus, William hinauf in sein Zimmer zu tragen?«

»Dahin will ich nicht«, sagte ihr Bruder. »Ich will hier unten bei dir bleiben.«

»Das ist lieb von dir.« Jenny deutete auf den Lehnsessel, der im Wohnzimmer am Kamin stand und einst der Stammplatz ihres Vaters gewesen war.

Dr. Morgan setzte William ab, und der Junge begann, sich seinem Rätselbuch zu widmen.

»Dein Bruder hat Glück gehabt«, sagte der Arzt, der Jenny in die Küche gefolgt war. »Ich weiß nicht, ob er es ohne Antitoxin geschafft hätte.«

»Alice hat es von einem deutschen Arzt bekommen. Hat sie Ihnen das erzählt?«

Dr. Morgan nickte. »Von Stefan Holz. Der Mann ist in Ordnung. Ein guter Arzt. Sehr warmherzig.«

»Hört sich nicht nach einem Deutschen an«, erwiderte Jenny bissig.

Dr. Morgan sah sie kopfschüttelnd an. »Du solltest nicht alle über einen Kamm scheren. Holz hat nichts davon, wenn er aus dem Vorrat der Deutschen ein Antitoxin abzweigt. Im Gegenteil, es hätte ihn in große Schwierigkeiten bringen können.«

»Wir sind ihm ja auch dankbar«, lenkte Jenny ein. Vielleicht sollte sie mit ihrem Urteil wirklich nicht so vorschnell sein. »Ebenso wie Ihnen.« Sie griff nach dem Wasserkessel. »Möchten Sie eine Tasse Tee – oder vielmehr eine Tasse des Gebräus, das wir zurzeit als Tee bezeichnen?«

Dr. Morgan schaute auf seine Taschenuhr. »Ich fürchte, ich muss zurück in die Praxis.« Er verabschiedete sich.

Jenny warf einen Blick ins Wohnzimmer. William war eingeschlafen.

Sie holte eine Schüssel Rote Bete aus der Speisekammer und setzte Wasser auf. Ob ihre Mutter etwas zum Abendessen ergattern würde, wusste sie nicht, aber wenigstens konnten sie gekochte rote Rüben essen, die recht sättigend waren.

Die Schalen der Rüben brachte sie dem Kaninchen.

Auf dem Rückweg sah sie ihre Mutter über die Einfahrt kommen, und ihr fiel wieder auf, wie schlecht sie aussah, wie viele Falten sie in den vergangenen beiden Jahren bekommen hatte, wie krumm sie ging.

Jenny eilte zu ihr und nahm ihr die Einkaufstasche ab. Sie fühlte sich leicht an, viel hatte es in dem Lebensmittelgeschäft also nicht gegeben. »William ist wieder da. Dr. Morgan hat ihn zurückgebracht.«

Ein Lächeln huschte um Mums Lippen. »Gott sei Dank. Ist er in seinem Zimmer?«

»Im Wohnzimmer. Eben hat er noch geschlafen.«

Ihre Mutter lief ins Wohnzimmer.

Jenny schaute in die Einkaufstasche. Ein Stückchen Butter, ein Bündel Möhren, eine Büchse Sardinen. Sie trug alles in die Küche und öffnete die Sardinenbüchse. Den kargen Inhalt würden sie durch vier teilen müssen. Dazu würde es die Rote Bete und die Möhren geben. Die Butter hätte das Wurzelgemüse zwar verfeinern können, doch daran durfte sie sich nicht wagen, das kleine Stück musste für die ganze Woche ausreichen.

Als ihre Mutter in die Küche kam, hatte Jenny den Tisch gedeckt und die Möhren geschabt. Mum drückte ihr einen Kuss auf die Wange. »Wer hätte gedacht, dass du mal ein Abendessen zubereiten kannst. Ich wünschte, dein Vater könnte es sehen.«

Jenny betrachtete ihre von den roten Rüben verfärbten Finger. Sie sah aus wie eine Mörderin. »William geht es wieder gut, oder?« Sie trat ans Spülbecken und schrubbte sich die rote Farbe ab.

»Zweifellos. Er war wach und wollte etwas zu essen haben.«

»Ich muss die Möhren noch aufsetzen. Vielleicht genügt ihm bis zum Abendessen ein Glas Milch.« Sie hatten einen Teil ihrer Milchration für William aufgehoben, um ihn nach seiner Rückkehr zu kräftigen. Doch offenbar hatte man ihn im Krankenhaus gut gefüttert, seine Wangen waren etwas voller geworden.

Jenny wollte die Milch gerade holen, als es an der Eingangstür klopfte. Sie und ihre Mutter wechselten einen beunruhigten Blick. Sie erwarteten keinen Besuch, und Nachbarn die unangemeldet vorbeikamen, klopften an der Hintertür.

Jenny verließ die Küche. Sie öffnete die Eingangstür einen Spaltbreit. Das Erste, was sie sah, war ein feldgrauer Streifen. Der konnte nur zu einem deutschen Soldaten gehören. Jenny schluckte nervös.

»Guten Abend.« Die Stimme klang ruhig und freundlich.

Jenny zog die Tür ein Stück weiter auf. Vor ihr stand ein hochgewachsener, schlanker Mann mit blondem Haar, blauen Augen und sanftem Blick. Er hielt einen Korb mit Lebensmitteln in der Hand. Jenny glaubte ein Stück Schinken zu erkennen, Käse, eine Salatgurke, Pfirsiche und obenauf eine kleine Tüte Bonbons. Wie lange es her war, dass sie solche Köstlichkeiten gesehen hatte.

»Entschuldigen Sie die Störung«, sagte der Mann. »Ich bin Stefan Holz.« Er deutete auf den Korb. »Das ist für Ihren Bruder. Außerdem wollte ich nachhören, wie es ihm geht.« Er hielt Jenny den Korb hin.

Jenny wusste nicht, ob sie den Korb annehmen wollte. Der Mann war Deutscher, und die Deutschen taten nie etwas ohne Hintergedanken.

Er ließ die Hand sinken. »Darf ich hereinkommen?«

Jenny überlegte. Vielleicht wollte er sich bei ihnen nach etwas Verbotenem umschauen, und die Leckereien sollten nur zur Ablenkung dienen. Ob er als Militärarzt das Recht hatte, ihr Haus zu durchsuchen? Wenn, könnte er das Detektorradio in *Shakespeares Gesammelten Werken* finden.

Holz stellte den Korb ab. »Ich muss nicht hereinkommen, wenn Sie das nicht möchten. Den Korb lasse ich hier. Vielleicht sagen Sie Alice, dass ich vorbeigeschaut habe.«

Es ärgerte Jenny, dass er ihre Schwester beim Vornamen nannte, es war ihr zu vertraulich. Dann fiel ihr wieder ein, was sie Holz verdankten. »Kommen Sie rein.«

Er folgte ihr über den Flur zur Küche. Bei seinem Anblick sprang Mum entsetzt auf. Ihr Stuhl schrappte über den Boden.

»Das ist Dr. Holz«, sagte Jenny. »Der Mann, der William mit dem Gegengift geholfen hat.« Ihr Blick zuckte zu dem Shakespeare im Wohnzimmerregal. Konnte man die Vertiefung erkennen? Sie glaubte es nicht, doch wenn Holz herausfinden sollte, dass sie ein Detektorradio besaßen, würde er es melden müssen. Da mochte er noch so freundlich sein.

»Alice hat uns von Dr. Holz erzählt«, erinnerte Jenny ihre Mutter, die offenbar vor Angst keinen Ton über die Lippen brachte. »Das weißt du doch.«

Mum nickte schwach und ließ sich zurück auf ihren Stuhl sinken.

»Er hat William etwas mitgebracht.« Jenny stellte den Korb auf den Tisch.

Mum warf einen kurzen Blick hinein, sagte jedoch noch immer nichts.

»Darf ich nachsehen, wie es William geht?«, fragte Holz.

Jenny schaltete die Herdplatte unter den kochenden Möhren aus. Der Dampf hatte bereits die Fenster beschlagen, und es roch unangenehm nach dem gekochten Wurzelgemüse.

Sie führte Holz ins Wohnzimmer.

William schien den deutschen Arzt zu kennen und lächelte ihn an. Wahrscheinlich war Holz im Krankenhaus bei ihm gewesen. Auch ließ er zu, dass der Arzt in seinen Rachen schaute, seinen Hals abtastete und an seiner Brust horchte. »Bald bist du wieder fit«, sagte er und tätschelte Williams Wange.

Zu Jennys Erstaunen bedankte ihr Bruder sich. Das war extrem ungewöhnlich. William brauchte lange, bis er jemanden akzeptierte.

Danach verabschiedete Holz sich, und Jenny brachte ihn zur Tür.

Als sie in die Küche zurückkehrte, war ihre Mutter dabei, die Gurke in dünne Scheiben zu schneiden. »Was für eine nette Geste«, sagte sie. Ihre Wangen hatten sich gerötet, und ihre Augen ein wenig Glanz bekommen.

Jenny öffnete das Küchenfenster, um den Kochdunst abziehen zu lassen, und fragte sich, ob es sein konnte, dass in ihrer

Familie alle außer ihr von diesem deutschen Arzt angetan waren.

Kurz darauf kam Alice aus dem Krankenhaus. Jenny verteilte das Essen auf Tellern – Sardinen, Schinkenscheiben, Rote Bete, Möhren und Gurkenscheiben. Es war ein sonderbares Allerlei, mit Zutaten, die nicht zueinanderpassten, doch solche Dinge spielten schon seit einer Weile keine Rolle mehr. Für sie bedeutete allein die Fülle ein Festmahl.

Alice starrte auf die Köstlichkeiten und schnappte sich eine Gurkenscheibe, an der sie hungrig zu knabbern begann. »Woher habt ihr das alles? Habt ihr eine Sonderration Lebensmittelmarken bekommen?«

Jenny schüttelte den Kopf. »Wir hatten einen Wohltäter.«

»Wen?« Alice streifte ihren Umhang ab und hängte ihn an der Flurgarderobe auf.

»Dein neuer Freund.«

»Dr. Holz?« Alice bückte sich tief, um ihre Schuhe aufzuschnüren, doch Jenny hatte gesehen, dass sie errötet war.

»Ja, dein Dr. Holz.«

»Er ist nicht *mein* Dr. Holz. Wieso war er überhaupt hier?«

»Er wollte nach William sehen und ihm etwas zu essen vorbeibringen.«

»Wie aufmerksam.« Alice richtete sich auf. »Wo ist William?«

»Im Wohnzimmer.«

Alice verließ die Küche.

Jenny sah ihre Mutter mit hochgezogenen Brauen an.

Ihre Mutter zuckte mit den Schultern. »Ich hasse die Deutschen ebenso wie du, aber du musst zugeben, dass Dr. Holz sich uns gegenüber nun schon zum zweiten Mal äußerst großzügig erwiesen hat.«

Jenny gab ihr keine Antwort.

*

Am frühen Abend saßen Jenny und Pip wieder im Schuppen, um BBC-Nachrichten zu hören und zu übersetzen.

Die Wärme des Tages stand noch im Raum, und vor dem Fenster waren an dem Stück Himmel, das man erkennen konnte, die leuchtenden Farben des Sonnenuntergangs zu sehen – Rot, Rosé und Violett.

Als die Nachrichten beendet waren, seufzte Jenny schwer.

Pip musterte sie. »Was hast du?«

Jenny gab ihm keine Antwort.

»Machst du dir noch immer Gedanken wegen diesem Dr. Holz?«

»Was glaubst du denn? Schließlich ist meine Schwester dabei, sich in ihn zu verlieben.«

Pip verstaute das Detektorgerät in dem Shakespeare. Jennys Mutter und Alice nahmen wahrscheinlich an, dass er und Jenny abends in den Schuppen gingen, um ungestört zu sein. Aber wenigstens würde keine von ihnen in die *Gesammelten Werke* schauen, weder die eine noch die andere interessierte sich für Theaterstücke des Elisabethanischen Zeitalters.

Es bestand höchstens die Gefahr, dass jemand, der von Pips und Jennys Aktivitäten erfahren hatte, sie denunzierte, und die Deutschen das Haus der Robinsons durchsuchten. Dann würde es weder Alice noch Mrs Robinson nützen, wenn sie erklärten, dass sie von dem verborgenen Empfänger nichts gewusst hatten.

Pip schob die übersetzten Seiten unter seinen Pullover. »Immer bist du hinter deiner Schwester her. Warum? Sie ist doch kein Deutschenliebchen.«

»Noch nicht«, sagte Jenny und wünschte, Alice hätte sich in einen Mann von der Insel verliebt. Das Problem war nur, dass der Großteil ihrer jungen Männer in den Krieg gezogen war. Aber musste ihre Schwester sich ausgerechnet einem Deutschen zuwenden?

»Warum sprichst du nicht mit ihr?«, fragte Pip und küsste Jenny auf die Wange. »Ich muss los und die Übersetzung abliefern.«

Sie verließen den Schuppen. Jenny kehrte ins Haus zurück, Pip eilte zum JCP-Büro.

Als Jenny und Alice abends in ihrem Zimmer waren, sagte Jenny: »Dieser Dr. Holz ist attraktiv, findest du nicht?«

Alice streifte ihr Nachthemd über und schwieg.

»Und Dr. Morgan hält große Stücke auf ihn.«

»Ach ja?« Alice begann, ihr Haar zu bürsten.

»Als Dr. Holz hier war, hat er William noch mal untersucht. Und William hat es zugelassen. Offenbar kannte er ihn aus dem Krankenhaus. Er schien ihn sogar zu mögen. Erstaunlich, oder?«

»Ja.«

Jenny stieg ins Bett. »Hast du vor, dich wieder mit ihm zu treffen?«

Alice zuckte mit den Schultern. »Vielleicht laufe ich ihm im Krankenhaus noch mal über den Weg.«

»Oder er kommt auf dich zu … lädt dich wieder zum Essen ein.«

Alice gab ihr keine Antwort. Als sie im Bett lag, knipste sie die Lampe aus, die auf dem Nachttisch zwischen ihren Betten stand, und drehte Jenny den Rücken zu.

Jenny sagte nichts mehr, dachte aber weiter voller Unbehagen über ihre Schwester und diesen deutschen Militärarzt nach.

 KAPITEL 18

Wieder einmal hatte Alice eine Schicht von vierzehn Stunden hinter sich. Ihr Rücken schmerzte, ihre Hände waren vom vielen Waschen und Sterilisieren rau und rissig geworden, und ihre Tracht roch, weil es seit Wochen kein Waschpulver mehr gab.

Falls Patienten an solchen Tagen gegen Schichtende noch etwas von ihr wollten oder sich über etwas beschwerten, kostete es Alice unendlich viel Kraft, freundlich zu bleiben. Und manchmal hatte sie gute Lust, einfach ihre Kündigung einzureichen.

Dann jedoch erinnerte sie sich daran, dass ihr Vater ihre Arbeit sicherlich zu schätzen gelernt hatte, als er im Krankenhaus lag. Oder der Angehörige eines Patienten schenkte ihr zum Dank für ihre Fürsorge Blumen, oder eine Patientin drückte dankbar ihre Hand, wenn sie in der Nacht bei ihr gesessen hatte. In solchen Momenten wurde ihr erneut bewusst, warum sie diesen Beruf gewählt hatte, und dass sie ihn, trotz der Schwere der Arbeit und der zahllosen Überstunden, liebte.

Sie verließ die Station, nickte Jeanne am Empfang einen müden Abschiedsgruß zu. Sie war schon draußen und im Begriff, sich auf ihren Heimweg zu machen, als jemand an ihr vorbei zu den Rettungswagen der Deutschen rannte. Sie standen gleich am Haupteingang, dunkelgraue Kastenwagen mit einem roten Kreuz im weißen Kreis. Auch deutsche Ärzte und Krankenpfleger liefen an Alice vorbei nach draußen und sprangen in die Wagen, die ihre Sirenen einschalteten und losrasten.

Alice kehrte ins Krankenhaus zurück und fragte Jeanne, ob sie wisse, wohin die Deutschen fuhren, und was passiert sei.

»Ein Unglück in Saint Lawrence. Die Deutschen haben dort für einen Tunnelbau Sprengarbeiten durchgeführt. Ein Teil ist eingestürzt, und mehrere Arbeiter wurden verletzt.«

»Was meinst du, ob sie unsere Hilfe brauchen?«

Jeanne zuckte mit den Schultern. »Die sollen sich selber um ihre Probleme kümmern.«

»Bei den Verletzten wird es sich kaum um Deutsche handeln. Wahrscheinlich sind es Zwangsarbeiter.« Alice dachte an die zerlumpten Gestalten, die auf der Midvale Road wie ein Geisterzug an ihr vorbeigeschlurft waren. Inzwischen wusste sie von Jenny, dass bei den Bauprojekten der Organisation Todt auf Jersey überwiegend Russen, Polen und Spanier eingesetzt wurden.

Alice überlegte. Eigentlich wollte sie nach Hause. Hungrig war sie auch. Sie sehnte sich nach dem Abendessen, das Jenny und ihre Mutter bereitet hätten, so bescheiden es auch sein mochte. Und falls sie nach der langen Schicht unbedingt weiterarbeiten wollte, gab es auf den Stationen genügend einheimische Patienten.

Dann sagte sie sich, dass sie da anpacken sollte, wo es am nötigsten war, also bei dem Unglück in Saint Lawrence.

Für Jeanne war das Thema offenbar erledigt, sie klopfe einen Papierstapel bündig.

»Haben wir ebenfalls Rettungswagen losgeschickt?«, fragte Alice.

»Die deutsche Kommandantur hat uns nur um Ärzte und Pflegekräfte gebeten. Wir haben einen Arzt und zwei Krankenschwestern abgestellt, mehr können wir nicht entbehren. Der Wagen fährt gleich los.«

»Meine Schicht ist beendet«, sagte Alice. »Ich könnte ebenfalls einspringen.«

Mit einer Kopfbewegung deutete Jeanne nach draußen. »Dann lauf zum Ostflügel.«

Ostflügel, das bedeutete die Rückseite des Hauses. Im Laufschritt umrundete Alice das Krankenhaus und erreichte den Rettungswagen in letzter Minute. »Wenn Sie mitwollen, dann aber hopp«, sagte der Fahrer.

Alice stieg ein und ließ sich schwer atmend auf einen Sitz fallen. Der Arzt und die beiden Krankenwestern saßen schon im Wagen. Die Frauen kamen aus Irland, mehr wusste Alice nicht über sie. Auch der Arzt war ihr nicht bekannt.

Sie fuhren durch die beginnende Abenddämmerung. Als Alice an der Saint Aubin's Bay aus dem Fenster blickte, war das Meer grau, und die Wellen trugen weiße Schaumkronen. Und wie furchtbar die Strände aussahen. Die Deutschen hatten sie mit Stacheldrahtzäunen abgesperrt und sie einem Gerücht zufolge auch vermint.

Inzwischen kam es Alice vor, als wäre die ganze Insel befestigt worden, gerade so, als dächte das deutsche Oberkommando, die Alliierten würden eines Tages versuchen, auf der Insel zu landen. Was aber keinen Sinn ergab, warum hätten sie das tun sollen? Um Jersey zu befreien? Das kam Alice mehr als unwahrscheinlich vor.

Der Arzt, der Alice gegenübersaß, wirkte erschöpft. Er hatte den Kopf zurückgelegt und die Augen geschlossen. Die beiden Irinnen unterhielten sich leise miteinander. Hin und wieder schenkten sie Alice ein kurzes Lächeln, bezogen sie jedoch nicht in ihr Gespräch ein.

Wieder blickte Alice aus dem Seitenfenster. Nun fuhren sie landeinwärts. Zu ihrer Rechten erstreckten sich Felder, auf denen Gemüse angebaut wurde, hier und da von Viehweiden unterbrochen, auf denen sich Kühe zur Ruhe betteten.

Alice war bekannt, dass es den Bauern besser als dem Rest der Inselbewohner ging, aber auch sie litten unter der Besatzung, mussten ihre Ernten und jedes neugeborene Tier den Deutschen melden, die sich dann nahmen, was sie brauchten oder wollten. Allerdings wurde immer wieder heimlich geschlachtet und Fleisch verkauft oder getauscht, doch bei Alice' Familie war noch nie etwas angekommen. Wahrscheinlich musste man dazu Beziehungen haben. Das letzte Stück Fleisch, das Alice gegessen hatte, war der Schinken gewesen, den Stefan gebracht hatte. Bei der Erinnerung lief ihr das Wasser im Mund zusammen.

Stefan. Seit Wochen hatte sie ihn nicht mehr gesehen. Er war ihr weder über den Weg gelaufen noch auf sie zugekommen. Obwohl er doch nach jenem Picknick von einem weiteren gemeinsamen Essen gesprochen hatte. Aber womöglich hatte auch er sich gesagt, dass es nicht klug war, sich mit einer Frau aus dem feindlichen Lager zu treffen.

Als der Wagen auf ein Schlagloch traf, und sie alle durchgerüttelt wurden, wachte der Arzt auf und lächelte verlegen. »Als Arzt nutzt man jede Gelegenheit, um eine Runde zu schlafen.« Er zuckte mit den Schultern. »Ich bin Raphe Gallichan.«

»Alice Robinson. Meine Schicht ist gerade erst zu Ende gegangen. Nach vierzehn Stunden. Ich hatte mich auf mein Bett gefreut.« In der letzten Stunde hatte sie einen Infusionsbeutel hochgehalten, da sämtliche Ständer in Gebrauch waren. Noch immer fühlten sich ihre Arme schwer an.

Gallichan griff in seine Jackentasche, zog eine Tafel Schokolade heraus, brach sie in Riegel und bot sie reihum an. Zu Alice' Erstaunen lehnten die Irinnen dankend ab.

Zu so viel vornehmer Zurückhaltung war Alice nicht in der Lage. Sie nahm ihren Riegel entgegen, biss sofort ein Stück ab und schloss die Augen, als die Schokolade in ihrem Mund zerging.

Gallichan lachte. »Sieht aus, als hätten Sie schon länger keine Schokolade mehr gegessen.«

»Seit zwei Jahren nicht mehr.« Sie steckte sich das nächste Stückchen in den Mund.

Dann ging es über einen schmalen Weg hangaufwärts, links und rechts Wiesen, auf denen Alice im verblassenden Licht wild wuchernde Pflanzen erkennen konnte – Roten Fingerhut, Baldrian und Goldrute. Danach wurde der Weg von Bäumen flankiert, und im Wagen wurde es noch dämmriger.

Alice fragte sich, was sie an der Unglücksstelle wohl vorfinden würden. Vermutlich Schwerverletzte, Männer, die Gliedmaßen verloren hatten, bluteten und an großen Schmerzen litten.

Gallichan hatte sie beobachtet. »Sind Sie nervös?«

»Ein bisschen. Wird sich aber wieder legen. Außerdem sind die deutschen Ärzte und Krankenschwestern bereits vor Ort und werden Erste Hilfe geleistet haben.«

»Darüber hinaus haben sie eine bessere Ausrüstung als wir.«

»Das habe ich auf der deutschen Krankenstation schon feststellen dürfen.«

Der Weg wurde steiler, der Wagen langsamer. Zu ihrer Linken ragte eine Mauer auf, zu ihrer Rechten rötlich-graues Gestein. Wäre ihnen ein Fahrzeug entgegengekommen, hätte einer zurücksetzen müssen.

Der Wagen hielt vor einer Art Höhleneingang an der Seite des Hangs. Die Ärzte und Pflegekräfte der Deutschen kümmerten sich bereits um Verletzte.

Alice verließ den Wagen mit Gallichan und den irischen Krankenschwestern.

Als Erstes nahm Alice wahr, wie grau es überall war. Die verunglückten Arbeiter waren grau bestäubt, ebenso ihr Arbeitsgerät, sogar die Luft war grau vor Staub.

Zwei Sanitäter bemühten sich um jemanden von der Organisation Todt, Alice erkannte den am Boden liegenden Mann an der Armbinde. »Org. Todt«, stand darauf. Darunter befand sich ein rotes Hakenkreuz. Die Sanitäter wechselten sich mit einer Herzdruckmassage ab, eine Krankenschwester versorgte die Wunden des Mannes. Durch eine Bandage an seinem Arm sickerte Blut, und Alice verstand nicht, warum die Wunde nicht abgebunden worden war. Sie sagte jedoch nichts, die Deutschen hörten nie auf das, was ein Einheimischer sagte.

Sie sah sich um und stellte fest, dass jeder Verletzte von einem Arzt oder einer Krankenschwester betreut wurde. Hier wurde sie also nicht gebraucht.

Sie ging auf den Höhleneingang zu und hörte gedämpfte Hilferufe. Offenbar war in dem dahinterliegenden Tunnel noch jemand.

Alice zögerte. Sie wusste nicht, ob sie den Tunnel ohne Erlaubnis betreten durfte. Doch da es dort wahrscheinlich noch einen Verletzten gab, beschloss sie, es einfach zu wagen. Sie holte die kleine Stablampe aus ihrer Rocktasche und knipste sie an.

Vorsichtig folgte sie dem Tunnel, der in den Hang gesprengt worden war. Die Seiten und die Decke wurden von einfachen Holzbrettern abgestützt, auf dem Boden lagen Metallstangen.

Je weiter sie vordrang, desto feuchter und kälter wurde es, und ein modriger Geruch stieg ihr in die Nase. Dann waren nur noch ihre Schritte zu hören und von irgendwoher tropfendes Wasser. Außer Wänden und Decken war nichts zu sehen, die Rufe waren verstummt.

Je tiefer sie in den Tunnel vordrang, desto kälter wurde es. Auf Alice' Armen bildete sich Gänsehaut. Sie rieb darüber.

Mit einem Mal hörte sie ein Stöhnen. Vorsichtig tappte Alice weiter und befahl sich, nicht daran denken, dass die

Decke über ihr einstürzen könnte. Sie spürte, wie heftig und dumpf das Blut in ihren Adern pochte, und ihr das Herz bis zum Hals schlug.

Dann fiel der Schein ihrer Taschenlampe auf eine zerlumpte Gestalt auf dem Boden. Es war ein Mann. Sein Unterschenkel stand in einem merkwürdigen Winkel ab, war offenbar gebrochen. Er stöhnte und zitterte am ganzen Leib.

Sie hockte sich zu ihm. »Hallo«, sagte sie. Der Gruß dürfte den meisten Menschen bekannt sein.

Der Mann sah sie mit schmerzverzerrtem Gesicht an.

»Wo tut es weh?«, fragte Alice. »Ist es nur das Bein?«

Er verstand sie nicht.

Alice betrachtete den gebrochenen Unterschenkel. Sie durfte den Verunglückten nicht bewegen, schließlich konnte er auch innere Verletzungen haben.

»Ich hole Hilfe«, sagte sie und versuchte, beruhigend zu klingen. Doch als sie sich aufrichtete und zum Gehen wandte, begann der Mann aufgeregt zu gestikulieren und tiefer in den Tunnel zu zeigen.

»Sind da noch andere?«, fragte Alice.

Das musste er verstanden haben, er nickte vehement.

Alice drang noch weiter in den Tunnel vor. Sie sah Bohrer, Kisten voller Geröll, einen Schuh mit löchriger Sohle. Nach etwa dreißig Metern hörten die Stützen an Wänden und Decken auf, und sie stieß auf einen Hügel aus Erde und herabgefallener Steine. Das war wohl die Einsturzstelle. Von irgendwo dahinter waren schwache Rufe zu vernehmen.

Vorsichtig näherte sie sich dem Hügel. Es war unmöglich,

hinüberzuklettern, dazu war er zu hoch und instabil. Sie musste es unten an den Seiten versuchen.

Alice krabbelte über Steine, deren Kanten ihr die Strümpfe zerrissen und ihr Hände und Beine aufschürften. Wenn sich die Steine unter ihr bewegten, hielt sie inne, dann arbeitete sie sich weiter vor.

Hinter dem Hügel lagen drei Männer, Hände und Gesichter schwarz vor Ruß und Dreck. Einer hatte eine Kopfwunde und blutete, ein anderer krümmte sich vor Schmerzen, der Dritte war bewusstlos oder tot.

»Ich hole einen Arzt«, sagte sie. Und dann zur Sicherheit noch mal: »Doktor. Doktor kommt.«

Der Mann mit der Kopfwunde murmelte etwas, das sie nicht verstand. Doch er schien sie verstanden zu haben. Zumindest wussten die Männer nun, dass man sie gefunden hatte.

Alice kraxelte zurück. Der Mann mit dem gebrochenen Unterschenkel lag noch immer da und zitterte. Sie bedeutete ihm, dass sie Hilfe holen werde. Er lächelte matt.

Draußen ging sie an den deutschen Hilfsgruppen vorbei. Sie suchte Gallichan. Als sie ihn fand, waren er und eine der Krankenschwestern dabei, einem Verwundeten in einen Rettungswagen zu helfen.

»Sie müssen mit mir kommen«, sagte Alice zu Gallichan. »Im Tunnel sind noch mehr Verunglückte. Einer mit einer Kopfwunde, ein Bewusstloser, einer vermutlich mit inneren Verletzungen und einer mit einem gebrochenen Bein.«

Gallichan griff nach seinem Arztkoffer.

»Das schaffen wir nicht allein«, sagte Alice. »Wir brauchen mehr Ärzte und Krankenschwestern.«

»Eine Sekunde.« Auf Deutsch wandte Gallichan sich an den nächststehenden Arzt. Der Mann hörte ihm zu, dann schüttelte er den Kopf und erwiderte etwas. Gallichan funkelte ihn wütend an, dann trat er zu dem nächsten Arzt. Das Resultat war das gleiche. Auch alle anderen Ärzte, die er ansprach, schüttelten die Köpfe.

Verärgert kehrte Gallichan zu Alice zurück. »Meine Kollegen scheinen der Ansicht zu sein, sie hätten ihre Pflicht und Schuldigkeit bereits getan.«

»Dann müssen wir es eben zu zweit versuchen«, erwiderte Alice.

Sie betraten den Tunnel.

Der Mann mit dem gebrochenen Bein war leichenblass, und das Haar klebte ihm in verschwitzten Strähnen am Schädel.

Gallichan hockte sich zu ihm, tastete das Bein ab und sprach beschwichtigend auf ihn ein.

»Tibiafraktur«, sagte er zu Alice. »Ich werde den Knochen richten. Danach brauchen wir eine Trage.« Er öffnete seinen Koffer. »Aber zuerst die Morphiumspritze.« Er nahm eine Spritze, zog Morphium auf und stach die Nadel in den Oberschenkel des Mannes.

Der Verletzte schrie auf. Alice streichelte seine Wange.

»Die Wirkung setzt gleich ein«, sagte Gallichan. »Trotzdem wird ihm das Richten des Knochens höllisch wehtun.« Er holte ein kleines Gummipolster aus dem Koffer. »Er soll darauf beißen.«

Alice bedeutete dem Mann, dass der Knochen gerichtet werden müsse, und zeigte dann auf das Polster und ihre Zähne.

Er nickte.

Gallichan wartete noch einen Moment, bevor er das Bein packte. Alice schob dem Mann das Gummipolster in den Mund. Gallichan zog an dem Bein.

Der Mann biss auf das Polster, dennoch traten seine Augen hervor und die Venen auf seiner Stirn schwollen an, bis sie Kordeln glichen.

Alice murmelte ihm besänftigende Worte zu.

»Verdammt«, sagte Gallichan.

»Was ist?«

»Hat nicht geklappt. Ich versuche es noch mal. Sind Sie so weit?«

»Ja.«

Alice tupfte dem Mann mit ihrem Taschentuch Schweiß von der Stirn und lächelte ihm aufmunternd zu. Aus dem Augenwinkel nahm sie wahr, dass noch jemand gekommen war, doch sie drehte sich nicht um, konzentrierte sich nur auf den Verletzten.

Der Neuankömmling musste ebenfalls Arzt sein, er hockte sich zu Gallichan und hielt das Bein des Verunglückten. Gallichan versuchte, es erneut zu richten.

Alice wagte kaum zu atmen. Doch diesmal funktionierte es. Sie strich dem Mann über die Stirn und zog ihm das Gummipolster aus dem Mund. Die beiden Ärzte standen auf.

»Danke für die Hilfe«, sagte Gallichan. »Das war nicht ohne. Sie sind genau im richtigen Moment gekommen.«

»Gern geschehen.«

Alice blickte auf. »Stefan!«

»Hallo, Alice.«

Verwundert schaute Gallichan von Alice zu Stefan, sagte aber nichts.

»Sind noch andere im Tunnel?«, fragte Stefan.

Alice nickte. »Drei. Sie liegen hinter einem Berg Steine.«

»Ich hole Hilfe.«

»Viel Glück dabei.« Gallichan lächelte bitter. »Ich habe mich bei Ihren Kollegen vergeblich darum bemüht.«

»Das ist mehr als bedauerlich.« Stefan verschwand.

Gallichan bat Alice, bei dem Verletzten zu bleiben. Er wollte Schienen und die Trage aus dem Wagen holen.

Alice betrachtete den Mann, der erschöpft dalag und die Augen geschlossen hatte. Wieder tupfte sie ihm Schweiß von der Stirn, redete ihm gut zu und warf einen Blick auf das Bein, das nun wieder gerade war.

Gallichan kehrte schon nach wenigen Minuten mit den Schienen und dem Fahrer ihres Rettungswagens zurück, der eine Trage geschultert hatte. Sie legten die Schienen an und hoben den Verletzten auf die Trage.

»Wir bringen ihn in den Rettungswagen«, sagte Gallichan zu Alice. »Können Sie hierbleiben und dem deutschen Arzt, wenn er wiederkommt, sagen, wo er die anderen Unglücksopfer findet?«

Alice nickte.

Dann war sie allein. Hörte nur das tropfende Wasser und die Schmerzensschreie eines der Verletzten hinter dem Steinhaufen.

Sie wollte nicht an Stefan denken, wollte sich nicht einge-
stehen, dass er ihre Gefühle auf eine Weise in Aufruhr versetzte,
wie sie es bisher noch nicht erlebt hatte. Also verjagte sie die
Gedanken. Sie war hier, um sich um die Opfer eines Unglücks
zu kümmern, nicht um ihre Gefühle.

Stefan kehrte mit Gallichan und einem mürrisch wirkenden
Aufseher der Organisation Todt zurück, der Alice mit kaltem
Blick musterte. Er befahl ihr und Gallichan zurückzubleiben
und verschwand in dem Tunnel. Stefan murmelte eine Entschuldigung und folgte ihm.

»Kennen Sie den deutschen Arzt?«, fragte Gallichan Alice
leise.

»Ja. Stefan Holz. Er ist in Ordnung. Als mein Bruder Diphterie hatte, hat er mir das Antitoxin besorgt.«

»Das war anständig.«

»Zweifellos. Ihm können wir vertrauen.«

Nach einer Weile sah Gallichan auf seine Armbanduhr. »Ich
wünschte, ich wüsste, was er und der OT-Typ so lange dahinten machen.«

»Sollen wir nachsehen?«

»Und uns anblaffen lassen, weil wir uns dem Befehl, zurückzubleiben, widersetzt haben?«

»Haben Sie gesehen, dass der Mann mit dem gebrochenen
Bein halb verhungert war?«

»Natürlich.« Gallichan seufzte. »Jetzt liegt er erst einmal im
Rettungswagen und schläft. Das Morphium wird noch eine
Weile wirken.«

Aus dem Tunnel waren Schüsse zu hören. Gallichan und

Alice zuckten zusammen. Dann tauschten sie einen entsetzten Blick.

»Allmächtiger«, flüsterte Gallichan. »Der Kerl von der OT wird die Leute doch wohl nicht erschossen haben.«

Alice drehte sich der Magen um.

Der OT-Aufseher kehrte zurück, hinter ihm Stefan, der vor Wut oder Schock oder einer Mischung aus beidem schneeweiß war.

»Sie können gehen«, sagte der OT-Mann zu Gallichan und Alice. »Die Männer dahinten waren nicht mehr zu retten. Ich habe sie erlöst. Morgen lasse ich sie abholen. Und Sie sorgen jetzt gefälligst wieder für die verletzten OT-Aufseher.«

Alice vermochte Stefan nicht anzusehen. Gallichan schluckte. Vielleicht würgte er die Flüche und Schimpfwörter hinunter, die ihm über die Lippen wollten.

Die restlichen Stunden brachten sie damit zu, Erste Hilfe zu leisten. Doch als sie bei Einbruch der Nacht nach Saint Helier zurückkehrten, brüteten Alice und Gallichan stumm vor sich hin. Ein ums andere Mal sah Alice die ausgemergelten Körper der Verletzten vor sich, hörte ihr Stöhnen, ihre Hilferufe und dann die Schüsse.

 KAPITEL 19

Es war noch früh am Morgen, doch Pip war bereits mit dem Fahrrad unterwegs und blinzelte in die Augustsonne. Es würde ein schöner Tag werden, bis auf die Tatsache, dass überall in Saint Helier Wehrmachtssoldaten zu sehen waren. Elftausend sollten es auf Jersey inzwischen sein, was bedeutete, auf zwei Inselbewohner kam einer von ihnen. Pip wich ihren Blicken aus und umrundete eine Gruppe, die an der Ecke Clare Street und Savile Street zusammenstand und rauchte.

Es war eine beschwerliche Fahrt, der Schlauch seines Hinterrads hatte ein Loch bekommen, und nirgends gab es mehr Flickzeug und Gummilösung zu kaufen. Als Ersatz hatte er ein passendes Stück aus einem Gartenschlauch geschnitten, es am Strand mit Sand gefüllt und eingesetzt. Doch das Rad eierte, und hangaufwärts war die Fahrt kräftezehrend.

Er musste sich beeilen. Im Innenfutter seines Jacketts steckten die Seiten mit den BBC-Nachrichten, die er und Jenny am Vorabend notiert und übersetzt hatten. Die musste er in Stan Hamons Cottage abgeben, das als Büro der JCP fungierte.

Auf jeder dieser Fahrten hielt er nach deutschen Soldaten Ausschau. Zwar war er bisher noch nicht angehalten und durchsucht worden, doch die Angst begleitete ihn stets.

Er bog in die Gloucester Street ein. Von dort aus ging es in Richtung Opernhaus. Sein Blick fiel auf einen deutschen Offizier, der an jedem Arm eine junge Frau hatte. Die Frauen trugen hübsche Sommerkleider und hochhackige Pumps, waren geschminkt und modisch frisiert. Pip kannte sie vom Sehen. *Deutschenliebchen,* dachte er verächtlich.

Als er an ihnen vorbei war, spuckte er aus. Er konnte nicht fassen, wie viele Frauen der Insel sich mit Deutschen eingelassen hatten, sich mit ihnen in der Öffentlichkeit zeigten und sich in Restaurants Gerichte spendieren ließen, von denen andere auf der Insel nur träumen konnten. Für ihn waren diese Frauen Abschaum.

Es wurde wärmer, und in Pips Achselhöhlen sammelte sich der Schweiß. Er überlegte, ob er das Jackett ausziehen sollte, entschied sich jedoch dagegen. Um sie sicher aufzuheben, wollte er die Seiten für das JCP-Büro lieber dicht am Körper tragen.

Schließlich kam Pip an dem Cottage an. Es war eins der für die Insel typischen, efeubewachsenen Häuschen aus Granit. Das Hektographiergerät, auf dem sie die Flugblätter vervielfältigten, stand auf dem Dachboden. Als Pip das Wort »Parteibüro« zum ersten Mal gehört hatte, hatte er sich ein großes Gebäude vorgestellt, in dem Parteimitglieder ein und aus gingen, nicht ein enttäuschend kleines Cottage. Inzwischen hatte er sich daran gewöhnt.

Er stellte sein Fahrrad ab und klopfte an die Eingangstür. Doch es näherten sich keine Schritte. Überhaupt war von innen nichts zu hören. Vielleicht war Hamon auf dem Dachboden und zog Flugblätter ab. Pip klopfte noch einmal, diesmal lauter. Nichts. Er trat zurück und ließ seinen Blick über das Cottage wandern. Nichts regte sich.

Pip wunderte sich. Hamon und er waren verabredet, und bisher hatte Hamon ihn noch nie versetzt. Es konnte auch nicht an der Uhrzeit liegen, sie hatten sich stets um diese frühe Tageszeit getroffen. Er warf einen Blick auf seine Armbanduhr. Viertel vor neun. Wenn er sich nicht bald auf den Rückweg machte, würde er mit seinem Vater Ärger bekommen.

Er klopfte noch einmal. Es war vergebens. Zu guter Letzt schwang er sich wieder auf sein Fahrrad. Missgestimmt dachte er, dass er nun gezwungen war, die verbotenen BBC-Nachrichten den ganzen Tag bei sich zu tragen, bevor er es am Abend noch mal bei Hamon versuchte.

*

»Wie nett, dass du mich endlich mit deiner Gegenwart beehrst«, sagte sein Vater, als Pip ins Büro gestürzt kam, sich auf seinen Stuhl warf und sein Haar mit den Fingern glättete. Während der ganzen Rückfahrt war ihm gewesen, als würden die BBC-Nachrichten in seinem Jackett Löcher in den Stoff brennen. Sein Rücken war schweißgebadet.

»Entschuldige«, sagte Pip, »unterwegs habe ich einen Freund getroffen und mich mit ihm verplaudert.« Es fiel ihm zunehmend schwer, seine beiden Leben auseinanderzuhalten. Obwohl er seine Zeit im Büro kaum als Leben bezeichnen konnte, höchstens als Halbleben, in dem er wie ein Automat tippte, sortierte, ablegte. Erst am Abend, wenn er mit Jenny im Schuppen der Robinsons saß und mit seinem Detektorgerät versuchte, BBC zu empfangen, begann sein wahres Leben. Zwar wiederholte sich letztlich auch die Arbeit des Transkribierens und die Fahrten zu Hamon, doch sie gab ihm wenigstens das Gefühl, etwas Sinnvolles zu tun, etwas, das sich gegen die Deutschen richtete. Und wenn er Robert Durand Glauben schenkte, würden sie den Zwangsarbeitern demnächst noch interessantere Informationen zuspielen können. Unter anderem sollten die, denen die Flucht gelungen war, erfahren, an welchen Orten für sie Nahrungsmittel und Kleidung versteckt war, und diejenigen, die eine Flucht planten, mussten verschlüsselte Nachrichten über Wohnungen und Häuser erhalten, in denen sie einen sicheren Unterschlupf finden konnten. Jenny, mit ihrem mathematischen Verstand, würde die Codierungen der Geheimnachrichten übernehmen.

»Was für Hornochsen«, murmelte sein Vater.

»Wer?«

Dad sah Pip über den Rand seiner Brille hinweg an und wedelte mit einem vertraulichen Memo aus dem Büro des Bailiff. »Deutsche und Engländer. Und jetzt haben die Deutschen ihre Leute aus den Leuchttürmen von Guernsey abgezogen.«

»Warum?«

»Weil irgendein vertrotteltes Kommandounternehmen der Engländer die Casquets besetzt hat.« Bei den Casquets handelte es sich um eine kleine Felsengruppe im Ärmelkanal, die zur Vogtei Guernsey gehörte.

»Und was sollte dieser Scheiß?«

»Pit, bitte! Wie oft muss ich dir noch sagen, dass du dieses Wort nicht benutzen sollst?«

»Entschuldige, aber was sollte diese Aktion?«

»Dieses englische Kommando hat auf dem Leuchtturm der Casquets sage und schreibe sieben Deutsche festgenommen und nach England geschafft. Zu diesem Zweck sind sie nachts in ein Torpedoboot gestiegen, haben kurz vor den Casquets Anker geworfen und den Weg zum Strand mit Ruderbooten zurückgelegt. Dann haben sie den Leuchtturm gestürmt und sich die Deutschen geschnappt.«

Vor Pips innerem Auge tauchte der Leuchtturm von La Corbière auf, an dem er zuletzt zusammen mit Alice vorbeigesegelt war. Es war seine letzte größere Fahrt mit der *Bynie May* gewesen. Kurz danach waren die Deutschen gekommen, und seitdem durfte er nicht mehr segeln. Aber wenigstens hatten sie sein Boot nicht requiriert. Er stellte sich vor, in einer Nacht- und Nebelaktion mit Jenny zum Leuchtturm von La Corbière zu segeln, wo nach wie vor Wehrmachtssoldaten stationiert waren, und etwas ähnlich Tollkühnes wie die Engländer zu tun. Dann fiel ihm ein, dass sie nicht weit kommen würden, die Deutschen würden sie wahrscheinlich schon beim Verlassen des Hafens zurückpfeifen.

»Und warum haben die Deutschen daraufhin ihre Leute aus den Leuchttürmen von Guernsey abgezogen?«

»Warum wohl? Weil sie erkannt haben, wie exponiert sie auf diesen Außenposten sind. Ich frage mich, ob sie nun das Gleiche für Jersey planen.«

Pip zog das Tintenfass zu sich heran und füllte seinen Füllfederhalter. »Das werden wir vermutlich bald erfahren.«

Sein Vater musterte ihn argwöhnisch. »Du hast doch hoffentlich nichts Dummes vor.«

»Dad, bitte, ich habe seit Saint-Malo nichts mehr außer der Reihe getan.«

»Und ich möchte, dass es dabei bleibt, denk daran.« Pips Vater widmete sich wieder seiner Arbeit.

In den nächsten Stunden erledigte Pip wie üblich Papierkram. Als er zur Mittagspause gehen wollte und schon Hemingways Roman *Wem die Stunde schlägt* gegriffen hatte, den er an der Uferpromenade lesen wollte, klopfte es an der Eingangstür.

Pip legte den Roman wieder ab und ging hinaus, um zu öffnen. Bereits durch die Milchglasscheibe der Tür erkannte er die feldgraue Uniform, und sein Herzschlag machte einen Stolperschritt.

Er zog die Tür auf. Vor ihm stand ein stämmiger Hauptmann der Wehrmacht, der nach Stiefelpolitur, Waffenöl und Rasierwasser roch.

»Sind Sie Philipp Marett?«, fragte er.

»Ja, der bin ich.« Pip zwang sich, nicht an die übersetzten Seiten in seinem Jackett zu denken und ruhig ein- und auszuatmen.

»Darf ich hereinkommen?«

Pip nickte und trat zur Seite.

Sein Vater stand auf, als er den Besucher erblickte und begrüßte ihn auf Deutsch mit »Guten Tag«.

»Guten Tag.«

Pip spürte, wie Adrenalin durch seine Adern rauschte. Hatten die Deutschen sein Detektorgerät entdeckt? Vielleicht war er denunziert und das Haus der Robinsons durchsucht worden. Nun verfluchte er sich, weil er Jenny und ihre Familie in Gefahr gebracht hatte, sah im Geist, wie Jenny, Alice und Mrs Robinson abgeführt wurden. Natürlich würde er schwören, dass sie unschuldig waren, die Frage war nur, ob die Deutschen ihm glauben würden.

»Was können wir für Sie tun?«, fragte sein Vater, nun wieder auf Englisch.

»Wir sind dabei, Männer zusammenzuziehen, deren gegenwärtige Tätigkeit nicht kriegsentscheidend ist.« Der Blick des Hauptmanns glitt über Hemingways Roman auf Pips Schreibtisch. »Sie werden für die Arbeit des Deutschen Reichs gebraucht.«

Fast hätte Pip vor Erleichterung gelächelt. Es ging also gar nicht um seinen Empfänger und die Verteilung der BBC-Nachrichten. Oder wollte man ihm mit diesem Besuch signalisieren, dass man ihn im Visier hatte?

Das Gesicht seines Vaters lief rot an. »Nicht meinen Sohn. Das lehne ich ab«, sagte er und schüttelte zur Bekräftigung den Kopf. »Die Besatzungsmacht hat kein Recht, Zivilisten bei militärischen Aufgaben einzusetzen.«

Pip betrachtete seinen Vater erstaunt. Offenbar hatte er sich mit dem Kriegsvölkerrecht vertraut gemacht. Aber interessierten die Deutschen sich dafür?

»Richtig, Mr Marett.« Der Hauptmann lächelte spöttisch.

»Und deshalb ist das auch nicht unsere Absicht. Wir werden Ihren Sohn ausschließlich im Zivilbereich einsetzen.«

»Und wie darf ich mir das vorstellen?«, fragte Pips Vater und richtete sich hoch auf.

»Ihr Sohn wird Gräben ziehen, an einem Schutzwall arbeiten, vielleicht helfen, einen Tunnel anzulegen.«

»Mit anderen Worten, er soll dazu beitragen, dass die Insel weiter militärisch befestigt wird.«

Pip sah seinen Vater warnend an. Sie durften den Deutschen nicht verärgern, sonst käme er womöglich mit Verstärkung zurück, die dann ihr ganzes Büro auf den Kopf stellen würde. Vielleicht wäre es auch gar nicht so schlecht, wenn er für die Besatzungsmacht arbeitete. Kaum einer würde dann noch auf den Gedanken kommen, dass er die Widerstandsaktivitäten der JCP unterstützte.

»Das verstehen Sie falsch«, sagte der Deutsche. »Wir bieten den Inselbewohnern lediglich konstruktive Beschäftigungsmöglichkeiten. Die wir außerdem entlohnen, das ist natürlich klar.«

»Mein Sohn ist bereits beschäftigt.«

Der Wehrmachtsoffizier seufzte ungeduldig. »Aber seine bisherige Arbeit ist entbehrlich. Sie können Ihr Büro ebenso gut allein führen. Wie dem auch sei, Ihr Sohn wird von uns gebraucht.«

»Das verstößt gegen das Haager Abkommen«, sagte Pips Vater. »Ich werde mit dem Bailiff darüber sprechen.«

»Tun Sie das.« Der Hauptmann zuckte mit den Schultern. »Wir erwarten, dass Ihr Sohn sich am kommenden Dienstag

– das ist der erste September – punkt acht Uhr morgens in der Feldkommandantur meldet.«

Also noch nicht am nächsten Tag, dachte Pip und sah im Geist schon, wie sein Vater bis Dienstag alle Hebel in Bewegung setzte, um den Befehl zu unterlaufen. »Geht in Ordnung«, sagte er, als er sah, dass sein Vater Luft holte, um entweder noch etwas einzuwenden oder erneut mit seinen Beziehungen zu drohen, die die Deutschen nicht einmal im Ansatz kümmern würden.

»Wunderbar.« Der Hauptmann salutierte mit einem ironischen Lächeln.

Pip begleitete ihn zur Tür.

Als er zurückkehrte, hatte sein Vater den Telefonhörer in der Hand. »Das lasse ich mir nicht bieten«, sagte er. »Ich werde mich erkundigen, welche Rechte wir haben. Zur Not werde ich am Dienstag punkt acht selbst in der Feldkommandantur erscheinen und dem Verantwortlichen klarmachen, was Sache ist. Ich lasse nicht zu, dass mein Sohn für die Deutschen arbeitet.«

Und Pip beschloss, bereits in der Mittagspause noch einmal zu Hamons Cottage zu fahren. Es war nun noch dringender geworden, die Seiten in seinem Jackett loszuwerden.

 KAPITEL 20

Mühsam richtete Pip sich auf und lockerte seinen steif gewordenen Rücken. Die Arbeit an dem Schutzwall kostete mehr Kraft, als er erwartet hatte. Und eigentlich ging es ihm doch sehr gegen den Strich, für die Deutschen tätig zu sein, nur blieb ihm nichts anderes übrig. Sein Vater hatte alles versucht, um sich gegen die Anordnung zu wehren, aber selbst der Bailiff war zuletzt der Auffassung gewesen, dass es besser sei, wenn er und sein Sohn kooperierten. Für seinen Vater war es ein herber Schlag, er brauchte Pip in seinem Büro.

Immer wieder versuchte Pip, sich damit zu trösten, dass man ihn nun kaum noch verdächtigen würde, sich mit der Widerstandsbewegung der JCP eingelassen zu haben. Doch vielleicht war das nur Wunschdenken. Aber dass er tagsüber an der frischen Luft war, das war definitiv ein Plus.

An diesem Morgen hatte auf den Wiesen von Grouville zum ersten Mal Raureif gelegen; sie gingen mit Riesenschritten auf den Herbst zu. Pip zog die Arbeitshandschuhe aus seiner Hosentasche und griff nach dem ersten Betonklotz. Seine Aufgabe bestand darin, zusammen mit anderen, die Bauarbeiten an einem Schutzwall fortzusetzen, dem sogenannten Atlantikwall der Deutschen. Gemeinsam mit Zwangsarbeitern der Organisation Todt setzte er Betonklotz auf Betonklotz, kontrollierte die Reihen mit der Wasserwaage. Doch es war eine monotone Tätigkeit. Der einzige Vorteil war, dass er seinen Gedanken mitunter freien Lauf lassen konnte.

Als nachmittags der befreiende Pfiff ertönte, wusste Pip, dass es fünf Uhr war. Die Deutschen waren pünktlich auf die Minute. Und er hatte einen weiteren Tag in ihren Diensten hinter sich gebracht. Gut, dass der Herbst begann; je früher es dunkel wurde, desto früher konnten sie mit der Arbeit aufhören. Er trottete zu dem Schuppen, in dem sie ihre Gerätschaften aufbewahrten und legte die Wasserwaage ab. Dann schulterte er seinen Rucksack und machte sich auf den langen Heimweg.

Drei weitere junge Männer der Insel arbeiteten an diesem Stück des Walls. Sie waren jedoch zu weit voneinander entfernt, als dass sie miteinander sprechen konnten. Aber selbst wenn es möglich gewesen wäre, die Aufseher der Organisation Todt duldeten keine Unterhaltungen. Zwei der Insulaner – Ed und Tom – waren ganz in Ordnung und hatten beinahe den gleichen Heimweg wie Pip. Nur wollten sie dann stets über ihre Freundinnen reden, oder darüber, wie viel sie am Vorabend in einem Pub getrunken hatten, wozu Pip nie etwas beitragen konnte. Den dritten, mit Namen Peter, mochte er nicht, da dieser versuchte, sich bei den Deutschen lieb Kind zu machen; seine Kollegen von der Insel schienen für ihn nicht zu zählen. Pip traute ihm nicht, und umgekehrt galt das Gleiche.

Tom und Ed waren schon fort, als Pip den Weg nach Saint Helier einschlug. Er dachte an seinen Vater, dem er abends eigentlich noch helfen sollte, doch wenn er heimkam, war er wie erschlagen. Seine Kraft reichte dann gerade noch aus, um mit Jenny die jüngsten BBC-Nachrichten zu verarbeiten. Er sah Jenny beim Übersetzen oder Codieren von Nachrichten vor sich, die konzentrierte Miene und vor Eifer glühenden Wangen.

Jenny! Pip blieb stehen. Sie hatte genügend Zeit, um seinem Vater im Büro zu helfen. Nur einige Stunden in der Woche, mehr wäre nicht nötig. Jenny war nicht ausgelastet, und die Robinsons brauchten Geld, vielleicht wäre sie darüber sogar froh.

*

Alice holte ein Blech Eicheln aus dem Ofen. Sie hatte gelesen, dass man sie zuerst rösten musste, wenn man aus ihnen Ersatzkaffee machen wollte. Anschließend wurden sie zerkleinert – dazu nahm sie ein Nudelholz – und zuletzt mit kochendem Wasser aufgegossen. Es war eine so mühselige Arbeit, dass sie sich manchmal fragte, ob sich der Aufwand für das bittere Getränk, das dabei herauskam, überhaupt lohnte. Aber es war immer noch besser als nichts. Sie musste nur verhindern, dass sie sich beim Trinken an den duftenden Kaffee aus Frankreich erinnerte, den es vor dem Krieg gegeben hatte. Doch die Erinnerung wurde immer schwächer, genau wie die an Puderzucker, Seidenstrümpfe und Parfum.

Ihre Finger schmerzten von der Anstrengung, die Eicheln aus ihren rauen Schalen zu drücken. Sie überlegte, ob sie die Schalen Binkie geben sollte, aber wahrscheinlich waren sie zu hart. Sie fegte sie vom Tisch und die heruntergefallenen vom Boden und kippte sie in den Abfalleimer.

Ihre Mutter, Jenny und William waren losgezogen, um sich an zwei Metzgereien anzustellen und vielleicht an Würstchen zu gelangen, das einzige Fleisch, das William aß. Bis zu ihrer Rückkehr hatte Alice Zeit für sich allein.

In der Nacht hatte sie wieder schlecht geschlafen. Die Schüsse in der Höhle von Saint Lawrence verfolgten sie bis in ihre Träume, aus denen sie schweißgebadet hochschrak. Und dann lag sie wach und versuchte, die Erinnerung daran zu verdrängen, sich nicht vorzustellen, wie die Körper der Verwundeten gezuckt hatten, als sie getroffen wurden. Sie hatte nur mit Jenny darüber gesprochen, ihrer Mutter hatte sie die Geschichte erspart.

Wie zu erwarten, war Jenny entsetzt gewesen, und ihr Hass auf die Deutschen noch ausgeprägter geworden. Zu Alice' Erstaunen hatte ihre Schwester ihr anschließend erzählt, dass sie und Pip begonnen hatten, etwas für die Zwangsarbeiter zu tun, die Einzelheiten jedoch für sich behalten. »Es ist besser, wenn du nichts weißt«, sagte sie. »Dann musst du nicht lügen, sollten wir auffliegen und die Deutschen auch dich verhören.«

Bei der Erinnerung wurde Alice wütend. Wie typisch es für ihre Schwester war, etwas zu tun, das sie alle in Gefahr bringen konnte, und dann die Geheimniskrämerin zu spielen. Und wie naiv sie war, wenn sie annahm, die Deutschen würden Alice glauben, wenn sie sagte, sie habe von nichts gewusst.

Doch die alltäglichen Dinge, wie im Haus Ordnung zu schaffen oder auch aus Eicheln Kaffee zu machen, halfen Alice ein wenig, um mit den Ereignissen im Tunnel von Saint Lawrence und dem beklemmenden Gefühl, das geblieben war, zu leben.

Als ein Wagen die Einfahrt hochkam und vor dem Haus anhielt, erschrak sie. Niemand, den sie kannte, fuhr noch ein Auto, es gab ja kaum noch Benzin. Es konnten also nur Deutsche gekommen sein. Eine Wagentür wurde zugeschlagen. War das die deutsche Sicherheitspolizei, die erschienen war, um sie wegen Jennys Aktivitäten zu verhören?

Als es an der Tür klopfte, hatte Alice sich so sehr in ihre Angst gesteigert, dass sie geschworen hätte, draußen stünde ein Gestapobeamter, der sie festnehmen würde.

Stattdessen war Stefan da. Er schien die Furcht in ihrem Gesicht zu erkennen, denn er entschuldigte sich, dass er ohne Vorankündigung gekommen war.

»Schon gut«, sagte Alice, »ich freue mich, Sie zu sehen.«

Er lächelte. »Darf ich hereinkommen?«

Alice blickte über seine Schulter zur Straße. Sie lag verlassen da, und niemand würde sehen, wie ein Deutscher ihr Haus betrat.

Stefan folgte ihr in die Küche.

Alice wandte sich zu ihm um. Mit einem Mal machte seine Nähe sie befangen.

»Möchten Sie eine Tasse Kaffee? Leider habe ich ihn aus Eicheln gebraut.«

Stefan zog die Brauen hoch. »Aus Eicheln? Wie soll das gehen?«

Alice erklärte es ihm.

Stefan verzichtete auf eine Kostprobe. »In unserer Krankenhauskantine gibt es noch richtigen Kaffee«, sagte er. »Wenn Sie möchten, bringe ich Ihnen bei meinem nächsten Besuch etwas mit.«

»Das wäre wunderbar«, sagte Alice und meinte sowohl den Kaffee als auch den Besuch.

Sie räumte Williams Schulbücher von einem Stuhl und bot Stefan den Platz an. Und dann wusste sie nicht, was sie sagen sollte. Sie wünschte, Stefan hätte um eine Tasse Ersatzkaffee gebeten, dann hätte sie wenigstens ihre Hände beschäftigen können.

»Eigentlich wollte ich Sie zu einer Spazierfahrt einladen«, sagte Stefan. »Ich war in Saint Mary, um nach einem unserer Offiziere zu sehen, bei dem ein Verdacht auf Herzinfarkt bestand. Der sich glücklicherweise nicht bewahrheitet hat. Und nun habe ich den Wagen für den Rest des Tags zur Verfügung. Nehmen Sie die Einladung an?«

Einen Moment lang wusste Alice nicht, ob sie einwilligen sollte. Doch die Vorstellung, neben Stefan zu sitzen, sich mit ihm zu unterhalten und ihn besser kennenzulernen, war zu verlockend. *Carpe diem*, dachte sie, nutze den Tag.

»Ja«, sagte sie. »Das mache ich gern.«

Er strahlte.

Alice nahm einen der Zettel, die sie für ihre Einkaufslisten benutzten, und schrieb ihrer Mutter eine Nachricht, wobei aus der Spazierfahrt mit Stefan ein Spaziergang wurde – ohne Begleitung.

Sie blickte an dem schlichten Kittel hinab, den sie nach

ihrer Rückkehr aus dem Krankenhaus übergestreift hatte. Wie unattraktiv sie aussehen musste. »Ich ziehe mich nur schnell um.«

»Dann warte ich hier auf Sie.« Stefan trat ans Fenster und schaute hinaus in den Garten.

Alice lief hinauf in ihr Zimmer. Als sie in ihren Kleiderschrank blickte, stöhnte sie. Seit Kriegsbeginn hatte sie keine neuen Sachen mehr kaufen können. Fast alles, was sie besaß, war geflickt. Auch William, der in die Höhe geschossen war, trug die alten Hosen, aus denen Mum die Säume herausgelassen oder falsche Säume angesetzt hatte.

Alice zog das hellblaue Kleid hervor, das von allen noch das beste war, auch wenn es, dank der Mangelernährung, mittlerweile ziemlich lose saß. Sie fuhr mit dem Kamm durch ihr Haar und bestäubte sich mit einem Spritzer von Jennys Parfum, von dem kaum noch etwas übrig war. Sie hoffte, ihre Schwester würde es nicht bemerken. Das musste genügen, sie wollte fort sein, bevor die anderen zurückkehrten.

Als Stefan sie erblickte, sagte er: »Wie hübsch Sie aussehen.«

»Danke.« Alice nahm ihre Strickjacke und ein Kopftuch aus der Garderobe. Aus schierer Gewohnheit verließ sie die Küche mit Stefan durch die Hintertür und musste daraufhin das ganze Haus umrunden.

Sie warf einen verstohlenen Blick zum Nachbarhaus. Doch da war niemand zu sehen, es bewegten sich auch keine Gardinen. Einen Moment lang fragte sie sich, ob es wirklich klug war, mit Stefan zu fahren, ohne jemandem etwas davon zu sagen. Doch dann sagte sie sich, dass sie ihm vertrauen konnte.

Stefan war ein anständiger Mensch. Auch Dr. Morgan hatte nur Gutes über ihn zu sagen gewusst.

Vor dem Haus stiegen sie in den Wagen.

»Ich dachte, wir könnten zu den Klippen von Noirmont fahren«, sagte Stefan. »Von dort aus soll man einen großartigen Blick über das Meer haben.«

»Gute Idee. Die Klippen gehören zu meinen Lieblingsplätzen, und ich war schon seit Ewigkeiten nicht mehr dort.« Es war noch warm genug, um sich oben auf den Klippen niederzulassen. Sie würde die frische Meeresluft genießen, das leise Rauschen der Wellen und …

»Wie fühlen Sie sich nach dem furchtbaren Zwischenfall in Saint Lawrence?«, unterbrach Stefan ihre Gedanken.

Das Bild der Klippen und des Meeres erlosch und wurde von dem der Verunglückten ersetzt. »Ich habe Alpträume.«

»Geht mir nicht anders.«

Alice überlegte, wann sie zum letzten Mal gut geschlafen hatte. Es fiel ihr nicht ein. Nach dem Tod ihres Vaters hatten die Bilder seines fahlen Gesichts mit dem blutigen Kopfverband sie nachts heimgesucht. Dem waren Angstträume gefolgt, in denen sie vor gesichtslosen Uniformierten geflohen war, und nun träumte sie von den erschossenen Zwangsarbeitern. Aber wahrscheinlich gehörten die nächtlichen Schreckensbilder zum Krieg.

Sie warf einen Blick auf Stefans Hände am Steuer. Er hatte schöne Hände, mit langen schlanken Fingern. Sie wandte den Blick ab und lehnte sich zurück.

Dann fragte sie sich, was Stefan sich von diesem Ausflug

versprach. Nichts weiter als eine Aussicht aufs Meer? Mit Sicherheit würde er sich ihr nicht aufdrängen, die Sorte Mann war er nicht. Zumal er dafür nicht mit ihr bis nach Noirmont fahren musste, das hätte er auch irgendwo in Saint Helier versuchen können.

Dennoch zog sie ihr Kopftuch über, als sie durch Saint Helier fuhren, und rutschte tiefer in ihren Sitz.

Stefan sah sie kurz von der Seite an. »Ich habe nicht vor, Ihnen Unannehmlichkeiten zu bereiten.«

»Das weiß ich«, erwiderte Alice. Sie dachte an die Klatschmäuler der Stadt. Wie sie sich den Mund zerreißen würden, wenn sie sie im Auto eines Deutschen sähen. *Eins der Robinson-Mädchen*, würden sie tuscheln, *diejenige, die Krankenschwester geworden ist, die ist jetzt ein Deutschenliebchen.*

Sie hatten die Hauptstraße hinter sich und steuerten die Straße rund um die Saint Aubin's Bay an.

»In diesem schrecklichen Krieg«, fuhr er fort, »stehen wir auf gegnerischen Seiten. Trotzdem hoffe ich, dass wir Freunde werden können.«

Freunde. Was genau stellte er sich darunter vor? Meinte er reine Freunde – oder mehr? Alice erinnerte sich an den Nachmittag, als sie mit Pip die Saint Aubin's Bay überquert hatte. Damals hatte sie gedacht – oder zumindest gehofft –, Pip wäre an ihr interessiert. Stattdessen war er in ihre Schwester verliebt gewesen. War es noch immer. Allerdings hatte er ihr nie etwas vorgemacht, sie hatte sich höchstens eingebildet, dass er mehr als Freundschaft für sie empfand. Dabei wäre er an jenem Tag lieber mit Jenny nach Saint Peter gesegelt, hätte es auch getan, wenn Jenny am nächsten Tag nicht ihre schriftliche Mathe-prüfung gehabt hätte.

Stefan hingegen war zu ihr gekommen, um sie zu der Auto-fahrt einzuladen. Und sie selbst? Was empfand sie für ihn? Sie war nicht in ihn verschossen, wie sie es bei Pip gewesen war. Jene Gefühle hatten noch etwas Mädchenhaftes gehabt. Aber sie fühlte sich zu Stefan hingezogen, und falls sie es zuließe, könnte daraus etwas Tiefes und Besonderes werden.

Alice blickte aus dem Seitenfenster. Das Meer schimmerte türkisfarben, und die Wellen trugen kleine Schaumkronen. Vielleicht sollte sie nicht so viel nachdenken, sondern einfach den wunderbaren Nachmittag genießen. *Carpe diem.*

Dann hatten sie die Saint Aubin's Bay hinter sich gelassen und folgten der Route de Noirmont. Alice atmete auf. Hier kannte sie kaum einer.

Sie nahm ihr Kopftuch ab und entspannte sich. Sie erzählte Stefan von ihrer Arbeit mit älteren Patienten im Krankenhaus. Anders als Pip hörte er ihr zu, gab ihr mitunter einen Rat-schlag.

Hinter Noirmont Manor, dem georgianischen Herrenhaus aus dem frühen 19. Jahrhundert, wurde ihre Fahrt jäh unter-brochen. Vor ihnen war eine Straßensperre errichtet worden.

Alice sah Männer an einem Betonmischer, andere trans-portieren Steine auf Schubkarren. Wie es aussah, waren die Deutschen auch hier dabei, Befestigungsanlagen zu bauen. Mit ihren Wällen und Bunkern ruinierten sie die ganze Insel, doch, da Stefan an ihrer Seite war, schluckte Alice ihre bitteren Worte hinunter.

»Verdammt«, murmelte Stefan.

Einen Moment lang dachte Alice, er würde aussteigen, um den Arbeitern klarzumachen, dass sie weiterfahren und in Noirmont von den Klippen aufs Meer schauen wollten, doch im nächsten Moment wurde ihr bewusst, wie dumm dieser Gedanke war. Keiner der Arbeiter würde es wagen, die Sperre zur Seite räumen und sie vorbeizulassen, mit Sicherheit gäbe es irgendwo einen Aufseher, der die Leute überwachte.

»Kehren Sie um«, sagte Alice. »Wir nehmen den Chemin de Portelet zum Portelet Common und genießen von dort aus den Blick aufs Meer.«

Es dauerte nicht lange, bis sie den Portelet Common erreichten, den Wagen abstellten, und das Heideland des Common zu Fuß Richtung Meer durchquerten. Alice ließ ihren Blick umherwandern. Überall blühte violettes Heidekraut, durchsetzt von Blausternen und weißem Sternmoos.

Plötzlich war in der stillen Luft ein Geräusch zu hören, das klang, als hätte man zwei Kieselsteine aneinandergeschlagen.

Stefan blieb stehen. »Was war das?«

»Ein Schwarzkehlchen«, entgegnete Alice und zog ihn weiter. »Davon gibt es im Common viele.«

»Schwarzkehlchen«, sagte Stefan. »Nie gehört.«

Alice lachte. »Und doch gibt es sie.«

»Und wer sagt Ihnen, dass das Geräusch daher kommt?«

»Mein Vater hat mir die Laute dieser Vögel erklärt. Als ich noch ein Kind war.« Vor ihrem inneren Auge tauchte ein Bild auf. Jenny, in einem rosafarbenen Sommerkleid mit Rüschen an den kurzen Ärmeln, die das Blatt einer Steineiche studierte, um festzustellen, ob die Adern symmetrisch verliefen. Dad mit seinen dünnen weißen Beinen, der eine kurze Hose trug und etwas mit einem Fernglas beobachtete. Und dann hatten sie jenes Geräusch gehört. Als Alice fragte, was es war, reichte er ihr das Fernglas und deutete auf eine Schwarzeiche hinter einem Ginsterstrauch. Dort war das Schwarzkehlchen. Es hatte die gleiche rostrote Brust wie ein Rotkehlchen, doch sein Gefieder war schwarz und nicht grau, wie es das der Rotkehlchen war.

»War Ihr Vater ein Naturfreund?«

Alice nickte.

»Das ist meiner auch.«

Alice wusste nur wenig über deutsche Landschaften. Sie konnte sich auch nicht vorstellen, dass es irgendwo schöner als auf Jersey war, aber vielleicht empfand Stefan das Gleiche für den Landstrich, dem er entstammte. »Ist es in manchen Gegenden Deutschlands wie hier?«

»Nicht ganz. Aber auch bei uns gibt es das Meer, Klippen und helle Strände. Ebenso Hügellandschaften, Wälder und Berge.«

»Haben Sie manchmal Heimweh?«, fragte Alice. »Und Sehnsucht nach den Menschen, die Ihnen lieb sind?« Eigentlich wollte sie wissen, ob er in Deutschland eine Liebste hatte.

»Manchmal«, entgegnete er. »Aber heute habe ich ja auch hier angenehme Gesellschaft.« Er lächelte Alice an. »Heute habe ich weder Heimweh noch vermisse ich jemanden. Und ich kann vergessen, warum ich hier bin.«

»Dann gibt es in Deutschland also niemanden, der für Sie etwas Besonderes ist?«

Stefan schüttelte den Kopf. »Niemanden wie Sie. Ich habe noch nie jemanden getroffen, der so wie Sie von innerer wie auch äußerer Schönheit ist.«

Alice senkte den Kopf. Sie wollte nicht, dass er sah, wie tief sie errötete.

Je näher sie dem Meer kamen, desto stärker wurde der Wind. Er fuhr ihnen in die Haare und riss am Saum von Alice' Kleid. Alice streifte ihre Strickjacke über und zog sie fest um sich.

»Ist Ihnen kalt?«

»Ein bisschen.«

Stefan legte einen Arm um sie, und Alice ließ es zu. Sie spürte seine Hüfte, seine Hand auf ihrem Arm, eine Berührung, die sie aufregend fand. Sie sah ihre Füße, die im Gleichschritt gingen.

Dann hatten sie das Ufer des Meers erreicht und blickten auf das endlos scheinende Gewässer, das in der sinkenden Sonne golden glänzte.

Alice liebte Sonnenuntergänge. Sie erfüllten sie mit einem Gefühl der Ruhe. Zumindest für einen Moment konnte sie glauben, es gäbe keinen Krieg.

»Sollen wir uns setzen?« Stefan streifte sein Jackett ab, legte es auf ein Stück Heidegras und ließ sich nieder.

»Wird Ihnen nicht zu kalt?«, fragte Alice.

Er schüttelte den Kopf.

Nach kurzem Zögern setzte Alice sich zu ihm.

Wieder legte er einen Arm um sie, den Alice rieb, um ihn zu wärmen.

»Einmal Krankenschwester, immer Krankenschwester«, sagte er.

Alice lachte und ließ ihre Hand sinken. Sie blickte zum Noirmont Point hinüber. Dort stand der Leuchtturm, dessen weißes Leuchtfeuer in stetem Rhythmus alle zwölf Sekunden über das Meer gefächert wurde. Bei dem Großteil der Leuchttürme auf Jersey war das Leuchtfeuer nun jedoch ausgeschaltet worden. Es brannte nur noch, wenn Deutsche die Orientierungshilfe brauchten.

Alice' Blick fiel auf den Schutzwall, den die Deutschen nahe dem Leuchtturm errichtet hatten, ein dunkelgrauer Klotz aus Beton.

Mit einem Mal spürte Alice wieder ihren Zorn auf die Besatzer, die die Küste ihrer geliebten Insel verschandelten.

Doch vielleicht sollte sie sie nicht mehr als Deutsche, sondern als Feinde betrachten. Denn zu den Deutschen gehörte auch Stefan, der für sie kein Feind mehr war. Die Hand, die nun ihren Arm streichelte, war dazu da, um Kranke zu beruhigen und zu heilen. Er fügte niemandem Leid zu, war Arzt und kein Soldat.

Sie roch das nach Vetiver duftende Rasierwasser, das er benutzte, und dann fragte er: »Alice, darf ich dich küssen?«

Ja, dachte Alice, wagte es jedoch nicht zu sagen. Sie wollte nicht zu eifrig klingen. Und so wandte sie ihm einfach ihr Gesicht zu und schloss die Augen.

Als seine Lippen ihre berührten, hatte sie noch Angst, sie könnte etwas falsch machen, und sie verkrampfte sich. Doch dann gab etwas in ihr nach, machte sie weich und geschmeidig.

Sie schlang die Arme um Stefan und überließ sich den köstlichen Empfindungen, die sie durchströmten. Alles, was an Zorn in ihr gewesen war, alle hässlichen Gedanken waren verflogen und wurden von dem Glücksgefühl ersetzt, das sie durchströmte. Sie war nicht mehr einsam, wurde nicht mehr ignoriert, sondern lag in den Armen eines Mannes, dem sie gefiel.

Sie wusste nicht, wer sich als Erster löste. Doch das war auch nicht wichtig, sie spielten ja kein Spiel, um zu zeigen, wer wen lieber küsste.

»Das war wunderbar«, murmelte Stefan an ihren Lippen.

Sie küsste ihn wieder, und als er ihren Kuss erwiderte, noch leidenschaftlicher als zuvor, war ihr, als würde eine Leere in ihr gefüllt, von der sie nicht gewusst hatte, dass es sie gab.

Sie legten sich zurück, küssten einander hingebungsvoll, schienen nicht genug zu bekommen.

Doch irgendwann mussten sie Luft holen. Und Stefan stützte sich auf einen Ellbogen und sagte: »Ich könnte dich den ganzen Abend lang küssen ... möchte sogar noch mehr tun. Aber wenn ich zu weit gehe, musst du es mir sagen.«

Alice spürte die Welle der Lust, die in ihr aufstieg. Sie drängte sich an ihn, spürte seine Hände, die über ihren Körper strichen. Ein leises Stöhnen entrang sich ihrer Brust.

Mit einem Mal nahm sie die Dämmerung wahr, und der Teil ihres Gehirns, der noch funktionierte, erinnerte sie daran, dass ihre Mutter langsam unruhig werden würde, und sie nach Hause musste. Davon abgesehen, war es vielleicht auch keine gute Idee, ihre Unschuld so exponiert im Freien zu verlieren.

»Stefan.«

»Ja.«

»Mein Körper will, dass du weitermachst, aber mein Verstand ist der Meinung, dass wir aufhören sollten.«

Er lächelte. »Und wer von beiden gewinnt?«

»Mein Verstand, fürchte ich.«

Er wurde nicht verdrießlich, sondern streichelte ihre Wange, bevor er sich aufsetzte und aus der Tasche seines Jacketts eine Packung Zigaretten holte, die ein wenig verknautscht war. »Möchtest du eine?«

Alice schüttelte den Kopf.

Er zündete die Zigarette mit einem Feuerzeug an und nahm einen tiefen Zug.

Als er sie ansah, lächelte sie zärtlich.

Er zog sie hoch, küsste sie rasch noch einmal.

Hand in Hand kehrten sie zu seinem Wagen zurück.

 KAPITEL 21

Als Alice am nächsten Tag im unreinen Arbeitsraum war, kam Rebekah herein, um gebrauchte Bandagen in den Abfalleimer zu werfen.

»Du hattest recht«, sagte Alice.

Rebekah drehte den Wasserhahn auf und wusch sich die Hände. »Ich bin der festen Überzeugung, dass ich immer recht habe, aber vielleicht sagst du mir, um was es diesmal geht.«

Alice lachte. Selbst ihr Lachen klang nun anders, oder zumindest kam es ihr so vor. Wahrscheinlich, weil sie sich seit dem Vortag freier fühlte. Freier und selbstbewusster. »Ich dachte an das, was du über die Liebe gesagt hast. Dass sie sich natürlich anfühlt. Als wäre man füreinander bestimmt.«

Langsam trocknete Rebekah ihre Hände ab, nahm sich einen Finger nach dem anderen vor. »Sprichst du von dir und einem gewissen deutschen Arzt?«

»Ja. Von Stefan Holz.« Alice erzählte ihrer Freundin von dem Ausflug zum Portelet Common.

Rebekah hängte das Handtuch auf, strich es mehrmals glatt. »Du musst vorsichtig sein«, sagte sie schließlich. »Sehr vorsichtig.«

Die rosafarbene Wolke, auf der Alice schwebte, geriet ins

Wanken. »Ich brauche keine Ratschläge«, erwiderte sie verstimmt. »Stefan ist nicht unser Feind.«

»Ich weiß, er hat einen guten Ruf, als Mensch und als Arzt«, sagte Rebekah. »Tatsächlich habe ich noch nie ein schlechtes Wort über ihn gehört. Trotzdem ist er Deutscher. Zwar wissen einige von ihnen, wie man sich höflich zeigt, aber deswegen kann man ihnen noch lange nicht über den Weg trauen. Du spielst mit dem Feuer, Alice, vergiss das nicht.«

Alice wurde das Herz schwer. Zu wissen, dass Stefan ihre Gefühle erwiderte, hatte sie unfassbar glücklich gemacht. Sollte sie sich nun von ihm abwenden? Wegen eines Kriegs, den keiner von ihnen gewollt hatte? Sicher, sie hasste die Deutschen, und Rebekah tat es erst recht, schließlich kämpfte ihr Mann unter Einsatz seines Lebens gegen sie. Hinzu kam, dass Rebekah Jüdin war und, seitdem die Besatzer sie als solche registriert hatten, in einem Zustand permanenter Angst lebte.

»Ich verstehe deine Sorge«, lenkte Alice ein. »Natürlich gefällt es dir nicht, dass ich mich in einen Deutschen verliebt habe. Aber was soll ich denn tun?«

Rebekah hob die Schultern. »Ich weiß, wie es ist, wenn man jemanden liebt, der einer anderen Gemeinschaft angehört als man selbst, und die eigene Familie gegen die Verbindung ist. Wenn ich mich davon hätte abschrecken lassen, wäre aus Tom und mir nie etwas geworden.« Sie griff nach einem Tablett, auf dem Flaschen mit sterilem Wasser standen. »Ich muss weiter. Versprich mir einfach, vorsichtig zu sein.«

Alice hielt ihr die Tür auf. »Ja, verspreche ich.«

In den nächsten Stunden hatte Alice zu viel zu tun, um über ihre Beziehung mit Stefan nachdenken zu können. Doch wenn sie bei einem Botengang in die Nähe der deutschen Station geriet, hielt sie nach ihm Ausschau. Sogar auf dem Weg in die Kantine sah sie sich nach ihm um. Und immer war es vergeblich.

Erschauernd erinnerte sie sich an seine Hände auf ihrem Körper, seine Küsse, den Geruch seiner Haut. Seine Umarmung war so wundervoll gewesen, dass sie wünschte, sie hätte doch den nächsten Schritt gewagt. Immerhin war Krieg, und niemand konnte sagen, was der morgige Tag bringen, ob man ihn überhaupt noch erleben würde. Und doch war da etwas gewesen, dass sie zurückgehalten hatte. Sie dachte an Rebekahs Rat, vorsichtig zu sein. Vielleicht sollte sie ihn befolgen. Falls Stefan der Mann war, für den sie ihn hielt, würde er geduldig sein und warten.

*

Zu ihrer Überraschung gefiel es Jenny, für Mr Marett zu arbeiten. Pip hatte die Aufgaben im Steuerbüro stets als langweilig beschrieben, was sicherlich zutraf, wenn es darum ging, Adressen zu schreiben und die Ablage zu machen. Doch nachdem Mr Marett ihr Interesse an Zahlen entdeckt hatte, brachte er ihr die Grundlagen der Buchhaltung, der Jahresabschlüsse und Steuererklärungen bei. Überhaupt verstanden sie sich gut. Mr Marett war ein altmodischer Mann – was Pip ihm vorwarf –, doch Jenny wusste die höfliche Art dieses Vertreters der alten Schule zu schätzen. Er erinnerte sie an ihren Vater. Manchmal erzählte Mr Marett ihr auch von früher, wie schwierig es für ihn gewesen sei, Pip allein großzuziehen, und Jenny lauschte ihm voller Mitgefühl.

An diesem Morgen war nur sie im Büro und musste den Telefondienst übernehmen.

Irgendwann war der Bailiff am anderen Ende.

»Verdammt, ich muss dringend mit ihm sprechen«, sagte er, als Jenny ihm erklärte, Mr Marett sei außer Haus. »Es geht um die Deportationen. Bitten Sie Marett, mich nach seiner Rückkehr sofort anzurufen.«

Jenny versprach es ihm. *Deportationen? Welche Deportationen?* Ein ums andere Mal überlegte sie, was damit gemeint sein könnte.

Als Mr Marett wieder da war und mit dem Bailiff sprach, versuchte Jenny, so zu tun, als würde sie nicht lauschen. Doch mit den Satzfetzen, die sie mitbekam, konnte sie nichts anfangen. »Britische Eltern? ... Aha. ... Und er besteht darauf? ... Nein, die Polizei müssen wir nicht einschalten. ... Vielleicht schicken Sie einen Boten mit der Liste. ... Ja, bis dann.«

Als Mr Marett den Hörer auflegte, sah Jenny ihn fragend an. »Ging es um etwas Unangenehmes?«

Mr Marett rieb sich die Stirn. »Vor einem Jahr haben die Engländer im Iran Deutsche gefangen genommen, die dort gearbeitet haben. Zum Ausgleich hat Hitler damals befohlen, dass pro deutschem Gefangenen zehn Bewohner der Kanalinseln nach Polen deportiert werden.«

»Ach.« Davon hatte Jenny nie etwas gehört.

»Aus immer welchen Gründen wurde dieser Befehl nicht

ausgeführt. Nun hat Hitler ihn erneuert. Daraufhin hat der deutsche Feldkommandant hier angeordnet, dass britische Staatsbürger, die auf den Inseln leben, und Kinder mit mindestens einem britischen Elternteil nach Deutschland deportiert werden.«

Jenny starrte ihn an. »Mein Vater war Engländer. Der Befehl bezieht sich also auch auf meine Geschwister und mich.«

Mr Marett griff nach seinem Füllfederhalter, doch er rutschte ihm aus der Hand und fiel auf den Fußboden. Er bückte sich schwerfällig und hob ihn auf. »Wie alt sind deine Geschwister?«

»Alice ist zwei Jahre älter als ich, und William zwölf.«

»Dann ist dein Bruder noch zu jung. Er müsste von einem Elternteil begleitet werden. Deine Mutter kommt aber aus Jersey, oder?«

Jenny nickte. »Demnach wären nur Alice und ich betroffen.«

Mr Marett betrachtete seinen Füller, als wisse er nicht mehr, was er damit anfangen sollte. Er seufzte. »Der Bailiff wird mir die Namensliste schicken. Mach dir keine Sorgen, vielleicht wird noch alles gut.«

Er hatte es so freundlich und fürsorglich gesagt, dass Jenny Tränen in die Augen traten. Sie wünschte, sie könnte Pip die Freundin sein, nach der er sich sehnte, und in Mr Marett die Vaterfigur finden, die sie so schmerzlich vermisste. Doch sie war ja nicht einmal imstande, Pip richtig zu küssen, versteifte sich, wenn er sie in die Arme nehmen wollte. Vielleicht stimmte mit ihr etwas nicht. Wahrscheinlich konnte sie froh und dankbar sein, dass Pip sich nicht schon längst von ihr abgewandt hatte.

Jenny machte sich an die Ablage, war wegen der Deportationen jedoch dermaßen aus dem Gleichgewicht geraten, dass es ihr schwerfiel, sich selbst auf diese einfache Tätigkeit zu konzentrieren. Auch Mr Marett schien mit den Gedanken woanders zu sein.

Dann brachte der Bote des Bailiff die Liste. Mr Marett gab ihm ein Trinkgeld. Der Bote bedankte sich und war wieder fort.

Mr Marett überflog die Namen auf der Liste.

Jenny beobachtete ihn mit angehaltenem Atem. Als sie die Spannung nicht mehr aushielt, fragte sie: »Stehen unsere Namen darauf?«

»Leider.«

»Darf ich die Liste sehen?«

»Nur wenn du mir versprichst, die anderen Namen niemandem zu verraten. Die Liste ist streng vertraulich.«

»Ich sage niemandem etwas.« Jenny trat zu ihrem Chef und las die Namen, die alphabetisch aufgeführt waren. Unter dem Buchstaben R standen Alice und Jenny Robinson. Sie krallte ihre zittrigen Hände ineinander. Auch bei einigen anderen Namen wusste sie, um wen es sich handelte. Und dann fiel ihr Blick auf Rebekahs Name, und ihr Magen zog sich zusammen. Als Jüdin durfte Rebekah auf gar keinen Fall nach Deutschland deportiert werden. Jenny beschloss, sich über die Vertraulichkeit hinwegzusetzen und Alice entsprechend zu informieren.

Auf wackligen Beinen kehrte sie zu ihrem Platz zurück.

»Noch ist nicht alles verloren«, sagte Mr Marett tröstend. »Ich werde sehen, was ich für dich tun kann. Vielleicht hilft es, wenn ich erkläre, dass du für mich unentbehrlich bist.«

»Aber das hat doch nicht einmal bei Ihrem Sohn geholfen. Pip sagt, in der Feldkommandantur hätte man Ihnen gar nicht zugehört.«

»Das ist leider richtig«, erwiderte Mr Marett. »Aber du wirst von den Deutschen nicht gebraucht, um auf Jersey Befestigungsanlagen zu errichten. Vielleicht reagiert man auf der Kommandantur bei meinem zweiten Versuch nachgiebiger, weil man mich beim ersten Mal hat abblitzen lassen. Ich kann es zumindest versuchen.«

»Danke«, sagte Jenny. »Vielleicht sind auch Krankenschwestern unentbehrlich.«

»Krankenschwestern?« Verständnislos sah er sie an.

»Meine Schwester arbeitet im Krankenhaus.«

»Aber natürlich. Dann wird sich die Krankenhausleitung vermutlich für sie einsetzen.«

Jenny wollte Mr Marett bitten, sich bei der Feldkommandantur auch für Alice zu verwenden, aber wie sollte er das begründen? Und vielleicht würde man im Krankenhaus ja tatsächlich versuchen, Alice vor der Deportation zu bewahren.

»Geh nach Hause«, sagte Mr Marett. »Erhol dich von dem Schock.«

»Danke.« Jenny griff nach ihrer Handtasche. In ihrem aufgewühlten Zustand war es tatsächlich besser, nach Hause zu gehen. Im Büro war sie zu nichts mehr zu gebrauchen.

»Ich kümmere mich um den Fall«, versprach Mr Marett noch einmal.

*

Am nächsten Morgen, als Alice gerade dabei war, den Kopfverband eines Patienten zu erneuern, sah sie Stefan plötzlich im Türrahmen stehen. Er winkte ihr zu kommen. Sie spürte, wie ihr die Hitze ins Gesicht schoss, und musste sich zwingen, ihre Arbeit mit sicherer, ruhiger Hand zu beenden.

Stefan wartete auf dem Flur. Alice befahl sich zu tun, als wäre mit ihm zu reden das Selbstverständlichste der Welt. Das bedeutete, sich nicht verstohlen umzusehen und nicht ängstlich nach der Oberschwester Ausschau zu halten.

Doch als sie ihn begrüßte und seine sorgenvolle Miene registrierte, wurde sie unruhig und fragte: »Was hast du?«

Er blickte über den Flur, auf dem außer ihnen niemand war. »Geh ein paar Schritte mit mir, ich muss dir etwas sagen.«

Vielleicht hatte er von den Deportationen erfahren. Jenny hatte Alice am späten Abend in ihrem Zimmer darüber informiert. Ihrer Mutter hatte sie noch nichts sagen wollen und William noch viel weniger, er würde es ohnehin nicht richtig verstehen.

Doch sie und ihre Schwester fürchteten sich vor dem, was ihnen bevorstehen könnte. Allein die Vorstellung, in Deutschland leben zu müssen, war ihnen unerträglich. Alice hatte noch gedacht, wie verrückt es wäre, wenn sie in Stefans Heimatland wäre, er hingegen auf Jersey.

Am Morgen hatte sie überlegt, was sie gegen die Deportation unternehmen konnte, und bisher vergebens versucht, den Mut zu finden, die Oberschwester um Hilfe zu bitten. Wahrscheinlich hatte Jenny größere Chancen, auf Jersey zu bleiben, schließlich war sie nicht wie Alice in England geboren. Zwar

war Alice keine britische Staatsbürgerin, dennoch fürchtete sie, dass man ihr den Geburtsort anlasten würde.

Sie warf einen Blick auf Stefan. Noch am Vortag waren sie Hand in Hand gegangen, nun lief er steif und mit steinerner Miene neben ihr her.

Ein Pfleger, der einen Medikamentenwagen schob, kam ihnen entgegen. Sie traten zur Seite, um ihn vorbeizulassen. Vielleicht fragte er sich, was Alice mit einem deutschen Arzt zu tun hatte, doch seine Miene verriet nichts.

Stefan wartete, bis der Mann außer Hörweite war. Dann sagte er: »Dein Vater war Engländer, oder?«

Alice nickte. Das hatte sie ihm am Vortag erzählt. »Und ich wurde in London geboren.«

Dann kamen ihnen zwei Krankenschwestern entgegen. Als sie an ihnen vorbei waren, fragte Stefan leise: »Gibt es hier einen Ort, wo wir uns ungestört unterhalten können?«

»Am Ende des Flurs ist die Wäschekammer. Wenn wir Glück haben, kommt keiner herein.«

In dem kleinen Raum stapelten sich in den Regalen Bettwäsche und Handtücher; es roch nach Desinfektionsmitteln und Waschpulver.

Es fiel Alice schwer, mit Stefan eng zusammen zu stehen und ihn dennoch nicht zu berühren. Der Duft seines Rasierwassers stieg ihr in die Nase, und es drängte sie, ihn zu küssen. Doch zuerst musste sie hören, was er ihr zu sagen hatte.

»Mir ist etwas zu Ohren gekommen, das mir Sorgen macht«, begann er.

Alice lehnte sich gegen die Tür. »Meinst du die Deportationen? Die alle betrifft, die einen englischen Elternteil haben?«

Er sah sie erstaunt an. »Das weißt du schon?«

»Meine Schwester hat es von ihrem Chef erfahren, der zu den Schöffen der Insel zählt. Er wird versuchen, für Jenny eine Ausnahme zu erwirken. Vielleicht wird sich die Krankenhausleitung ja auch für mich verwenden.«

Als auf dem Flur Schritte ertönte, erstarrte Alice vor Furcht, jemand könne in den Wäscheraum kommen. Die Schritte wurden lauter und dann entfernten sie sich. Sie stieß den angehaltenen Atem aus.

»Vielleicht ist es besser, wenn ich mich für dich einsetze«, sagte Stefan.

Und dann musste Alice ihn doch berühren und ganz kurz seine Wange streicheln. »Würdest du das tun?«

Er nickte. »Ich werde mit dem Feldkommandanten persönlich sprechen und ihm erklären, dass du hier gebraucht wirst.«

»Ich danke dir«, sagte Alice. Beinahe hätte sie ihn umarmt, doch im letzten Moment hielt sie sich zurück. Da war noch etwas, bei dem sie seine Hilfe brauchte. »Meine jüdische Freundin Rebekah steht ebenfalls auf der Deportationsliste. Auch sie arbeitet hier als Krankenschwester. Meinst du, du kannst dich auch für sie einsetzen?«

»O Gott.« Stefan seufzte schwer. »Dich würde man in Deutschland als Engländerin betrachten und einigermaßen gut behandeln. Selbst wenn ich in der Feldkommandantur nichts erreiche, hättest du keinen Grund, um dein Leben zu fürchten. Für Juden sieht es anders aus.« Er blickte zur Seite. »Es gibt

Gerüchte, von denen man nur hoffen kann, dass sie unwahr sind.«

»Aber dann müssen wir Rebekah doch erst recht helfen«, sagte Alice beklommen.

»Ich werde mein Bestes tun. Für euch beide.« Stefan umfasste Alice' Gesicht mit den Händen und küsste sie, und Alice schmiegte sich an ihn.

 KAPITEL 22

An diesem Abend war Pips Vater in seiner Funktion als Schöffe unterwegs, so dass Pip Jenny und Alice zu sich eingeladen hatte, um über die Deportationen zu sprechen. Auch wollte er mehr über Alice' deutschen Freund, diesen Dr. Holz, erfahren, dem er nicht über den Weg traute. Warum sollte er anders als die Deutschen sein, denen Pip bisher begegnet war – den ungehobelten Wehrmachtssoldaten, dem Hauptmann, der ihn zur Zwangsarbeit abkommandiert hatte, dem OT-Aufseher, der ihn anschrie, wenn er nicht schnell genug arbeitete? Hinzu kam die Angst, die deutsche Sicherheitspolizei könnte hinter seine und Jennys Tätigkeit für die JCP kommen und dann dieses Haus und das Büro seines Vaters durchsuchen, ebenso das Haus der Robinsons. Man würde das Detektorgerät finden und sie festnehmen.

Er erinnerte sich an die ersten Besatzer auf der Insel. Sie hatten sich höflich gegeben – teilweise sogar freundlich –, vielleicht, um die Einheimischen in Sicherheit zu wiegen. Doch dann hatten sie ihr wahres Gesicht gezeigt und Jersey in ein Gefängnis verwandelt. Vor nicht allzu langer Zeit hatten sie einen seiner alten Schulkameraden erschossen, der versucht hatte, mit seinem Boot nach England zu fliehen. Zwei andere

Inselbewohner, die ebenfalls hatten fliehen wollen, wurden gefasst und als Zwangsarbeiter nach Deutschland geschickt.

Warum also sollte er diesem Dr. Holz trauen? Womöglich spionierte er neben seiner Tätigkeit als Arzt für die Deutschen und hatte sich mit Alice eingelassen, um sie über die Inselbewohner auszuhorchen. Jenny war zwar einigermaßen sicher, dass Holz in Ordnung war, aber woher wollte sie das wissen? Nur weil er William geholfen hatte?

Als Alice und Jenny im Wohnzimmer auf dem braunen Ledersofa Platz genommen hatten, stellte sich heraus, dass die Frage der Deportationen noch immer nicht geklärt war. Pips Vater ging zwar davon aus, dass Jenny von der Liste gestrichen werden konnte, doch für Alice vermochte er nichts zu tun.

»Stefan hat mit dem Feldkommandanten gesprochen«, sagte Alice. »Der will sich meinen Fall durch den Kopf gehen lassen.«

Also war Holz vielleicht doch einer der Guten, dachte Pip.

»Rebekah ist das Problem«, fuhr Alice fort. »Inzwischen haben wir oft genug gehört, wie es den Juden in Deutschland ergeht. Und es heißt, dass sich ihre Lage zunehmend verschlechtert.«

Mittlerweile wurden auch die Juden auf Jersey von den Besatzern schikaniert. Kino- und Theaterbesuche waren ihnen verboten, ebenso das Betreten öffentlicher Gebäude. Und aus Gründen, die sich kein Mensch erklären konnte, durften sie zwischen drei und vier Uhr nachmittags nicht einkaufen.

»Stefan und ich haben überlegt, wie man das Problem lösen kann«, sprach Alice weiter. »Vielleicht könnt ihr uns dabei helfen. Zumindest beim ersten Schritt.«

»Wie?«, fragte Pip.

»Wir brauchen eine sichere Unterkunft für Rebekah.«

»Die ließe sich möglicherweise finden«, entgegnete Pip, der wusste, dass Robert Durand einschlägige Kontakte besaß. »Und wie sieht der zweite Schritt aus?«

Alice machte eine abwehrende Handbewegung. »Je weniger du weißt, desto besser. Ich möchte dich nicht in Schwierigkeiten bringen.«

Pip stand auf. »Will jemand etwas trinken?« Er deutete auf die Flasche Whiskey auf der Anrichte.

Alice und Jenny schüttelten die Köpfe.

Pip schenkte sich ein Glas ein. Er war kein Freund starken Alkohols, doch im Moment brauchte er einen Schluck.

»Wenn die Deportationen beginnen, wird Rebekah das Krankenhaus verlassen«, fuhr Alice fort. »Am Hafen wird viel los sein. Die Leute, die deportiert werden, werden auf ihr Schiff warten. Ihre Freunde und Verwandte werden da sein, um sie zu verabschieden. Dass Rebekah fehlt, wird niemandem auffallen. Eine Zeit lang jedenfalls. Diese Zeitspanne werden wir nutzen. Dazu braucht Rebekah Jennys Fahrrad.« Sie sah ihre Schwester an.

»Das bekommt sie«, sagte Jenny.

»Pip, du holst Rebekah an einem bestimmten Treffpunkt ab und bringst sie zu einem sicheren Haus. Vorausgesetzt, du hast bis dahin eins gefunden.«

Sie ließen sich den Ablauf durch den Kopf gehen, sprachen über Einzelheiten und überlegten, was schiefgehen könnte.

»Es wird nicht einfach sein«, sagte Alice, als sie und Jenny sich verabschiedeten.

Nein, wird es nicht, dachte Pip, während er sich ein zweites Glas einschenkte und es in einem Zug leerte.

*

»Ich bewundere dich«, sagte Jenny, als sie und Alice in ihren Betten lagen. »Das, was du vorhast, ist gefährlich.«

»Weiß ich. Und Stefan weiß es auch. Aber es muss sein. Rebekah darf unter gar keinen Umständen nach Deutschland gebracht werden.« Alice drehte sich auf die Seite, die Jenny zugewandt war. »Außerdem bin ich Krankenschwester. Das ist ein Beruf, in dem du anderen Menschen hilfst zu überleben. Du überlässt sie nicht ihrem Schicksal. Aber auch du gehst ja regelmäßig Risiken ein. Zusammen mit Pip.«

»Wie kommst du denn darauf?«, sagte Jenny.

»Hältst du mich für blöd? Meinst du, ich hätte nicht mitbekommen, dass ihr euch so gut wie jeden Abend in den Schuppen zurückzieht. Mit dem Shakespeare unter dem Arm.« Alice lachte auf. »Meinst du, ich hätte mir dann vorgestellt, dass ihr mit verteilten Rollen Theaterstücke lest? Ihr macht irgendetwas, das sich gegen die Deutschen richtet.«

»Vielleicht.«

»Nein, nicht vielleicht. Offenbar tut ihr etwas, das geheim bleiben soll. Ist mir recht. Aber ihr begebt euch in Gefahr – und nun tue ich es halt auch.«

»Du hilfst Menschen, weil es dein Beruf ist, hast du gesagt. Warum musst du noch mehr tun?«

»Weil ich Rebekah nicht im Stich lassen kann. Sie ist meine

Freundin und ein wunderbarer Mensch, und ich muss sie schützen. Davon abgesehen, wüsste ich nicht, wie ich Tom noch ins Gesicht schauen könnte, wenn ich zuließe, dass seine Frau den Deutschen in die Hände fällt.« In Alice' Augenwinkel begann vor Nervosität ein Nerv zu zucken. Sie drückte darauf, bis es aufhörte. »Versprich mir, dass du Rebekah hilfst, sollte ich aus irgendwelchen Gründen nicht dazu in der Lage sein.«

»Ich würde alles tun, um Menschen vor den Deutschen zu retten. Ich hasse sie ohne Ende.«

Danach schwiegen beide.

Alice dachte, Jenny wäre eingeschlafen, doch dann sagte ihre Schwester: »Sollten die Deutschen dich schnappen, werde ich dir das nie verzeihen.«

 KAPITEL 23

Alice setzte ihren Mundschutz auf, warf einen Blick in den Spiegel der Personaltoilette und schnitt eine Grimasse. Sie hasste es, Masken zu tragen, ihren eigenen Atem zu riechen und nicht in der Lage zu sein, Patienten anzulächeln. Der einzige Vorteil wäre gewesen, dass man keinen Lippenstift brauchte, doch der war auf den Stationen ja ohnehin verboten. Außerdem gab es keinen mehr zu kaufen. Allerdings kannte Alice Krankenschwestern, die sich über das Verbot hinwegsetzten und sich die Lippen mit dem Saft roter Rüben färbten.

Alice streifte ihre Latexhandschuhe über, verließ die Toilette und machte sich auf den Weg zur Isolierstation.

Die Patientin saß in einem rosafarbenen, gehäkelten Bettjäckchen im Bett und hustete, als sie Alice begrüßte.

»Hatten Sie eine angenehme Nacht?« Alice holte ein Reagenzglas aus ihrer Schürzentasche und zog den Gummistopfen ab.

»Nicht wirklich. Der Husten hat mich nicht schlafen lassen.«

»Dann machen wir jetzt einen kleinen Test.«

Die Frau nickte ergeben.

»Einmal tief Luft holen und die Luft anhalten, bis ich ›ausatmen‹ sage.«

Die Frau atmete röchelnd ein.

Alice zählte langsam bis fünf. »Und ausatmen.«

Diesmal kam der Atem rasselnd.

»Noch mal einatmen, dann kraftvoll husten und nicht schlucken.«

Die Patientin tat wie befohlen, doch es strengte sie sichtlich an.

»Und nun spucken Sie den Auswurf in dieses Röhrchen.«

Als auch das geschafft war, sank die Frau zurück in ihr Kissen.

Alice drückte den Stopfen wieder auf das Reagenzglas. »Das haben Sie prima gemacht. Gleich kommt auch das Frühstück.«

Auf dem Flur streifte Alice Maske und Handschuhe ab und warf sie im unreinen Arbeitsraum in den Abfalleimer.

Dann sah sie Stefan auf dem Flur, der mit dem Kopf auf die Wäschekammer deutete und darin verschwand.

Als Alice eintrat, umarmte er sie und sagte leise: »Der Feldkommandant ist einverstanden. Man hat dich von der Liste gestrichen.«

»Ich danke dir.« Alice küsste Stefan und spürte, wie ihr eine Last von der Seele wich. »Wie hast du das geschafft?«

»Zuerst wollte er nichts davon wissen. Doch als ich ihm geschildert habe, wie du in Saint Lawrence geholfen und bei meiner Blinddarmoperation assistiert hast, wurde er nachgiebiger. Ich habe ihn gefragt, warum wir Pflegekräfte deportieren sollten, statt sie bei uns einzusetzen. Vielleicht sogar auf unserer Krankenstation.«

»Letzteres lassen wir lieber«, sagte Alice. »Ich habe so schon

Angst, dass über uns geredet wird.« Sie griff in ihre Schürzentasche und holte das Reagenzglas heraus. »Ich habe das Sputum besorgt.«

Er hielt das Reagenzglas an das trübe Lampenlicht. »Sehr gut.«

»Glaubst du, dass es uns nützt?«

Stefan hob die Schultern. »Das werden wir sehen. Wir müssen uns darauf verlassen, dass meine Landsleute panische Angst vor ansteckenden Krankheiten haben.« Sein Blick verdunkelte sich. »Trotzdem gehen wir ein beträchtliches Risiko ein.«

Alice strich ihm über die Wange. »Und du bist wirklich bereit mitzumachen?« Er hatte ihr bereits geholfen, und nun sollte er auch noch etwas für Rebekah tun. Es war viel verlangt, vielleicht zu viel. Würde man seitens der Besatzer dahinterkommen, wäre auch sein Schicksal besiegelt.

»Ich tue es, weil es richtig ist«, entgegnete Stefan. »Und dir zuliebe. Auch wenn wir noch nicht lange zusammen sind, weiß ich doch, dass ich noch nie so viel für eine Frau empfunden habe wie für dich. Ich würde mein Leben für dich geben.«

Alice schlang die Arme um seinen Hals und küsste ihn innig. Als die Lust in ihr aufwallte und sie wieder an den Nachmittag auf dem Common dachte, wusste sie plötzlich, dass sie nicht länger warten wollte. Niemand konnte sagen, was die Zukunft bringen und ob der Plan, den sie geschmiedet hatten, gut ausgehen würde. Stefan liebte sie und sie ihn. Warum sollte sie es ihm nicht beweisen?

»Meinst du, du kannst heute Abend den Wagen wieder bekommen?«

»Ich kann es versuchen. Warum?«

»Ich dachte, wir könnten noch einmal zum Portelet Common fahren.«

Er hatte verstanden, sie erkannte es an dem Verlangen in seinen Augen.

*

Nach der Schicht eilte Alice zu dem Haus, in dem Rebekah wohnte, um ihre Freundin in ihren Plan einzuweihen.

Rebekah war schon dabei, für die Reise nach Deutschland zu packen. Sie führte Alice in ihr Schlafzimmer. Die oberste Schublade der Kommode war aufgezogen, Alice sah ordentliche Stapel abgetragener Unterwäsche und auf der Kommode zusammengefaltete Pullover. Auf dem Bett lagen Kleider. Von Tom, der seit drei Jahren Kampfeinsätze flog, schienen kaum noch Spuren vorhanden zu sein, manchmal vergaß Alice sogar, dass Rebekah verheiratet war.

»Ich darf nur wenig mitnehmen und kann mich nicht entscheiden«, sagte Rebekah bekümmert. Sie nahm das gerahmte Hochzeitsfoto vom Nachttisch. Es zeigte sie in einem Kleid aus weißem Satin, der einen wunderschönen Kontrast zu ihrem dunklen Haar bildete. Tom trug die Uniform eines Piloten der Royal Air Force und strahlte. »Das nehme ich auf jeden Fall mit. Ich könnte es nicht ertragen, ohne dieses Foto zu sein. Aber vielleicht sollte ich den Rahmen entfernen, dann lässt es sich leichter verbergen.«

»Zuerst setzt du dich«, sagte Alice. »Wir müssen etwas besprechen.«

Rebekah sah sie verwundert an, doch sie schob die Kleider zur Seite und ließ sich auf der gesteppten Tagesdecke nieder.

»Ich glaube, ich habe einen Weg gefunden, deine Deportation zu verhindern.«

»Wie denn?«, fragte Rebekah.

»Du weißt doch, dass es für jeden vor der Deportation einen Gesundheitstest gibt.«

»Klar.« Rebekah zuckte mit den Schultern. »Die Deutschen wollen uns loswerden, sich aber keine Kranken ins Land holen.«

»An diesem Test wirst du nicht teilnehmen, sondern nachweisen, dass du Tuberkulose hast.«

»Was? Aber ich habe doch gar —«

Alice ließ sie nicht ausreden. »Nein, hast du nicht, aber wir werden die Krankheit vortäuschen.« Sie erklärte Rebekah, dass sie für Stefan das Sputum einer an Tuberkulose erkrankten Patientin besorgt hatte. »Er meldet deine Krankheit der Feldkommandantur. Deshalb wirst du morgen kein Schiff nach Deutschland besteigen, sondern in unserem Krankenhaus auf der Isolierstation liegen.«

Rebekah runzelte die Stirn. »Aber die Ärzte und unsere Kolleginnen werden doch herausfinden, dass ich nicht an TBC leide.«

»Dafür bleibst du nicht lange genug im Krankenhaus. Wir werden dich in ein sicheres Haus bringen.«

»Aber wie denn — und wann?«

»Wir machen es morgen, wenn die, die deportiert werden, am Hafen von Freunden und Verwandten Abschied nehmen. Dann schmuggelt Stefan dich aus dem Krankenhaus, und Pip bringt dich zu dem sicheren Haus. Dort verbirgst du dich, bis der Krieg zu Ende ist.«

»O Alice.« Rebekahs Augen wurden feucht. »Ich weiß nicht, was ich sagen soll … ich glaube … ich kann es noch gar nicht richtig fassen.« Sie schluckte. »Aber wie soll Tom mit mir Kontakt aufnehmen, wenn ich mich irgendwo verberge? Er wird nicht wissen, wo ich bin, und womöglich annehmen, ich wäre tot. Auch meine Eltern werden vor Sorge außer sich sein, wenn sie mich nicht mehr erreichen. Es hieß ja, in Deutschland würden wir eine feste Adresse bekommen.«

Alice nahm die Kleider vom Bett, setzte sich zu ihrer Freundin und legte einen Arm um sie. Sie spürte, wie der zarte Körper zitterte, und drückte Rebekah an sich. »Das können wir später noch klären. Zunächst einmal bitte ich dich, uns zu vertrauen. Wir möchten, dass du den Krieg überlebst und eines Tages wieder glücklich mit Tom vereint bist.«

Rebekah legte den Kopf an Alice' Schulter. »Du darfst nicht glauben, ich wäre undankbar. Es ist der Schock, deportiert zu werden, der mir noch in den Knochen steckt und mich nicht klar denken lässt. Natürlich wusste ich, dass wir Juden gefährdet sind, aber ich hatte gehofft, mein Beruf hätte mich unentbehrlich gemacht.« Sie löste sich von Alice und wischte über ihre Augen. »Was ist, wenn es schiefgeht? Was, wenn mich jemand beim Verlassen des Krankenhauses sieht und mich meldet? Was, wenn jemand herausfindet, wo ich mich versteckt halte? Sollten es die Deutschen sein, die dahinterkommen, würde man mich festnehmen oder sogar erschießen.«

»Deshalb werden wir klug vorgehen und vorsichtig sein.

Und auch wenn mit unserem Plan ein Risiko verbunden ist, ist die Gefahr dessen, was dich in Deutschland erwarten würde, um ein Vielfaches größer. Seit Neuestem spricht man ja sogar von speziellen Lagern, in die Juden von den Nazis gebracht werden und unter den schlimmsten Bedingungen leben müssen. Es ist besser, wenn du auf Jersey bleibst. Ich werde alles tun, um dich zu schützen, denn etwas anderes würde ich mir nie verzeihen. Du bist doch meine liebe Freundin. Auch meine Familie hängt an dir, sogar William freut sich, wenn er dich sieht.«

Rebekah lächelte zittrig.

KAPITEL 24

Sie hatten ausgemacht, dass Pip an der Kreuzung von Lemprière Street und Devonshire Lane auf Rebekah warten würde.

Pip war bereits da, doch von Rebekah fehlte jede Spur. Nervös hielt er nach ihr Ausschau und zuckte zusammen, wenn der Wind in das herbstlich getönte Laub der alten Eiche an der Ecke fuhr und Eicheln mit einem leisen Schlag auf der Erde landeten.

Wenn jemand vorbeikam, tat Pip, als wäre etwas mit seinem Fahrrad, machte sich an der Fahrradkette zu schaffen und betete, dass niemand stehen blieb, um seine Hilfe anzubieten.

Jennys Fahrrad hatte er auf der Strecke zu dem sicheren Haus in einem Wald verborgen und mit Laub bedeckt, um es zu tarnen.

Inzwischen hatte er Stefan kennengelernt – und ihn gemocht. Er schien tatsächlich vertrauenswürdig, vielleicht mehr noch als Robert Durand, der ihnen zwar in diesem Fall geholfen hatte, in der Regel jedoch lieber große Reden schwang, als sich aktiv für jemanden einzusetzen. Stefan war mitfühlend und folgte ethischen Grundsätzen. Gewitzt war er ebenfalls, er hatte es geschafft, dass Alice von der Deportationsliste gestrichen wurde und Rebekah als tuberkulös galt. Nun musste es Rebekah nur noch gelingen, das Krankenhaus zu verlassen, ohne dass jemand stutzig wurde und sich fragte, warum sie nicht auf der Isolierstation blieb. Der Plan war, dass sie in ihrer Schwesterntracht mit Stefan aus dem Krankenhaus spazierte. Auf diese Weise würde ihr Anblick für die meisten normal wirken, und sie würden sich nichts dabei denken. Zudem hatte Alice erklärt, im Krankenhaus sei derzeit so viel zu tun, dass man kaum Zeit habe, sich für etwas jenseits der Arbeit zu interessieren.

Für die ersten Wochen hatte Robert ein Versteck gefunden, eine alte Scheune nahe La Rocque im Südosten der Insel.

Alice und Jenny würden sich an Rebekahs Transport dorthin nicht beteiligen. Alice hatte bereits das tuberkulöse Sputum besorgt und konnte zudem das Krankenhaus nicht verlassen, und Jenny sollte, wie an jedem anderen Werktag auch, im Steuerbüro arbeiten. Falls etwas schieflief, würden wenigstens zwei von ihnen ungeschoren davonkommen.

Pip selbst hatte sich an diesem Tag bei der Organisation Todt krankgemeldet. Wahrscheinlich würde man ihn deshalb nach seiner Rückkehr doppelt hart rannehmen, doch das konnte er nicht ändern.

Wieder fuhr ein heftiger Windstoß durch das Eichenlaub. Die Überfahrt, die den Deportierten bevorstand, würde rau werden.

Endlich tauchte Rebekah auf und machte einen verstörten Eindruck.

»Ist etwas passiert?«, fragte Pip.

Rebekahs Augen füllten sich mit Tränen. »Es geht um Alice.«

»Warum, was ist mit ihr?«

»Die Deutschen hatten mich für den Transport als Pflegepersonal vorgemerkt. Aber ich bin ja nicht erschienen. Deshalb haben sie eine neue Krankenschwester angefordert.« Rebekah schluchzte auf. »Und Alice wieder auf die Liste gesetzt.«

»Grundgüter Himmel«, sagte Pip.

»Sie ist schon auf dem Weg zum Hafen.«

»Das darf doch nicht wahr sein«, murmelte Pip und überlegte, wie er das Jenny erklären sollte. Wie ihrer Mutter.

»Sie konnte sich nicht einmal von ihrer Familie verabschieden«, fuhr Rebekah fort. Sie schlug sich die Hände vors Gesicht. »Du ahnst nicht, wie leid mir das tut, und wie schrecklich ich mich fühle.« Sie ließ die Hände sinken. »Sie wollte mir helfen, und nun muss sie dafür büßen. Auch Stefan konnte nichts mehr für sie tun. Er ist todunglücklich.«

»Wenigstens bist *du* in Sicherheit«, sagte Pip matt.

Rebekah wischte über ihre Augen. »Stefan ist der festen Überzeugung, dass man Alice in Deutschland gut behandeln wird. Und vielleicht dauert der Krieg ja auch nicht mehr lange, und sie kehrt bald zu uns zurück.«

»Hoffen wir, dass er recht behält.«

»Ich fühle mich so schuldig«, sagte Rebekah. »Auch weil ich Stefan misstraut habe. Ich hätte nicht so voreingenommen sein dürfen. Er hat so viel für Alice und mich getan.«

»Stimmt«, sagte Pip, »aber nun müssen wir uns auf dich konzentrieren.« Am Abend würde er zu den Robinsons fahren und mit ihnen reden, auch wenn ihnen das kaum helfen dürfte. Sie hatten bereits jemanden verloren, den sie sehr geliebt hatten. Im

Geist sah er, wie Alice das Schiff bestieg, das sie aufs Festland bringen würde. Und dann würde es weiter in ein Land gehen, in dem die verhassten Nationalsozialisten herrschten. Er rüttelte sich auf. Es wurde Zeit, Rebekah zur Scheune zu fahren.

Rebekah setzte sich auf den Gepäckträger. »Du musst dich gut an mir festhalten«, sagte Pip und stieg in die Pedalen. »Es wird ein bisschen holprig, aber die Fahrt dauert nicht lang.«

Rebekah schlang einen Arm um seine Taille.

Obwohl Rebekah zierlich war, wurde es eine kraftraubende und wacklige Fahrt. Währenddessen wanderten Pips Gedanken zu Alice und ihrer Familie. Wie verzweifelt sie sein würden, wenn sie erfuhren, was vorgefallen war. Dann wieder stellte er sich die Reaktion seitens der Besatzungsmacht vor, käme man dort jemals dahinter, dass Rebekah keineswegs an Tuberkulose litt, sondern sich aus dem Krankenhaus abgesetzt hatte, um ihnen zu entgehen.

Sie erreichten die Stelle, an der Pip Jennys Fahrrad deponiert hatte. Er hatte es so gut getarnt, dass es eine Weile dauerte, bis er es wiedergefunden hatte. Er wischte die Blätter vom Sattel und stellte ihn für Rebekah niedriger.

In bedrücktem Schweigen fuhren sie zur Scheune.

*

Starr vor Schock wartete Alice mit zahlreichen anderen Deportierten auf das Schiff, das sie nach Frankreich bringen würde. Sie versuchte, sich damit zu trösten, dass wenigstens Rebekah gerettet worden war, aber so ganz wollte es ihr nicht gelingen. Dann sagte sie sich, dass sie von Anfang an gewusst hatte, wie riskant ihr Vorhaben war. Doch auf den Gedanken, dass sie anstelle ihrer Freundin deportiert werden könnte, wäre sie nicht einmal im Traum gekommen.

Wieder sah sie den deutschen Feldkommandanten vor sich, der persönlich dafür gesorgt hatte, dass sie auf geradem Weg vom Krankenhaus zum Hafen gehen musste. Sie hatte weder einen Koffer packen noch sich von ihrer Familie verabschieden können. »Dafür ist keine Zeit«, hatte der Mann sie angeblafft. Mit tränenblinden Augen war sie zum Hafen gelaufen und hatte sich nichts mehr gewünscht, als dass sie ihre Familie und Stefan noch einmal sehen könnte.

Auch am Hafen hatte sie nach ihnen Ausschau gehalten. Dann sagte sie sich, dass es böses Gerede geben würde, wenn Stefan käme, um sie – vor den Augen der anderen Passagiere und deutschen Wachen – noch einmal in die Arme zu schließen, und das konnten sie sich nicht leisten. Sie fragte sich, ob Rebekah es unbemerkt aus dem Krankenhaus geschafft hatte. Oder ob man sie gefasst hatte. Vielleicht wurde sie bereits verhört. Sie und Stefan.

Mach dich nicht verrückt, schalt sie sich. *Denk lieber an den vergangenen Abend.* Sie sah den Portelet Common vor sich, das weite, in der Abendsonne funkelnde Meer, das sich dahinter erstreckte, spürte Stefans Hände auf ihrem bloßen Körper, erinnerte sich daran, wie sich seine Haut anfühlte, und wie wundervoll es war, wenn man mit dem Mann, den man liebte, verschmolz. An diesen Erinnerungen würde sie sich festhalten.

Mehrere Frachter näherten sich dem Hafen, anscheinend

sollten sie mit denen transportiert werden. Die Menge bewegte sich ein paar Schritte vor.

Alice sah sich nach bekannten Gesichtern um. In der Schule hatte es in der Klasse unter ihr Mädchen gegeben, die englische Elternteile hatten, und in dem Jugendclub, dem sie eine Zeit lang angehört hatte, einen Jungen, dessen Mutter oder Vater aus England stammte.

Die ältere Frau an ihrer Seite tippte Alice an und fragte: »Haben Sie kein Gepäck?«

Alice schüttelte den Kopf. Auch andere Umstehende sahen sie verwundert an. Jeder hatte einen Koffer oder eine Reisetasche dabei, nur sie hatte nichts außer der Schwesterntracht, die sie trug.

Sie erklärte der Frau, dass sie erst in letzter Minute zum Hafen befohlen worden war.

»So können Sie doch nicht fahren«, sagte diese und streifte ihren Mantel ab. Darunter trug sie mehrere Pullover übereinander. Den obersten, einen lindgrünen, zog sie aus und reichte ihn Alice. »Nehmen Sie den.«

Alice lächelte unsicher. »Im Ernst?«

»Ja, natürlich. Oder wollen Sie sich auf der Überfahrt den Tod holen?«

Alice bedankte sich gerührt.

Als sie den Pullover angezogen hatte, ließ sich ihr Umhang darüber kaum noch schließen, doch wenigstens war ihr nun wärmer.

Kurz darauf kam ein kleines Mädchen und hielt ihr ein Paar schwarze Socken hin. »Von meiner Mum.«

Überwältigt rollte Alice die Socken zu einem Ball zusammen. »Richte deiner Mum ein großes Dankeschön von mir aus.«

Danach trennten sich auch andere Passagiere von Kleidungsstücken, einer Strickjacke mit Shetland-Muster, Wollstrümpfen, weißer Unterwäsche, die schon etwas grau geworden war, und einem kleinen Rucksack, in dem Alice die Sachen verstaute.

Wie herzlich die Leute waren, dachte Alice, während sie sich überall bedankte. Keinem von ihnen war es gestattet, viel mitzunehmen, und doch hatten einige noch etwas für sie abgezweigt, die gar nichts hatte. Alice wurde ein wenig leichter zumute. Wenigstens war sie auf ihrer Reise ins Unbekannte von freundlichen Inselbewohnern umgeben.

Mit einigen kam sie ins Gespräch und erfuhr, dass sie nach Saint-Malo übersetzen und dann mit dem Zug weiter nach Deutschland fahren würden. Gerüchten zufolge sollten sie irgendwo in Süddeutschland untergebracht werden.

Alice dachte an Stefans Aussage, als halbe Engländerin werde man sie einigermaßen gut behandeln. Andererseits war sie nicht verwöhnt und würde sich wahrscheinlich auch an harte Lebensbedingungen anpassen können; schließlich hatte sie seit Kriegsbeginn mehr als einmal Schichten von sechzehn Stunden hinter sich gebracht. Und sollte man sie hungern lassen, wäre auch das für sie nichts Neues.

Wider besseres Wissen blickte sie sich noch einmal nach Stefan um. Er war nirgends zu sehen. Sie konnte nur hoffen, dass ihm nichts zugestoßen war. Er würde sich Sorgen um sie machen. Sie betete, dass sie den Krieg überleben und danach wieder zueinander finden würden.

Als von der französischen Küste her ein Donnern zu hören war, sahen sich die Passagiere beklommen an. Falls die Alliierten dabei waren, dort deutsche Stellungen zu bombardieren, würden auch sie bei der Überfahrt in Gefahr sein.

Als der erste Frachter anlegte, schob sich die Menge auf die Landebrücke zu. Deutsche Wachleute brüllten sie an und drängten sie zurück. Wie groß der Unterschied zwischen diesen Männern und Stefan war. Alice dachte an sein liebenswürdiges Wesen und seine sanften Hände – die nun die Hände ihres Geliebten waren.

Bei mehreren Passagieren wurde das Gepäck durchsucht, bevor sie den Frachter betreten durften. Wertsachen und Geld wurden konfisziert. Alice hoffte, dass man ihr die Uhr, die noch an ihrer Schwesterntracht steckte, nicht wegnehmen würde.

Plötzlich entdeckte sie in der Menge ein bekanntes Gesicht. Es war Mrs Perchard, die Patientin, die sie betreut und aufgepäppelt hatte. Vor einer Weile hatte sie das Krankenhaus verlassen und war zu ihrer Tochter gezogen. Aber was hatte diese liebe alte Frau hier am Hafen verloren?

»Mrs Perchard!«, rief Alice und winkte. »Mrs Perchard!«

Mrs Perchards Blick glitt suchend über die Menge.

Alice rief noch einmal und spürte den Druck der Menschen in ihrem Rücken. Sie stellte sich auf die Zehenspitzen, winkte wie verrückt und brüllte: »Mrs Perchard, hier bin ich!«

Auf dem Gesicht ihrer früheren Patientin breitete sich ein Lächeln aus. »Schwester Robinson!«

Alice erinnerte sich, dass sie Mrs Perchard manchmal von ihrem Elternhaus erzählt hatte, und sie hoffte, die alte Frau hatte es nicht vergessen. »Können Sie meiner Familie etwas ausrichten?«

Mrs Perchard nickte.

»Sagen sie allen, dass ich sie liebe. Und sobald wie möglich zurückkomme.« Alice' Augen begannen zu brennen. Sie wollte noch etwas rufen, doch dann hatte sie einen Kloß im Hals und brachte nichts mehr heraus.

Mrs Perchard nickte wieder und rief etwas, doch ihre Stimme war zu schwach, und das Stimmengewirr ringsum zu laut, als dass Alice sie hätte verstehen können.

Und dann wurde sie auch schon mit anderen über die Landebrücke gestoßen und betrat den Frachter, der zwar gesäubert worden war, aber ganz offensichtlich bisher Kohle transportiert hatte.

Alice wurde an rostigen Seitenwänden entlanggedrückt und stolperte Stufen hinauf an Deck, um einen letzten Blick auf den Hafen und die Straßen von Saint Helier zu werfen.

Als sie sich Tränen abtupfte, fragte eine zierliche, dunkelhaarige Frau in ihrem Alter mitleidig, ob sie etwas für sie tun könne.

Alice schüttelte den Kopf. »Der Befehl, mich einzuschiffen, kam erst vorhin. Ich bin noch etwas durcheinander.«

»Das ist ja nicht zu fassen«, sagte die Frau und hielt Alice die Hand hin. »Clara Steiner.«

»Alice Robinson.« Alice schüttelte ihre Hand und musste angesichts dieser förmlichen Geste inmitten der schäbigen Umgebung lächeln.

Auch Clara schien mehrere Kleidungsstücke übereinander zu tragen, und bei ihrem Mantel hatte sie sich offenbar für einen alten, abgetragenen entschieden, dennoch wirkte sie elegant.

Alice überlegte, ob ihr der Name Steiner schon einmal untergekommen war. Wahrscheinlich nicht, es war kein einheimischer Name. »Sie sind nicht von hier, oder?«, fragte sie.

»Ich bin Engländerin«, entgegnete Clara. »Aber mein Mann kommt aus Jersey. Er ist Jude.« Sie seufzte. »Dumm wie wir waren, dachten wir, die Deutschen würden sich damit begnügen, ein J auf seine Kennkarte zu stempeln. Warum hätten wir auch etwas anderes annehmen sollen, wir hatten ja niemandem etwas getan. Trotzdem haben wir uns unauffällig verhalten, und Samuel hat weiter im Schmuckgeschäft seiner Eltern gearbeitet. Und dann kamen die ersten anti-jüdischen Gesetze.«

Alice erinnerte sich an die Diskriminierungen, die Rebekah erlitten hatte. Das J auf der Kennkarte, die eingeschränkten Einkaufszeiten, die unfreundlichen Blicke der Menschen, die wussten, dass sie Jüdin war.

»Wir mussten an dem Geschäft ein Schild anbringen, auf dem stand, dass es sich bei den Besitzern um Juden handelt. Dann wurde uns verboten, das Geschäft zu führen. Es wurde von einem Inselbewohner übernommen, der ›reinrassig‹ war, wie die Nazis es nennen.

»Das ist alles so ungeheuerlich«, sagte Alice.

»Im April wurde Samuel festgenommen und nach Frankreich deportiert«, fuhr Clara fort. »In eins der Gefangenenlager, die die Deutschen dort errichtet haben. Was aus ihm geworden ist, weiß ich nicht.«

»Und seitdem sorgen Sie sich um ihn.«

Clara nickte. »Natürlich.«

»Und Ihre Schwiegereltern? Wurden Sie ebenfalls festgenommen?«

»Glücklicherweise nicht. Sie haben die Insel schon vor Kriegsbeginn verlassen und sind nun in England. Das ist mein einziger Trost. Das Schlimmste ist, nicht zu wissen, wo Samuel ist. Das macht mich wahnsinnig. Ich habe alles versucht, um es herauszufinden, aber ohne Erfolg. Und nun schaffen sie mich auch irgendwohin, und ich frage mich, wie wir uns jemals wiederfinden sollen.«

Alice drückte Claras Arm. Sie und Stefan verband keine jahrelange Ehe, sondern eine Liebesbeziehung, die gerade erst begonnen hatte. Und doch durfte sie nicht daran denken, wie es wäre, wenn er in ein Gefangenenlager gebracht und sie ihn vielleicht nie wiedersehen würde.

Schweigend verfolgten sie, wie der Frachter den Hafen verließ. Die Zurückgebliebenen winkten. Und dann begannen sie zu skandieren: »Eins, zwei, drei, vier – wofür zum Teufel stehen wir?«

»Für Jersey!«, schallte es vom Schiff zurück. »Für England! Für Churchill!« Und dann sangen sie »There'll Always Be an England«.

Die Menschen am Hafen stimmten ein, sangen sogar sämtliche Strophen, woraufhin die letzte Zeile noch über das Meer wehte, als die Sänger am Hafen schon zu einer grauen Masse verschwommen waren.

Alice hörte jemanden sagen, dass auch die Zwangsarbeiter,

die auf die Insel gebracht worden waren, mit diesen alten Kohlefrachtern transportiert worden waren. Vor ihrem geistigen Auge erschienen die ausgemergelten Gestalten, die sie in der Stadt und dann in Saint Lawrence gesehen hatte. Sie würden sich auf der Fahrt ebenso gefürchtet haben, wie sie es jetzt tat. Vielleicht hatte auch sie ihr Todesurteil unterschrieben, als sie beschlossen hatte, Rebekahs Leben zu retten.

Als der Wind auffrischte, und die Wellen höher schlugen, klammerte sie sich an die Reling und starrte auf das aufgewühlte Meer.

*

Jenny hatte begonnen, die Wohnzimmerfenster von außen zu putzen und benutzte dazu zusammengeknülltes Zeitungspapier, das sie in einen Eimer mit Essig tauchte. Als sie jemanden die Einfahrt heraufkommen hörte, drehte sie sich um und sah Pip, der in die Pedalen seines Fahrrads trat, als ginge es um sein Leben.

»Was ist los?«, fragte sie, als er schwer atmend vor ihr stand.

Er erzählte ihr, dass die Deutschen Alice an Rebekahs Stelle mitgenommen hatte. Jenny wurde es schwarz vor Augen.

Pip fing sie auf und setzte sie behutsam auf dem Boden ab. »Soll ich dir ein Glas Wasser holen?«

Jenny schüttelte den Kopf. »Wir müssen es Mum sagen.«

»Soll ich es tun?«

Jenny nickte. Als ihr aus dem Eimer der Essiggeruch in die Nase stieg, übergab sie sich.

Später, als Pip mit ihrer Mutter gesprochen hatte, setzte Jenny sich in die Küche. Ihr war noch immer schwindlig.

»Was ist mit Rebekah?«, fragte sie und blickte zu ihrer Mutter, die die Arme um sich geschlungen hatte und reglos aus dem Fenster starrte.

»Sie ist in Picots Scheune und in Sicherheit. Picot versorgt sie mit Essen und Trinken. Falls es ihr zu kalt wird, gibt es genügend Stroh, um sich warmzuhalten. Eine Außentoilette ist auch da.«

»Morgen fahre ich zu ihr.«

»Aber nur, wenn du dich dann besser fühlst.

»Ja.« Jenny hielt sich an der Tischkante fest und schüttelte den Kopf, um ihre Benommenheit loszuwerden.

»Ich muss wieder nach Hause«, sagte Pip und sah Jenny bekümmert an. »Offiziell bin ich ja krank.«

»Mach dir um mich keine Sorgen«, sagte Jenny. Das Schwindelgefühl schien sich zu legen, doch nun fror sie.

»Ich rufe dich später noch mal an.«

»Okay.«

Jennys Mutter hatte kein einziges Wort gesagt. Doch als Pip fort war, begann sie plötzlich wie eine Wilde zu putzen. Scheuermittel gab es nicht mehr, daher kippte sie einen Teelöffel Backpulver in einen Eimer heißes Wasser und nahm sich zuerst den Backofen vor. Jenny sah, wie sich ihre Ellbogen hektisch auf und ab bewegten, im gleichen Rhythmus mit einer Locke, die ihr in die Stirn hing.

Jenny schaute auf den Stuhl, auf dem Alice stets gesessen hatte, und rang nach Atem. Inzwischen dürfte das Schiff, auf dem ihre Schwester war, sich bereits der französischen Küste nähern. Jenny dachte an ihren Plan, nach Cambridge zu gehen und dort Mathematik zu studieren. Alice sollte diejenige sein, die zu Hause blieb, nach der Arbeit ihrer Mutter half und sich mit Mum um William kümmerte. Und nun war es ganz anders gekommen.

Sie stellte sich vor, wie einsam sie sich ohne Alice fühlen würde. Trotz der Unstimmigkeiten hatten sie vor dem Einschlafen stets eine Zeit lang miteinander geplaudert. Nun wünschte sie, sie wäre nicht so hart gewesen, hätte früher akzeptiert, dass Alice sich in einen Deutschen verliebt hatte. Wenn sie ihr wenigstens noch hätte sagen können, wie viel sie ihr bedeutete.

Vor einigen Tagen war sie beim Aufräumen ihrer Schreibtischschubladen auf Briefe gestoßen, die sie einander als Mädchen geschrieben hatten. Damals, als sie noch die Leuchtturm-Schwestern waren.

Jennys Blick wanderte wieder zu ihrer Mutter, die nun das Spülbecken schrubbte. »Lass gut sein, Mum«, sagte sie. »Kein Mensch braucht eine Küche, die vor Sauberkeit blitzt.«

Ihre Mutter richtete sich auf, rieb ihren Rücken und sah Jenny mit verweinten Augen an. »Wenn ich mich nicht beschäftige, sehe ich Alice vor mir, die auf dem Weg ins Unbekannte ist. Mutterseelenallein.«

»Sie ist nicht mutterseelenallein. Auch andere Inselbewohner sind auf diesem Schiff. Vielleicht kennt sie sogar jemanden oder freundet sich mit jemandem an.«

»Mit wem denn?«

»Das weiß ich nicht. Aber Alice ist Krankenschwester. Sie kann mit Menschen umgehen und wird überall gebraucht.«

Ihre Mutter wischte noch einmal über das Spülbecken. »Und sie kann zupacken. Ist ebenso praktisch veranlagt wie ich.«

Und ich bin wie Dad, dachte Jenny und sah im Geist die hellen Kalksteinbauten der Colleges in Cambridge, die sie bisher nur von Fotos kannte. Plötzlich flammte ihr Ehrgeiz wieder auf, gepaart mit ihrer Wut auf die Deutschen und den Krieg, den sie angezettelt hatten. Sie hatten ihr den Vater genommen, vielleicht auch die Zukunft, von der sie so lange geträumt hatte. »Der Krieg wird nicht ewig dauern, und ich glaube nicht, dass die Deutschen ihn gewinnen werden. Sie kämpfen an zu vielen Fronten. Alice wird zurückkommen, und ich werde nach Cambridge gehen. Wir dürfen die Hoffnung nicht aufgeben.«

»Vielleicht hast du recht.« Ihre Mutter stieß einen schweren Seufzer aus.

Und Jenny beschloss, herauszufinden, ob es für sie vielleicht noch mehr Möglichkeiten gab, die Widerstandsbewegung der JCP zu unterstützen.

 KAPITEL 25

Sie waren in den Frachtraum des Schiffes gepfercht worden. Aufgrund des hohen Seegangs wurden sie mal gegen diese, mal jene Nachbarn gestoßen. Alice gegen Clara, Clara gegen Alice und Alice gegen eine ältere Frau. Nach einer Weile hörte Alice auf, sich bei dieser zu entschuldigen. Leckwasser drang in den Saum ihres Umhangs. Es roch nach Darmwinden und schlechtem Atem. Alice kämpfte gegen ihre Übelkeit an. Und immer schrie irgendwo ein Baby oder Kleinkind.

Alice hatte weiß Gott keine Luxusreise erwartet, doch die Zustände auf diesem Schiff spotteten jeder Beschreibung. Sie schloss die Augen, versuchte die Gerüche und das Geschrei auszublenden und sich wieder auf den Portelet Common zu versetzen. Sie erinnerte sich, wie Stefan sich an sie gepresst hatte, an seine geflüsterten Zärtlichkeiten, die Hände, die ihren Körper erkundeten. Das Licht des Leuchtturms, das in regelmäßigen Abständen durch die zunehmende Dunkelheit strich.

Nach einer gefühlten Ewigkeit erreichten sie den Hafen von Saint-Malo. Alice erzählte Clara von der Rettungsaktion der englischen Soldaten, die vor zwei Jahren in Saint-Malo gestrandet gewesen waren. Von der Sprengung der Kraftstofftanks. Wer wusste, was aus den Soldaten geworden war, ob sie noch lebten oder bei späteren Kämpfen umgekommen waren. Wer wusste, was aus ihr und Clara werden würde.

Dann legte das Schiff an. Sie rafften ihre Sachen zusammen und drängten sich zum Ausgang und an die frische Luft.

Draußen mussten sie sich in Reih und Glied aufstellen und dann zum Bahnhof der Stadt marschieren. Dort wartete bereits ihr Zug, und Wachsoldaten trieben sie mit gebrüllten Befehlen hinein.

Alice ergatterte einen Fensterplatz und Clara den Platz ihr gegenüber. Sie verstauten ihre Sachen in der Gepäckablage und blickten nach draußen, wo die letzten Passagiere von grob zupackenden Wachleuten in den Zug gedrückt wurden.

Clara wischte mit der Hand Dreck vom Fenster. Durch die entstandene Lücke sahen sie Französinnen, die mit Körben voller Brot, Käse und Würsten auf den Bahnsteig gekommen waren. Sie machten ihnen Zeichen, das Fenster zu öffnen.

Die Wachen beäugten sie missbilligend, ließen sie jedoch gewähren.

Alice schob das Fenster auf, nahm einige der Köstlichkeiten entgegen und bedankte sich von ganzem Herzen. Die Frauen lächelten und imitierten verstohlen Churchills Siegeszeichen.

Der Zug setzte sich in Bewegung.

Alice teilte einen Teil der Leckereien zwischen sich und Clara auf, den Rest reichte sie weiter. An ihrer Seite hatte sich ein schwergewichtiger Mann niedergelassen, der unentwegt hustete. Clara legte den Kopf an die Fensterscheibe und schloss die Augen. Vielleicht hatte auch sie festgestellt, dass es besser war, die Umgebung auszublenden und die Gedanken nach innen zu richten.

Alice schaute aus dem Fenster auf die kriegsversehrte französische Landschaft. Jede Stadt, die sie durchquerten, schien bombardiert worden zu sein, manche Straßenzüge bestanden nur noch aus Ruinen. Felder zeigten tiefe Kettenspuren von Panzern und lagen brach. Im Vergleich dazu hatte man auf Jersey noch Glück gehabt. Nach dem Angriff auf den Hafen, bei dem Alice' Vater umgekommen war, hatten die Deutschen die Insel besetzt und die Bombenangriffe eingestellt.

Drei Tage brauchten sie, um den Norden Frankreichs und Belgien zu durchqueren. Bereits am zweiten Tag waren so gut wie sämtliche Vorräte aufgebraucht, und niemand brachte ihnen etwas zu essen oder trinken. Die Unterhaltungen verstummten, die meisten lehnten sich mit geschlossenen Augen auf ihren Plätzen zurück oder starrten blind vor sich hin.

Die erste deutsche Stadt, die sie erreichten, war Aachen.

Das ist also Stefans Heimatland, dachte Alice und erinnerte sich an seine Erzählungen über seine Jugend- und Studienzeit. In Anbetracht der alliierten Flächenbombardements, die in diesem Jahr begonnen hatten, dürfte er vieles nicht mehr wiedererkennen.

In Köln machten sie in strömendem Regen halt. Die Stadt war Anfang Juni während der »Operation Millenium« von tausend Bombern der Royal Air Force angegriffen und zu einem großen Teil zerstört worden. Über den Trümmern ragten die gotischen Türme des Doms auf.

Auf dem Nachbargleis sah Alice einen Waggon voller Männer, Frauen und Kinder, die sich zusammendrängten und verhärmt aussahen. Alice öffnete ihr Fenster, winkte und hielt ihr letztes Stück Brot und einen Rest Wurst hoch. Ein Mann öffnete die Tür des Waggons und näherte sich ihr zögernd. Dann nahm er die Gabe an, auch die Zigaretten und Streichhölzer, die Alice' Nachbar ihm reichte. Eine der Frauen sah Alice an und lächelte schwach.

»Könnten Juden sein«, murmelte Alice' Nachbar.

Clara betrachtete die Menschen in dem Waggon mit starrer Miene.

Wenig später ging die Fahrt weiter, und der Waggon entschwand Alice' Blick.

Eine Zeit lang kursierte das Gerücht, sie würden ins Ruhrgebiet gebracht und dort irgendwo unterkommen. In Essen hielt der Zug erneut an, ohne dass sie aussteigen durften. In der Nacht wurde die Stadt bombardiert, sie sahen Häuser brennen, und jeder hatte Angst, auch ihr Zug könnte angegriffen werden.

Doch sie blieben verschont, und am nächsten Tag fuhren sie weiter. Nun ging es plötzlich nach Süden.

Bei der Endstation handelte es sich um eine kleine Stadt namens Biberach, an der sie am nächsten Nachmittag ankamen. Steifbeinig verließen sie den Zug. Wieder mussten sie in Reih und Glied antreten und dann einer Straße hangaufwärts folgen.

Alice und Clara liefen an der Spitze des Zuges, hinter ihnen Männer mit Koffern und Frauen mit Babys und kleinen Kindern. Das Schlusslicht bildeten Alte und Gebrechliche, die von deutschen Wachen angetrieben wurden.

Im verblassenden Tageslicht sah Alice eine Hügellandschaft mit dunklen Wäldern und regennassen Wiesen. Schon jetzt sehnte sie sich nach dem Meer und den hellen Sandbuchten Jerseys zurück.

Als sie ihr Lager erreichten, zitterten sie in der feuchten Kälte. Sie wurden erneut durchsucht und mussten ihren Schmuck abgeben. Widerwillig trennte Alice sich von der Uhr an ihrer Uniform und fühlte sich geschmälert. Diese Uhr hatte sie Tag für Tag bei ihrer Arbeit begleitet, hatte zu ihr als Schwester Robinson gehört. Doch das war sie nicht mehr. Sie war nur noch eine junge Frau, die sich vor dem, was ihr bevorstand, fürchtete.

»Ich würde alles dafür geben, wenn ich meinen Ehering behalten könnte«, sagte Clara leise zu Alice. »Vor fünf Jahren hat Samuel ihn auf meinen Finger geschoben, und ich habe geschworen, ihn nie abzulegen.«

»Stecken Sie den Ring in Ihre Manteltasche«, flüsterte der Wachmann, der begonnen hatte, Claras Reisetasche zu durchsuchen.

»Vielen Dank«, murmelte Clara und tat wie geheißen.

Alice war davon ausgegangen, dass sie als Nächstes in ihre Unterkünfte gebracht würden, doch dem war nicht so. Stattdessen mussten sie sich auf dem Hof des Lagers erneut aufstellen und ihre Namen nennen, die mit Listen verglichen wurden. Als in der zunehmenden Dunkelheit Flutlicht eingeschaltet wurde, trat die Erschöpfung auf den Gesichtern der Deportierten zutage.

»Ich weiß nicht, wie lange ich mich noch auf den Beinen

halten kann«, flüsterte Alice Clara zu. »Irgendwann müssen sie uns doch mal etwas zu essen und trinken geben.« Sie blickte zu dem Zaun aus Stacheldraht, der das Lager umschloss. Hier und da hing Wäsche, bleiche Kleidungsstücke, die wie gefangene Vögel im Wind flatterten. Am anderen Ende des Hofs begannen niedrige Gebäude, wahrscheinlich waren das die Baracken, in denen man sie unterbringen würde. Doch von nirgendwoher kamen Essensgerüche.

»Ich will mich einfach hinlegen und tagelang schlafen«, erwiderte Clara.

Doch zuerst ging es zur nächsten Kontrolle, bei der ein SS-Mann ihnen in herrischem Ton Fragen zu ihrer Person stellte. Der Großteil der Deportierten wurde anschließend zu den Baracken geschickt, einige jedoch in einen Bereich, der zu dunkel war, um ihn richtig erkennen zu können.

Clara kam vor Alice an die Reihe.

»Name«, blaffte der SS-Mann.

Claras Rücken versteifte sich. »Clara Steiner.«

»Also Jüdin.«

»Mein Mann ist Jude, ich bin es nicht.«

Der SS-Mann musterte sie mit abfällig heruntergezogenen Mundwinkeln. »Mischehe.« Er deutete auf den dunklen Bereich.

Clara wandte sich zu Alice um und sah sie panisch an.

Alice versuchte, aufmunternd zu lächeln. »Bis später.«

Clara verschwand in der Dunkelheit.

Nun musste Alice ihren Namen nennen und wurde mit ausdrucksloser Miene begutachtet.

Sie wagte kaum noch zu atmen.

Dann deutete der SS-Mann auf die Baracken.

Alice nahm ihren Rucksack und schleppte sich zu den Unterkünften. Im Näherkommen stellte sie fest, dass es wenigstens Ziegelbauten waren und nicht die Holzbaracken, die sie befürchtet hatte.

In der Kantine, in die sie später geführt wurden – ein trostloser, kalter Raum –, gab es einen wässrigen Eintopf, in dem kleine, knorpelige Fleischstücke schwammen. Während des Essens ließ Alice ihren Blick über die Gesichter gleiten, doch von Clara war nichts zu sehen. Es beunruhigte sie.

An ihre Familie durfte sie nicht denken. Wahrscheinlich hatten sie zu Abend wieder Gemüsesuppe und Pastete aus Fett und gekochten Kartoffelschalen gesessen, was zwar alles andere als eine wohlschmeckende Mahlzeit war, aber besser als das, was man ihnen hier vorsetzte. Noch weniger durfte sie sich an die Leckereien erinnern, die Stefan und sie bei ihrem Picknick im Garten des Krankenhauses verzehrt hatten. Sie war nun hier und musste das Beste daraus machen. Doch sie wünschte, sie wüsste, was aus Clara geworden war.

Am nächsten Morgen konnte Alice ihre neue Umgebung genauer in Augenschein nehmen. Nun sah sie, dass es in dem Bereich, in den Clara abkommandiert worden war, Holzhütten gab, weitaus primitiver als Alice' Unterkunft. Einer der Lagerinsassen erzählte, dass dort sogenannte »Vierteljuden« und Menschen mit jüdischen Ehepartnern untergebracht waren. Besuche waren verboten.

Das Lager war auf dem Plateau des Hügels errichtet worden, den sie am Vortag hinaufgestiegen waren. In der Ferne konnte man ein Mittelgebirge erkennen. Doch Alice sah vor allem den Stacheldraht und dann erst die Hügellandschaft mit den dunkelgrünen Wäldern. Durch das Tal schlängelte sich ein kleiner Fluss namens Riß an Feldern vorbei. Auf einigen Feldern wurden Pflüge von Pferden gezogen. Wäre es nicht so kalt gewesen, hätte Alice die Aussicht vielleicht sogar schön gefunden. Doch sie konnte ihre Atemwolken erkennen, und ihre Finger und Zehen waren vor Kälte taub geworden. Im Sommer wird es hier besser sein, dachte sie und erschrak. Sollte sie im Sommer noch hier sein, würde das bedeuteten, dass dann noch immer Krieg war. Und dass sie auch den ganzen Winter hier hatte verbringen müssen.

*

An diesem Nachmittag hatten Jenny und ihre Mutter sich ins Wohnzimmer gesetzt, um halbe Laken zusammenzunähen. Sie hatten diejenigen, die fadenscheinig geworden waren, in der Mitte durchgeschnitten und umgedreht, so dass die festeren Teile nun nach innen kamen. Neue Laken waren in keinem Geschäft mehr zu finden. Insbesondere William, der sich nachts rastlos hin und her wälzte, hatte mehrere Laken verschlissen.

Sie hatten sich am Fenster niedergelassen, um das letzte Sonnenlicht zu nutzen, das durch die Spitzengardinen fiel. Es hob die Falten hervor, die sich seit Kriegsbeginn im Gesicht von Jennys Mutter gebildet hatten. Auch ihre Kinnpartie war schlaff geworden, und in ihrem Haar zeigten sich erste Silberfäden. Hinzu kam ihre stets sorgenvolle Miene, die die Spuren des beginnenden Alters noch verstärkten. Doch ihre Finger waren so flink wie eh und je, und anders als Jenny gelangen ihr winzige, akkurate Stiche.

Mum hatte ihren Töchtern das Nähen beigebracht, als sie noch junge Mädchen gewesen waren. Bei Jenny hatte es wenig gefruchtet, sie hatte sich beim Handarbeiten gelangweilt und lieber mit ihrem Vater zusammengesessen, um schwierige Kreuzworträtsel zu lösen. Sie brauchte Beschäftigungen, die ihr Gehirn beanspruchten. Alice hingegen hatte mit der Zeit gelernt, ebenso schön wie Mum zu handarbeiten.

Alice. Inzwischen dürfte sie in dem Lager sein, wo sie hoffentlich so anständig behandelt wurde, wie Stefan erklärt hatte. Eine andere Vorstellung wäre Jenny unerträglich.

Mums Gedanken waren offenbar in die gleiche Richtung gegangen. »Was meinst du, was Alice jetzt macht?«, fragte sie.

Jenny schnitt ihren Faden ab. »Keine Ahnung. Ich hoffe einfach, dass es ihr gut geht.«

Mum reichte ihr die Garnspule. »Sie hat für Rebekahs Sicherheit gesorgt und dafür einen hohen Preis gezahlt.«

»Aber wer hätte das vorhersehen können?« Jenny fädelte einen neuen Faden ein. »Vielleicht hatten wir das Ganze doch nicht sorgfältig genug durchdacht.«

»Ich frage mich, warum Stefan sich nicht stärker für sie eingesetzt hat. Angeblich liebt er sie doch.«

»Stefan hat alles getan, was möglich war. Er hat sich zweimal persönlich an den Feldkommandanten gewandt. Beim zweiten Mal hat er nichts mehr erreichen können.« Stefan war Arzt, sein Einfluss auf die Feldkommandantur hielt sich in Grenzen.

Er hätte nicht mehr tun können, ohne Misstrauen zu erwecken. In einem solchen Fall wäre die Aufmerksamkeit der Deutschen mit Sicherheit auch auf Rebekah gelenkt worden. Sie hätten nach ihr zu suchen begonnen, und dann wären sie alle in Gefahr gewesen.

»Ich weiß nicht.« Mum führte ihre Nadel so heftig durch das Laken, dass sie sich in den Finger stach. Ein Blutstropfen sickerte in den weißen Stoff. »Verdammt.« Sie sprang auf und lief in die Küche, um den Finger unter Wasser zu halten.

Jenny holte Alice' Erste-Hilfe-Kasten unten aus dem Wohnzimmerschrank und entnahm ihm ein Pflaster, das sie unbeholfen um Mums Finger wand. Alice hätte das besser gemacht. Vielleicht würde ihr Können ihr auch in dem deutschen Lager nützen.

Mum wusch den Blutfleck aus dem Laken. Danach arbeiteten sie weiter.

Als es draußen dunkelte, ließ Jennys Mutter die Hände sinken und sagte. »Ich muss Abendessen machen.« Aber sie stand nicht auf, sondern starrte durch das Fenster in den Garten.

»Was hast du?«, fragte Jenny.

»Ich habe mir stets Sorgen um Alice gemacht. Sie war nie so klug wie du.«

»Darüber haben wir doch schon gesprochen. Alice ist praktisch veranlagt. Was in diesen Zeiten von größerem Nutzen ist, als klug zu sein.«

»Ich habe versucht, es wettzumachen.«

»Was?«

»Dass dein Vater dich vorgezogen hat.«

Jenny hob die Schultern. »Dad und ich haben einander verstanden. Einer hat wie der andere gedacht. Ich habe immer angenommen, dass Alice zum Ausgleich dein Liebling ist.« Sie lächelte. »Und William ist unser aller Liebling.«

»Wusstest du, dass Alice früher einmal in Pip verschossen war?«

Jenny erinnerte sich an den Moment, an dem ihr der Verdacht gekommen war. Das war an dem Tag, als die Whitleys über sie hinweggedonnert waren. Alice war errötet, als Pip erschienen war. Auch der Eifer, mit dem ihre Schwester nach Saint Peter hatte segeln wollen, war ihr aufgefallen. »Ich habe es vielleicht geahnt. Aber sie hat nie etwas gesagt. Oder hat sie sich dir anvertraut?«

Ihre Mutter schüttelte den Kopf. »Ich habe es ihr angesehen.« Sie stand auf, um die Verdunkelungsjalousien herunterzuziehen, und ging in die Küche.

Jenny folgte ihr.

Ihre Mutter öffnete die Tür zur Speisekammer. Viel gab es dort nicht.

Jenny trat an ihr vorbei und griff nach dem schlaff gewordenen Kohlkopf und packte zwei kleine Rüben dazu. »Ich nehme an, wir machen Gemüsesuppe. Wie immer.«

Als sie den Kohl klein schnitten, sagte Mum: »Ich frage mich, ob es eine Art Test war.«

»Was soll ein Test gewesen sein?«

»Alice hat deinen Vater verloren und Pip nicht bekommen. Sie hat sich nach Liebe gesehnt, wusste jedoch nicht, ob Stefans Gefühle für sie echt waren.«

»Und zum Schluss wurde sie deportiert. Das hatte sie nicht einkalkuliert.«

»Nein. Aber sie wollte sehen, ob Stefan bereit war, ihr und Rebekah zu helfen. Was er ja auch getan hat. Dass mit dem ganzen Plan ein Risiko verbunden war, haben wir von Anfang an gewusst.«

Jenny schabte die Rüben. »Ich glaube, du interpretierst zu viel in Alice' Beweggründe hinein.«

Ihre Mutter schwieg. Dann sagte sie: »Ich hoffe, sie ist mit ihm nicht zu weit gegangen.«

Jenny verdrehte die Augen. »Darüber müssen wir uns jetzt keine Gedanken mehr machen, oder?«

»Wenn du meinst.« Ihre Mutter stand auf und setzte einen Topf Wasser auf.

»Langsam hängt mir die Gemüsesuppe zum Hals heraus«, sagte Jenny.

»Sei froh, dass wir überhaupt etwas zu essen haben.« Ihre Mutter legte drei Löffel auf den Tisch.

Jenny blickte auf die leeren Plätze. Wir waren einmal fünf, dachte sie schwermütig. Dann wanderten ihre Gedanken zu Rebekah, für die sie und Pip nun verantwortlich waren.

 KAPITEL 26

An diesem Morgen war es so kalt, dass Pip seinen Atem sehen konnte und ihn trotz der schweißtreibenden Arbeit immer wieder Schauer überliefen. Zu allem Unglück hatte er seine Arbeitshandschuhe vergessen und musste die Betonklötze mit bloßen Händen packen. Aber wenigstens war er beschäftigt. Rebekah hingegen dürften die Tage in der Scheune lang werden. Aber dafür hatte sie es warm. Mrs Robinson hatte ihr Winterkleidung und Wolldecken besorgt.

Er schaute zu Peter hinüber, dem er noch immer nicht über den Weg traute, und traf auf dessen Blick. Offenbar war er wieder dabei, ihn zu beobachten. Womöglich hatte der Aufseher ihn beauftragt, die Leute im Auge zu behalten, denn er selbst ließ sich nur noch selten blicken. Vielleicht hatte er erkannt, dass alle hart arbeiteten, ohne dass man sie fortwährend antreiben musste.

Pip sah den Möwen nach, die sich über der Bucht vom Wind tragen ließen und währenddessen nach Fischen Ausschau hielten. Dann und wann stießen sie hinab und tauchten in die Wellen, die sich wild schäumend zum sandigen Ufer wälzten und klatschend an Felsen hochspritzten. Unbeirrbar folgte das Meer den Naturgesetzen von Ebbe und

Flut, ließ sich durch nichts abhalten, nicht einmal von einem Krieg.

Diesen Anblick würde Pip nie leid werden. Jeden Tag nahm er ihn aufs Neue in sich auf – die sandige Bucht, das stete Vor und Zurück der Wellen, die weißen Schaumkronen und in der Ferne Mont Orgueil Castle, oder »Gorey Castle«, wie die Einheimischen die Festung über dem Hafen von Gorey nannten.

Seit sechsundzwanzig Monaten waren die Deutschen nun auf Jersey, hatten die Küste mit ihrem Schutzwall und ihren Bunkern bestückt, doch der Schönheit der Insel konnten sie nichts anhaben.

An diesem Morgen war Pip früher als sonst wach geworden und hatte noch Zeit für eine zweite Tasse Tee gehabt, falls man das Gebräu, das es inzwischen gab, noch als Tee bezeichnen konnte. Der Nachteil war, dass seine Blase nun unangenehm voll war. Normalerweise konnte er es bis zur Mittagszeit aushalten und die provisorisch eingerichtete Latrine hinter dem Geräteschuppen benutzen. Doch es war erst elf Uhr, und er vermochte nicht länger zu warten. Nachdem er sich vergewissert hatte, dass der Aufseher noch immer nicht erschienen war, lief er zur Latrine, um sich zu erleichtern. Danach beschloss er, rasch in den Geräteschuppen zu gehen und nachzusehen, ob irgendwo ein Paar Arbeitshandschuhe lag.

Der Schuppen war auf die Schnelle errichtet worden, bestand nur aus alten zusammengenagelten Holzbrettern, durch die der Wind pfiff und Regen drang. Der nackte Lehmboden war meistens aufgeweicht.

Pip ließ seinen Blick über die Hacken, Schaufeln und Spaten gleiten, die Kiste voller Kellen, die Säcke Zement und Sand, die Spinnweben in den Ecken. Arbeitshandschuhe waren nirgends zu sehen. Aber in einer Ecke stand ein kleiner Korb. Pip warf einen Blick durch das verdreckte Fenster nach draußen, um festzustellen, ob sich jemand näherte. Da war niemand.

In dem Korb lagen mehrere Brioches und ein Kanten Käse. Diese Köstlichkeiten gehörten offenbar dem Aufseher. Pip steckte eine Brioche für Rebekah ein und sagte sich, dass man Deutsche bestehlen durfte; sie bestahlen ja auch die Inselbewohner.

Pip hatte Glück. Bis zum Ende des Arbeitstags betrat niemand den Schuppen, niemand beschwerte sich, dass ihm eine Brioche gestohlen worden war.

Am späten Nachmittag radelten er und Jenny zu der Scheune, in der sich Rebekah verbarg.

Rebekah saß auf einem Heuballen und las eine zerfledderte Ausgabe von *Mit offenen Karten* von Agatha Christie.

Jenny umarmte sie, und Pip überreichte ihr die Brioche und eine Handvoll Äpfel, die er und Jenny auf dem Weg aufgelesen hatten.

»Ein Fest.« Rebekah biss in die Brioche. »Und noch ziemlich frisch. Vielen Dank.«

»Versorgen wir dich auch sonst ausreichend?«, fragte Jenny.

»Natürlich«, entgegnete Rebekah. »Und Picot bringt mir morgens Milch, und manchmal auch ein Stück Käse.« Erschrocken betrachtete sie den kleinen Rest Brioche. »Wo sind meine Manieren? Entschuldigt, dass ich euch nichts angeboten habe.«

»Die Brioche war nur für dich«, sagte Pip.

Jenny lachte. »Soll ich mir mit einem Bissen Brioche den

Appetit verderben? Wo es bei uns doch jeden Abend diese wundervolle Gemüsesuppe gibt?«

»Na dann.« Hungrig verschlang Rebekah den letzten Bissen. Dann fragte sie: »Wisst ihr, ob nach mir gesucht wird?«

Pip schüttelte den Kopf. »Bisher nicht.«

»Ich kann noch immer nicht glauben, dass ich mit heiler Haut davongekommen bin.« Rebekah blickte zum Scheunentor. »Ständig warte ich darauf, dass Wehrmachtssoldaten durch das Tor kommen, mich packen und ins Gefängnis werfen.«

»Vielleicht ist dein Verschwinden den Deutschen noch nicht aufgefallen«, erwiderte Jenny. »Im Krankenhaus haben sie sich jedenfalls nicht nach dir erkundigt, sagt Stefan.«

»Habt ihr etwas von Alice gehört?«

Jenny schüttelte den Kopf. »Entweder braucht die Post sehr lange oder die Gefangenen in den Lagern dürfen keine Briefe schreiben.«

»Ich muss immerfort an sie denken«, sagte Rebekah. »Es wird schon so kalt, und in Deutschland dürfte es kaum wärmer sein. Wie soll Alice den Winter überstehen, sie hatte ja nicht einmal Zeit, warme Sachen einzupacken.«

»Vielleicht haben die Deutschen mehr Heizmaterial als wir«, sagte Pip.

Auf Jersey waren die Zuteilungen an Holz und Kohle vor Kurzem erneut verringert worden. Der Winter würde hart werden. Um sich selbst machte Pip sich keine allzu großen Gedanken, als Segler war er abgehärtet, und nun auch dank der schweren Arbeit an der frischen Luft. Nur sein Vater bereitete ihm Kummer. Er war gebrechlich geworden, die Haut dünn, und unter den Augen hatte er dunkle Ränder bekommen. Zum einen lag es an seinem fortschreitenden Alter, zum anderen sorgte er sich um Pip. Er hatte Angst, sein Sohn könnte sich bei der Arbeit verletzen oder die Deutschen würden ihm etwas antun. Es war gut, dass Dad Jenny hatte. Sie war ihm eine größere Hilfe, als Pip es jemals hätte sein können.

Um Rebekah eine kleine Abwechslung zu verschaffen, spielten Pip und Jenny mit ihr Rommé, bis es dafür zu dunkel wurde.

»Ihr müsst sicher wieder nach Hause«, sagte Rebekah.

Jenny sammelte die Karten ein. »Kommst du hier auch wirklich zurecht?«

»Ich habe alles, was ich brauche.« Rebekah wedelte mit der Hand über den Platz, den sie sich geschaffen hatte. An einer Stange hingen ihre Kleidungsstücke, in einem Heuballen, den sie als Nachttisch benutzte, steckte eine Taschenlampe. Sie schlief auf einer Wolldecke, die sie über Stroh gebreitet hatte, deckte sich mit Wolldecken und Stroh zu. Solange sie nichts Besseres für sie fanden, musste es genügen.

An diesem Tag wirkte Rebekah auch ruhiger als sonst. Vielleicht lag es an der Nachricht, dass niemand nach ihr suchte.

Pip hatte den Verdacht, dass Stefan irgendetwas mit den Unterlagen der Deutschen angestellt hatte. Denn normalerweise nahm man es in der Feldkommandantur nicht hin, dass Juden, die man hatte deportieren wollen, einfach verschwanden.

*

Am zweiten Tag wurde den Insassen die Möglichkeit gegeben, sich mit dem Tagesablauf im Lager, den Appellen und der ganzen Örtlichkeit vertraut zu machen.

Nach dem mageren Abendessen hatten sie ein wenig freie Zeit zur Verfügung. Alice beschloss, nach Clara zu suchen. Mit ängstlich klopfendem Herzen schlich sie sich über eine regenfeuchte Wiese zu den Hütten, in denen man Clara untergebracht hatte, und blickte sich immer wieder um, um sicherzugehen, dass niemand sie beobachtete.

Als sie die Hütten erreichte, wunderte Alice sich über die Stille. Außer dem Wind in den Bäumen war nichts zu hören. Sie hatte Stimmen erwartet, das Klappern von Besteck oder zumindest den Klang schroffer deutscher Befehle.

Bevor sie die erste Tür öffnen konnte, traten ihr drei Wachleute in den Weg und sagten mit drohenden Gebärden etwas, das Alice nicht verstand. Dennoch war klar, dass man sie nicht vorbeilassen würden.

»Bitte«, sagte sie unterwürfig. »Ich möchte nach meiner Freundin sehen.«

Einer der drei antwortete ihr auf Englisch. »Das ist nicht erlaubt. Und Sie haben hier nichts zu suchen.«

»Ich möchte nur hören, wie es ihr geht«, versuchte Alice es erneut. Während des Tages hatte sie immer wieder zu den Hütten geschaut, und nie war jemand ein oder aus gegangen.

Der Wachmann machte scheuchende Armbewegungen. »Kehren Sie zu Ihrer Unterkunft zurück. Los!«

Widerstrebend wandte Alice sich ab und lief zu ihrer Baracke. Sie wünschte, sie könnte Deutsch, wäre energischer, wäre so klug wie Jenny, die einen Weg gefunden hätte, um in die Hütten zu gelangen. Doch offenbar musste sie sich damit abfinden, dass sie hier nicht mehr tun konnte, als zu gehorchen.

In der Nacht ließ die Sorge um Clara Alice nicht schlafen. Und als sie auf dem Weg zum Frühstück erneut zu den Hütten blickte, regte sich dort noch immer nichts. In der Kantine brachte sie den wässrigen Haferbrei kaum hinunter. Erst als sie die Kantine verließ, entdeckte sie Clara, die mit anderen Gefangenen gekommen war. Die meisten wirkten verängstigt, einige schienen krank zu sein.

Alice fasste sich ein Herz und näherte sich Clara trotz des Wachmanns, der sie beobachtete. »Komm nach dem Frühstück zur Latrine«, flüsterte sie. »Da warte ich auf dich.«

Mit ihrem Blick bedeutete Clara ihr, dass sie verstanden hatte.

Bei der Latrine handelte es sich um einen primitiven Bau aus Beton, mit je einem Bereich für männliche und weibliche Gefangene. Alice stellte sich hinter das Gebäude und betete, dass die Wachen sie nicht sahen.

Dann erschien Clara. Alice umarmte sie. »Wo warst du? Ich habe mir Sorgen gemacht.«

Clara bedachte sie mit einem freudlosen Lächeln. »Die Deutschen versuchen alles, damit wir uns elend fühlen.«

»Warum, was haben sie getan?«

»Bei uns handelt es sich entweder um sogenannte Vierteljuden oder wir sind mit Juden verheiratet. Zur Strafe hausen wir in Hütten, die nicht besser als Ställe sind. Wir schlafen auf

Stroh, und dreißig Frauen teilen sich ein Waschbecken. Heute durften wir zum ersten Mal raus.«

»Bei uns ist es nicht viel besser«, sagte Alice. »Außer, dass wir nicht auf Stroh, sondern auf Pritschen schlafen.«

»Wenn es nicht noch schlimmer kommt, stehe ich es durch«, sagte Clara. »Samuel ist in einem Konzentrationslager der Deutschen. Das Leben dort soll die Hölle sein.«

Alice betrachtete Clara mitfühlend. Wenigstens musste sie sich um ihren Liebsten keine Gedanken machen, Stefan würde auf Jersey nichts geschehen. Auch Rebekah war vor dem Transport in ein Lager bewahrt worden.

»Wir müssen zusammenhalten«, sagte sie. »Und einander so gut es geht helfen. Auch wenn wir uns nicht jeden Tag sehen.«

»Viel werde ich nicht ausrichten können«, entgegnete Clara niedergeschlagen.

»Dann werden wir wenigstens aneinander denken«, sagte Alice. »Das wird uns guttun, dann fühlen wir uns nicht so allein.«

*

Die Zeit im Lager schleppte sich dahin, und Alice wünschte, es gäbe mehr zu tun. Doch sie hatten nur ihre Unterkunft sauber zu halten, und das war rasch erledigt. Dann gab es noch die Appelle, den ersten vor dem Frühstück, den zweiten um elf Uhr vormittags, den dritten und letzten vor dem Abendessen.

Selbst die Appelle zogen sich in die Länge, als hätten die Wachen ebenfalls nicht genug zu tun. Oder es gefiel ihnen zuzusehen, wie die Gefangenen in der feuchtkalten Herbstluft standen und froren. Eine andere Möglichkeit war, dass sie nicht richtig zählen konnten und deshalb mehrmals von vorn begannen. Hinzu kam, dass sie ihre Listen schlampig führten. Als eine Gefangene an einem Abend fehlte, wurden alle dreimal gezählt, bis einem Wachmann einfiel, dass die, die fehlte, am Morgen gestorben war.

Die Frau hatte in einer der Holzhütten gelebt, wo mehr Gefangene starben als in den Baracken, in denen Alice untergebracht war. Was kein Wunder war, die Gefangenen aus den Hütten bekamen nur das Nötigste zu essen, lagen auf feuchtem Stroh und hatten zum Zudecken nicht mehr als eine dünne Wolldecke.

Auch Clara schien jeden Tag dünner zu werden, das Gesicht spitzer, der Teint grauer. Von der hübschen Frau, die Alice am Hafen von Saint Helier getroffen hatte, war nichts mehr zu erkennen.

»Wir siechen dahin, und das kommt nicht von ungefähr«, sagte Clara zu Alice, als sie an einem windigen, bitterkalten Morgen den Appell hinter sich hatten. »Die Deutschen können planen und organisieren. Sie könnten uns ohne Weiteres mehr zu essen und wärmere Decken zukommen lassen. Doch das wollen sie nicht. Im Gegenteil, sie wollen uns loswerden.«

Der Verdacht war auch Alice gekommen.

*

Seltsamerweise wurde es ihnen nach einer Weile doch gestattet, einander in den Unterkünften zu besuchen. Das schloss die

Insassen der Hütten ein, vorausgesetzt es handelte sich um sogenannte »Arier« mit einem jüdischen Ehepartner. An schönen Tagen durften sie sogar kleine Spaziergänge außerhalb des Lagers unternehmen, jedenfalls solange sie sich im Sichtfeld der Wachen bewegten. Doch Alice war bereits dankbar, wenn sie außer den trostlosen Unterkünften, dem verschlammten Hof und dem Stacheldrahtzaun einen freien Blick auf die Hänge der Schwäbischen Alb hatte, auf die dunkelgrünen Nadelwälder, die bis zu den Hügelkuppen reichen.

In solchen Zeiten vergaß sie das Heimweh, das sie sonst immerzu verfolgte, insbesondere, wenn sie abends nicht einschlafen konnte. Sie sehnte sich nach Stefan, nach ihrer Mutter, Jenny, William – und nach Jersey. Mit weit geöffneten Augen lag sie dann im Dunkeln, blendete die Seufzer und das Gemurmel der anderen Frauen aus, und wanderte im Geist an der Küste Jerseys entlang. Dann sah sie helle Buchten, Wellen, die in der Sonne blitzten, kleine Felseninseln und schroffe Klippen. Manchmal stellte sie sich auch die Leuchttürme vor, oder sie reiste in Gedanken zu Catherine's Breakwater und hörte Jenny, die ihren Vater mit hoher Kinderstimme fragte, in welchen Abständen die Leuchtfeuer aufschienen und wie weit sie reichten. Dann waren sie und Jenny wieder die Leuchtturm-Schwestern, die Dad anbettelten, ihnen Geschichten zu erzählen, von einsamen Leuchtturmwärtern, die Schiffe aus Seenot retteten, oder von Schiffen, die nicht mehr hatten gerettet werden können und nun als Wracks auf dem Meeresboden lagen. Ein andermal war sie mit Pip auf der *Bynie May*, segelte an dem kalkweißen Leuchtturm von La Corbière vorbei, der sich von der Felseninsel erhob. Doch jede Reise, die sie in ihrer Phantasie unternahm, endete mit dem Leuchtturm von Noirmont und führte zu dem Abend, an dem sie und Stefan sich auf dem Portelet Common geliebt hatten. Wenn ihr das Herz vor Sehnsucht nach ihm zu schmerzen begann, versuchte sie sich damit zu trösten, dass einer der Leuchttürme von Jersey eines Tages auch ihr den Weg nach Hause weisen würde.

*

Es war vorzeitig kalt geworden. An diesem Abend war das kleine Fenster im Schuppen sogar vereist. Pip trug eine warme Hose, Pullover, fingerlose Handschuhe und eine Mütze, die er sich tief über die Ohren gezogen hatte. Jenny hatte ihren Wintermantel an und sich, statt einer Mütze, einen Wollschal um den Kopf gewunden.

Als Pip die letzte BBC-Nachricht notiert hatte, sagte Jenny: »Deine Handschrift wird immer schlimmer. Kannst du nicht ordentlich schreiben?«

»Es waren gute Nachrichten, und ich war aufgeregt«, sagte Pip und rieb sich die kalten Finger. »Die 8. Armee hat die Schlacht bei El Alamein gewonnen und die deutsch-italienischen Truppen zurückgedrängt. Wenn du mich fragst, werden die Deutschen ihre Stellungen in Nordafrika verlieren und in absehbarer Zeit kapitulieren.«

»Gut, dass wir Montgomery haben.« Jenny blies auf ihre kalten Hände, dann zog sie die Mantelärmel darüber. Sie hatte ihre Aktionen für die JCP erweitert und half nun auch mit, für die Zwangsarbeiter, die vor den Deutschen fliehen wollten, sichere Häuser zu organisieren. Sie war dankbar für die Mehrarbeit, sie lenkte sie von ihrer Sorge um ihre Schwester ab.

»Wir werden den Krieg gewinnen«, sagte Pip.

»Hoffentlich«, erwiderte Jenny. Manchmal glaubte sie das auch, doch an diesem Abend war sie nicht ganz so optimistisch wie ihr Freund.

Plötzlich hörten sie einen Wagen über die Einfahrt kommen, und dann strich das Licht seiner Scheinwerfer über das Fenster. Wie der Wind verstauten sie Detektorgerät und Kopfhörer in den Verstecken, schoben die Seiten mit den niedergeschriebenen Nachrichten in einen Anzuchtkasten und bedeckten sie mit Erde. Als Schritte ertönten, saßen sie an der Werkbank und topften Geranien um.

Jemand klopfte leise an die Tür. Pip und Jenny sahen sich an. Für eine Razzia war das Klopfen zu zaghaft gewesen, und Jennys Mutter und William klopften nicht an.

Pip öffnete die Tür. Stefan stand draußen und hatte sich wie ein Inselbewohner gekleidet, mit grauer Hose und dickem Seemannspullover.

Pip ließ ihn eintreten und spähte über Stefans Schulter, um sicherzugehen, dass er allein gekommen war.

»Entschuldigt, dass ich einfach so hereinschneie«, sagte Stefan. »Ich wollte euch warnen.«

Jenny stand auf. »Wovor?«

»Es sind Suchtrupps unterwegs, die nach entlaufenen russischen Zwangsarbeitern fahnden. Sie nehmen sich Scheunen und Schuppen vor. Das bedeutet, dass auch Rebekah in Gefahr ist.«

Jennys Magen verkrampfte sich, und sie sah Pip entsetzt an.

»Habt ihr einen anderen Ort, an dem wir sie unterbringen können?«, fragte Stefan.

Jenny registrierte das »wir«. Offenbar hatte er vor, ihnen zu helfen.

Pip schüttelte den Kopf. »Nicht auf die Schnelle.«

»Wir holen sie zu uns«, sagte Jenny. »Sie kann in Alice' Bett schlafen.«

Pip schien die Idee nicht zu gefallen. »Damit würdest du dich und deine ganze Familie gefährden.«

»Nur für ein paar Tage«, sagte Jenny. »Bis wir etwas Besseres gefunden haben.«

»Das würde gehen«, meinte Stefan. »Häuser und Wohnungen werden noch nicht kontrolliert.«

»Es wird Rebekah guttun«, sagte Jenny. »Sie braucht Gesellschaft. Es hat mir ohnehin nicht behagt, dass sie so oft allein ist. Mum wird es verstehen.«

»Dann nichts wie los«, sagte Stefan.

Sie liefen zu seinem Wagen.

*

Rebekah erschrak, als sie zu dritt in die Scheune kamen. Als sie den Grund erfuhr, packte sie rasch ihre Sachen.

Eine halbe Stunde später saßen sie in der Küche der Robinsons. Jennys Mutter schien der Gedanke, Rebekah zu beherbergen, nicht zu gefallen, doch sie nahm es hin und bot Brombeertee und Brot an. Mehr hatte sie nicht.

William schien sich über den Besuch zu freuen; er mochte sowohl Stefan als auch Rebekah.

»Morgen bringe ich Ihnen ein paar Lebensmittel vorbei«, sagte Stefan zu Mum und zwinkerte Jennys Bruder zu. »William ist noch im Wachstum und braucht mehr als Brot.«

William grinste ihn an.

Jenny dachte an die vielen Male, die Stefan seit Alice' Deportation zu ihnen gekommen war. Um Aufsehen zu vermeiden, war er stets am Abend erschienen. Wahrscheinlich hatte ihn der ein oder andere Nachbar dennoch gesehen, aber bisher hatte niemand etwas gesagt.

Jenny ging mit Rebekah nach oben in ihr Zimmer.

Erschöpft ließ Rebekah sich auf Alice' Bett nieder.

Es versetzte Jenny einen kleinen Stich. Zwanzig Jahre lang hatte sie sich dieses Zimmer mit Alice geteilt. Sie erinnerte sich, wie sehr ihre Schwester die Düfte der Blumen genossen hatte, die im Frühling und im Sommer aus dem Garten zu ihnen hinaufgestiegen waren. Wie sie sich ganz früher im Winter aneinander gekuschelt und miteinander geflüstert hatten. Ihr Blick glitt über die rosafarbenen Tagesdecken; die Tapete mit dem verblassten Rosenmuster, die ihr Vater hatte ersetzen wollen, was er jedoch nie getan hatte; den dunklen Kleiderschrank, in dem Alice' Erstsatzschwesterntracht hing; den Nachttisch, der die Betten trennte. Jenny wurde die Kehle eng. In diesem Zimmer hatte Alice ihr gestanden, was sie für Stefan empfand, und sie hatte sie deswegen kritisiert. Doch Alice hatte Stefan getraut – und damit recht gehabt.

»Meinst du, hier bin ich sicher?«, fragte Rebekah.

»Für ein paar Tage schon. Stefan sagt, im Moment konzentrieren die Deutschen sich auf die entlaufenen Zwangsarbeiter.«

»Und was ist, wenn er sich irrt? Was, wenn sie auch hierherkommen?«

»Wir werden weiterhin alles tun, um dich zu schützen, Rebekah. Bisher sind sie uns nicht auf die Schliche gekommen, und ich werde dafür sorgen, dass es dabei bleibt. Die Deutschen haben mir schon genug genommen.« Jenny holte die Holzkiste unter ihrem Bett hervor. »Wir werden uns Klopfzeichen ausdenken, die dich warnen, sollten die Deutschen anrücken. Wenn du sie hörst, verschwindest du unter meinem Bett. Das ist geeigneter, denn es steht an der Wand. Glücklicherweise bist du zierlich.«

Jennys Vater hatte die Betten so gebaut, dass man den Stauraum darunter nutzen konnte.

»Dann ziehst du die Tagesdecke tiefer nach unten, verbirgst dich unter den Wolldecken, die wir dort unten deponieren werden und schiebst diese Holzkiste vor dich. Bei einer flüchtigen Kontrolle wird man dich nicht sehen. Sollten die Deutschen unser Haus auf den Kopf stellen, sind wir alle dran.«

Rebekah schluckte nervös. »Dazu darf es nicht kommen.«

»Nein«, sagte Jenny. »Leg dich hin und versuch zu schlafen.«

In der Küche hatte Pip den Sammelband Shakespeare vor sich auf dem Tisch. Jenny sah ihn mit hochgezogenen Brauen an. »Was willst du mit dem Shakespeare?«

»Ich wollte dich fragen, ob ich ihn ausleihen darf«, erwiderte Pip. »Mein Vater möchte, dass ich ihm abends daraus vorlese. Ist das okay für dich?«

Jenny zuckte mit den Schultern. »Behalte den Band, so lange du möchtest.«

Sie warf einen kurzen Blick zu Stefan hinüber, doch der starrte aus dem Fenster in die Dunkelheit und hing offenbar seinen Gedanken nach. Das war gut, er musste nichts von dem Detektorradio erfahren. Je weniger er von ihren Aktivitäten wusste, desto besser. Sie fragte sich nur, was Pip mit dem Shakespeare vorhatte. Wollte er ihn und den Empfänger im Haus seines Vaters unterbringen? Und seinen Vater gefährden?

Stefan wandte sich vom Fenster ab. »Ich liebe Shakespeare«, sagte er und betrachtete den Sammelband lächelnd. »*Macbeth* insbesondere.« Sein Blick ging in die Ferne, und dann deklamierte er: »*Das Morgen und das Morgen und das Morgen schleicht sich langsam hin von einem Tag zum andern ...*«

Pip lächelte gezwungen und hielt den Band fest umklammert.

»Wie ging das noch weiter?« Stefan griff nach dem Shakespeare.

»*... bis zur letzten Silbe der aufgezeichneten Zeit; und alle unsere Gestern haben Narren den Weg zum staubigen Tod geleuchtet*«, vollendete Jenny den Satz eilig.

Stefan lächelte. »Wie schön, dass du diese Stelle kennst. Sie ist so großartig.«

»Wir mussten Macbeths Schlusswort im Englischunterricht auswendig lernen«, sagte Jenny und dachte, mehr Text hätte sie nicht mehr zu bieten gehabt.

»Shakespeare wusste viel über uns Menschen – und die Abgründe unserer Seele«, entgegnete Stefan.

Bevor Stefan auf die Idee kommen konnte, das Schlusswort noch einmal nachzulesen, stand Pip auf und drückte den Shakespeare an seine Brust. »Es ist spät geworden, und ich muss leider los.«

Als beide Männer sich verabschiedet hatten und William zu Bett gegangen war, sahen Jenny und ihre Mutter sich an. »Wir müssen jetzt besonders vorsichtig sein«, sagte Mum. »Ich nehme an, dir ist klar, was geschieht, sollten die Deutschen Rebekah bei uns finden.«

Sie weiß nicht einmal die Hälfte, dachte Jenny. Rebekah hatte die Gefahr, in der sie schwebten, lediglich auf eine neue Ebene gehoben.

*

Als Alice an diesem Morgen ihre Baracke verließ, lag Schnee, und der Himmel war leuchtend blau. Bereits auf dem kurzen Weg zur Kantine drang ihr die Kälte bis auf die Knochen.

Alice ließ sich an dem Tisch nieder, an dem Clara saß. Sie war hungrig, doch als sie die klebrige Scheibe Brot auf ihrem Teller betrachtete und die hellbraune Brühe, die Kaffee sein sollte, hob sich ihr Magen. So erging es ihr seit Tagen. Mitunter wurde die Übelkeit so stark, dass sie aufstehen und zur Latrine rennen musste, um sich zu übergeben.

Alice atmete tief durch und zwang sich, einen kleinen Brocken Brot hinunterzuwürgen. »Leidest du an morgendlicher Übelkeit?«, fragte eine der Frauen am Tisch.

Alice schüttelte vehement den Kopf. »Ganz bestimmt nicht.« Sie stand auf. »Ich kann nur nichts mehr essen.«

»Kann ich den Rest deines Festmahls haben?«, fragte Clara.

Alice konnte nur nicken. Hätte sie den Mund geöffnet, hätte sie sich auf den Frühstückstisch erbrochen.

Auf dem Weg zurück zur Baracke fühlte sie sich hundeelend. Konnte es tatsächlich sein, dass sie schwanger war? Wann hatte sie mit Stefan geschlafen? Das war im September. Sie hatte ihm so nah sein wollen, wie es zwei Menschen, die einander liebten, nur möglich war. Außerdem hatten sie da gerade begonnen, ihren Plan zu Rebekahs Rettung in die Tat umzusetzen, und sie hatte sich gesagt, sollte man sie fassen, wollte sie die körperliche Liebe mit Stefan erfahren haben. Es wäre etwas Schönes, an das sie sich in der Haft erinnern könnte. Und so war es ja auch gekommen. Es war eine leidenschaftliche Umarmung gewesen, und keiner hatte daran gedacht, sich vorzusehen. Ihr war es zwar durch den Kopf gegangen, doch nachher hatte sie sich eingeredet, dass es nur ein einziger Liebesakt gewesen war, bei dem eigentlich nichts hatte passieren können. Wie dumm und naiv sie gewesen war. Zumal seitdem ihre Periode ausgeblieben war. Sie hatte sich vorgemacht, dass es mit den Strapazen der Deportation zusammenhing, mit dem Lagerleben und der mangelhaften Ernährung. Vielleicht traf das sogar zu. Sie durfte einfach nicht schwanger sein.

Teil III

Januar 1943 – Dezember 1945

 KAPITEL 27

An einem kalten Januartag machten Jenny und ihre Mutter einen Pudding, der sich vor allem aus isländischem Moos, Kartoffelmehl und Vanilleextrakt zusammensetzte. Sehr viel mehr hatten sie nicht, die Versorgungslage auf der Insel hatte sich dramatisch verschlechtert. Ohne die Nahrungsmittel, die Stefan gelegentlich vorbeibrachte, wäre die Not groß gewesen.

Mum goss heißes Wasser über das isländische Moos. Jenny holte den Vanilleextrakt aus der Speisekammer, die außer einigen Konservendosen und gummiartigen Möhren und Rüben nichts mehr enthielt. Vorbei waren die Zeiten, als man in den Regalen eine in Musselin eingeschlagene Schweinekeule gesehen hatte, eine halbe Fleischpastete, einen Topf Bratfett, Marmeladen und Gelees.

William betrat die Küche durch die Hintertür. Die Kälte draußen hatte seine Nase gerötet und ihm das Wasser in die Augen getrieben. Er rieb seine Hände über dem Ofen warm.

»Wie war es in der Schule?«, fragte Jenny.

»Gut«, antwortete er auf Deutsch.

Mum wandte sich zu ihm um. »Was hast du gesagt?«

»Ich habe ›gut‹ gesagt.«

»Und warum sprichst du mit uns Deutsch?«

William zuckte die Achseln.

»Also hast du dich wieder mit Wehrmachtssoldaten unterhalten«, sagte Mum vorwurfsvoll. »Wie oft muss ich dir noch sagen, dass du das nicht sollst. Wenn du das noch einmal tust, holen wir dich künftig wie einen kleinen Jungen von der Schule ab.«

William legte seinen Ranzen auf den Küchentisch. Mum seufzte und stellte ihn auf den Fußboden. William bückte sich, um ein Schulbuch hervorzuholen. *Deutsche Grammatik* stand darauf. »Wir müssen jetzt ihre Sprache lernen«, sagte er.

»Diese verdammten Deutschen«, sagte Mum. »Reicht es ihnen nicht, uns auszuhungern? Müssen sie unseren Kindern auch noch ihre Sprache aufzwingen?«

»Der arme Mr de Carteret«, sagte Jenny. Mr de Carteret war schon Schulleiter gewesen, als ihr Vater noch unterrichtet hatte, und ein eingeschworener Feind der Deutschen.

Mum stellte ein Glas Milch vor William. »Entschuldige, Will, ich habe dir unrecht getan. Von dem neuen Unterrichtsfach wusste ich nichts. Sei's drum, dann lernst du eben Deutsch. Vielleicht fallen dir Fremdsprachen ebenso leicht wie es früher bei Jenny war. Man weiß ja nie, wofür sie gut sind.«

Jenny warf ihrer Mutter einen Blick zu. Ahnte sie, dass sie heimlich BBC-Nachrichten übersetzte? Sie hatte nie etwas gesagt, wenn Jenny sich mit Pip in den Schuppen verzog.

Ihre Mutter murmelte noch etwas, das Jenny nicht verstand, und widmete sich wieder der Zubereitung ihres Ersatzpuddings.

Als an der Eingangstür geklopft wurde, schraken sie alle zusammen und sahen sich ängstlich an.

Jenny fasste sich ein Herz und ging hinaus in den Flur. Durch die Milchglasscheibe der Haustür erkannte sie Uniformen. Wieso hatten sie die Soldaten nicht kommen gehört? »Mum«, flüsterte sie, »da draußen stehen Soldaten. Halte sie auf, ich muss Rebekah warnen.«

»Beeil dich«, flüsterte Mum.

Lautlos schlich Jenny die Treppe hinauf. In ihrer Panik vergaß sie das Warnzeichen, dass sie ausgemacht hatten, indem Mum oder sie mit dem Besenstiel dreimal an die Decke unter Rebekahs Zimmer klopften. Aber offenbar war es nicht nötig gewesen, in dem Zimmer war von Rebekah nichts zu sehen.

»Rebekah«, flüsterte Jenny. »Wo bist du? Vor der Tür unten stehen deutsche Soldaten.«

Keine Antwort.

»Rebekah?«

Nur die Schritte ihrer Mutter unten waren zu hören. Und dann Männerstimmen. Für den Fall, dass Rebekah doch unter ihrem Bett lag, zog Jenny die Tagesdecke noch tiefer und strich sie glatt. Dann versuchte sie sich an einer nichtssagenden Miene und ging wieder nach unten.

Zwei Wehrmachtsoffiziere standen in der Küche. William radebrechte mit ihnen auf Deutsch. Mum stand mit kreidebleichem Gesicht am Herd.

Die Männer waren höflich. Sie nahmen ihre Mützen ab und nannten ihre Namen. Einer war Hauptmann Schneider, der andere Leutnant Meyer. Schneider lobte Williams Deutschkenntnisse.

Jenny starrte auf die kurz geschnittenen blonden Haare der Männer, die Pistolen an ihrem Gürtel und die Knöpfe der Uniformen, die in den einfallenden blassen Sonnenstrahlen silbrig schimmerten.

»Wohnen bei Ihnen noch andere Familienmitglieder?«, fragte Schneider, und Jenny stellte fest, wie kalt sein Blick trotz des höflichen Auftretens war.

Jenny schüttelte den Kopf. »Meine Schwester wurde nach Deutschland deportiert, und mein Vater ist vor zwei Jahren gestorben.«

»Mein Beileid«, sagte Schneider.

»Danke.« Jenny wagte es nicht, William anzuschauen, wusste jedoch, dass ihre Aussage ihn verwirrt hatte. Womöglich überlegte er, ob Rebekah inzwischen als Familienmitglied gelten konnte. Falls er zu dem Schluss käme, dass dem so wäre, würde er sie nennen. Lügen, Täuschungsmanöver, das waren Dinge, die er nicht verstand. *Sag nichts*, flehte Jenny ihn stumm an. Mehr als einmal hatten sie mit ihm über die Notwendigkeit, Rebekah zu verstecken, gesprochen, doch ob er es wirklich begriffen hatte, konnte sie nicht sagen. Abgesehen davon war er stets unberechenbar.

»Ich hoffe, Sie haben nichts dagegen, wenn wir uns selbst davon überzeugen«, sagte Schneider.

»Natürlich nicht«, entgegnete Jenny. »Darf ich fragen, nach wem Sie suchen?«

Diesmal sprach Meyer. »Nach einer jüdischen Kranken-

schwester, die sich vor einer Weile aus dem hiesigen Krankenhaus abgesetzt hat. Wir durchsuchen die Häuser und Wohnungen ihrer Kollegen, um festzustellen, ob sie sich bei ihnen
verbirgt.«

Irgendwann hatte es so kommen müssen, dachte Jenny, die
von Anfang an damit gerechnet hatte, dass Rebekahs Fehlen
eines Tages auffallen würde. Vielleicht war es sogar jemand aus
dem Krankenhaus gewesen, der die Deutschen darauf aufmerksam gemacht hatte. Womöglich hatte derjenige auch erwähnt,
dass Alice und Rebekah befreundet gewesen waren.

Nun machte Jenny sich die schlimmsten Vorwürfe. Rebekah hatte nur für ein paar Tage bei ihnen bleiben sollen, warum
hatten sie für sie keine neue Unterkunft gesucht, so wie es
geplant gewesen war. Na schön, sie wusste, warum. Rebekah
kümmerte sich um William, und niemand hatte bisher nach
ihr gesucht. Sie waren bequem und nachlässig gewesen.

Sie presste ihre Hände in ihren Seiten, um ihr Zittern zu
verbergen und versuchte, ganz sachlich zu klingen. »Vielleicht
handelt es sich um eine Verwechslung. Meine Schwester war
zwar in unserem Krankenhaus tätig, aber sie ist nun in Deutschland. Ihre früheren Kollegen und Kolleginnen kennen wir
kaum, und ganz sicher würden wir Juden keinen Unterschlupf
gewähren.« Das Wort »Juden« hatte sie mit Verachtung aus-
gesprochen.

»Dem kann ich mich nur anschließen«, erklärte Mum.

»Wir schauen uns trotzdem kurz um«, sagte Schneider, öffnete die Tür zur Speisekammer und spähte in den kleinen
Raum.

Meyer nahm sich den Küchenschrank und den Ofen vor, und Jenny fragte sich, was um alles in der Welt, er dort zu finden glaubte. Als die beiden Offiziere die Küche verließen, um sich im Wohnzimmer umzusehen, blickte Jenny ihren Bruder an und legte einen Finger auf ihre Lippen. Er blickte sie verständnislos an.

Jenny hörte, dass die Deutschen sich am Bücherregel zu schaffen machten, und dankte dem Himmel, dass Pip den Shakespeare samt Detektorgerät mitgenommen hatte.

Sie hörte die Männer die Treppe hinaufgehen. Mum stöhnte leise und fasste sich an die Kehle.

Jenny holte Möhren und Rüben aus der Speisekammer. »Fang an, sie klein zu schneiden. Tu, als wäre nichts.«

Ihre Mutter nickte und holte ein Messer aus der Tischschublade.

Jenny setzte Wasser auf und bemühte sich, einen unbesorgten Eindruck zu machen.

Die Schritte waren nun über ihnen. Schranktüren wurden geöffnet und geschlossen. Würden sie auch unter die Betten schauen? Jenny wappnete sich. Gleich würden wütend gebrüllte Befehle ertönen und Rebekahs Schreie, wenn sie unter dem Bett – oder von wo immer sie sich versteckt hielt – hervorgezogen würde.

Langsam atmete sie ein und aus. Sie musste sich beschäftigen und betrat die Speisekammer, wo sie hilflos die wenigen Konservendosen umräumte.

Plötzlich scharrte Williams Stuhl über den Fußboden, und der Junge sprang auf. Jenny stürzte aus der Speisekammer, doch William war bereits auf dem Weg in den Flur und dann die Treppe hinauf. Jenny und ihre Mutter tauschten panische Blicke.

Jenny lief in den Flur. »Will, komm sofort runter«, rief sie die Treppe hinauf. »Mum braucht deine Hilfe.«

Keine Antwort.

Jenny folgte ihrem Bruder nach oben.

Er stand im Schlafzimmer ihrer Mutter und starrte die Offiziere an, die den Schrank durchsuchten.

»Schneller!«, sagte er auf Deutsch und stellte sich zu den Männern. Als sie die Tür des Nachttischs aufzogen, rief er wieder: »Schneller!«

Jenny wusste nicht, was er vorhatte, sie vermutete jedoch, dass William glaubte, auf die Weise würde er Rebekah helfen.

Schneider bedachte sie mit einem gereizten Blick. »Könnten Sie Ihren Bruder bitten zu verschwinden? Er stört uns.«

»Komm, Will, geh wieder zu Mum.« Jenny fasste seinen Arm. In ihrer Angst hatte sie nicht daran gedacht, dass es eine Geste war, die ihr Bruder nicht ertrug.

Er riss seinen Arm los. »Nein!«, schrie er. »Nein, nein, nein!«

Jenny Herz raste, während sie fieberhaft überlegte, wie sie Will dazu bringen konnte, wieder in die Küche zu gehen.

Schneider blickte sie ärgerlich an, doch er und Meyer verließen das Schlafzimmer und betraten das Zimmer, das Jenny sich mit Rebekah teilte. Will folgte ihnen.

»Will, bitte geh nach unten«, flüsterte Jenny.

Bockig schüttelte er den Kopf.

Meyer öffnete den Kleiderschrank, schob die Kleider auf

den Bügeln zur Seite und klopfte die rückwärtige Wand ab. Vielleicht vermutete er dahinter ein geheimes Versteck.

Gut, dass wir Rebekah nie gesagt haben, im Notfall solle sie sich im Schrank verbergen, fuhr es Jenny durch den Kopf. Als Schneider sich die Betten vornahm, die Decken herunterriss und die Matratzen hochhob, begann Jennys Herz verrückt zu spielen.

Aus Furcht, ihre Beine könnten nachgeben, lehnte sie sich gegen die Tür und betete, dass keiner der beiden Männer auf die Idee kam, unter die Betten zu schauen.

In dem Moment verlor William die Fassung, stürzte zum Kleiderschrank, schlug mit der Faust gegen die Seitenwand und brüllte auf Deutsch: »Schneller, schneller, schneller!«

»Hör endlich auf!«, rief Schneider, zog seine Pistole und richtete sie auf Williams Kopf. Er hatte ebenfalls Deutsch gesprochen, und Jenny hatte kein Wort verstanden, doch das war auch nicht nötig, die gezogene Pistole reichte aus.

Als Nächstes hörte man jemanden die Treppe hinaufrennen. Es war Jennys Mutter, die das Zimmer schwer atmend betrat und den deutschen Offizier flehend ansah. »Bitte tun Sie ihm nichts«, sagte sie. »Er kann nichts für sein Verhalten. Er hat Angst, und deshalb reagiert er so. William meint es nicht böse.«

Schneider schien das nicht zu interessieren, seine Pistole zeigte weiterhin auf William.

Jennys Mutter stellte sich vor ihren Sohn und breitete die Arme aus. »Erschießen Sie mich, aber nicht ihn.«

Jenny betrachtete sie voller Entsetzen und konnte nicht fassen, wie ruhig Mum wirkte.

Stille breitete sich aus.

In Gedanken schrie Jenny ihren Bruder an, bloß den Mund zu halten und sich nicht zu bewegen.

Schneider senkte die Waffe, zuckte mit den Schultern und sagte: »Kein Grund, theatralisch zu werden, wir sind hier fertig.« Dann bedeutete er Meyer mit einer Kopfgeste, mit ihm zu kommen.

Jennys Mutter ließ sich auf ein Bett sinken.

»Ich begleite Sie hinaus«, sagte Jenny und wunderte sich, dass ihre Stimme ihr noch gehorchte.

»Nicht so voreilig«, erwiderte Meyer. »Wir werden uns noch den Garten ansehen. Danach finden wir allein hinaus.«

Durchs Küchenfenster beobachtete Jenny, wie die beiden Männer durch die Beete trampelten. Dann betraten sie den Schuppen, wo Blumentöpfe zu Bruch gingen.

Danach schienen die Deutschen zufrieden und umrundeten das Haus zu ihrem Wagen. Der Motor sprang an, der Wagen fuhr die Einfahrt hinunter, und dann verklang das Motorengeräusch.

Als sie sich umwandte, war ihre Mutter in die Küche gekommen und ließ sich auf einen Stuhl fallen.

»Sie sind weg«, sagte Jenny und streichelte Mums Wange. »Uns ist nichts passiert.«

Ihre Mutter schlug sich die Hände vors Gesicht, und ihre Anspannung löste sich in Tränen auf.

Jenny strich ihr über den Kopf, murmelte tröstende Worte und wartete, bis ihre Mutter sich wieder gefangen hatte.

Dann ging sie nach oben. Rebekah saß auf ihrem Bett und zitterte am ganzen Leib. An ihrer Kleidung hingen Staubflusen.

Jenny umarmte sie, bürstete die Flusen mit der Hand ab und sagte: »Ein Glück, dass du so fix warst.«

»Selbst wenn sie unter dein Bett geschaut hätten«, sagte Rebekah, »sie hätten nur einen Stapel Wolldecken und die Holzkiste gesehen. Ich hatte mich dahinter klitzeklein gemacht.«

Und Jenny wünschte, ihr Vater hätte noch erfahren, welche Rolle seine Holzkiste in der Not gespielt hatte.

# KAPITEL 28

Alice wollte hinaus in die Frühlingssonne und beschloss, einen Spaziergang durch das Lager zu unternehmen. Die große Rundung ihres Bauchs machte ihre Schritte schwerfällig und drückte gegen Rock, obwohl sie den weitesten trug, den sie bei den anderen Frauen hatte auftreiben können. Ihre Bluse spannte über den voll gewordenen Brüsten.

Der Vorteil ihrer Schwangerschaft war, dass sie nur noch leichte Arbeiten zu verrichten hatte. Sie musste kein Holz mehr holen, um den Kanonenofen in ihrer Baracke zu heizen, nicht mehr den Hang hinunter ins Dorf laufen, um etwas für die Lagerverwaltung zu besorgen. Meistens arbeitete sie in dem Kramladen des Lagers, der Poststelle oder in der Krankenstation.

Nach ihrem Spaziergang würde sie helfen, Pakete mit Nahrungsmitteln auszupacken, die das Rote Kreuz geschickt hatte.

Aus einer der Baracken ertönte »You Are My Sunshine«, ein Lied das populär geworden war, als der Krieg begann. Alice hatte es seit Langem nicht mehr gehört. Offenbar hatte jemand ein Grammophon und Schallplatten organisiert. Die Regeln im Lager wurden schon seit einer Weile nicht mehr so strikt eingehalten wie zu Anfang. In einigen Bereichen hatte man den Insassen sogar die Selbstverwaltung ihrer Baracke überlassen. Doch das galt nur für die Bewohner der Baracken, nicht der Hütten.

Alice streichelte ihren Bauch und sang den Refrain des Schlagers für ihr Baby leise mit.

You are my sunshine, my only sunshine;
You make me happy when skies are grey;
You'll never know, dear, how much I love you;
Please don't take my sunshine away.

Wie entsetzt sie im Winter gewesen war, als sie festgestellt hatte, dass sie tatsächlich schwanger war. Zu Anfang hatte sie es nicht wahrhaben wollen, und sich dann gefragt, wie sie ein Baby ausreichend ernähren sollte, wenn es für sie selbst nur so wenig zu essen gab. Inzwischen war ihr das Kind jedoch ein Trost, der ihr durch die dunklen Tage half. Vielleicht würde sie Stefan nie mehr wiedersehen, doch nun würde sie immer einen Teil von ihm haben. Wenn sie daran dachte, wurde ihr der Gedanke, ein Kind in einem Gefangenenlager aufzuziehen, ein wenig leichter.

Sie dachte an Clara, die ihr erzählt hatte, wie sehr sie und ihr Mann sich bemüht hatten, ein Kind zu bekommen, doch es waren stets Fehlgeburten gewesen. Und wer wusste, ob sich ihnen die Möglichkeit jemals wieder bieten würde, denn wer konnte schon sagen, ob Claras Mann das Konzentrationslager überlebte. Doch falls es Clara zusetzte, Alice fortschreitende Schwangerschaft zu verfolgen, ließ sie es sich nicht anmerken.

Nur manchmal, wenn sie im Lager Kinder beim Spielen beobachtete, die mit ihren Eltern deportiert worden waren, wurde ihr Blick schwermütig.

Früher hätte Alice kein uneheliches Kind zur Welt bringen und mit dem Stigma, das damit verbunden war, leben wollen. Doch nun stand das Baby für sie als Versprechen eines neuen Lebens, das sie mit dem Mann gezeugt hatte, den sie liebte.

Alice bückte sich mühsam, um eine Blüte aufzuheben, die von den Kirschbäumen am Lagerrand geweht worden war. Sie duftete ganz leicht nach Rosen und Flieder und erinnerte sie an den Garten zu Hause. So hatte es im Frühling gerochen, wenn sie morgens die Hintertür geöffnet hatte. Vielleicht hatte ihr Vater sich genau das ausgemalt, als er die Bäume vor vielen Jahren gepflanzt hatte.

Alice schüttelte die Erinnerungen ab. Es schmerzte sie, an ihre Familie zu denken, oder an Jersey. Sie war nun hier und musste sich auf sich und das Kind in ihrem Leib konzentrieren. Sie stellte sich vor, wie es sein würde, wenn sie es in den Armen hielt.

An der Lagerkantine war ein Kätzchen dabei, mit geschlossenen Augen Milch aus einem Teller zu schlecken. Vielleicht würde ihr Baby, wenn sie es stillte, dabei auch die Augen schließen.

Sie betrat den Lagerraum der Poststelle, in dem die Rote-Kreuz-Pakete deponiert wurden. Über ihr donnerten Flugzeuge. Wahrscheinlich waren es welche der Alliierten, die Erkundungsflüge durchführten. Es hieß, dass die Gefangenenlager von ihnen nicht bombardiert würden. Vielleicht war es wahr, vielleicht nicht.

Der Chef der Poststelle war ein weiterer Gefangener aus Jersey namens Matthews, der Alice, seit ihre Schwangerschaft erkennbar geworden war, nur noch ins Gesicht blickte. Er hatte ihren Umstand auch nie erwähnt, und Alice sah keinen Grund, es von sich aus zu tun.

Matthews bat sie, die neu angekommenen Sendungen auszupacken und die Inhalte in die Regale zu räumen.

Die Pakete stapelten sich auf einem großen Tisch. Alice zerschnitt die Verschnürungen, und öffnete den ersten Karton. Ein angenehm süßer Duft stieg daraus auf, den Alice noch für Stunden in der Nase haben würde. Er stammte entweder von den Tafeln Schokolade oder von den Gläsern mit Erdbeermarmelade. Auch Dosen Kondensmilch waren gekommen und Packungen Milchpulver. Milchpulver hatte Alice erst im Lager kennengelernt, und mitunter liebäugelte sie mit dem Gedanken, ein, zwei Packungen für ihr Baby abzuzweigen, aber dann hatte sie es doch nicht gewagt und darauf gebaut, dass sie selbst genügend Milch produzieren würde.

Sie räumte die Sachen ein, tat es so ordentlich wie nur möglich, denn darauf legte Matthews Wert.

Im nächsten Karton gab es Corned Beef, Tee, Puddingpulver, Pfeffer und Salz, im dritten Zigaretten und Seifen. Die Nahrungsmittel waren notwendig, insbesondere für die Kinder, die noch wuchsen, doch Luxusartikel wie Schokolade, Seife und Zigaretten stimmten die Menschen, zumindest für kurze Zeit, froh. Es tat den Leuten gut, sich mit einer wohlriechenden Seife, statt nur mit kaltem Wasser, zu waschen, und die Raucher unter ihnen genossen jeden Zug aus einer richtigen Zigarette.

Wenn es keine gab, drehten sie sich welche aus Zeitungspaper und einer kleinen Portion der gemahlenen Eicheln, die für den Ersatzkaffee verwendet wurden.

»Setzen Sie sich«, sagte Matthews, als Alice anfing, ihren schmerzenden Rücken zu reiben. »Ich mache Ihnen eine Tasse Tee.« Er nahm eine Packung Lyons Tea aus dem Regal.

Alice konnte ihr Glück kaum fassen. Wann hatte sie zum letzten Mal echten Tee getrunken? Im Lager hatte es ihn bisher nicht gegeben, und zu Hause hatten sie nur noch Brombeertee gehabt oder ein fürchterliches Gebräu aus Pastinaken.

Sie ließ sich auf einen Stuhl sinken. Matthews setzte auf einer Kochplatte Wasser auf. »Wussten Sie, dass ein Großteil des englischen Tees auf Jersey gepackt wird?«, fragte er.

Alice schüttelte den Kopf.

»Horniman's hat in First Tower eine Fabrik.« First Tower war ein Vorort von Saint Helier. »Dort kommen die Importe aus Asien und Lateinamerika an, werden verpackt und verschickt.«

Alice erinnerte sich vage, dass ihr Vater so etwas einmal erzählt hatte. Ihn hatte die Geschichte des Handels interessiert, sie nicht.

»Auf die Art spart Horniman's die Steuer, die Unternehmen auf Jersey bekanntlich nicht zahlen müssen.« Matthews gab Teeblätter in eine Kanne und goss das kochende Wasser darauf.

»Von dem Tee ist für uns in den letzten Jahren nichts übrig geblieben«, sagte Alice und sog genüsslich den aufsteigenden Teeduft ein.

»Weil die Deutschen ihn für sich beansprucht haben.«

»Das wollte ich damit sagen.«

Als der Tee fertig war, füllte Matthews zwei Becher. Sie tranken ihn schweigend, jeder in seine Gedanken versunken.

Sie wurde von einer Frau namens Sarah Mauger unterbrochen, einer spitzzüngigen Person, die zur selben Baracke wie Alice gehörte. Alice erinnerte sich an ihre hämischen Bemerkungen, als sie mitbekam, dass sie schwanger war. Nun wünschte sie Bindfäden.

Alice wollte schon aufstehen, doch Matthews bedeutete ihr mit einer Handbewegung sitzen zu bleiben.

»Wozu brauchen Sie die?«, fragte er Sarah.

»Für meine Sandalen. Die Sohlen sind lose.« Sie blickte Matthews unterwürfig an, Alice konnte es kaum mitansehen. Sie wusste, wie wütend diese Augen blitzen und das Gesicht zur gehässigen Fratze werden konnte, wenn Sarah glaubte, jemand hätte mehr als sie zu essen bekommen.

Matthews ging in den Nebenraum, wo die Bindfäden zu Knäueln aufgerollt lagen.

»Los, gib mir eine Tafel Schokolade«, zischte Sarah.

Alice schüttelte den Kopf. »Das darf ich nicht. Es ist alles abgezählt.«

»Ach so«, flüsterte Sarah höhnisch. »Nur für Clara schmuggelst du Leckereien raus.«

Alice errötete vor Zorn. »Das tue ich nicht.« Es war die Wahrheit. Sie hätte ihrer Freundin, die jeden Tag dünner wurde, liebend gern Zuckerwürfel oder Schokolade zugesteckt, doch wäre das herausgekommen, wären sie beide bestraft worden. Stattdessen bot sie Clara meist etwas von ihrem Essen an, was diese jedoch nie annahm. Sie war der Meinung, dass Alice jeden Krümel zum Wachstum ihres Kindes brauchte.

»Aber dir selbst lässt du es gut gehen, oder?« Sarah deutete auf die beiden Becher Tee auf dem Tisch.

»Matthews hat den Tee gemacht. Wenn du möchtest, kannst du meinen Becher austrinken.«

»Sehr großzügig, vielen Dank.« Sarah griff nach Alice' Becher und spuckte hinein.

Alice fehlten die Worte. Sie wünschte, Matthews käme zurück, und fragte sich, was er so lange im Nebenraum tat.

»Was musstest du für den Tee tun?«, fragte Sarah mit niederträchtigem Lächeln. Sie zog den letzten Karton, der noch auf dem Tisch stand, zu sich heran und spähte hinein. Dann holte sie eine Packung Kekse heraus, roch daran, ließ sie wieder in den Karton fallen. »Machst du für Matthews die Beine breit, du Flittchen? So wie für deinen Deutschen?«

Alice gab ihr keine Antwort, fragte sich jedoch, wie Sarah von Stefan erfahren hatte. Sie kam ebenfalls von der Insel Jersey, vielleicht hatte sie sie mit Stefan gesehen? Nein, das konnte nicht sein, in dem Fall hätte sie längst jedermann erzählt, dass Alice ein Deutschenliebchen gewesen war.

Endlich kehrte Matthews mit einem großen Knäuel Bindfaden zurück und reichte es Sarah.

»War was?«, fragte er mit einem Blick auf Alice. Vielleicht wunderte er sich über ihr gerötetes Gesicht.

»Nein, es war nichts«, erwiderte Sarah. »Und vielen, vielen Dank für den Bindfaden.« Sie schenkte Matthews ein süßliches Lächeln und verabschiedete sich. An der Tür drehte sie sich noch einmal um, vergewisserte sich, dass Matthews sie nicht sah, und zeigte Alice den Mittelfinger.

»Hat diese unangenehme Person Sie geärgert?«, fragte Matthews an Alice gewandt.

»Sie hat mir unterstellt, dass ich hier für meine Freundin und mich etwas stehle.«

»Keiner von uns beiden stiehlt«, entgegnete Matthews ungehalten. »Aber anscheinend muss ich ihr das einmal verdeutlichen.«

Vielleicht bildete sie es sich nur ein, doch in den folgenden Tagen hatte Alice den Eindruck, dass Sarah die Nachricht, Alice erwarte ein Kind von einem Deutschen, im Lager herumgetragen hatte. Wenn sie sich an der Latrine anstellte, schienen die Frauen vor ihr zurückzuweichen, wollte sie mit einer reden, konnte es sein, dass sie sich wegdrehte und ein Gespräch mit einer anderen begann. Sogar den Blick schien man neuerdings von ihr abzuwenden. Ebenso konnte es sein, dass Gespräche versiegten, wenn sie ihre Baracke betrat, gerade, als hätte man zuvor über sie geredet. Nichts erinnerte mehr an die Hilfsbereitschaft, die sie bei ihrer Abreise am Hafen von Saint Helier erfahren hatte, vielmehr schien sie nun zur Außenseiterin geworden zu sein.

Das Verhalten der anderen tat Alice weh, doch in gewisser Weise konnte sie es nachvollziehen. Immerhin hatte sie sich mit einem Deutschen eingelassen, war tatsächlich ein Deutschenliebchen gewesen, jedoch nicht, um wie andere an Zigaretten, Kaffee, Tee, Seidenstrümpfe und Schokolade zu gelangen und sich über die Inselbewohner zu erheben, die nichts dergleichen besaßen. Sie hatte Stefan geliebt, tat es noch, und keiner von ihnen hatte den anderen ausgenutzt. Sie hatte sich nicht prostituiert, auch wenn man sie nun so behandelte.

Clara kannte die Geschichte und hatte sich nie abfällig oder skeptisch über diese Beziehung geäußert. Alice überlegte, ob Sarah sie irgendwann einmal belauscht haben könnte, als sie und Clara darüber gesprochen hatten. Möglich war es. Jedenfalls wurde nun offenbar über sie getratscht, und nur Clara schien noch ihre Freundin zu sein. Es machte Alice zu schaffen, auch wenn sie sich den anderen Frauen nie sonderlich nahe gefühlt hatte. »Beachte sie nicht«, sagte Clara, »sie sind es nicht wert.«

Vielleicht hatte sie recht, dachte Alice und beschloss, sich künftig nur noch an Clara und Matthews zu halten.

*

Pip vergewisserte sich, dass der Aufseher nicht zu ihm sah, bevor er die Arme reckte und seinen schmerzenden Rücken dehnte. Er legte den Kopf in den Nacken und blickte in den blauen Himmel. Nach dem langen, kalten Winter war es endlich Frühling geworden.

Zweihundert Inselbewohner waren zusammen mit Alice deportiert worden und noch immer in Deutschland. Jenny hatte ihm die Weihnachtskarte gezeigt, die Alice geschickt hatte. Auch die wenigen Briefe, die von ihr gekommen waren, hatte er gelesen. Das Lagerleben sei monoton, hatte sie geschrieben, doch sie habe eine Freundin gefunden, und, außer dass sie ihre Familie und die Insel vermisse, gehe es ihr gut. Pip war nicht sicher, ob er es glauben wollte. Vielleicht wurde die Post im Lager zensiert und Alice hatte die Wahrheit lieber für sich behalten. Er fragte sich, ob sie jemals zurückkommen würde.

Die Antwort dürfte vom Verlauf des Krieges abhängen. Nach der Niederlage in der Schlacht von Stalingrad war es der Wehrmacht an ihrer Ostfront gelungen, die Stadt Charkow wieder einzunehmen und die Rote Armee zurückzudrängen. Doch die westlichen Alliierten hatten die deutsch-italienischen Streitkräfte in Nordafrika endgültig besiegt und beherrschten den ganzen Mittelmeerraum. Nun hieß es, dass sie die Landung in Italien planten.

Dass er an diesem Krieg selbst nicht teilnehmen konnte, hatte Pip mittlerweile akzeptiert. Allerdings wäre er im Widerstand gern aktiver geworden, doch wie es aussah, musste er sich auch auf diesem Gebiet damit zufriedengeben, mit Jenny dafür zu sorgen, dass die spanischen Zwangsarbeiter BBC-Nachrichten bekamen und nach einer gelungenen Flucht eine sichere Unterkunft fanden. Zudem hatten er und andere Arbeiter damit begonnen, beim Bau des Schutzwalls Steine so anzuordnen, dass sie das V für Victory ergaben. Viel war auch das nicht.

Von anderen Inselbewohnern gab es ebenfalls Zeichen des Widerstands, indem sie auf Mauern und Wegweiser ein großes V malten. Jeder wollte an den Sieg der Alliierten glauben. Das Morsezeichen für Victory − dreimal kurz, einmal lang −, das wie die ersten Takte von Beethovens 5. Symphonie klang −, diente der JCP als Code, wenn einer von ihnen an Hamons

Cottage anklopfte. Dass die 5. Symphonie von einem Deutschen komponiert worden war, nahmen sie als Ironie des Schicksals in Kauf. Am lustigsten fand Pip den Geldschein, den der Künstler Edmund Blampied entworfen hatte. Er war auf Jersey geboren und lebte seit Kriegsbeginn wieder auf der Insel. Auf die Rückseite des Geldscheins hatte er ein großes X gezeichnet, aus dem ein V wurde, wenn man den Schein entsprechend faltete.

Noch einmal blickte Pip in die Runde. Der Aufseher war verschwunden. Pip wanderte zur Latrine. Auf dem Rückweg schlüpfte er in den Schuppen. Wie an jedem Tag stand der Korb in der Ecke. Er entnahm ihm einen Apfel und eine Brioche, steckte sie in seine Jackentaschen und kehrte zu seiner Arbeit zurück. Wenn er die Sachen abends zu den Robinsons brachte, lächelte Jenny ihn dankbar an. Das war ihm das Risiko wert.

*

Jenny war oben bei Rebekah. Als sie aus dem Fenster schaute, sah sie jemanden über die Einfahrt kommen, und ihr Herz begann zu hämmern. Der Besuch der beiden Wehrmachtsoffiziere saß ihr noch immer in den Knochen. Doch dann erkannte sie, dass es Stefan war.

»Stefan ist da«, sagte sie. »Möchtest du mit nach unten kommen und hören, was er auf dem Herzen hat?«

Rebekah schüttelte den Kopf. »Ich bleibe lieber hier.« Seit dem Tag, an dem die Deutschen das Haus nach ihr durchsucht hatte, wagte sie sich kaum noch aus dem Zimmer. Es war, als würde sie sich am liebsten in sich verkriechen, und ihre Fingernägel hatte sie bis auf das Fleisch abgekaut.

Jenny strich ihr über das Haar. »Stefan tut dir doch nichts.«

»Ich weiß. Trotzdem bleibe ich lieber hier.«

Als Jenny nach unten kam, war Stefan in der Küche und unterhielt sich mit Mum. Auf dem Tisch stand eine Tüte mit Nahrungsmitteln.

Ihre Mutter schien aufzuatmen, als Jenny die Küche betrat. Sie war Stefan gegenüber zwar höflich, bedankte sich auch für seine Spenden, doch sie hatte sich nie für ihn erwärmen können.

»Hallo, Stefan, und vielen Dank.« Jenny deutete auf die Tüte. »Ich nehme an, die ist von dir.«

Stefan nickte. »Wir hatten eine neue Lieferung, mit mehr Nahrungsmitteln, als wir brauchen.« Er griff in die Tüte und holte zwei Dosen gekochten Schinken, eine Packung Nudeln, eine Tüte Mehl und ein Päckchen Kaffee hervor.

»Kaffee!« Jenny nahm das Päckchen und roch gierig daran. »Ich weiß nicht, wann wir zuletzt richtigen Kaffee getrunken haben.« Sie setzte Wasser auf. »Bleibst du, um eine Tasse mitzutrinken?«

»Gern.« Stefan ließ sich am Tisch nieder. »Habt ihr noch mal von Alice gehört?«

»Ja.« Jenny holte den letzten Brief ihrer Schwester vom Kaminsims im Wohnzimmer und gab ihn Stefan. Sie selbst hatte ihn so oft gelesen, dass sie ihn auswendig kannte. Zumal er allen anderen ähnelte, die Alice ihnen geschrieben hatte. Offenbar durfte sie nicht mehr als Belangloses von sich geben.

Liebe Mum, liebe Jenny, lieber William,

ich hoffe, es geht euch gut. Mir geht es auch gut. Es ist endlich wärmer geworden, und wir können wieder spazieren gehen. Biberach ist im Frühling wunderschön. Alles blüht, und die Schwäbische Alb glänzt im Sonnenschein. Mir fehlt das Meer, doch auch hier ist die Luft frisch und rein.

Wieder hat das Rote Kreuz uns Pakete mit Nahrungsmitteln geschickt, und ich habe geholfen, alles einzuräumen. Manchmal arbeite ich auch auf der Krankenstation.

Ich hoffe, ihr habt genug zu essen, seid gesund und munter. Grüßt auch meinen Freund.

Alles Liebe,

Alice

Darunter hatte sie einen winzigen Leuchtturm gemalt, bei dessen Anblick Jennys Augen jedes Mal feucht wurden.

»Vielleicht geht es ihr wirklich gut«, sagte Stefan und reichte Jenny den Brief zurück.

»Und wie immer sendet sie dir einen Gruß.«

Damit mussten er und Alice sich begnügen. Weder durfte er ihr schreiben noch sie ihm.

Nachdem er seinen Kaffee getrunken und die Tasse ausgespült hatte, verabschiedete Stefan sich. »Vielleicht kann ich bald noch mal Essbares vorbeibringen.«

»Sie sind sehr freundlich«, sagte Mum und schien es auch so zu meinen.

Jenny begleitete ihn zur Haustür und sah ihm nach, wie er mit hängenden Schultern die Einfahrt hinunterging. Stefan vermisste ihre Schwester und wirkte auch sonst nicht glücklich.

Jenny blieb noch einen Moment draußen stehen, um die weiche Frühlingsluft zu genießen. Im Westen färbte die untergehende Sonne den Himmel orangerot. Die wenigen Wolken leuchteten golden.

Sie kehrte in die Küche zurück und sagte: »Er ist sehr aufmerksam, findest du nicht?«

»Doch.« Ihre Mutter räumte die Sachen, die Stefan gebracht hatte, in die Speisekammer.

»Er muss sich nicht um uns kümmern.«

»Nein.«

Jenny ließ es dabei bewenden und griff nach der Schnur des Verdunkelungsrollos, um es herunterzuziehen. Dann verharrte sie und spähte nach draußen. Ihr war, als hätte sich im Garten etwas bewegt. Stefan konnte es nicht sein, er kam nie durch den Garten. Vielleicht war es ein Dachs. Irgendwo in der Nähe musste ein Dachsbau sein, so jedenfalls erklärte sie sich die kleinen Erdlöcher in ihrer Wiese. Allerdings sah die Wiese ohnehin nicht mehr so schön aus wie zuzeiten ihres Vaters. Sie war vermoost und im Sommer voller Löwenzahn und Gänseblümchen. Sie mähten sie zwar, aber mehr Arbeit investierten sie nicht.

Nein, dachte sie, das war kein Dachs. Es war ein Mann, der sich gebückt zu den Kartoffeln schlich, die sie und Pip gepflanzt hatten. Sie wollte schon an die Fensterscheibe klopfen, doch dann nahm sie die Lumpen wahr, den mageren Körper, das wirre Haar, und die Hast, mit der er Kartoffeln ausgrub.

Jenny schlich zur Hintertür, um sicherzugehen, dass sie abgeschlossen war. Rebekah war oben. William bastelte etwas im Wohnzimmer, und Mum war in der Küche.

Langsam wandte sie sich zu ihrer Mutter um. »Bleib ganz ruhig und schau aus dem Fenster. Da draußen ist jemand.«

Ihre Mutter trat zu ihr. »Na, der hat vielleicht Nerven«, sagte sie und griff nach dem Tranchiermesser. »Kommt hierher und will unsere Kartoffeln klauen.« Sie machte Anstalten, zur Hintertür zu gehen.

Jenny hielt sie fest. »Bist du verrückt? Vielleicht hat auch er ein Messer.«

»Soll ich deshalb zusehen, wie er uns beraubt?«

Jenny schaute noch einmal hinaus. Der Mann saß auf den Fersen und wischte Erde von einer Kartoffel. »Ein Deutscher ist es nicht. Die haben es nicht nötig, unsere Kartoffeln zu stehlen.« Als der Mann, die rohe Kartoffel zu essen begann, verkrampfte sich ihr Herz. »Er ist ausgehungert, wahrscheinlich einer der Zwangsarbeiter. Er wird uns nicht angreifen, dazu ist er viel zu schwach. Ich gehe raus und rede mit ihm.«

Ihre Mutter reichte ihr das Tranchiermesser. »Hier, für alle Fälle.«

Lautlos öffnete Jenny die Hintertür, trat hinaus und blieb am Haus stehen. Die Wangen des Mannes waren eingefallen, und die Augen lagen tief in den Höhlen. Nach jedem Bissen sah er sich furchtsam um.

Jenny näherte sich ihm leise und vorsichtig. »Geht es Ihnen nicht gut?«

Der Mann erstarrte. Sein Blick wurde panisch.

Jenny machte beschwichtigende Handbewegungen. »Sprechen Sie Englisch?«

Er schüttelte den Kopf. »*Russki.*«

»Russe, also.« Zweifellos gehörte er zu den Zwangsarbeitern, die bekanntlich noch größere Not als die Inselbewohner litten. Wie es hieß, wurden sie von den Deutschen auf grausame Weise behandelt und bekamen nur so viel zu essen, dass sie arbeiten konnten. Kein Wunder, dass sie Gärten plünderten, wenn sie ihr Lager einmal verlassen durften.

»Kommen Sie.« Jenny wies auf den Schuppen und machte einladende Handbewegungen.

Der Mann schien zu überlegen. Dann richtete er sich langsam auf und folgte Jenny.

Im Schuppen zeigte sie auf Pips Stuhl und bedeutete dem Russen mit Gesten, dass sie ihm Kleidung und etwas zu essen holen würde.

Er versuchte sich an einem Lächeln.

Jenny kehrte in die Küche zurück. »Es ist ein russischer Zwangsarbeiter. Ich habe ihn in den Schuppen gebracht. Er ist halb verhungert und friert in den Lumpen. Ich hoffe, es ist dir recht, wenn wir ihm etwas zu essen bringen. Und vielleicht auch ein, zwei der warmen Sachen, die Dad gehört haben.«

Ihre Mutter sah sie entgeistert an.

Und Jenny ärgerte sich über sich selbst. Es war roh und taktlos gewesen, Mum um Kleidungsstücke von Dad zu bitten, von denen sie sich bisher nicht hatte trennen können. »Gut, dann geben wir ihm nur etwas zu essen.«

»Schon gut.« Ihre Mutter seufzte »Dein Vater würde nicht

wollen, dass ich seine Sachen aufbewahre, statt sie jemandem zu geben, der sie dringend braucht. Das meiste habe ich weggepackt, aber ein Pullover ist noch in meinem Schlafzimmer. Ich schlafe mit ihm unter meinem Kopfkissen, aber vielleicht ist es an der Zeit, damit aufzuhören. Ich hole ihn.«

Jenny nahm Brot aus dem Brotkasten, schnitt Scheiben ab. Auch von dem Schinken, den Stefan gebracht hatte, schnitt sie etwas ab. Sie überlegte, ob sie den Russen ins Haus bitten sollte, entschied sich jedoch dagegen. Es war besser, wenn er im Schuppen blieb, wo William ihn nicht sehen konnte. Fremde verwirrten ihren Bruder. Stehlen konnte man im Schuppen nicht viel, dort befanden sich nur Gartengeräte und Werkzeug.

Ihre Mutter kehrte mit dem Pullover zurück.

Als Jenny den Schuppen betrat, saß der Mann noch immer auf seinem Stuhl und wirkte so verloren, dass es ihr in der Seele wehtat. Sie reichte ihm den Pullover und die Schinkenbrote.

»Danke«, sagte er leise und streifte den Pullover über. Die Brote steckte er in seine Hosentasche.

Jenny zeigte auf sich und sagte: »Jenny.«

»Alexej.«

Jenny versuchte, ihm zu vermitteln, dass sie ihm am nächsten Tag im Schuppen wieder Essen hinterlassen würde, und hatte den Eindruck, dass er sie verstanden hatte.

Sie sah ihm nach, als er sich über die Felder hinter ihrem Haus entfernte. Eine ausgezehrte Gestalt, die schließlich mit der Abenddämmerung verschmolz. Sie nahm an, dass er im Lager von Westmount, nördlich von Saint Helier, untergebracht war. Wäre er einer der spanischen Zwangsarbeiter gewesen, hätte sie ihm erklären können, dass sie ihn regelmäßig versorgen würden, aber vielleicht würde er auch so wiederkommen. Er war so groß wie Pip, könnte auch dessen abgelegte Kleidungsstücke tragen, selbst wenn sie ihm zu weit sein dürften. Alexej, dachte sie. Die gesichtslose Masse der russischen Zwangsarbeiter hatte einen Namen bekommen.

# KAPITEL 29

Jenny hatte seit Längerem nicht mehr in Mr Maretts Steuerbüro gearbeitet und empfand es als wohltuend, wieder an
einem Schreibtisch zu sitzen und nichts weiter zu tun zu haben,
als Rechnungen nach Datum zu sortieren und bearbeiten. Es
war klar und einfach, wohingegen sie zu Hause immerzu mit
Sorgen und Ungewissheiten konfrontiert war. Wenn sie sich
nicht um Alice sorgte, von der sie viel zu selten hörte, fürchtete
sie sich vor dem Moment, an dem es erneut an ihrer Tür
klopfte, und die Deutschen noch einmal ihr Haus durchsuchen
würden. Es nützte auch nichts, dass Stefan erklärt hatte, man
gehe davon aus, dass Rebekah die Insel verlassen habe. Die
Angst blieb.

Alice fehlte Jenny mehr, als sie sich hätte vorstellen können.
Vor Kurzem hatte sie in einem ihrer Bücher eine Nachricht
gefunden, die Alice ihr geschrieben hatte, als sie noch Kinder
waren. *Ich wollte dir nicht wehtun*, war in noch ungelenker Handschrift darauf zu lesen. *Können wir wieder Freundinnen sein?* Dazu
hatte sie einen kleinen Leuchtturm gemalt, so wie sie es nun
auch in ihren Briefen aus Deutschland tat. Jenny hatte den
Zettel unter ihr Kopfkissen gelegt, und wenn sie abends ihren
Kopf darauf bettete, fühlte sich ihrer Schwester ein wenig

näher. Sie verstand nicht mehr, warum sie Alice früher manchmal zum Teufel gewünscht hatte. Nun würde sie alles dafür geben, um sie wieder bei sich zu haben.

Ihre Gedanken wanderten zu Alexej. Er war noch mehrere Male gekommen. Sie hatte ihm gekochte Kartoffeln bereitgestellt, und Mum ihm einen zweiten Pullover und eine Hose von Dad überlassen. Ab und an hatte Jenny sich zu ihm in den Schuppen gesetzt, und seine übergroße Dankbarkeit hatte sie verlegen gemacht. Er war der erste Zwangsarbeiter, den sie kennengelernt und dessen Leid sie unvermittelt wahrgenommen hatte. Dann war er plötzlich nicht mehr erschienen, und Jenny wusste nicht, warum. Sie war mit Pip zum Lager in Westmount geradelt, um ihn zu suchen, doch man hatte sie nicht eingelassen. Seitdem hielt sie nach ihm Ausschau, wenn sie auf den Feldern oder in den Straßen eine Gruppe Zwangsarbeiter sah, aber er war nie darunter.

Mr Marett stand auf, um ihnen Tee zu kochen. Er hatte noch echten Tee, obwohl auch sein Vorrat langsam, aber sicher zur Neige ging. Offenbar wollte er ein wenig plaudern.

Während sie ihren Tee tranken, erzählte Jenny ihm von ihrer Familie, von sich, von den ersten Frühlingsblumen und dass die Rotschwanzbussarde schon aus dem Süden zurückgekehrt seien. Informationen, die ihn in Gefahr bringen konnten, behielt sie für sich.

Wie immer führte ihr Gespräch irgendwann unweigerlich zum jüngsten Kriegsgeschehen. »Die Alliierten machen Fortschritte, oder?«

Mr Marett nickte. »Ich wünschte nur, sie würden die Beine

in die Hand nehmen und bald in Italien landen. Und in Frankreich.«

»Churchill hat doch gesagt, dass wir uns am Anfang vom Ende befänden.«

»Hoffen wir, dass er recht hat.« Mr Marett trank seinen Tee aus und widmete sich wieder seiner Arbeit.

Jenny beschloss, sich eine kleine Portion Optimismus zu gönnen. Sie stellte sich vor, Alice wäre wieder da, und sie könnten ein Leben ohne Krieg führen – ein Leben, in dem sie vielleicht nach Cambridge gehen würde. Sie wünschte es sich mehr denn je.

Mit halbem Ohr hörte sie Mr Marett telefonieren, merkte jedoch auf, als er den Anrufer mit »Sir« ansprach. Offenbar war der Bailiff am anderen Ende.

Er war es auch, der das meiste sagte. Mr Marett nickte lediglich und gab nicht mehr als Ja oder Nein von sich.

Als er aufgelegt hatte, sagte er: »Ihr habt doch zu Hause kein Radio mehr, oder?«

Jenny schüttelte den Kopf. »Nein.«

Nur Pip war noch im Besitz seines Detektorradios.

»Gut. Die Deutschen haben uns eine letzte Chance gegeben, die Geräte abzuliefern. Offenbar werden sie es diesmal strengstens kontrollieren. Ich werde den entsprechenden Aufruf in die *Evening Post* setzen lassen.« Er zog die Schreibtischschublade auf und kramte darin. »Irgendwo muss doch die verdammte Telefonnummer des Chefredakteurs sein.«

»Kann ich helfen?«, fragte Jenny.

Mr Marett schüttelte den Kopf. »Du kannst höchstens die

Nachricht mündlich verbreiten und den Leuten erklären, sollte diesmal jemand mit einem Radio gefasst werden, wird die Strafe hart sein.«

Jenny senkte den Kopf, um ihr Erschrecken zu verbergen. Was, wenn ihr Haus nach einem Radio durchsucht und Rebekah entdeckt würde? Was, wenn Mr Maretts Haus durchsucht und Pips Detektorgerät gefunden würde?

Ihre Freude an der Arbeit verflog. Sie konnte nur noch daran denken, dass sowohl Rebekah als auch Pip gewarnt werden mussten.

Irgendwann reichte Jenny Mr Marett ein falsches Dokument, sie vermochte sich einfach nicht mehr zu konzentrieren. Als sie ihm den Rest Tee einschenkte und dabei etwas verschüttete, sah er sie verwundert an.

Und dann musste Jenny einen Briefumschlag aufreißen, weil sie den falschen Brief hineingesteckt hatte.

»Ist alles in Ordnung?«, fragte Mr Marett. »Es sieht dir gar nicht ähnlich, so viele Fehler zu machen.«

Jenny rieb sich die Schläfen. »Ich habe Kopfschmerzen, die sich wie eine beginnende Migräne anfühlen.« Es war nicht einmal gelogen, hinter ihren Schläfen dröhnte es und sie fühlte sich fiebrig. Sie wollte nach Hause, eine Schmerztablette nehmen und sich aus Fieberkraut einen Sud brühen.

»Dann nichts wie ab und ins Bett.« Mr Marett stand auf, nahm ihre Jacke vom Garderobenhaken und hielt sie ihr hin. »Je schneller du etwas gegen die Schmerzen unternimmst, desto besser.«

Jenny streifte die Jacke über. Sie musste Pip suchen und ihn warnen. »Morgen komme ich wieder und erledige das, was ich heute nicht geschafft habe.«

»Aber nur, wenn du dich besser fühlst.«

Jenny schenkte Mr Marett ein dankbares Lächeln und eilte aus dem Büro.

Draußen beschloss sie, zuerst nach Grouville zu radeln und mit Pip zu sprechen. Vielleicht wusste er auch, wo Rebekah sich vor den Razzien der Deutschen in Sicherheit bringen konnte.

An der frischen Luft ging es ihr ein wenig besser. Auf der Longueville Road hatte sie die Sonne im Rücken und spürte ihre Wärme. Am Straßenrand blühte der Schlehdorn, und auf den Wiesen waren Schafe und kleine Lämmer zu sehen. Als es bergauf ging und der Wind heftiger blies, hörten ihre Kopfschmerzen auf.

Am Meer verjüngte sich der Weg zu einem grasbewachsenen Pfad. Dort konnte Jenny nicht mehr radeln, das war nur noch über befestigte Wege und Straßen möglich, denn wie die meisten Radfahrer hatte auch sie die Schläuche in den Reifen, als sie löchrig geworden waren, durch mit Sand gefüllte Stücke Gartenschlauch ersetzen müssen.

Dann sah sie Pip. Er stand mit dem Rücken zu ihr, an seiner Seite Betonklötze. Er wuchtete einen hoch und setzte ihn in dem Wall ein, an dem noch immer gebaut wurde.

Es war das erste Mal, dass Jenny ihn an seiner Arbeitsstelle aufsuchte und beobachtete, wie er schuftete. Es war ein ungewohnter Anblick. Nun fiel ihr auch auf, wie kräftig er geworden war und noch gebräunter als zu seiner Zeit als Segler.

Sie verbrachten so viel ihrer gemeinsamen Zeit im Schuppen, dass sie vergessen hatte, wie viele Stunden am Tag Pip im Freien arbeitete. Vielleicht boten sie ihm sogar eine Art Ersatzsport, nun, da er nicht mehr segeln konnte.

»Pip!«, rief sie, doch der Name wurde vom Wind davongetragen.

Pip bückte sich nach dem nächsten Betonklotz.

Jenny lehnte ihr Fahrrad gegen einen Schuppen und lief zu ihm. »Pip!«

Diesmal wandte er sich um, und seine Miene erhellte sich. Er schaute sich um, doch der nächste Arbeiter war ein gutes Stück entfernt und beachtete sie nicht.

»Was tust du hier?« Pip küsste Jenny auf die Wange. Sein Gesicht war erhitzt. Jenny hoffte, es lag an der Arbeit und bedeutete nicht, dass ihr Besuch ihn in Verlegenheit brachte. So weit Jenny blicken konnte, war kein Aufseher zu sehen.

»Es ist kein Besuch«, entgegnete sie. »Ich wollte dich warnen.«

»Wovor?«

»Die Deutschen haben wieder verlangt, dass wir unsere Radios abgeben.«

Pip runzelte die Stirn. »Meinen Empfänger kriegen sie nicht.«

»Überleg es dir«, sagte Jenny. »Die Strafe, falls sie jemanden mit einem Radio erwischen, soll diesmal hart ausfallen. Mit Sicherheit nehmen sie denjenigen in Haft oder deportieren ihn sogar. Kannst du das Gerät nicht irgendwo verstecken, wo es weder dich noch deinen Vater in Gefahr bringt?«

Pip blickte über das Meer hinaus in die Ferne. »Unzählige Männer setzen ihr Leben aufs Spiel, um gegen die Deutschen zu kämpfen. Und ich soll mein Detektorgerät abliefern, um meine Haut zu retten?«

»Niemand wird dich für einen Feigling halten, wenn du es tust. Aber mach, was du willst. Ich wollte dir nur Bescheid geben.«

»Vielen Dank.«

»Vergiss nicht, dass du auch deinen Vater gefährdest, solltest du das Gerät weiter in eurem Haus aufbewahren.«

Pip zuckte mit den Schultern. »Gut, ich denke mir ein anderes Versteck aus. Zu euch bringe ich es auf keinen Fall. Ihr riskiert schon genug, indem ihr Rebekah schützt.«

»Was ist mit dem Cottage der JCP?«

»Da liegt bereits zu viel verbotenes Material. Die Deutschen würden sich die Hände reiben, wenn sie dort auch noch ein Detektorgerät finden würden.«

»Hauptsache, es bleibt nicht in eurem Haus.«

»Habe ich verstanden.« Pip holte einen Apfel aus seiner Jackentasche. »Den habe ich aus dem Geräteschuppen geklaut. Steck ihn ein und teil ihn dir mit Rebekah.«

Jenny nahm den Apfel und blickte zu dem Schuppen hinüber. »Da verbirgt also jemand die Schätze, die du stiehlst.«

»Die Sachen gehören dem Aufseher. Als Deutscher kommt er an genug Nahrungsmittel. Es scheint ihm nicht einmal aufzufallen, dass dann und wann eine Brioche oder ein Apfel fehlt.«

Jenny küsste ihn rasch auf die Wange. »Pass gut auf dich auf.«

»Tu ich immer. Bis später.« Er imitierte einen militärischen Gruß.

Jenny musste lachen und tat es ihm nach. Als sie zu ihrem Fahrrad ging, warf sie noch einmal einen Blick in die Runde und stellte fest, dass einer der Arbeiter dastand und sie beobachtete.

*

Mitten in der Nacht setzten Alice' Wehen ein. Zuerst war es nur ein Ziehen in ihrem Unterleib, doch schon bald wurden daraus schmerzhafte Krämpfe. Währenddessen fiel sie gefühlsmäßig von einem Extrem ins andere. Mal konnte sie es kaum erwarten, ihr Baby in den Armen zu halten, mal fürchtete sie sich vor der nächsten Wehe, dann wieder fragte sie sich, wie sie in diesem Lager ein Kind großziehen sollte. Um sich abzulenken, stellte sie sich das Auf und Ab der Krämpfe wie die Wellen des Meers vor, die sich erhoben, größer wurden, zum Strand wälzten und sich im Sand verliefen. Dennoch waren die Wehen auf dem Höhepunkt kaum auszuhalten, aber dann ließ der Schmerz wieder nach und verging. Sie hatte ihr Kind am Meer empfangen, und obwohl sie nun weit davon entfernt war, kam es ihr vor, als würde ihr Körper dennoch seinen Gesetzen gehorchen.

Alice schlang die Arme um ihren Bauch, versuchte, dem Leben darin ihre Liebe zu vermitteln. »Wir müssen uns beide anstrengen, mein Kleines«, flüsterte sie. »Aber wir werden es schaffen.«

Sie dachte an die Menschen, die sie geliebt und verloren hatte – zuerst ihren Vater, danach Stefan – und dann wieder an das Baby, das ihr ein Leben lang gehören würde. Sie wollte ihrem Kind nur das Beste geben, sogar in diesem Lager würde sie es versuchen.

Wieder spürte sie, wie sich der Schmerz aufbaute. Sie nahm es hin, sagte sich, dass er zu einem Prozess gehörte, den es seit Beginn der Menschheitsgeschichte gab. Das Baby selbst war ruhig geworden, obwohl es sich bis zum Vortag mit Tritten bemerkbar gemacht hatte.

Am vergangenen Nachmittag hatte sie noch mit Matthews zusammen eine Lieferung des Roten Kreuzes ausgepackt, bis er nach einem Blick auf sie gesagt hatte, sie solle hinaus in die Sonne gehen.

Mit einer Hand auf ihrem Bauch hatte sie einen Spaziergang durch das Lager gemacht und dabei zur Schwäbischen Alb geblickt, den waldbewachsenen Hängen, den Hügelketten, die sich im hellen Morgennebel verloren. Währenddessen schien ihr Baby Kraft zu sammeln, sich für die Reise bereit zu machen, die vor ihm lag.

Nun wurde Alice mit einem Mal rastlos und setzte sich auf. Vielleicht sollte sie draußen auf und ab gehen und auf die Weise versuchen, den schlimmsten Schmerz zu lindern. Sie stand auf und hüllte sich in ihre Wolldecke. Auf Schuhe musste sie verzichten, mit ihrem schweren Leib vermochte sie sich nicht mehr nach ihnen zu bücken.

Auf bloßen Füßen verließ sie den Schlafraum, tappte über den Flur zum Ausgang. Es war schon warm, demnach würde es wieder ein heißer Sommertag werden. Sie blickte nach Osten, wo der Himmel des frühen Morgens das erste Licht zeigte. Wenig später färbte es sich rosig, und der Himmel hellte sich auf. Irgendwo in den Feldern unten im Tal stieg eine Lerche auf und trillerte ihr Lied.

Wenn eine Wehe kam – sie folgten nun schneller aufeinander –, krümmte Alice sich und hielt sich an einem Pfosten das Stacheldrahtzauns fest. Sobald sich ihr Atem wieder beruhigt hatte, spazierte sie langsam weiter. Manchmal packte sie die Angst. Ihr war klar, was bei einer Geburt geschah, im Krankenhaus war sie mitunter dabei gewesen und hatte assistiert, daher wusste sie auch, wie viele Komplikationen es geben konnte.

Im Lager begann sich Leben zu regen. Dann ertönte der Pfiff, der den Insassen befahl aufzustehen. In der Kantine wurde mit Töpfen und Geschirr geklappert. Kurz darauf roch es nach angebranntem Haferbrei.

Der Himmel war nun blau, die Sonne ein weißer Ball mit einem goldenen Strahlenkranz. Aus dem taufeuchten Gras stieg Dunst auf.

»Alice!« Clara kam auf sie zugerannt. »Was tust du hier? Geht es dir nicht gut?«

Alice wollte lächeln, doch in dem Moment kam die nächste Wehe, und sie stöhnte. »Ich glaube, das Baby kündigt sich an.« Es kostete sie Kraft, ruhig zu sprechen. Sie wollte sich krümmen, schreien und fluchen.

Clara drückte eine Hand auf ihre Brust, die sich heftig hob und senkte. Sogar der kurze Sprint zu Alice hatte sie Kraft ge-

kostet. »So was dachte ich mir schon. Bleib hier, ich hole Hilfe.«
Sie rang nach Atem und eilte davon.

Alice zog die Wolldecke enger um sich. Darunter trug sie
nur das dünne Nachthemd, das ihr eine Frau überlassen hatte,
der es zu weit geworden war. Einen Moment lang war ihr die
dürftige Bekleidung unangenehm, dann rollte die nächste
Wehe an, und Alice sank auf die Knie.

Es dauerte eine Weile, bis Clara mit Dr. Braun, dem Lager-
arzt, zurückkehrte. Stefans liebevolles Gesicht blitzte vor Alice
auf, und sie wünschte, er wäre da, um das Kind mit ihr zur Welt
zu bringen.

Dr. Braun half ihr hoch. Er und Clara stützten Alice auf dem
Weg zur Krankenstation, der Arzt mit fester Hand, Clara,
indem sie einen Arm um Alice legte.

Auf der Krankenstation wurde Clara weggeschickt. Alice
sah ihr sehnsüchtig nach. Sie hätte es schön gefunden, wenn
ihre Freundin geblieben wäre und ihre Hand gehalten hätte.
Zu Hause wäre ihre Mutter bei ihr gewesen, hätte ihr Wasser
zu trinken gegeben, ihr den Schweiß von der Stirn gewischt,
ihr Ratschläge erteilt und Mut zugesprochen. Sie verdrängte
das Wunschbild, auf dem Mum ihr erstes Enkelkind in den
Armen hielt, Dad lächelnd neben ihr stand, ebenso Jenny und
William, die ihre Nichte sehen wollten. Es tat zu weh, sich
dieser Phantasie hinzugeben.

Alice legte sich auf ein Krankenbett, und ihr Körper entspannte sich ein wenig. Dr. Braun untersuchte sie. Danach
winkte er eine Krankenschwester herbei, die Alice' Bauch mit
einem Stethoskop abhorchte. Anschließend flüsterte sie dem

Arzt etwas zu. Er runzelte die Stirn. Alice beobachtete die beiden ängstlich. Vielleicht war etwas nicht richtig, und man wollte es ihr nicht sagen. Doch schon begann die nächste Wehe, und ihre Gedanken lösten sich auf.

 KAPITEL 30

Pip schulterte seinen Rucksack und schlug den Heimweg ein. Mittlerweile schien die Sonne auch am späten Nachmittag noch und begleitete ihn auf dem langen Weg über die Longueville Road. Er schritt rasch aus. Nach den vielen Wochen, die er bereits an dem Wall arbeitete, war er noch kräftiger geworden, und sein Rücken schmerzte nicht mehr vom vielen Bücken. Dafür waren seine Hände umso rauer und schwieliger geworden.

Er dachte über das nach, was Jenny gesagt hatte. Vielleicht traf es zu, dass die Deutschen künftig mit größerer Strenge auf den Besitz von Radios reagieren würden, dennoch würde er sich nicht von seinem Gerät trennen. Er musste lediglich ein neues Versteck finden.

Unten an der Bagot Road konnte er schon das sonnenglänzende Meer sehen. Er sehnte sich danach, wieder mit der *Bynie May* hinauszufahren und nur den Wind, das Meer und die Möwen als Gesellschaft zu haben. Apropos, er musste dringend nach dem Boot sehen. Glücklicherweise hatten die Deutschen es noch immer nicht beschlagnahmt. Vielleicht könnte er Jenny auf das Boot einladen. Zwar durfte er nicht segeln, aber er könnte versuchen, die Zutaten für ein Picknick zusammenzubekommen, das sie auf dem Boot einnehmen würden.

Er bog in seine Straße ein – und sah das Militärfahrzeug vor ihrem Haus, am Steuer ein Wehrmachtssoldat. Zum Umkehren war es zu spät, der Soldat hatte ihn bereits entdeckt. Mit rasendem Herzschlag öffnete Pip die Eingangstür, stellte seinen Rucksack ab und betrat das Wohnzimmer. Es war, wie er befürchtet hatte. Zwei Offiziere der Wehrmacht hatten sich auf Sesseln niedergelassen und blickten ihm entgegen. Sein Vater saß ihnen bleich und mit versteinerter Miene gegenüber. Einer der Offiziere hatte das Detektorradio auf dem Schoß. Der ausgehöhlte Shakespeare-Band lag auf dem Boden.

Pip lief es kalt über den Rücken. Dann riss er sich zusammen. Sich selbst konnte er nicht mehr retten, doch seinem Vater durfte nichts geschehen.

»Guten Abend«, sagte er so freundlich wie möglich, versuchte sich sogar an einem Lächeln. »Wie ich sehe, haben Sie den Empfänger schon, den ich heute Abend an der Feldkommandantur abgeben wollte. Früher habe ich es leider nicht geschafft, ich komme gerade erst von der Arbeit.« Er schluckte nervös. »Wahrscheinlich ist Ihnen bekannt, dass ich für die Organisation Todt an dem Wall arbeite, den wir zum Schutz gegen die Westalliierten errichten.«

Der Mann, der das Funkgerät hatte, nickte und lächelte verständnisvoll, doch der Blick seiner Augen war hart. »Freut mich, von Ihrem guten Vorsatz zu hören«, sagte er. »Verraten Sie mir denn auch, warum Sie das Gerät mit dem Shakespeare getarnt haben?«

Pips Gedanken überschlugen sich. Hatte Jenny ihren Namen in den Band geschrieben? Er hoffte, sie hatte es nicht getan, sie hatte sich ja nichts aus dem Preis gemacht.

»Auf die Weise lässt es sich leichter tragen«, fiel ihm schließlich als Antwort ein. »Einschließlich der Kopfhörer. Es hat mir auch Spaß gemacht, den Shakespeare auszuweiden. Als Rache für die Stunden, die ich in der Schule mit seiner Lektüre verbringen musste.«

Der Offizier zog die Brauen hoch. »Sie haben etwas gegen den berühmtesten englischen Dramatiker? Sehr patriotisch ist das nicht.«

Pip zuckte mit den Schultern. »Ich habe mir nie etwas aus dem Englischunterricht gemacht. Andere Fächer haben mich mehr interessiert.«

Der Blick des Deutschen wurde bohrend. »Und wozu haben Sie das Detektorradio benutzt?«

»Oh, meistens für Musiksendungen. Big Bands und so.«

»Aha. Und hat Ihr Vater diese Musiksendungen ebenfalls genossen?«

Pip wagte es nicht, seinen Vater anzuschauen, doch er hörte dessen schweren Atem. »Nein, mein Vater wusste nicht, dass ich den Empfänger habe. Ich habe die Sendungen in meinem Zimmer gehört.«

»Darf ich fragen, warum Sie das Gerät nicht abgegeben haben, als wir es zum ersten Mal verlangt haben?«

Pip tat, als wäre er peinlich berührt. »Es tut mir leid. Ich wollte weiter Musik hören und dachte, dagegen könnte man nichts haben.«

»Sie sind der Sohn eines Amtsträgers und widersetzen sich einer amtlichen Anweisung?«

Noch immer wagte Pip es nicht, seinen Vater anzusehen.

»Wie dem auch sei«, fuhr der Offizier fort. »Selbst wenn wir diesen Verstoß ignorieren, wäre da noch etwas, worüber wir mit Ihnen sprechen möchten.«

Panisch überlegte Pip, was die Deutschen gefunden haben könnten, falls sie das ganze Haus durchsucht hatten. Wahrscheinlich fragte sein Vater sich, auf was Pip sich hinter seinem Rücken eingelassen hatte. Das würde eine Diskussion nach sich ziehen, auf die Pip sich nicht gerade freute. Vorausgesetzt, die Deutschen nahmen ihn nicht mit.

Der Deutsche streckte seine Hand aus. »Darf ich Ihren Rucksack sehen?«

Pip holte den Rucksack und überreichte ihn dem Mann. Der öffnete ihn, drehte ihn um und kippte den Inhalt auf den Fußboden – ein schwarzes Lederportemonnaie, ein Paar abgewetzte Arbeitshandschuhe, ein Pulli, und John Buchans Spionageroman *Die neununddreißig Stufen*, den Pip in der Mittagspause las, falls man ihm eine zugestand. Gut, dass er Jenny den Apfel gegeben hatte. In einer Zeit, in der jeder so hungrig war, hätte ein nicht gegessener Apfel seltsam gewirkt.

Der Offizier schüttelte den Rucksack, ging die Außentaschen durch und wirkte frustriert, als er nichts fand. »Dort, wo Sie arbeiten, werden Nahrungsmittel gestohlen«, erklärte er. »Können Sie mir dazu etwas sagen?«

»Nein.« Pip überlegte, ob ihn jemand gesehen und angeschwärzt hatte. Wenn, wäre es Peter gewesen, von dem er sich mehr als einmal beobachtet gefühlt hatte. Nur war es unmöglich, ihm den Diebstahl jetzt noch nachzuweisen. Die beiden Offiziere würden seinen Empfänger mitnehmen, und damit hatte es sich. Danach stünde ihm bloß noch der Ärger mit seinem Vater bevor. Doch auch Dad würde sich irgendwann wieder beruhigen. Sie würden zusammen ein Glas Whiskey trinken, und alles wäre wieder gut.

Der Offizier, der das Gespräch geführt hatte, nahm seine Mütze von Couchtisch und machte Anstalten aufzustehen. Doch dann schien er es sich wieder anders zu überlegen. »Ach, da war ja noch etwas, Mr Marett. Hauptmann Schmidt hier« – er deutete auf den zweiten Mann –, »hat bei der Durchsuchung Ihres Zimmers eine interessante Seite aus einem Schreibblock gefunden, die hinter der Kommode lag.«

»Merkwürdig«, sagte Pip und mimte Erstaunen, obwohl ihm das Herz bis zum Hals schlug. Es musste sich um eine Seite mit BBC-Nachrichten handeln. Dabei war er so vorsichtig gewesen, hatte seine Notizen und die Übersetzung jedes Mal vernichtet, sobald die Flugblätter vervielfältigt waren. Doch diese Seite musste hinter die Kommode gerutscht sein, ohne dass er es bemerkt hatte. Und die Deutschen in ihrer Pedanterie hatten die Kommode natürlich vorgezogen.

Hauptmann Schmidt hielt ihm die Seite hin. Es war, wie Pip befürchtet hatte, er erkannte seine Krakelschrift. Jetzt war er fällig. Heimlich mitgeschriebene BBC-Nachrichten würden die Deutschen ihm nicht nachsehen.

Die beiden Offiziere standen auf. »Sie kommen bitte mit uns. Dann können Sie dem Feldkommandanten erklären, warum sie sich, entgegen unserer Anordnung vom 13. Juni 1942 dazu entschieden haben, BBC-Nachrichten zu hören und aufzuschreiben, obwohl darauf eine Gefängnisstrafe von fünf Jahren steht.«

Pip warf seinem Vater einen Blick zu, dessen Gesicht grau vor Entsetzen geworden war.

*

Alice vermochte nicht zu sagen, ob sie seit Stunden oder Tagen in den Wehen lag. Es war, als wäre die Zeit stehengeblieben. Sie spürte nur die Wellen des Schmerzes, die nicht nachlassen wollten, und das Nahen einer Ohnmacht.

Dann und wann erschien Dr. Braun und drückte auf ihren Bauch. Anschließend besprach er sich leise mit der Hebamme, die hinzugekommen war. Anschließend war er wieder fort.

Alice wälzte sich von einer Seite auf die andere, als wollte sie der eigenen Haut entrinnen. Die Hebamme strich ihr sanft über die Stirn, bat sie zu pressen und tupfte ihr den Schweiß ab. Alice versuchte, still zu liegen, biss sich auf die Lippe, um nicht zu schreien, und drückte die Fäuste auf ihre Schenkel, damit sie sich nicht mehr bewegten. Dann jedoch setzten die Wehen wieder ein, und ihr war, als würde ihr Inneres nach außen gekehrt, und von allen Seiten Messer in sie gestoßen. Einen Moment lang blieb ihr der Atem weg.

Dann kam der Punkt, an dem sie sicher war, dass es sie zerreißen würde. Eine Macht, auf die sie keinen Einfluss hatte, zwang sie auf die Knie, und dann musste sie doch schreien.

Plötzlich schoss eine warme Flüssigkeit aus ihr heraus. Sie presste noch einmal – und stieß das Kind aus.

Die Hebamme durchtrennte die Nabelschnur, schlug das Baby in eine Wolldecke ein und eilte mit ihm aus dem Raum.

Erschöpft sank Alice zurück und fragte sich benommen, warum man ihr das Kind nicht gezeigt hatte.

Kurz darauf kehrte die Hebamme ohne das Baby zurück. Blutend schied Alice die Plazenta aus und wünschte, man würde ihr das Baby bringen.

Dann kam Dr. Braun, blickte sie mitfühlend an und sagte: »Ich muss Ihnen leider mitteilen, dass Ihr kleiner Junge tot zur Welt gekommen ist. Ich denke, sein Leben sollte nicht sein.«

Alice verstand ihn erst nicht. »Ein Junge?«, sagte sie und wollte die Arme nach dem Kind ausstrecken.

»Es tut mir sehr leid«, sagte Dr. Braun.

Doch selbst da brauchte Alice noch einen Augenblick, um zu erfassen, was geschehen war. Tränen schossen ihr in die Augen, und die Hebamme nahm ihre Hand und streichelte sie.

*

Mum nahm den Anruf von Mr Marett entgegen und kehrte mit bestürzter Miene in die Küche zurück.

Jenny war dabei, den Tisch zu decken. Wie immer wurde ihr beim Anblick von Alice' leerem Platz das Herz schwer. »Wer war das?«, fragte sie.

»Mr Marett. Die Deutschen haben Pip mitgenommen.«

Jenny fiel eine Gabel aus der Hand, die klappernd auf dem

Fußboden landete. »Aber wie kann das sein? Ich hatte ihn doch wegen des Detektorradios gewarnt.«

»Was für ein Radio?« Mum bückte sich und hob die Gabel auf.

Jenny entschied, ihr zumindest die halbe Wahrheit zu sagen. »Eins, das Pip in seinem Zimmer verborgen hatte. Um BBC-Nachrichten zu hören.«

Ihre Mutter seufzte. »Warum muss dieser Junge immer und immer wieder etwas Dummes tun? Hat er nicht begriffen, dass wir weder ein Radio besitzen noch ausländische Nachrichtensender hören dürfen?«

»Doch, deshalb hat er das Gerät ja versteckt. Pip wollte über das Kriegsgeschehen informiert bleiben. Die Deutschen sagen uns ja nicht, wie es wirklich ist.«

Ihre Mutter schüttelte den Kopf. »Gut, dass er sich nicht zum Kriegsdienst melden durfte. Wer weiß, was für einen Unfug er im Feld getrieben hätte.«

Jenny spülte die Gabel noch einmal ab und trocknete sie. »Er hätte keinen Unfug getrieben, sondern wäre mutig und tapfer gewesen.«

Mum zuckte mit den Schultern. »Spielt ja auch keine Rolle mehr. Die Deutschen werden den Krieg gewinnen und fertig.«

»Das werden sie nicht. Seit ihren Niederlagen in Stalingrad und Nordafrika sind sie gezwungen, sich an ihren Fronten zurückzuziehen.«

»Ach, und woher weißt du das?«

Jenny errötete. »Weil auch ich dann und wann BBC-Nachrichten gehört habe.«

»Jenny!« Mums Augen blitzten zornig. »Reicht dir die Gefahr nicht, die wir Rebekah zuliebe auf uns nehmen?«

Jenny blickte zu Boden. »Du hast recht. Vielleicht sollten wir Rebekah wieder in Picots Scheune unterbringen. Zumindest solange die Deutschen die Häuser nach Radios durchsuchen. Ich sage ihr Bescheid.«

Sie hatten die Erfahrung gemacht, dass die Deutschen die Einhaltung ihrer Anordnungen jeweils nur eine Zeit lang kontrollierten und sich danach wieder anderen Themen widmeten.

Rebekah erschrak, als Jenny ihr erzählte, dass die Deutschen Pips Detektorradio entdeckt und ihn abgeführt hatten. »Was meinst du«, fragte sie, »werden sie ihn ebenfalls deportieren?«

»Nicht wegen eines Empfängers«, erwiderte Rebekah. »Nach dem Abendessen fahre ich zu Pips Vater. Ich bin sicher, er weiß Genaueres.« Sie versuchte, unbesorgt zu klingen, in Wahrheit hatte sie Angst, Pip könnte noch weitaus mehr als der Besitz eines Radios zur Last gelegt werden.

»Vielleicht bleibt es bei einer Verwarnung«, überlegte Rebekah. »Oder er muss eine Strafe zahlen. Sicherlich werdet ihr nun aufhören, den Widerstand zu unterstützen.«

»Mag sein«, entgegnete Jenny ausweichend. »Obwohl sie von mir ja nichts wissen.« Dann schüttelte sie den Kopf. »Nein, ich gebe nicht auf. Jetzt erst recht nicht.«

»Sei bloß vorsichtig«, sagte Rebekah.

Jenny seufzte. »Wahrscheinlich machst du dir nun noch größere Sorgen um deine Sicherheit.«

Rebekah zuckte die Achseln. »Ich fühle mich seit Langem nicht mehr sicher. Seit die Nazis begonnen haben, uns Juden zu verfolgen. Ich möchte nur nicht, dass ihr noch mehr dafür büßen müsst, dass ihr mir geholfen habt.«

»Wärst du denn bereit, noch mal für eine Weile bei Picot unterzukommen?«

Rebekah nickte. »Natürlich. Wenn du willst, gehe ich schon heute Abend.«

Jenny rief Picot an, der ihr versprach, Rebekah, sobald es dunkel war, in seinem Truck abzuholen und sie auf der Ladefläche unter Heu zu verbergen.

Jenny drückte Rebekah an sich und versprach ihr, sie in der Scheune wieder mit Büchern und Nahrungsmitteln zu versorgen.

Dann fuhr sie zu Pips Vater, um mehr über das Schicksal seines Sohnes zu erfahren. Zudem war sie sicher, dass er nach dem Schock jemanden brauchte, mit dem er reden konnte.

Als Mr Marett ihr die Tür öffnete, war er blass, und seine Haare standen ihm so wirr vom Kopf, als hätte er sie sich gerauft.

Obwohl sie sich nichts aus Whiskey machte, ließ Jenny sich einen Schluck einschenken. Für sich hatte Mr Marett bereits ein gefülltes Glas auf dem Couchtisch stehen.

»Pip ist in Haft«, erklärte er. »Wegen unerlaubten Besitzes eines Rundfunkgeräts. Und Verbreitung feindlicher Propaganda.«

Jenny nahm einen winzigen Schluck Whiskey. »Wird man ihm erlauben, sich zu verteidigen?«

»Keine Ahnung. Wenn, habe ich einen erfahrenen Anwalt an der Hand.«

»Das ist doch schon mal gut.«

»Die Frage ist nur, ob wir noch etwas erreichen können. Es geht ja nicht nur um den Besitz des Empfängers, und dass Pip BBC gehört hat. Das Schlimme ist, dass er die Nachrichten niedergeschrieben und wohl auch verteilt hat. Außerdem habe ich den Verdacht, dass die Deutschen an ihm ein Exempel statuieren wollen. Erst recht, da er der Sohn eines Amtsträgers ist. Darüber haben die Offiziere, die ihn mitgenommen haben, jedenfalls gesprochen.«

Bekümmert registrierte Jenny die Spuren, die Pips Inhaftierung bei Mr Marett hinterlassen hatten – die schweren Tränensäcke, den trüben Blick und die tiefer gewordenen Falten. Was für eine Tragödie es wäre, sollten die Deutschen Pip tatsächlich die Härte ihres Gesetzes spüren lassen und ihn in eines ihrer Lager schicken.

Mr Marett leerte sein Glas und stand auf. »Soll ich dir nachschenken?«

»Danke, nein.« Jenny nahm noch einen Schluck. Der Geschmack sagte ihr noch immer nicht zu, aber sie spürte die angenehme Wärme, die sich in ihrer Magengegend ausbreitete. Sie nahm ihrer Angst um Pip die Spitze.

»Ich hatte keine Ahnung, dass Pip heimlich BBC hört«, sagte Mr Marett und füllte sein Glas wieder auf. »Offenbar wollte er auf Biegen und Brechen etwas Mutiges tun. Du wusstest wahrscheinlich Bescheid, oder?«

Jenny nickte. »Pip hatte das Gerät für lange Zeit woanders verborgen. Er wollte ein neues Versteck suchen. Nicht hier in Ihrem Haus. Sie sollten deswegen nicht in Schwierigkeiten geraten.« Dass auch sie an der Verbreitung der Nachrichten beteiligt gewesen war, behielt sie für sich. Nicht, weil sie feige war, sie wollte nur verhindern, dass Mr Marett auf den Gedanken kam, ihre Mutter über ihre Aktivitäten ins Bild zu setzen.

»Das hat leider nicht funktioniert«, sagte Mr Marett. »Pip hat sich und mich in Schwierigkeiten gebracht.« Er griff nach seinem Glas. »Und nun machen wir uns zu Recht Sorgen um ihn.«

»Ja.« Jenny wollte nicht daran denken, was die Deutschen ihrem Freund antun könnten. Sie hatte Menschen gesehen, die Verhöre hinter sich hatten. Einige hatten Blutergüsse im Gesicht gehabt, anderen hatte man Fingernägel ausgerissen. Die inneren Verletzungen sollten noch gravierender sein, hieß es. Pip würde natürlich versuchen, tapfer zu sein, doch für jeden Menschen gab es einen Kipppunkt, an dem er brach. Sie nippte noch einmal an ihrem Whiskey, suchte die beruhigende Wirkung des Getränks.

»Wir können nur hoffen und beten«, sagte Mr Marett und stand auf. »Fahr nach Hause, bevor die Sperrstunde beginnt. Und vielen Dank, dass du gekommen bist. Sobald ich mehr erfahre, gebe ich dir Bescheid.«

Jenny erhob sich ebenfalls. »Gehen Sie morgen ins Büro?«

Mr Marett nickte. »Ich möchte, dass alles so normal wie möglich aussieht.«

»Dann komme ich auch.«

»Das wäre schön.«

Mr Marett brachte Jenny zur Tür. Sie umarmte ihn zum Abschied, voller Mitgefühl für den Mann, der dabei war, seinen Kummer im Whiskey zu ertränken.

KAPITEL 31

Jenny führte die Matrize in das Hektographiergerät und bediente die Kurbel. Der Geruch der alkoholhaltigen Tinktur breitete sich aus. Sie und Robert hatten die jüngsten BBC-Nachrichten auf Englisch und Spanisch notiert. Inzwischen wurden sie nicht mehr nur bei den Zwangsarbeitern, sondern auch auf der ganzen Insel verteilt. Sie überflog den Text des ersten Abzugs.

Endlich ist es so weit! Die Invasion der Alliierten hat begonnen! Unter dem Oberbefehl von General Dwight D. Eisenhower setzten die ersten Truppen von der Südküste Englands nach Nordfrankreich über und landeten an diesem Morgen an fünf Stränden der Normandie.

Das Vervielfältigungsgerät befand sich auf dem Speicher des JCP-Büros, und die Wärme der vergangenen Tage stand unter dem niedrigen Dach. Jenny öffnete die Dachluke und fächelte sich Luft zu.

Seit Pip nach Deutschland deportiert worden war, arbeitete sie mit Robert Durand zusammen, zum einen aus eigener Überzeugung, zum anderen, weil sie es Pip schuldig war.

Im Spätsommer 1943 war Pip zu einer fünfzehnmonatigen Lagerhaft in Deutschland verurteilt worden. Dem war ein harter, entbehrungsreicher Winter gefolgt. Und nie war von Pip ein Zeichen gekommen. Auch Mr Marett hatte nichts von ihm gehört.

Jenny erinnerte sich noch gut an den Tag, an dem das Urteil gesprochen worden war. Es war so, wie Mr Marett befürchtet hatte. Die Deutschen hatten ein Exempel statuiert, nicht zuletzt aufgrund des Amtes, das Pips Vater innehatte. Offenbar wollten sie zeigen, dass bei ihnen niemand über dem Gesetz stand.

Jenny und Mr Marett waren im Gerichtssaal der Feldkommandantur gewesen, und Jenny hatte einen Schrei unterdrücken müssen, als Pip hereingeführt wurde. Sein Gesicht war voller Blutergüsse, seine Haltung gekrümmt. Als er nach dem Urteil hinausgeführt wurde, hatte er ihr einen verzweifelten Blick zugeworfen. Seitdem hatte niemand mehr von ihm gehört.

Jenny verscheuchte die schmerzhafte Erinnerung. Lieber dachte sie an Pips konzentrierte Miene, wenn er den BBC-Nachrichten lauschte, an seine Aufregung, wenn die Meldungen Siege der Alliierten beinhalteten. Oder sie stellte sich ihn auf der *Bynie May* vor, wie er mit vollem Segel und wehendem Haar über das Meer glitt, das er liebte. Doch in ihren Alpträumen sah sie ihn in einem verdreckten und rattenverseuchten Lager elend vor sich hin vegetieren und wachte zitternd und schweißgebadet auf.

Sorgte sie sich nicht um Pip, quälten sie die Gedanken an Alice oder sie ängstigte sich, Rebekah, die wieder bei ihnen war, könnte entdeckt werden.

Deshalb war ihr die Ablenkung, die ihr die Arbeit für die JCP bot, willkommen. Sie war praktischer Natur und umsetzbar, im Gegensatz zu den Sorgen, mit denen sie leben musste, ohne etwas dagegen tun zu können.

Als die Abzüge getrocknet waren, faltete sie jeden zu einem kleinen Viereck zusammen. Auf die Weise konnten sie einen Teil den Zwangsarbeitern zustecken, die ihnen in der Stadt begegneten, der andere Teil wurde ins Lager geschmuggelt.

Jenny malte sich die Erleichterung der Spanier aus, wenn sie von der Invasion der Alliierten erfuhren. Auch an der Ostfront sah es für die Deutschen schlecht aus, die Rote Armee drängte sie immer weiter zurück. Vielleicht wäre der Krieg nun bald zu Ende.

Jenny warf einen Blick aus der Dachluke auf den blauen Himmel. Er verriet nichts von dem Leid, das sich unter ihm abspielte, nichts von dem Hunger, den sie seit Monaten litten. Zwar hatten sie bereits seit Kriegsbeginn wenig zu essen gehabt, doch niemand hatte, wie jetzt, Angst gehabt, zu verhungern.

»Sind die Abzüge fertig?« Robert war die Leiter heraufgekommen.

»Ja.« Jenny reichte ihm die Kopien und verbarg das Hektographiergerät wieder im Schrank, schloss ihn ab und steckte den Schlüssel ein. Sollte das JCP-Büro jemals durchsucht werden, würde man das Gerät natürlich finden, doch solange jemand nur einen Blick in den Speicher warf, waren bloß alte Koffer, Spinnweben und eine Kiste mit verstaubtem Kinderspielzeug zu sehen. Im ganzen Cottage deutete nichts mehr darauf hin, dass sich hier das Büro der nun verbotenen JCP befand.

Sie folgte Robert über die Leiter nach unten.

»Möchtest du eine Tasse Tee?«, fragte er. »Du hast die Wahl zwischen Brennnessel- und Löwenzahntee.«

»Toll«, sagte Jenny. »Ich nehme Brennnessel.« Sie holte zwei Becher aus dem Küchenschrank.

Als sie den Tee kostete, verzog sie das Gesicht. Es schmeckte fürchterlich, und sie hatten weder Zucker noch Honig, der dem Getränk das Bittere genommen hätte.

»Was sagst du zu den neuesten Nachrichten?«, fragte sie.

Robert zuckte mit den Schultern. »Die Landung in Nordfrankreich bringt noch nicht viel. Die Alliierten müssen es schaffen, die Wehrmacht bis nach Deutschland zurückzudrängen. Erst dann wird sie kapitulieren und der Krieg zu Ende sein.«

»Warum klingst du so wenig optimistisch?«

»Weil ich mir keine falschen Hoffnungen machen will. Die Wehrmacht ist geschwächt, aber Hitler wird von den Soldaten verlangen, dass sie bis zum letzten Mann kämpfen. Vorher werden sie nicht aufgeben, und bis dahin kann es dauern.«

»Glaubst du, die Deutschen werden nun noch härter gegen Widerstandskämpfer vorgehen?«

»Sie sind nervös und können sich keine weiteren Feinde leisten. Deshalb liegt das eigentlich auf der Hand«, entgegnete Robert.

Jenny betrachtete sein ernstes Gesicht und das dunkle Haar, das ihm in die Stirn fiel. Zu Beginn ihrer Zusammenarbeit hatte sie den Eindruck gehabt, dass er mehr von ihr wollte. Sie hatte ihm signalisiert, dass sie daran nicht interessiert sei, und er hatte es hingenommen. Inzwischen hatte er eine Freundin gefunden, mit der er glücklich schien.

Bevor sie das Cottage verließen, blickte Robert von einem Vorderfenster aus über die Straße, um zu sehen, ob die Luft rein war. Als er sicher war, dass draußen niemand war, der das Cottage beobachtete, traten sie hinaus. Vor der Tür trennten sich ihre Wege. Robert würde die Nachrichten verteilen und Jenny nach Hause fahren, um ihrer Mutter im Haushalt zu helfen. Sie wünschte, es wäre umgekehrt.

Am nächsten Tag arbeitete Jenny wieder für einige Stunden in Mr Maretts Büro. Wie so oft erschrak sie bei seinem Anblick. Sein Haar war weiß geworden, die Lider waren erschlafft, die Tränensäcke schwer. Als er ihr die Jacke abnahm, zitterten seine Hände.

Jenny wünschte, sie könnte ihm etwas Gutes tun. Hätten sie zu Hause genug zu essen, könnte sie ihn zu sich einladen, dann hätte er noch mal ein wenig Gesellschaft, doch sie hatten ja nicht einmal genug, um sich selbst zu versorgen. Davon abgesehen, war ihre Mutter keine unterhaltsame Gastgeberin, sondern ebenso niedergedrückt wie Mr Marett. Im Grunde konnte Jenny nichts anderes tun, als ihm im Büro zu helfen und dabei mit ihm zu reden.

Sie hörte ihm zu, als er ihr von der Landung der Alliierten in der Normandie berichtete und sagte, auf die Information könne sie sich verlassen, der Bailiff habe sie persönlich an alle Schöffen weitergegeben.

Warum hätte Jenny ihm sagen sollen, dass sie es bereits gewusst hatte, da sie noch immer BBC hörte. Es hätte ihn bloß aufgeregt.

»Nun müssen die Deutschen nur noch aus ganz Frankreich vertrieben werden und die alliierten Truppen die ersten deutschen Städte erreichen. Dann ist der Krieg zu Ende.« Bei der Vorstellung leuchteten Mr Maretts Augen auf, und er erinnerte Jenny an seinen Sohn.

»Ich bin sicher, dass es bald dazu kommt«, sagte sie.

Mr Marett lächelte. »Und dann kehrt Pip zu uns zurück.«

Jenny nickte. »Das wird für uns ein Festtag werden.«

»Pip wiederzusehen ist das Einzige, das mich am Leben hält. Sicherlich vermisst du ihn ebenfalls.«

»Sehr sogar.« Jenny sehnte sich mehr nach Pip, als sie sich jemals hatte vorstellen können. Und immer sah sie dabei sein lachendes Gesicht, hörte ihn Pläne schmieden, wohin er mit der *Bynie May* segeln wolle. Oder sie erinnerte sich an die Zärtlichkeit in seinem Blick, als er ihr seine Gefühle für sie gestand. Warum hatte sie seine Zuneigung als etwas Selbstverständliches betrachtet? Warum hatte sie so oft nur ihr Studium in Cambridge und ihre glänzende Zukunft im Kopf gehabt, obwohl das Schönste direkt vor ihr gelegen hatte? Wenn er wieder da wäre, würde sie ihm sagen, wie sehr er ihr gefehlt hatte, und dass sie ihn liebte. Sie würde ihn umarmen und so küssen, wie er es sich gewünscht hatte. Und sollte der Krieg tatsächlich allmählich zu Ende gehen, würde es bis zu diesem Wiedersehen vielleicht gar nicht mehr so lange dauern.

Jennys Gedanken wurden vom Klingeln des Telefons unterbrochen. Mr Marett nahm den Hörer ab. Jenny lauschte den Bruchstücken des Gesprächs. »Grundgütiger Himmel – nein, keine guten Nachrichten – vielen Dank für Ihren Anruf.«

Er legte auf und wandte sich Jenny zu. »Auf Jersey dürfen ab sofort keine Frachter mehr an- und ablegen, genau wie ich es befürchtet habe. Die Alliierten versuchen, unsere Besatzer auszuhungern. Außerdem sollen die bei uns stationierten Wehrmachtssoldaten hier festgehalten werden. Es soll verhindert werden, dass sie sich den Verteidigungstruppen in Frankreich anschließen. Immerhin handelt es sich mittlerweile um fünfundzwanzigtausend Soldaten. Die Frage ist bloß, wie auch wir Inselbewohner weiter existieren sollen.«

Robert hatte Jenny bereits von diesem Entschluss der Alliierten erzählt. Nun musste sie sich also nicht nur um das Überleben von Alice und Pip sorgen, sondern auch um ihr eigenes und das ihrer Mutter und Williams.

Als Jenny Mr Maretts Büro am Nachmittag verließ, waren Wehrmachtssoldaten dabei, die Stacheldrahtzäune an den Stränden zu verstärken, ihre Verwaltungsgebäude und Unterkünfte mit Sandsäcken zu schützen und noch mehr Geschütze auf den Hafen zu richten. Vor dem Gas- und dem Elektrizitätswerk standen Wachen.

Jenny stellte sich an einer Warteschlange an, um zu sehen, ob sie noch Milch bekommen konnte. Vor ihr berichtete jemand, die Telefonleitungen seien gekappt worden. Außerdem wollten die Deutschen auf großen Wiesen kreuz und quer Sperren errichten, um alliierten Fallschirmpiloten die Landung zu erschweren. Ein anderer fügte hinzu, das alles beweise doch, dass die Deutschen von einer Invasion der Alliierten auf Jersey ausgingen.

*

In Gedanken nannte Alice das Baby, das sie verloren hatte, Karl. Außer Clara wusste niemand im Lager mit Sicherheit, dass der Vater des Kindes Deutscher war. Es ging nur das Gerücht, dass Alice mit einem Deutschen liiert gewesen war. Daher hatte sie auch den deutschen Vornamen, den sie dem Baby gegeben hätte, für sich behalten. Doch in ihrer Phantasie hatte sie einen kleinen Jungen mit Stefans blondem Haar und seinen blauen Augen.

In den ersten Tagen nach der Totgeburt blieb Alice auf der Krankenstation. Sie war erschöpft, ihr Körper schmerzte, und aus ihren Brüsten sickerte Milch. Hinzu kam ihre tiefe Trauer um das Kind, das nicht hatte sein sollen.

Als eine Krankenschwester sie aufforderte, aufzustehen und sich zu bewegen, gehorchte Alice und schleppte sich auf der Station hin und her. Sie kleidete sich an, aß irgendetwas, beantwortete die Fragen nach ihrem Befinden teilnahmslos. Wenige Tage später kehrte sie in ihre Baracke zurück.

Auf dem Weg kam Clara zu ihr gelaufen. »Es tut mir so leid«, sagte sie und umarmte Alice. »Ich wollte dich besuchen, doch das hat man mir nicht erlaubt.«

Alice löste sich von ihr und legte eine Hand auf ihren vorstehenden Bauch. Es war ein Reflex, der aus der Zeit ihrer Schwangerschaft geblieben war. »Vielleicht war es gut, dass du nicht bei mir warst. Die Geburt war sehr schwer, ich war vor Schmerzen halb von Sinnen.«

Clara drückte ihre Hand. »Ich weiß, wie es ist, wenn man ein Kind verliert. Man ist so furchtbar traurig.«

Sie hatte mit Alice oft über ihre Fehlgeburten gesprochen, ihr von der Hoffnung erzählt, die sie jedes Mal erfüllt hatte, und von dem Leid, wenn sie den Fötus verlor und ihre Arme noch immer ein warmes kleines Bündel halten wollten.

Ja, dachte Alice, man war leer und begriff nicht, wie etwas, worauf man sich so lange gefreut hatte, von einem Augenblick zum anderen nicht mehr da sein konnte.

Die Lagerverwaltung gestattete Alice noch einige Tage zur Erholung. Danach half sie Matthews wieder, die Sendungen des Roten Kreuzes auszupacken und in die Regale des Lagerraums zu sortieren.

Matthews strich Alice über den Arm, als sie erschien, und sah sie bekümmert an. Die Totgeburt erwähnte er nicht, und dafür war Alice ihm dankbar. Doch ab und an traf sie auf seinen besorgten Blick, und dann versuchte sie, beschwichtigend zu lächeln. Er brachte ihr Tee, legte einen Schokoladenkeks dazu. Alice trank und aß mechanisch, währenddessen lief der immer gleiche Film vor ihrem inneren Auge ab. Sie sah das reglose Kind, die starre Miene des Arztes, den Blick, den er mit der Hebamme tauschte, und dann hörte sie ihn sagen, dass ihr Baby tot geboren war. Und plötzlich war das Kind fort, obwohl sie es so gern angeschaut, berührt und gestreichelt hätte. Vielleicht hätte es ihr geholfen, den Tod des kleinen Jungen zu akzeptieren. Warum hatte man ihr diese Zeit nicht zugestanden?

Die Phantasien, denen sie sich am Tag überließ, verfolgten sie bis in den Schlaf. Sie glaubte, ein Kind weinen zu hören und wachte auf. Dann drückte sie ihr Phantombaby tröstend an sich, spürte, wie das Mündchen nach einer Brustwarze suchte. Und wenn das Baby satt war, hörte sie es zufrieden schnaufen. Sie schaukelte es in einer imaginären Wiege, sang ihm in Gedanken Schlaflieder, sah zu, wie sich die zarten Lider senkten und der niedliche, kleine Rosenmund sich im Traum bewegte.

Tagsüber stellte sie sich vor, wie der Junge in dem Tuch schlief, das sie sich umgebunden hatte, und sie spürte sein Gewicht. Sie beobachtete, wie er aufwachte, und, als er etwas älter geworden war, schenkte er ihr ein erstes zahnloses Grinsen. Dann wurde er noch älter, gluckste vor Freude, wenn sie zu ihm kam, wedelte er mit den Armen und strampelte mit den Beinen. Und wie er quietschte, wenn sie ihn kitzelte.

Dann war Karl ein Jahr alt, und es war Sommer. Sie hielt ihn an den Händen, während er die ersten Schritte wagte. Mit einem Mal konnte er schon allein laufen, zuerst wacklig, doch dann wurde er sicherer und folgte Alice durch das Lager auf Schritt und Tritt. Sie hörte das Tappen seiner Füße.

Von allen Insassen leisteten ihr nur noch Clara und Matthews Gesellschaft, alle anderen hatten begonnen, Alice zu meiden. Die Form, die ihre Trauer angenommen hatte, stieß sie ab. Sie wichen Alice' Blick aus, unterhielten sich nicht mehr mit ihr, fragten nicht, wie sie sich fühle. Alice fiel es kaum auf. Sie brauchte niemanden, sie hatte Karl. Und eines Tages würde sie wieder bei Stefan sein.

Dennoch nahm sie wahr, dass sich die Zahl der alliierten

Flugzeuge über Biberach erhöht hatte. »Das sind Vickers Wellington-Bomber und Avro Lancasters«, erklärte Matthews. »Die Royal Air Force bombardiert die deutschen Städte jetzt flächendeckend. Lange kann der Krieg nicht mehr dauern.«

»Schlagen die Deutschen denn nicht mehr zurück?«, fragte Alice. »Sie werden sich doch rächen wollen. Oder rächen sie sich nur an uns?« Sie dachte an die Mahlzeiten, die immer karger wurden, die zunehmende Härte der Wachen, die begonnen hatten, die Insassen bereits bei kleinen Vergehen zu prügeln.

»Nicht mehr lange«, sagte Matthews. »Ich bete, dass die Alliierten uns bald erreichen und befreien.«

Alice stellte sich vor, wie sie mit Stefan vereint sein würde. Vielleicht würde auch Claras Mann das Lager überleben, und Clara konnte wieder mit ihm zusammen sein. Allerdings schien ihre Freundin jede Hoffnung aufgegeben zu haben, sie wurde von Tag zu Tag apathischer. *Wir sind Frauen ohne ihre Männer,* dachte Alice. *Und Mütter ohne ihre Kinder.*

Kurz darauf flüchtete sie sich wieder in ihre Phantasien, malte sich aus, mit Karl nach Saint Helier zurückzukehren, wo ihre Mutter, Jenny und William sie am Hafen in Empfang nehmen würden. Vielleicht wäre auch Stefan da. Falls er dann wieder in Deutschland sein sollte, würde sie auf seine Rückkehr warten.

Vor ihrem geistigen Auge tauchte der Leuchtturm von La Corbière auf, wie er sich aus seiner Felseninsel erhob, und ihm nichts etwas anhaben konnte, wenn er sein Leuchtfeuer durch die Dunkelheit sandte und allen, die Jersey hatten verlassen müssen, den Weg nach Hause wies.

 KAPITEL 32

William spuckte einen halb zerkauten, bräunlichen Klumpen auf seinen Teller und sagte: »Das esse ich nicht.«

»Will, bitte, versuch es«, entgegnete Mum gequält. »Ich habe den Tang eigenhändig gesammelt. Trotz der vielen Landminen am Strand.«

»Schmeckt doch auch ganz gut.« Widerwillig spießte Jenny ein Stück Blasentang mit der Gabel auf und steckte es sich in den Mund. Es schmeckte fürchterlich. Sie würgte den Bissen hinunter.

William rührte sein Essen nicht mehr an. Er streichelte das Kaninchen auf seinem Schoß, und das Tier schloss die Augen. Er hielt ihm eine kleine Portion Tang an die Nase. Binkie wandte den Kopf ab. »Binkie will es auch nicht.«

»Dann habt ihr eben beide nichts zu essen«, sagte Mum verärgert.

»Will, wir haben doch nichts anderes mehr«, versuchte Jenny es noch einmal. »Und wenn du nichts isst, wirst du immer schwächer, bis du verhungerst.«

Die Augen ihres Bruders füllten sich mit Tränen. »Ich kann nicht.«

»Wie du willst.« Mum stand auf und leerte Williams Teller

in den Mülleimer. »Aber komm mir nachher nicht und sag, du hättest Hunger.«

Der Junge barg sein Gesicht im Fell des Kaninchens.

Jenny holte den letzten Rest Milch aus der Speisekammer und goss ihn in einen Becher, den sie William zuschob. »Trink wenigstens die Milch, damit du bei Kräften bleibst.«

Ihre Mutter kniff die Lippen zusammen, sagte jedoch nichts.

Als von draußen Motorenlärm zu hören war, trat Jenny ans Fenster. »Stefan kommt.«

Sie ging zur Haustür, um ihn einzulassen.

»Wir können dir leider nichts anbieten«, sagte sie, als er mit ihnen am Küchentisch saß.

»Das macht doch nichts«, entgegnete Stefan. »Leider habe ich auch nichts mitbringen können. Uns wurden seit Wochen keine Nahrungsmittel mehr geliefert.«

Er sah schlecht aus, stellte Jenny fest. Wie alle anderen auf der Insel war auch er abgemagert, und seine Wangenknochen traten scharf hervor. »Habt ihr in letzter Zeit noch mal von Alice gehört?«, fragte er.

Jenny suchte den jüngsten Brief ihrer Schwester heraus und reichte ihn Stefan.

Er stürzte sich darauf. Zuerst überflog er die Seite. Dann las er die Zeilen langsam, schien jedes Wort in sich zu saugen. Als er den Brief zurückgab, lächelte er. »Es scheint ihr gut zu gehen. Offenbar bekommt sie auch mehr als wir zu essen. Ich wünschte …« Seine Stimme versickerte.

Wahrscheinlich wünscht er sich das Gleiche wie wir alle, dachte Jenny und betrachtete den kleinen Leuchtturm, den Alice wie immer in eine der unteren Ecken des Briefs gemalt hatte. Auch ihren »Freund« hatte sie wieder gegrüßt.

Ansonsten verrieten die Briefe ihrer Schwester nicht viel. Auch zwischen den Zeilen war nichts zu lesen. Sie schrieb über das Wetter, ihre Arbeit in der Poststelle, das Essen. Nie erfuhr Jenny, ob die Gegend, in der Alice war, von den Alliierten bombardiert wurde, ob ihre Schwester Angst hatte, sich nach ihnen sehnte und von ihrer Heimkehr träumte. Aber solche Briefe wären wahrscheinlich nicht befördert worden.

Mum fragte Stefan, wie es ihm gehe. Es hatte lange gedauert, bis sie ihn akzeptiert hatte, doch die Fürsorge, die er ihnen hatte angedeihen lassen, die Beständigkeit, mit der er sich nach Alice erkundigte und seine Fähigkeit, auf William einzugehen, hatten das Eis schließlich gebrochen.

»Mir ginge es besser, wenn ich nicht so hungrig wäre«, sagte Stefan und streichelte Binkies Fell. »Und wie sieht's bei dir aus?«, fragte er William.

»Ich will den ekligen Tang nicht essen«, entgegnete der Junge.

»Wer will das schon«, sagte Stefan.

»Ist im Krankenhaus viel zu tun?«, fragte Jenny.

»Wir sind nicht mehr im Krankenhaus«, erwiderte Stefan. »Inzwischen arbeite ich in einem Lazarett, das wir in Saint Lawrence unter Tage eingerichtet haben. Wir behandeln nun auch Wehrmachtssoldaten, die nach der Landung der Alliierten in den Kämpfen in Frankreich verwundet wurden.«

»Das stelle ich mir sehr beengt und schwierig vor.« Jenny erinnerte sich an eine Geschichte, die Alice ihr vor Jahren erzählt hatte. Da ging es um die Ermordung mehrerer Zwangsarbeiter in Saint Lawrence. Nun hatten die Deutschen dort ein Lazarett errichtet. Die Arbeit hatten wahrscheinlich abermals Zwangsarbeiter übernehmen müssen. Sie fragte sich, ob auch Alexej, den sie nie mehr wiedergesehen hatte, darunter gewesen war.

»Es hat sogar etwas Unheimliches.«

Jenny schauderte.

»Könnte ich Sie kurz unter vier Augen sprechen?«, fragte Jennys Mutter und deutete mit dem Kopf auf den Garten.

Jenny sah sie verwundert an, doch die Miene ihrer Mutter verriet nichts.

Auch Stefan wirkte erstaunt, doch er stand auf und folgte Mum hinaus.

Wenig später kehrten sie zurück. »Ich muss los«, sagte Stefan. »Wenn ich es schaffe, bringe ich bei meinem nächsten Besuch etwas zu essen mit. Richten Sie Alice die herzlichsten Grüße von ihrem Freund aus, wenn Sie ihr das nächste Mal schreiben.«

Jenny versprach es ihm.

An der Tür wandte er sich noch einmal um. »Hat Pip sich inzwischen gemeldet?«

Jenny schüttelte den Kopf. Pip war seit einem Jahr fort, und weder sie noch sein Vater hatte von ihm gehört.

»Was wolltest du von ihm?«, fragte sie ihre Mutter, als Stefan verschwunden war.

»Nichts Besonderes«, erwiderte ihre Mutter, wirkte jedoch zufrieden.

*

Als Jenny eine Woche später abends nach Hause kam, roch es in der Küche nach geschmortem Fleisch. Und Mum, die dabei war, den Tisch zu decken, summte vor sich hin. Sogar rote Rosen hatte sie im Garten gepflückt und in einer Vase auf den Tisch gestellt.

Jenny sah sie verblüfft an. »Ist irgendwas Erfreuliches vorgefallen, oder warum bist du so gut gelaunt?«

Bildete sie es sich nur ein oder wich ihre Mutter tatsächlich ihrem Blick aus?

»Stefan hat ein Stück Fleisch vorbeigebracht. Das habe ich mit Zwiebeln und Möhren geschmort. Wenn wir es uns gut einteilen, haben wir mehrere Tage davon.«

»Stefan ist ein Schatz«, sagte Jenny. »Das werde ich auch Alice schreiben.« Sie seufzte. »Ich wünschte, sie wüsste, wie man knifflige Kreuzworträtsel löst. Dann könnte ich ihr verschlüsselte Nachrichten senden.«

»Du und deine Kreuzworträtsel.« Mum holte den Bräter aus dem Ofen, stellte ihn auf dem Tisch auf einen Untersetzer und nahm den Deckel ab. »Hm«, machte sie und schnupperte den Düften nach. »Ruf William. Und dieses Mal auch Rebekah. Es wird schon keiner kommen und ausgerechnet heute Abend nach ihr suchen.«

Normalerweise brachte Jenny Rebekah ihr Essen auf einem Tablett nach oben. Aber Mum hatte recht, bei ihrem Festessen sollte sie dabei sein.

Jenny trat hinaus auf den Flur und rief nach William und Rebekah. William kam sofort die Treppe heruntergepoltert, Rebekah rührte sich nicht. Jenny lief hinauf in ihr Zimmer, wo Rebekah bereits die Holzkiste unter dem Bett hervorgezogen hatte, um sich dahinter zu verbergen.

Jenny wurde von einer Woge des Mitleids übermannt. Sie alle hatten es schwer und litten Not, doch anders als Rebekah konnten sie sich wenigstens frei bewegen und lebten nicht in permanenter Angst, entdeckt und deportiert zu werden.

In der ersten Zeit war Rebekah noch nach Einbruch der Dunkelheit im Garten spazieren gegangen oder über die Felder gewandert, die sich dahinter erstreckten. Nach dem Besuch der beiden Wehrmachtsoffiziere wagte sie sich bestenfalls für wenige Minuten in den Garten.

»Du brauchst keine Angst zu haben«, sagte Jenny. »Stefan hat uns Fleisch besorgt und Mum einen Schmorbraten gemacht. Komm und iss mit uns.«

Einen Moment lang schien Rebekah unschlüssig, doch Jenny nahm ihre Hand und zog sie mit sich.

»Richtiges Fleisch«, sagte Rebekah, als sie am Tisch saßen. »Ich kann es noch gar nicht fassen.«

Schweigend konzentrierten sich auf ihr Festmahl, zwangen sich, langsam zu essen und jeden Bissen des saftigen Bratens und des von der Bratensoße getränkten Gemüses zu genießen. Jenny versuchte, sich zu erinnern, wann sie zuletzt etwas so Gutes gegessen hatte – sie wusste es nicht mehr. Sie war sich jedoch sicher, dass sie noch lange von der Erinnerung an dieses Mahl zehren würden.

»Was ist das für Fleisch?«, fragte sie. Es schmeckte ein wenig wie Huhn, nur die Konsistenz war eine andere.

»Genau kann ich dir das nicht sagen«, erwiderte Mum. »Ich

habe vergessen, Stefan danach zu fragen.« Wieder schien sie Jennys Blick zu meiden.

Was für eine merkwürdige Antwort, dachte Jenny. Ihre Mutter hatte das Fleischstück doch im Rohzustand gesehen. Es sei denn, Stefan hätte es portioniert vorbeigebracht.

»Hat Alice noch mal geschrieben?«, fragte Rebekah.

»Heute kam ein Brief von ihr.« Jenny stand auf, um ihn zu holen. »Aber er enthält nichts Neues.«

Rebekah las den Brief. »Für mich klingen ihre Briefe immer, als wäre sie einsam.«

»Vielleicht ist sie das. Und Pip hat sich noch immer nicht gemeldet«, sagte Jenny niedergeschlagen. Je länger er nichts von sich hören ließ, desto größer wurde ihre Sorge. Mr Marett dürfte es ebenso ergehen. Sie fragten einander schon gar nicht mehr, ob sie etwas von Pip gehört hatten. Wenn, hätte es jeder sofort erwähnt.

Nach dem Mahl stand William auf und bat seine Mutter um die Möhrenschalen für sein Kaninchen.

»Ich habe die Möhren nur geputzt«, erwiderte Mum. »Das Beste steckt immer unter der Schale.«

William verschwand, um nach Binkie zu sehen.

Mum räumte den Tisch ab und begann mit dem Abwasch. Jenny und Rebekah trockneten ab.

Als William zurückkehrte, wirkte er durcheinander und erklärte, der Kaninchenkäfig sei leer.

»Das kann nicht sein«, sagte Jenny. »Oder du hast du ihn nicht richtig zugemacht, und Binkie ist irgendwo im Garten?«

Ihr Bruder schüttelte den Kopf. »Ich habe überall gesucht.« In seinen Augen glänzten Tränen.

»Stell ihm ein Schälchen Milch in den Käfig«, schlug Rebekah vor. »Wenn dein Kaninchen Hunger hat, kommt es zurück.«

Jenny opferte eine kleine Portion ihrer kostbaren Milch und gab sie in eine kleine Schale. William trug sie hinaus.

Doch als es für den Jungen Zeit zu schlafen wurde, war das Kaninchen noch immer nicht aufgetaucht.

Jenny verbrachte die Nacht unruhig. Das Fleisch lag ihr schwer im Magen, zumal sie nun zu wissen glaubte, welches Tier sie gegessen hatte. Der ausweichende Blick ihrer Mutter, die zufriedenen Miene, als sie den Bräter auf den Tisch gestellt hatte, all das erhärtete ihren Verdacht. Sie konnte nur hoffen, dass William nicht die gleichen Schlüsse zog. Ohne den Trost des Kaninchens würde er wieder vermehrt zu Tobsuchtsanfällen neigen. Um noch einmal satt zu werden, war das ein hoher Preis gewesen.

 KAPITEL 33

Im Frühling 1945 waren Alice und Clara noch immer in Biberach interniert. Karl wäre nun schon zwei Jahre, dachte Alice und spürte die kleine Hand in ihrer, als sie mit dem Jungen an den Baracken vorbeispazierte. Wenn Bomber der Alliierten über sie hinwegdonnerten, hockte sie sich zu dem Jungen, deutete auf die Flugzeuge und nannte ihm ihre Namen. Havilland Mosquito, Lancaster, Halifax.

Manchmal stellte sie sich auch vor, Stefan wäre bei ihnen. Im Geist fragte sie ihn dann all die Dinge, die sie nicht über ihn wusste. Ob er einen Lieblingssport hatte. Wäre es Fußball, malte sie sich aus, wie er Karl ganz vorsichtig einen Ball zuspielte. Aber vielleicht würde er seinen Sohn lieber auf den Schoß nehmen und ihm die Bilder in einem Kinderbuch erklären, mal auf Englisch, mal auf Deutsch. Karl war schließlich das Produkt einer englisch-deutschen Verbindung, würde eines Tages womöglich ein Zeichen des Friedens zwischen den beiden Völkern sein.

Mitunter schweiften ihre Gedanken zu William. Als er geboren wurde, war sie zehn Jahre alt. Wenn Mum ihn fertig gestillt hatte, durfte sie ihn hin und wieder halten. Sie erinnerte sich an das Gefühl des kleinen Kopfes an ihrem Hals, während sie ihm dem Rücken rieb, damit er aufstieß. Wie oft hatte sie William im Kinderwagen geschoben und darauf gewartet, dass er einschlief. Und wie oft hatte er es nicht getan, sondern versucht, sich mit seinen großen braunen Augen auf sie zu fokussieren. Oder er hatte geschrien. Das hatte er ohnehin häufig getan und Dad dabei verrückt gemacht. »Könnte vielleicht mal jemand dafür sorgen, dass das Kind still ist«, rief er dann. Daraufhin hatte William erst recht gebrüllt. Und Mum hatte Alice mit einer Kopfgeste aufgefordert, mit dem Jungen hinaus in den Garten zu gehen. Dort hatte Alice besänftigend auf ihn eingeredet und ihm Blumen gezeigt, bis er sich beruhigte.

Auch die Gespräche ihrer Eltern fielen ihr wieder ein. Wie oft hatte ihr Vater erklärt: »Mit dem Jungen stimmt etwas nicht.« Mum hatte es nicht wahrhaben wollen und den Kopf geschüttelt. »Er benimmt sich so, weil er müde ist«, sagte sie, oder: »Er ist einfach ein schwieriges Baby.« Als es sich nicht mehr leugnen ließ, dass William nicht wie andere Kinder war, gingen ihrer Mutter die Argumente aus. Will wollte nicht schmusen, gab niemandem einen Kuss, legte niemandem die Arme um den Hals. Am liebsten saß er auf dem Fußboden, reihte die Waggons seiner Holzeisenbahn auf und brüllte vor Wut, falls jemand etwas an der Reihenfolge änderte. Es dauerte lange, bis er sprechen konnte, und dann wiederholte er nur das, was man ihm gesagt hatte. Antworten vermochte er nicht zu geben. »Wenn er mich doch nur einmal Mummy nennen würde«, sagte Mum verzweifelt. »Dann wüsste ich wenigstens, dass er sich mir zugehörig fühlt.« William sprach sie mit gar keinem Namen an.

Erst als er sechs Jahre alt war, nannte er sie »Mum«, so wie es seine Schwestern taten.

Wäre Karl wie William geworden, hätte Alice gewusst, wie man einen kleinen Jungen, der anders war, behandeln musste. Doch das Kind ihrer Phantasie war perfekt, ein bezaubernder kleiner Junge, der nie von ihrer Seite wich.

*

An diesem frischen Morgen im April betrat Alice den Waschraum als Letzte. Wie immer waren sie um sieben Uhr geweckt worden, doch sie war noch nicht richtig zu sich gekommen, und ihre Glieder fühlten sich bleiern an. Sie hatte von Karl geträumt. Hand in Hand waren sie über einen sonnigen Strand gewandert, auf dem die Wellen Schaumränder hinterlassen hatten. Sie bückte sich und hob einen flachen Stein auf, nahm ihn zwischen Daumen und Zeigefinger, so, wie Dad es ihr gezeigt hatte. Dann ließ sie ihn über das ruhig daliegende Wasser hüpfen. Karl quietschte vor Entzücken.

Als der schrille Ton der Trillerpfeife sie weckte, hatte Alice ihren Kopf in ihrem klumpigen Kissen vergraben und gehofft, sie würde weiter von ihrem Spaziergang mit Karl träumen. Doch das Ächzen und Stöhnen der anderen Frauen legte sich über die Bilder, bis sich die letzten Traumfetzen auflösten und davonschwebten. Schwerfällig hatte sie sich aufgesetzt und noch einen Moment vor sich hingestarrt.

Die meisten Frauen verließen den Waschraum bereits, als Alice hereinkam. Mehr als eine Katzenwäsche würde sie vor dem Appell nicht schaffen. Sie stellte sich an eines der primitiven Becken. Sie erinnerten sie an die Tröge, aus denen auf Jersey Kühe tranken.

Alice drehte den Wasserhahn auf. Mehr als ein dünnes Rinnsal kam nicht. Seife gab es nicht. Sie streifte das Oberteil ihres Nachthemds ab, um sich unter den Armen zu waschen, und hörte eine Frauenstimme, die ihren Namen rief. Sarah – die hatte Alice gerade noch gefehlt.

Nach Karls Geburt hatte Sarah Alice eine Zeit lang in Ruhe gelassen. Vielleicht hatte sie ihre Trauer respektiert. Doch diese Schonfrist war längst vorbei.

»Für wen machst du dich denn frisch?«, fragte sie und lachte gehässig.

Halb nackt wie sie war, die schlaffen Brüste sichtbar, fühlte Alice sich verletzlich. Nach der Niederkunft hatte die Hebamme ihre Brüste abgebunden. Tagelang waren sie fest wie Steine gewesen. Dann war der Milchfluss versiegt.

Alice nahm ein dünnes Handtuch vom Haken, trocknete sich rasch ab und zog ihr Nachthemd wieder hoch. Erst dann wandte sie sich zu Sarah um. »Ich bin spät dran«, sagte sie. »Und du ebenfalls.«

Allerdings musste Sarah sich nicht mehr ankleiden, sie trug bereits die verdreckten Sachen, die sie jeden Tag anhatte.

Sarah zuckte mit den Schultern. »Ich warte auf dich.«

»Lauf ruhig schon vor«, sagte Alice. »Ich muss mich noch anziehen.«

»Soll ich dir helfen?«

Alice stellte sich vor, wie diese fürchterliche Person ihr wie eine Kammerzofe Kleidungsstücke reichte, Knöpfe schloss und das Haar kämmte, jeder Handgriff begleitet von ihrem tückischen Blick. »Das kann ich allein, vielen Dank.« Sie verließ den Waschraum und hoffte, Sarah hatte den Wink verstanden.

Das hatte sie entweder nicht oder wollte es nicht. Sie folgte Alice zurück zur Baracke und sah zu, wie Alice ihre Kleidung von der Leine an ihrem Bett nahm.

»Die Alliierten fliegen beinah täglich Angriffe«, sagte Sarah. »Bestimmt hast du die Bomber auch gesehen. Und gehört.« Sie kratzte sich unter ihrem Haardutt.

»Habe ich.« Alice schloss ihren Büstenhalter und griff nach ihrer Bluse. Matthews hatte mit ihr über die jüngsten Entwicklungen gesprochen und erklärt, der Krieg müsse nun wirklich bald zu Ende sein, die deutsche Luftwaffe sei nicht zuletzt aufgrund des Treibstoffmangels kaum noch einsatzfähig.

»Hast du die Gerüchte gehört?«

»Welche?« Alice knöpfte ihre Bluse zu.

»Über das, was die Deutschen mit uns machen, wenn ihnen klar wird, dass sie den Krieg verloren haben.«

»Sie werden uns laufen lassen«, sagte Alice. »Müssen sie doch. Ich dachte, es gibt internationale Regeln, wie man mit den Gefangenen der Internierungslager nach dem Krieg umgeht.«

»Klar«, sagte Sarah und lachte. »Und die Deutschen sind dafür bekannt, dass sie sich an internationale Abmachungen halten.«

Alice hörte ihr nur noch mit halbem Ohr zu. Sie war mit ihren Gedanken noch bei der Frage, was das Kriegsende und die Auflösung des Lagers für sie bedeuten könnte. Sie hoffte, dass Clara bis dahin durchhielt. Sie war nur noch Haut und Knochen. Was unter anderem daran lag, dass die Lieferungen des Roten Kreuzes nachgelassen hatten und mit dem, was noch kam, zuerst die englischen Deportierten versorgt wurden und dann erst die Gefangenen in den Hütten. Alice steckte ihrer Freundin täglich einen Teil ihrer Mahlzeiten zu, vermutete jedoch, dass Clara selbst das Wenige noch mit anderen in ihrer Hütte teilte. Sie zog ihren Rock an und schlüpfte in ihre Schuhe.

»Die Wachen hier haben schon Pläne für die Gefangenen in den Hütten gemacht.«

Alice fuhr herum. »Was soll das heißen?«

Sarah betrachtete ihre Fingernägel, die verdreckt und eingerissen waren, wie bei ihnen allen. »Dass man sie umbringen will.«

Alice runzelte die Stirn. »Das ist doch Unsinn. Warum sollte man das tun?«

Sarah zuckte die Achseln. »Oder das ganze Lager wird zusammen mit uns in die Luft gejagt.« Sie stieß ein bitteres Lachen aus. »Vielleicht halten wir uns alle an den Händen, wenn es so weit ist. Gehen gemeinsam in Rauch auf.«

Alice schüttelte den Kopf. »Ich schlage vor, wir konzentrieren uns auf den heutigen Tag und auf den Appell, zu dem wir gleich antreten müssen.« Sie verließ die Baracke, und Sarah folgte ihr.

Doch auf dem Weg zum Appellhof überlegte Alice, ob an Sarahs Schauergeschichte etwas dran sein könnte.

*

Zwei Wochen später war der Tagesablauf im Lager noch der Gleiche. Der Tag begann mit dem Weckruf, darauf folgten Appell, Frühstück, Mittag- und Abendessen. Doch die Gerüchte, der Krieg sei bald zu Ende, waren lauter geworden. Die Luftangriffe der Alliierten nahmen weiter zu, die Gesichter der Wachleute wurden von Tag zu Tag missmutiger.

Auch für die Bewohner der Hütten blieb alles beim Alten. Nirgendwo gab es Anzeichen, die auf eine Sprengung des Lagers deuteten. Vielmehr schienen die Wachen damit beschäftigt, Akten zu entsorgen. Vielleicht enthielten sie Nachweise ihrer Verbrechen bei der Behandlung der Gefangenen.

Beim Appell an diesem Morgen sah Alice sich vergeblich nach Clara um. Sogleich befiel sie die Angst, ihre Freundin könnte zu schwach zum Aufstehen sein. Bereits in den vergangenen Tagen hatte sie festgestellt, wie viel Kraft es Clara kostete, sich zum Appell zu schleppen.

Alice zwang sich, gerade zu stehen und sich nicht zu bewegen. Diejenigen, die es nicht taten, wurden in der Regel bestraft, indem die nächste Mahlzeit gestrichen wurde.

In Gedanken ging Alice mit Karl an den Strand von Saint Helier und baute mit ihm eine Sandburg. Sie malte sich aus, Stefan wäre bei ihnen ··· und wurde vom schrillen Geräusch einer Trillerpfeife unterbrochen.

»Was ist denn jetzt schon wieder?«, murmelte Sarah, die zu Alice' Linken stand.

»Eine Person fehlt«, hörte Alice die raue Stimme des Wachmanns. »Wir zählen noch mal.«

Ein leises Murren lief durch die Reihen. Die Gefangenen

waren hungrig und warteten auf ihr Frühstück. Alice war es einerlei, ob sie erneut gezählt wurden. Sie spürte die Morgensonne auf ihrem Gesicht und ließ die Gedanken schweifen.

Dennoch nahm sie wahr, dass aus Claras Unterkunft ein Wachmann herbeieilte und seinem Kollegen beim Appell etwas zuraunte.

Vielleicht ging es um Clara, fuhr es Alice durch den Kopf, und ihre Brust schnürte sich zu.

Die Frau rechts neben Alice begann zu schwanken und hielt sich an Alice fest.

»Geht es dir nicht gut?«, flüsterte Alice.

»Nein«, kam die leise Antwort. »Ich kann kaum noch stehen.«

»Abtreten«, rief der Wachmann, der sie gezählt hatte. »Die vermisste Person wurde gefunden.«

Alice lief zu Claras Hütte. Anfangs hatten sie und Clara sich entweder in Alice' Baracke getroffen oder waren im Freien spazieren gegangen. Doch in jüngster Zeit hatte Clara nicht mehr als den Weg zum Appell und zurückgeschafft.

Es kostete Alice Überwindung, die Hütte zu betreten. Sie stand unter Bäumen und bekam kaum Sonne. Und das kleine Fenster reichte nicht aus, um den Raum zu belüften. Es roch nach Körperausdünstungen und Krankheit.

Claras Strohlager war leer.

Alice fragte die anderen Bewohner, ob sie Clara gesehen hätten. Sie schüttelten die Köpfe und schlurften zu ihren Lagerstätten.

Eine Frau fasste Alice' Arm. »Clara hat es nicht geschafft. Sie ist heute Morgen gestorben.«

Es dauerte einen Moment, bis die Bedeutung der Worte zu Alice durchgedrungen war und Tränen in ihre Augen schossen.

*

In den nächsten Tagen nahm Alice ihre Umgebung nur verschwommen wahr, und den Weg zur Poststelle legte sie wie ferngesteuert zurück.

Sarah kam von irgendwoher und sah Alice aufgeregt an. »Hörst du das?«, fragte sie. »Was meinst du, was das ist?«

Alice blieb stehen und lauschte. Es war ein Geräusch, das ihr nichts sagte, ein kontinuierliches Rattern, das aus der Stadt unten kam. Sie und Sarah liefen ein Stück vor, um einen Blick auf Biberach zu werfen.

»Panzer«, sagte Sarah. »Eine ganze Kolonne.«

Sie hatte recht. Die schweren Kampffahrzeuge näherten sich der Stadt von Westen, und Alice glaubte, auf einigen die französische Tricolore zu erkennen.

»Tja«, sagte Sarah. »mir scheint, für Biberach ist der Krieg vorbei.« Sie rannte los, um die Nachricht im Lager zu verbreiten.

Alice beobachtete, wie hinter den Panzern Fußtruppen erschienen und in die Stadt einmarschierten. Wehmütig dachte sie, wie glücklich sie und Clara gewesen wären, wenn sie diesen Anblick noch gemeinsam hätten erleben dürfen.

Auf dem Weg zu Matthews sah sie Wachleute umherhasten und Kisten in Militärfahrzeuge laden. Offenbar machten sie sich zum Aufbruch bereit.

Matthews stand im Lagerraum an dem Fenster, von dem man in Tal hinuntersehen konnte.

»Es sind französische Truppen, oder?«, sagte Alice.

Matthews nickte. »Sieht ganz danach aus. Sicherlich sind sie bald hier und werden uns befreien.«

»Die Wachen sind schon am Packen.«

Wieder musste Alice an ihre Freundin denken. Nur ein paar Tage hätte sie noch durchhalten müssen und sie wäre frei gewesen. Sie wären gemeinsam nach Jersey zurückgekehrt, und Alice hätte dafür gesorgt, dass Clara wieder aufgepäppelt würde. Doch es hatte nicht sollen sein.

»Das will ich mir genauer ansehen«, sagte Matthews. »Für heute ist unsere Poststelle geschlossen.

Draußen war von den Wachleuten nichts mehr zu sehen. Sie hatten sich mit Akten, Kisten und Fahrzeugen abgesetzt. Einige Gefangene liefen mit weißen Stofffetzen zu dem Stacheldrahtzaun und hängten sie als Zeichen der Kapitulation darüber. Jemand hatte die Hakenkreuzfahne eingeholt und stattdessen ein helles Laken gehisst.

Beim Anblick der weißen Stoffstücke fiel Alice der Tag wieder ein, als sie auf Jersey gezwungen worden waren, mit weißen Fahnen oder Ähnlichem ihre Kapitulation zu bekunden. Sie sah die riesige viktorianische Unterhose vor sich, die ihre Mutter aus dem Fenster gehängt hatte. Nun waren die Deutschen besiegt, und man ergab sich den neuen Eroberern.

»Wie gut, dass dieser Spuk vorbei ist«, sagte Matthews mit einem feuchten Glanz in den Augen.

»Ja«, entgegnete Alice mit belegter Stimme. »Er hat lange genug gedauert.«

»Wissen Sie, welcher Tag heute ist?«

Alice schüttelte den Kopf.

»Wir haben den 23. April. Das ist der Georgstag.« Sankt Georg war der Schutzpatron der Engländer.

Alice erinnerte sich vage an eine Englischstunde vor vielen Jahren. »Geht man nicht auch davon aus, dass Shakespeare an einem 23. April geboren wurde?«

Matthews lächelte. »Das hatte ich vergessen. Falls ich es jemals gewusst habe.«

Alice dachte an ihre Schwester. Vielleicht versöhnte dieser 23. April Jenny mit dem Shakespeare, den sie nicht zu schätzen gewusst hatte.

KAPITEL 34

Jenny half ihrem Bruder mit den Hausaufgaben, als das Telefon klingelte und Robert Durand am anderen Ende war. »Kannst du morgen Abend zu einem Parteitreffen kommen?«, fragte er. »Um acht Uhr bei Leslie.«

Nach kurzem Zögern sagte Jenny zu. Zwar glaubte sie nicht an die Ziele der JCP, traute auch den Mitgliedern nicht zu hundert Prozent über den Weg, dennoch bot die Partei ihr die beste Möglichkeit, auch weiterhin gegen die Deutschen zu kämpfen.

Sie fuhr mit dem Fahrrad zu dem Treffpunkt. Es war ein trüber, kalter Frühlingsabend, doch in den Wäldern blühten schon die ersten Hasenglöckchen, und irgendwo zwitscherte ein Rotkehlchen.

Und wieder haben wir es durch einen bitteren Hungerwinter geschafft, dachte Jenny. Kurz nach Weihnachten hatte, trotz des Verbots der Alliierten, ein Frachter im Hafen angelegt und eine Sendung des Roten Kreuzes gebracht. Mehrere Tausend Pakete mit Nahrungsmitteln waren es gewesen. Die Inselbewohner hatten sich am Kai angestellt, um an die Pakete zu gelangen, bevor die Deutschen sie abfangen konnten. Schokolade war darin gewesen, Kekse, Zigaretten, Sardinen, Corned Beef und kleine Seifenstücke. Sie hatten ihren Augen nicht getraut. Seitdem war der Frachter noch einige Male gekommen, um sie zu versorgen. Manch einen dürften die Inhalte der Pakete vor dem Hungertod gerettet haben.

Zu Jennys Erstaunen hatte ihre Mutter für Stefan Zigaretten mitgenommen, ihm auch von der Schokolade abgegeben. Vielleicht hatte sie sich auf diese Weise für die vielen Dinge, die er ihnen vorbeigebracht hatte, erkenntlich zeigen wollen. Oder aber sie mochte ihn mittlerweile doch ganz gern.

Auch die Kriegsnachrichten, mit Berichten über das Vordringen der Alliierten, gaben ihnen Auftrieb. Am vergangenen Abend hatte Jenny die BBC-Meldung übersetzt, dass die Alliierten das Ruhrgebiet eingenommen hatten. Die Wehrmacht hatte vergeblich versucht, die Städte dort zu halten. Nun waren aus den Soldaten Kriegsgefangene geworden, 370.000 an der Zahl.

Plötzlich verspürte Jenny ein solches Glücksgefühl, dass sie einen Abhang freihändig hinunterraste. Sie stellte sich das Ende des Kriegs vor, die Rückkehr von Alice und Pip. Was für eine Freude das sein würde.

Sie lehnte ihr Rad gegen das Haus, in dem Leslie wohnte, und schloss es ab.

Leslie öffnete ihr die Tür.

Schon beim Betreten der Wohnung hörte Jenny die Stimmen der anderen Teilnehmer aus dem Wohnzimmer.

Offenbar war eine Diskussion im Gang.

»Wir brauchen eine Volksdemokratie«, erklärte Robert. »Aber vorher müssen wir die verdammten Bürokraten loswerden.« Sein Blick fiel auf Jenny. »Hat Pip dir endlich geschrieben?«

Jenny schüttelte den Kopf und ließ sich nieder. »Worüber redet ihr?«

Ein junger, blondhaariger Mann mit scharfen Gesichtszügen namens Paul antwortete: »Wir planen einen Aufstand.«

»Was?« Jenny sah ihn entgeistert an. Sie kannte Paul nicht gut, wusste nur, dass er ein desertierter Wehrmachtssoldat war, der sich auf der Insel verbarg. Er hatte mit der Internationalen Brigade auf der Seite der sozialistischen spanischen Republik gekämpft, war von Francos Putschisten gefangen genommen und nach Deutschland deportiert worden. Dort hatte er zwischen einem Gefangenenlager oder der Wehrmacht wählen können und sich für Letztere entschieden. Dem antifaschistischen Kampf war er jedoch treu geblieben.

»Morgen geht es los«, sagte Leslie. »Am internationalen Kampftag der Arbeiterklasse.«

»Und wie soll dieser Aufstand aussehen?«, fragte Jenny. Sie war Aktionen im Untergrund gewohnt. Die Vorstellung, offen gegen etwas vorzugehen, machte sie unbehaglich.

»Die Wehrmachtssoldaten auf der Insel hungern«, sagte Paul.

»Das tun wir alle«, erwiderte Jenny.

»Das ist nicht ganz richtig«, sagte Paul. »Die Inselbewohner werden seit einer Weile vom Roten Kreuz versorgt. Die Wehrmacht nicht.«

Jenny sah sein verhärmtes Gesicht, die dünnen Handgelenke und die zitternden Beine. Paul hatte recht. Die deutschen Soldaten auf der Insel litten große Not, erst recht, wenn sie wie Paul desertiert waren.

»Viele von ihnen sind bereit zu meutern«, fuhr Paul fort. »Im Osten Deutschlands haben die ersten Städte sich der Roten Armee ergeben, im Westen rücken die Alliierten immer weiter vor. Die Wehrmachtssoldaten auf Jersey sind demoralisiert. Ein großer Teil wird sich dem Aufstand der JCP anschließen.«

Jenny war noch immer nicht wohl bei dem Gedanken. »Und wie soll das Ganze ablaufen?«

»Um zehn Uhr morgen früh wird Oberst Linder, der Kommandant von Elizabeth Castle, eine Kanone abfeuern«, erklärte Leslie. »Er ist zwar Deutscher, steht aber auf unserer Seite, und Paul verbürgt sich für ihn.«

Paul nickte.

Im Geist sah Jenny die Festung Elizabeth Castle, die Ende des 16. Jahrhunderts auf einer felsigen Gezeiteninsel vor Saint Helier errichtet worden war. Seit fast vierhundert Jahren war Jersey von dort aus verteidigt worden.

»Nach diesem Signal geht es los«, sprach Leslie weiter. »Die Wehrmachtssoldaten werden sich gegen ihre Offiziere erheben, sie entwaffnen und kapitulieren. Sowie Jersey in unseren Händen ist, werden wir die Insel nach marxistisch-leninistischem Vorbild regieren. Das bedeutet auch, dass wir die bisherigen Amtsträger verjagen. Und dann wird von unserem Rathaus die rote Fahne mit Hammer und Sichel wehen.«

Jenny glaubte, nicht richtig gehört zu haben. Sie betrachtete die Gesichter vor ihr, die eine Mischung aus Naivität und Sendungsbewusstsein ausdrückten.

»Und was soll mit den bisherigen Amtsträgern geschehen?«, fragte Jenny und hielt den Atem an.

»Zunächst nehmen wir sie fest«, erklärte Leslie.

Jenny ließ ihren Atem entweichen.

»Bist du mit von der Partie?«, fragte Leslie.

Jennys Gedanken überschlugen sich. Würde sie Nein sagen, brächte sie womöglich sich und ihre Familie in Gefahr. Würde sie sich bereit erklären mitzumachen, wäre sie Teil eines illegalen, gewaltsamen Vorgehens. Eine Alternative war so unerfreulich wie die andere.

Sie beschloss, sich zunächst einverstanden zu erklären. Doch ihr Mund war trocken geworden, und sie schluckte krampfhaft.

»Klar mache ich mit«, sagte sie und versuchte, Begeisterung zu heucheln.

»Prima, das hatten wir gehofft.« Robert lächelte. »Leslie wird dir deine Aufgabe erklären.«

Leslie sah Jenny mit gewichtiger Miene an. »Du begibst dich so gegen zehn zur First Tower School. Wenn du die Kanone hörst, suchst du den Schuldirektor auf, schilderst ihm die Sachlage und forderst ihn auf, die Kinder zu ihrem Schutz im Schulgebäude zu behalten. Andernfalls könnten sie im Lauf der Kampfhandlungen verletzt werden.«

Wenigstens verlangten sie von ihr nicht, mit einer Waffe umzugehen, dachte Jenny, denn das wäre ihr unmöglich gewesen. Mit dem Schuldirektor zu reden, traute sie sich zu, so unangenehm es ihr auch sein würde.

Aber wie sollte sie mit Mr Marett verfahren, der zweifellos ein Amtsträger war? Sie musste ihn warnen. Die Frage war nur, wie er darauf reagieren und wen er von der geplanten Aktion unterrichten würde.

*

Jenny hatte gehofft, bis zum Einschlafen eine Lösung gefunden zu haben. Stattdessen waren ihr zig Gedanken durch den Kopf geschossen, ohne dass auch nur einer zu einem Ergebnis geführt hätte. Sie stellte sich vor, wie Robert und seine Genossen in Mr Maretts Büro eindringen und ihn gefangen nehmen – womöglich sogar angreifen – würden. Das war etwas, das sie unter allen Umständen verhindern musste. Aber wie sollte ihr das gelingen, ohne Mr Marett über die geplante Revolte zu informieren?

Gegen drei Uhr morgens setzte Rebekah sich auf und fragte: »Jenny, was ist los? Warum kannst du nicht schlafen?«

Jenny drehte sich zu ihr um. »Habe ich dich geweckt?«

»Ja, aber ich habe selbst nicht gut geschlafen.«

Jenny schilderte Rebekah die Zwickmühle, in der sie steckte.

»O Gott«, sagte Rebekah, als Jenny geendet hatte. »Muss das denn auch noch sein?« Sie seufzte schwer. »Aber wenigstens kannst du etwas tun, um die Kinder zu schützen.«

»Sicher, aber was ist mit Pips Vater und den anderen, die für unsere Gerichte und die Verwaltung der Insel zuständig sind? Muss ich sie nicht ebenso warnen?«

Rebekah schwieg. Dann sagte sie: »Aber was, wenn das herauskommt? Was glaubst du, was die Revoluzzer dann mit dir machen?«

Das wollte Jenny sich lieber nicht vorstellen.

»Es muss doch eine vernünftige Lösung geben«, fuhr Rebekah fort. »Wir müssen sie nur finden. Was meinst du, würde Pips Vater dir raten?«

»Vernünftig wäre, jedermann zu warnen, ohne mich selbst in Gefahr zu begeben.« Im Geist hörte Jenny Mr Maretts Stimme, die sagte: »Ich bin ein alter Mann. Habe meine Frau verloren, vielleicht auch meinen Sohn. Du hast dein Leben noch vor dir, Jenny, du musst in erster Linie an dich denken. Falls Pip zurückkommt, würde er es mir nie verzeihen, wenn du dich für mich geopfert hättest.«

Ja, vermutlich würde Mr Marett so argumentieren. Aber war es dennoch richtig, zuerst an sich selbst zu denken? Jenny wünschte, ihr Vater wäre noch da, um das Problem mit ihr durchzugehen – rein theoretisch, denn vermutlich hätte sie ihm nie die missliche Lage gebeichtet, in die sie sich selbst gebracht hatte.

»Sprich mit Mr Marett«, sagte Rebekah. »Wenn du es nicht tust, wirst du dich ewig schuldig fühlen.«

»Genau das werde ich«, sagte Jenny und legte sich wieder zurück. »Und dann werde ich mit ihm überlegen, wie ich am besten vorgehe.«

Sie drehte sich auf die Seite, starrte in die Dunkelheit und klammerte sich an die Hoffnung, dass noch alles gut werden würde.

*

Nach einer schlaflosen Nacht stand Jenny schon in aller Herrgottsfrühe auf. Um Rebekah nicht zu wecken, kleidete sie sich so leise wie nur möglich an. Dann tappte sie in dem stillen Haus lautlos die Treppe hinunter.

Das Frühstück ließ sie aus, ihr Magen war ohnehin wie zugeschnürt.

Sie schlich durch den Garten, wo der Kaninchenkäfig leer geblieben war, holte ihr Fahrrad aus dem Schuppen und fuhr los.

Es dauerte nicht lange, bis sie feststellte, dass sie sich zu dünn gekleidet hatte, der kalte Wind drang ihr bis auf die Knochen. Sie strampelte schneller, um warm zu werden und legte sich im Geist die Sätze zurecht, mit denen sie Mr Marett bitten wollte, sich selbst zu schützen, ohne seine Amtskollegen zu warnen. Aber was hätten diese auch tun können, um den Aufstand abzuwenden? Sie hätten sich an die deutsche Militärverwaltung wenden müssen, die die Aufständischen gefasst und gefangen genommen hätten. Und dann würde man diese wahrscheinlich vor ein deutsches Militärgericht stellen und zum Tode verurteilen. Sie hätten also die eigenen Leute an die Deutschen verraten.

Als Jenny vor Mr Maretts Haus vom Rad stieg, war sie noch immer zu keinem Ergebnis gekommen. Aufgrund der frühen Stunde klopfte sie zunächst leise an der Eingangstür. Als sich im Haus nichts regte, klopfte sie lauter. Nichts geschah, und es ging auch kein Licht an. Vielleicht war Mr Marett bereits im Büro.

Als Jenny dort ankam, waren die Fenster ebenfalls dunkel, und auf ihr Klopfen tat sich nichts. Hilflos sah sie sich um, doch von Mr Marett war weit und breit nichts zu sehen.

KAPITEL 35

Jenny beschloss, nicht auf Mr Marett zu warten; sie musste zur First-Tower-Schule, um den Direktor über den Aufstand zu informieren. Er würde Zeit brauchen, um die nötigen Schutzmaßnahmen einzuleiten.

Auf dem Weg zur Schule wirbelten plötzlich Schneeflocken durch die Luft. Jenny glaubte, ihren Augen nicht zu trauen, schließlich hatten sie schon den 1. Mai.

Sie stellte ihr Rad an der Schule ab. Zitternd vor Kälte rieb sie sich abwechselnd die Arme und blies ihre Hände warm. Und immer wieder schaute sie auf die große Uhr am Schulgebäude. Sobald sie den Kanonendonner hörte, wollte sie hineingehen. Aber was sollte sie dem Direktor sagen, damit er sie ernst nahm und dafür sorgte, dass die Kinder nicht nach draußen liefen. Was, wenn er sie auslachte und die Kinder in der Pause auf den Schulhof ließ? Und wo um alles in der Welt war Mr Marett?

Der große Zeiger der Uhr rückte auf die zwölf vor. Zehn Uhr. Angespannt wie eine Bogensehne wartete sie auf den Donnerhall. Es wurde fünf nach zehn. Stille. Sie stellte sich das schwere Artilleriegeschütz vor und diesen Oberst Linder, der den Befehl zum Feuern gab. Jemand würde die Abzugsleine ziehen und eine Granate würde aus dem Rohr schießen ... aber warum hörte sie nichts?

Jenny wartete bis halb elf, hörte jedoch nur Möwenschreie und von irgendwoher Kinderstimmen. Sie überlegte, was den Ausbruch der Revolte hätte verhindern können. Oder hatten die Aufständischen ohne Geschützfeuer begonnen, ihren Plan umzusetzen? Eine andere Möglichkeit war, dass sie verraten und die Revolutionäre bereits von den Deutschen festgenommen worden waren. Vielleicht war man auch schon auf dem Weg zu ihr.

Panisch blickte Jenny sich um, doch es war niemand zu sehen.

Sie sprang auf ihr Rad und beschloss, als Erstes zu Leslies Wohnung zu fahren, um dort zu erfahren, was vorgefallen war.

An dem Haus, in dem Leslie wohnte, war die Eingangstür unverschlossen. Jenny nahm die Treppe hinauf zu Leslies Wohnung und klopfte leise.

Leslie öffnete ihr, machte wortlos kehrt und verschwand im Wohnzimmer.

Jenny schloss die Tür hinter sich und folgte ihm.

Alle JCP-Mitglieder des letzten Treffens waren versammelt. Einige rauchten, andere blickten zu Boden. Niemand sah Jenny an.

»Was ist schiefgelaufen?«, fragte Jenny und ließ sich nieder.

»Der verdammte Linder hat gekniffen«, erwiderte Leslie mürrisch.

»Hat unsere ganze Planung zunichtegemacht«, sagte Robert. »Ich wusste doch, dass wir keinem Deutschen trauen können.«

Paul blickte ihn wütend an.

»Also gibt es keinen Aufstand«, sagte Jenny.

»Natürlich nicht«, gab Leslie zornig zurück. »Hältst du uns für Idioten?«

»Lass deine Wut nicht an Jenny aus«, sagte Robert müde. »Sie kann nichts dafür.«

»So ein Pech«, sagte Jenny und spürte, wie ihr eine schwere Last von der Seele wich.

Als sie wenig später aufstand und einen Abschiedsgruß murmelte, bekam sie keine Antwort. Es hielt sie auch niemand auf.

Als Nächstes steuerte Jenny Mr Maretts Büro an. Dass sie ihn am Morgen nicht angetroffen hatte, beunruhigte sie.

Diesmal blies der Wind ihr direkt ins Gesicht, und sie fror so sehr, dass ihre Zähne aufeinanderschlugen.

Zu ihrer Erleichterung saß Mr Marett an seinem Schreibtisch. Doch irgendetwas war geschehen, er machte einen aufgewühlten Eindruck. Hatte er womöglich von dem geplanten Aufstand erfahren?

»Einen schönen guten Morgen«, sagte Jenny und versuchte, ganz normal zu klingen.

»Hm«, machte er.

War er schockiert? War er von ihr enttäuscht?

»Ist etwas passiert?«, fragte Jenny vorsichtig.

»Könnte man so sagen«, erwiderte Mr Marett. »Vorhin hatte ich ein Treffen mit dem Bailiff. Er hat mir etwas erzählt, das ich kaum glauben kann.«

Meinte er die Revolte?

»Er hat die Nachricht per Telegramm vom englischen

Kriegskabinett erhalten«, fuhr Mr Marett fort. Plötzlich lächelte er. »Hitler ist tot. Hat sich erschossen.«

»Was?«

Mr Marett nickte. »Es ist die Wahrheit. Gott sei Dank. Nun können die Deutschen endlich kapitulieren. Und vielleicht kommt dann auch Pip zurück.«

»Ganz bestimmt tut er das«, sagte Jenny und sah Pips strahlendes Gesicht vor sich.

*

Nach dem Abzug der deutschen Wachen wurde das Lager in Biberach zuerst von französischen Soldaten versorgt. Zwar hatten auch sie nicht viel zu geben, doch das, was sie den Gefangenen brachten, war besser als das harte Brot und die wässrigen Suppen, die sie in den vergangenen Monaten bekommen hatten. Mitunter gab es sogar Milch für die Kinder.

Nach den Franzosen erschienen die Amerikaner. Sie verteilten Corned Beef und für die Kinder Schokolade. Einige von ihnen waren sogar so freundlich, dass sie jeweils ein oder zwei Kinder in ihren Jeep einluden und mit ihnen eine Runde durch das Camp drehten. In solchen Momenten stellte Alice sich wieder Karl vor, der lachend bei ihnen saß und ihr winkte. Dann waren die Amerikaner weg, und die Franzosen kehrten zurück.

Ende Mai forderten diese die Gefangenen auf, ihre Sachen zu packen und sich auf die Abreise vorzubereiten. Es dauerte nicht lange, bis Alice die wenigen Kleidungsstücke, die man ihr damals am Hafen von Saint Helier gespendet hatte, in den Rucksack gesteckt hatte. Danach ließ sie ihren Blick zum letzten Mal über den Barackenraum gleiten, in dem sie die vergangenen Jahre verbracht hatte.

Dann standen sie alle mit ihren Habseligkeiten auf dem Hof, wo sie zum letzten Mal zum Appell hatten antreten müssen, und warteten, bis Lastwagen der französischen Armee kamen, die sie abholten, um sie zum Flugplatz Mengen zu fahren, den die französischen Truppen eingenommen hatten.

Als sie abfuhren, stand Alice auf der Ladefläche und blickte über das Lager. Es war eine schlimme Zeit gewesen, in der sie aus vielerlei Gründen gelitten hatte. Ohne Claras Freundschaft wäre es schwer gewesen, diese Zeit zu überstehen. Und dann hatte sie auch ihre Freundin verloren. Sie hatte ein Kind bekommen, von dem sie wusste, dass es tot geboren war, auch wenn sie sich immer wieder vorgemacht hatte, Karl würde noch leben. Nun fragte sie sich, ob sie ihn auch auf Jersey wieder spüren oder er endgültig in der Schattenwelt verschwinden würde, zu der sie keinen Zugang hätte.

Eine andere Sorge war, dass die Gefangenen aus Jersey wussten, dass sie schwanger gewesen war und viele von ihnen vermuteten, dass der Vater ein Deutscher gewesen war. Sicher, die Totgeburt hatte einige mitleidig gestimmt, dennoch war Alice immer wieder als Deutschenliebchen bezeichnet worden. Auch ihre Familie würde von der Schwangerschaft erfahren und sie womöglich als Schande betrachten. Vielleicht würde man ihr auf der ganzen Insel den Rücken kehren, und statt der zuverlässigen und kompetenten Krankenschwester Robinson nur noch die »horizontale Kollaborateurin« sehen. Und was würde aus ihr und Stefan werden?

Sie bestiegen ein Dakota Transportflugzeug der Royal Air Force. Die Sitze waren entfernt worden, um mehr Platz zu schaffen, und so ließen sie sich alle auf dem Boden nieder. Von dort aus war es Alice unmöglich, durch ein Fenster zu blicken, doch wahrscheinlich hätte sie ohnehin nur Wolken oder das vom Krieg zerstörte Deutschland gesehen.

Als der Pilot später über Lautsprecher verkündete, dass sie sich über dem Ärmelkanal befanden, brachen die Passagiere in Jubel aus. Alice lächelte. Nun war sie nicht mehr weit von ihrer Familie entfernt. Sie wusste nicht genau, ob es allen gut ging. Entweder hatten sie ihr nur selten geschrieben oder nicht alle Briefe waren an sie weitergeleitet worden. Sie hatte jedoch verstanden, dass sie, ebenso wie sie selbst, großen Hunger gelitten hatten.

Sie landeten auf dem Flughafen Hendon, nördlich von London. Von dort aus ging es in ein Gebäude, in dem sie entlaust wurden. Sie erhielten jeder ein Pfund Sterling und wurden zur Londoner Victoria Station gebracht. Von dort aus fuhren sie mit dem Zug nach Portsmouth und dann mit einem Schiff weiter nach Saint Helier.

Alice suchte sich einen Platz an Deck, betrachtete das unruhige Meer und spürte, wie sich ihr Magen vor Nervosität verkrampfte. Dann kam der Leuchtturm von La Corbière in Sicht, der sich von seiner Felseninsel erhob. Den hatte Alice zuletzt gesehen, als sie mit Pip auf der *Bynie May* nach Saint Peter gesegelt war. Ihr fiel wieder ein, was ihr Vater über einen anderen Leuchtturm gesagt hatte, es war der von Saint Catherine's Breakwater gewesen. *Er dient Seeleuten zur Orientierung und als Warnung und führt sie sicher nach Hause. Sieh mal, Karl,* sagte sie zu dem kleinen Jungen an ihrer Seite, der fasziniert aufs Wasser blickte. *Den großen weißen Turm dort hinten bezeichnet man als Leuchtturm. Jetzt sind wir bald zu Hause.*

*

Jenny hatte von der Ankunft des Schiffs mit den Deportierten erfahren und wartete zusammen mit ihrer Mutter und William an Hafen.

Jennys Herz schlug aufgeregt. Sie und Alice hatten sich nicht als Freundinnen getrennt und es zuvor stets versäumt, sich auszusprechen. Und dann war Alice mit einem Mal fort gewesen. Doch das Wichtigste war, dass ihre Schwester nun gesund zu ihnen zurückkehrte. Vielleicht wäre sie auch dankbar dafür, dass sie Rebekah gerettet hatten, für die Alice ein so großes Opfer gebracht hatte. Nach Kriegsende hatte Rebekah ihre frühere Wohnung wieder bezogen, seitdem fehlte sie Jenny.

Von Pip war noch immer keine Nachricht gekommen, und mit jedem weiteren Tag verstärkte sich Jennys Angst, ihn nie wiederzusehen.

Sie erinnerte sich an den 9. Mai, den Tag, an dem Jersey befreit worden war. Viele der Inselbewohner hatten sich auf dem Royal Square vor dem Parlamentsgebäude eingefunden und Churchills Rede gelauscht, die per Lautsprecher nach außen übertragen worden war. Von »den lieben Kanalinseln«, hatte er gesprochen. Daraufhin hatte es sowohl Jubel als auch Buhrufe gegeben.

»Wie schön, dass er sich nach fünf Jahren wieder an uns erinnert«, hatte ein Mann hinter Jenny spöttisch gesagt. »Und nun will er den Ruhm für unsere Befreiung einstreichen?«

»Als er uns den Deutschen überlassen hat und wir unsere Waffen abgeben mussten, waren wir jedenfalls nicht seine ›lieben Kanalinseln‹«, meinte ein anderer.

Daraufhin hatte sich eine Frau zu den Männern umgedreht und gesagt: »Er hat sein Bestes getan. Und zum Schluss den Krieg gewonnen, oder?«

Es war noch eine Weile hin und her gegangen. Schließlich hatte Jenny nicht mehr zugehört und sich lieber auf die glücklichen Gesichter konzentriert, die kleinen und großen englischen Nationalflaggen am Parlament und den umliegenden Gebäuden. Wichtig war für sie bloß, dass sie endlich wieder frei waren. Sie hätte nur gewünscht, dass Pip bei ihr gewesen wäre und sich mit ihr gefreut hätte. Sie dachte an die unzähligen Abende, an denen sie BBC-Nachrichten für die spanischen Zwangsarbeiter notiert hatten, ihren Einsatz, um sichere Häuser auszumachen, und Rebekah zu schützen. Es war sowohl mutig als auch rücksichtsvoll von Pip gewesen, das Detektorradio zuletzt bei sich aufzubewahren, und dann hatte es ihn seine Freiheit gekostet. Und sie – sie hatte seine Freundschaft zu lange als etwas Selbstverständliches betrachtet, und erst als es zu spät war, erkannt, wie viel er ihr bedeutete.

Auch an jenem 9. Mai waren ihre Mutter und William bei ihr gewesen und Mum hatte schwermütig gesagt: »Als damals verkündet wurde, dass wir uns ergeben müssen, waren Alice und Pip noch bei uns.«

Und kurz darauf war ihr Vater gestorben, dachte Jenny, sagte es jedoch nicht.

Nun standen sie zu dritt am Hafen und konnten nur hoffen, dass sie bald wieder zu viert sein würden.

»Da kommt das Schiff«, rief William aufgeregt und deutete auf den kaum wahrnehmbaren Schemen am Horizont.

»Gleich ist Alice da«, sagte Jenny.

Mum lächelte.

Doch es dauerte noch eine Weile, bis das Schiff in den Hafen einlief und die ersten Deportierten herauskamen.

Wie gebannt starrte Jenny auf jeden Passagier, der in der Schiffstür auftauchte. Und dann sah sie ihre Schwester.

Alice war erschreckend blass und abgemagert, und das Haar fiel ihr strähnig auf die Schultern. An einer Hand hielt sie einen kleinen Rucksack, mit der anderen schien sie etwas zu ziehen, das unsichtbar war. Ihr Gesicht leuchtete auf, als sie ihre Familie erblickte.

Alice hatte den Landesteg kaum verlassen, als William zu ihr lief und sie umarmte. Dann schlossen auch Jenny und Mum Alice in die Arme. Überwältigt von Wiedersehensfreude brach Mum in Tränen aus. Jenny fehlten die Worte, doch sie musste Alice immer wieder berühren, um sich zu vergewissern, dass sie nach der langen Zeit wirklich wieder bei ihnen war.

Schließlich wurde William ungeduldig und zog Alice zu Mr Marett, der mit seinem Wagen am Hafen auf sie gewartet hatte, um sie nach Hause zu fahren.

Auch auf der Fahrt wusste keiner recht, was er sagen sollte. Alice blickte aus dem Fenster, auf den weiß blühenden Wiesenkerbel und die rosafarbenen Blütenpompons der Grasnelken am Straßenrand, die sich unter einem strahlend blauen Himmel im sanften Wind wiegten.

Zu Hause angekommen, verabschiedete sich Mr Marett und erklärte, er wolle das Wiedersehen nicht stören.

In der Küche kochte Mum Eichelkaffee – echten Kaffee gab es noch nicht – und stellte Brot und die Butter, für die sie Abschnitte ihrer Lebensmittelkarten gespart hatten, auf den Tisch.

Alice erkundigte sich nach Rebekah und wirkte zufrieden, als sie erfuhr, dass sie überlebt hatte und später vorbeikommen wollte. Stockend berichtete sie ihnen von einer Freundin namens Clara, die sie im Lager gefunden hatte. Und dass sie gestorben war.

»Langsam kommt heraus, dass die Deutschen versucht haben, alle Juden Europas zu ermorden«, sagte Mum. »Und es beinah geschafft hätten. Auch diejenigen, die sogenannte ›Mischehen‹ eingegangen sind, mussten leiden. So viel Grausamkeit.« Sie schüttelte den Kopf. »Ich kann es noch immer nicht ganz fassen.«

»Was ist mit Stefan?«, fragte Alice.

Sie hatte versucht, die Frage beiläufig zu stellen, doch Jenny erkannte das Sehnen in den Augen ihrer Schwester.

Sie erzählte Alice, wie oft er ihnen mit Nahrungsmitteln ausgeholfen hatte, so lange, bis er selbst nichts mehr gehabt hatte.

»Ist er noch auf Jersey?«, fragte Alice und drückte eine Hand auf ihr Herz.

Jenny schüttelte den Kopf. »Die Alliierten haben die Deutschen, die bei Kriegsende noch auf der Insel waren, nach England verfrachtet. Stefan wird dort einer der Kriegsgefangenen sein. Mehr wissen wir nicht.«

Eine leichte Röte breitete sich auf Alice' Wangen aus. »Und wie können wir mehr herausfinden?«

Jenny hob die Schultern. »Ich kann Mr Marett fragen. Vielleicht gelingt es ihm, etwas in Erfahrung zu bringen.«

Mum schob Alice einen Teller mit einer gebutterten Scheibe Brot zu. »Hast du dir schon überlegt, was du jetzt tun möchtest? Wirst du in deinen Beruf zurückkehren?«

Alice' Blick wurde leer. Offenbar hatte sich darüber noch keine Gedanken gemacht. Dann zuckte sie die Achseln. »Ja, irgendwann.«

»Lass dir Zeit«, sagte Jenny. »Du hast Schreckliches durchgemacht und musst dich erst einmal erholen. Wieder Kraft schöpfen. Und wir werden alles tun, um dich wieder aufzupäppeln.«

»Ja, ich habe Schreckliches durchgemacht«, sagte Alice leise. »Mehr, als ihr euch vorstellen könnt.«

 KAPITEL 36

Jedes Mal, wenn Jenny Mr Marett in seinem Büro half, kam das Thema unweigerlich auf Pip, von dem sie sogar jetzt im September 1945 noch nichts gehört hatten.

An diesem Tag blieb Jenny nach der Arbeit noch an ihrem Schreibtisch sitzen, bis Mr Marett sie fragte, ob noch etwas sei.

Jenny befingerte die Kette, die Pip ihr zu ihrem achtzehnten Geburtstag geschenkt hatte, und die sie immer trug. Die Kette hatte seiner Mutter gehört. »Ich wollte sie fragen, ob ich mir im November eine Woche freinehmen kann.«

»Ja natürlich«, erwiderte Mr Marett. »Möchtest du verreisen?«

Jenny nickte. »Nach Cambridge.«

»Im November nach Cambridge? Das wird eine raue Überfahrt.«

Jenny zuckte die Achseln. »Dann findet die Aufnahmeprüfung statt.«

Mr Marett lehnte sich zurück. »Richtig, du wolltest dort studieren. Mathematik, wenn ich mich nicht irre. Und dann ist der Krieg dazwischengekommen.«

»Ja.« Jenny blickte zu dem kleinen Fenster, durch das die Sonne fiel, und dachte an ihren Vater. Auch sein Tod war dazwischengekommen.

»Die Prüfung schaffst du«, erklärte Mr Marett. »Du erfasst die Zahlen einer Bilanz schneller als ich.«

»Mein Vater hat sich so sehr gewünscht, dass ich wie er Mathematik studiere. Und ich habe immer davon geträumt.«

»Dieser verdammte Krieg«, sagte Mr Marett. »Der hat jedermanns Pläne über den Haufen geworfen.«

»Ja, und zuletzt ging es nur noch ums Überleben. Und um meine Sorge um Pip.«

Mr Marett seufzte schwer. »Er wollte Abenteuer erleben. Und was ist daraus geworden?«

Darüber sannen sie eine Weile schweigend nach. Dann sagte Jenny: »Auch wenn ich die Aufnahmeprüfung machen möchte, bedeutet das nicht, dass ich Pip vergessen will. Und selbst wenn ich die Prüfung bestehe, weiß ich nicht, ob ich danach auch studieren werde. Im Moment will ich einfach sehen, wie gut ich nach all den Jahren noch bin. Ich hoffe, ich darf danach weiter für Sie arbeiten.«

»Natürlich darfst du das«, entgegnete Mr Marett.

Würde Pip zu ihnen zurückkehren, hätte er für Jenny Priorität. Wäre er krank oder verletzt, würde sie sich um ihn kümmern, bis er wieder genesen wäre. Und dann würden sie sehen, wie es mit ihnen weitergehen würde. Doch wenn er nicht zurückkäme, würde sie in Cambridge studieren – vorausgesetzt, sie würde dort angenommen. Sie wünschte nur, die Ungewissheit über sein Schicksal nähme bald ein Ende. Sie hatte sie so sehr gelähmt, dass sie sich ohne die ermunternden Worte ihrer Mutter vermutlich nicht einmal für die Aufnahmeprüfung entschieden hätte.

Mr Marett fixierte einen Punkt in der Ferne. »Als Junge hatte ich einen Freund namens Alfred. Wir waren ständig zusammen, haben Radtouren gemacht, manchmal gezeltet. Wir hätten alles füreinander getan.« Er schwieg und schien sich in seinen Erinnerungen zu verlieren.

Jenny wartete geduldig.

Dann sprach er weiter. »Als der Erste Weltkrieg ausbrach, meldeten wir uns freiwillig. Alfred kam ins Wiltshire Regiment, ich zur Duke of Cornwall Light Infantry. Mich führte der Krieg nach Flandern, Alfred nach Frankreich.«

Jenny versuchte, sich einen jungen, uniformierten Mr Marett vorzustellen, der rotwangig in den Krieg gezogen war und dann in die brutalen Flandernschlachten geraten war. Vielleicht hatte es auch an dieser Erfahrung gelegen, dass er Pip die Teilnahme am Krieg verboten hatte.

»Ich habe Glück gehabt und das Gemetzel in Flandern überlebt. Kurz nach dem Krieg habe ich meine Frau kennengelernt und geheiratet. Wir hatten zwei glückliche Jahre, bis sie dann bei Pips Geburt starb.«

Jenny kannte die Geschichte bereits von Pip. Sie war ebenfalls ein Grund gewesen, dass Mr Marett Pip hatte bei sich behalten wollen. Und so hatte Pip sich, statt in den Krieg zu ziehen, dem Widerstand der JCP angeschlossen. Vielleicht wäre er in der Marine sicherer gewesen, gesund zu ihnen zurückgekehrt und säße nun mit ihnen zusammen in diesem Büro. Sie versuchte, das Bild ihres lebenden und lachenden Freundes wachzurufen, doch es gelang ihr nicht mehr.

»Ich habe Albert nie wiedergesehen«, fuhr Mr Marett fort.

»Seine Eltern und ich haben jahrelang auf eine Nachricht gewartet, es war stets vergebens. Schließlich habe ich mich in Frankreich auf Spurensuche gemacht, auch das hat nichts gebracht.« Wieder versank er in Erinnerungen. »Als nach dem Ersten Weltkrieg in der Westminster Abbey das Grabmal des Unbekannten Soldaten angelegt worden war, war ich in London, um den Opfern die letzte Ehre zu erweisen. Ich stand vor dem Grab und dachte an Alfred.« Mr Marett stiegen die Tränen auf. »Nun frage ich mich, ob ich dort irgendwann wieder stehen und an meinen Sohn denken werde.«

Jenny schluckte ihre Tränen hinunter. »Wir dürfen die Hoffnung nicht aufgeben«, sagte sie mit erstickter Stimme und dachte an all die Wege, die sie vergeblich beschritten hatten, um etwas über Pip zu erfahren – die Suchdienste der Alliierten, des Roten Kreuzes und des britischen Auswärtigen Amtes. Mr Marett hatte sogar Suchanzeigen in Zeitungen aufgegeben. Doch sie hatten nie etwas erfahren. Vielleicht lag es an den zahllosen Kriegsopfern, deren Familien bei den einschlägigen Stellen um Auskunft baten. Hinzu kamen die Menschen der Flüchtlingsströme auf dem europäischen Festland und die Überlebenden der Konzentrationslager, die nach Angehörigen suchten. Daher blieb Mr Marett und ihr nichts anderes übrig, als sich in Geduld zu üben.

Mr Marett betupfte sich die Augen mit einem Taschentuch. »Ich werde die Hoffnung nicht aufgeben. Und doch kann es sein, dass ich meinen Sohn nie wiedersehe, auch nie erfahre, was ihm in diesem deutschen Lager zugestoßen ist.«

Es gab Nächte, in denen Jenny wach wurde, weil sie von

Pips Tod geträumt hatte. Danach fiel es ihr schwer, hoffnungsvoll zu bleiben und sich zu sagen, dass der Krieg erst vor wenigen Monaten zu Ende gegangen war, und es noch keinen
Grund gab zu verzagen. Dann malte sie sich aus, wie er auf
einem Schiff im Hafen ankam. Zuerst würde er zur *Bynie May*
laufen, sich vergewissern, dass sie sich noch an ihrem Liegeplatz
befand. Anschließend käme er strahlend ins Büro, würde sich
auf einen Stuhl fallen lassen und ihnen von seinen Erlebnissen
erzählen. Schließlich war er auch unversehrt von der abenteu-
erlichen Fahrt nach Saint-Malo zurückgekehrt.

Mr Marett steckte sein Taschentuch ein und atmete tief
durch. »Du kannst nicht bis an dein Lebensende auf Pip warten,
Jenny. Aber selbst wenn er zu uns zurückkehren sollte, musst
du studieren. Nur das wird dich erfüllen. Eine intelligente Frau
wie du würde als Hausfrau nicht glücklich werden.«

Pip hatte sie nie gebeten, ihm zuliebe auf ihr Studium zu
verzichten. Er war bloß der Meinung gewesen, dass sie füreinander richtig waren. Und er hatte recht gehabt. Nur hatte sie
es zu spät eingesehen. »Nein«, sagte sie. »Ein Leben als Hausfrau
wäre nichts für mich. Selbst wenn ich es wollte, ich wäre nicht
einmal eine gute Hausfrau.«

»Es ist dein Leben«, sprach Mr Marett weiter. »Aber wenn
du von einem alten Mann einen Rat annehmen willst, dann
musst du studieren. Danach kannst du immer noch nach Jersey
zurückkehren. Und falls Pip nicht mehr wiederkommt ...«, er
räusperte sich, »dann hast du diese Jahre des Wartens nicht ver-
geudet.«

»Ja, so wird es am besten sein«, sagte Jenny leise.

Teil IV

September – Dezember 1946

 KAPITEL 37

Jenny faltete einen warmen Pullover in ihren Koffer. Ihre Mutter hatte ihn im Sommer für sie gestrickt und dafür einen alten Pullover von Dad aufgeribbelt. Es war ein schöner Gedanke, dass sie nun etwas von ihrem Vater mit nach Cambridge nehmen würde. Zumal es hieß, dass es dort um diese Jahreszeit kälter als auf Jersey sei. Und im Winter, wenn beißende Ostwinde dort über das Flachmoor strichen, würde es sogar eisig sein.

Jenny konnte noch immer nicht recht glauben, dass sie nun tatsächlich auf dem Weg nach Cambridge war. Obwohl sie bereits als Mädchen davon geträumt hatte, am Newnham College zu studieren, dem einzigen College nur für Frauen. Und dann hatte sie diesen Traum im Krieg begraben. Nun würde er Wirklichkeit werden. Im vergangenen November hatte sie an der Aufnahmeprüfung teilgenommen und nach Weihnachten erfahren, dass sie bestanden hatte.

Jenny ließ berühmte Namen des Newnham College Revue passieren, allen voran die Gründerin und Frauenrechtlerin Millicent Garrett Fawcett. Ihre Tochter Paula Garrett Fawcett hatte ebenfalls an diesem College studiert und im gefürchteten Mathematik-Tripos als erste Frau die höchstmögliche Punktezahl erreicht.

Sie wünschte nur, sie hätten inzwischen erfahren, was aus Pip geworden war. Dass sie es noch immer nicht wussten, dämpfte Jennys Vorfreude. Sie und Mr Marett hatten alle nur erdenklichen Nachforschungen angestellt, und alle waren im Sand verlaufen. Aus Pips Vater war ein gramgebeugter Mann mit erloschenem Blick geworden.

*

Alice arbeitete wieder als Krankenschwester. Zum einen brauchten sie und ihre Mutter das Einkommen, zum anderen lenkte die Arbeit sie von den Erinnerungen an die vergangenen Jahre ab.

Karl war nur noch selten bei ihr. Dennoch stellte Alice sich mitunter vor, wie er geworden wäre. Vielleicht wäre er tagsüber bei seiner Großmutter geblieben oder in den Kindergarten gegangen. Später hätte er dieselbe Schule besucht, auf der sie und ihre Geschwister gewesen waren. Er hätte die Schuluniform für Jungen getragen – kurze graue Hose und grauer Pullover, dazu vielleicht Williams alten Ranzen. Sie hätte ihm geholfen, lesen und schreiben zu lernen, hätte ihn getröstet, wenn er gestürzt und sich die Knie aufgeschlagen hatte. Und manchmal fragte sie sich, ob man ihn wegen seines deutschen Vaters gepiesackt hätte.

Jeder in Saint Helier schien zu wissen, dass sie ein Verhältnis mit einem Deutschen gehabt hatte. Sie erkannte es an den Blicken anderer Krankenschwestern, an dem Getuschel hinter ihrem Rücken. Man wusste sogar, dass sie ein Kind von Stefan bekommen hatte. Einige derer, die mit ihr im Lager gewesen waren, mussten es weitererzählt haben. Jenny hatte es am ersten Abend nach Alice' Rückkehr erfahren.

Da waren sie in ihrem Zimmer und wollten zu Bett gehen. Karl war schon unter Alice' Bettdecke geschlüpft. Sie beugte sich über ihn, um ihm noch einmal über die Wangen zu streichen. Als sie sich von ihm abwandte, stieß sie auf Jennys verwunderten Blick.

»Was machst du da?«, fragte Jenny.

Alice senkte den Kopf. »Ich muss dir was erzählen.« Und dann berichtete sie ihrer Schwester, was geschehen war. Sie hatte damit gerechnet, dass Jenny mit Entsetzen reagieren und ihr vorwerfen würde, mit Stefan zu weit gegangen zu sein. Doch Jenny setzte sich zu ihr, legte einen Arm um sie und sagte: »O Alice, wie leid es mir tut, dass du so viel Schreckliches ertragen musstest.«

»Es wird mich mein Leben lang verfolgen«, entgegnete Alice leise und schlug sich die Hände vors Gesicht.

»Wirst du es Mum erzählen?«, fragte Jenny.

Alice ließ die Hände sinken. »Vielleicht morgen. Falls ich die Kraft dazu habe.«

Jenny seufzte. »Sie wird erfahren, dass sie ein Enkelkind verloren hat.«

Alice holte zittrig Luft. »Wie viel wir alle verloren haben. Nicht nur ich.«

Daraufhin schwiegen sie gedankenverloren.

»Willst du in englischen Kriegsgefangenenlagern nach Stefan suchen?«, fragte Jenny schließlich.

»Das will ich Mum nicht antun«, erwiderte Alice. »Ich bin ja gerade erst zurückgekommen. Ich wünschte aber, ich könnte es.« Sie hob die Schultern. »Es ist besser, wenn ich wieder als Krankenschwester arbeite. Wir brauchen das Geld.«

»Du solltest dein Leben nicht nach den Wünschen und Bedürfnissen anderer Leute ausrichten«, sagte Jenny. »Tu das, was für *dich* das Richtige ist. Mum kommt auch eine Weile ohne dein Geld zurecht, sie hat es ja auch geschafft, als du nicht da warst.«

Alice lehnte sich an ihre Schwester. »Wirst du jetzt nach Cambridge gehen?«

Jenny nickte. »Es sei denn, Pip kehrt zu uns zurück.«

»Würdest du ihn dann heiraten?«

»Wenn er das möchte, ja. Und du, würdest du Stefan heiraten?«

»Sofort«, entgegnete Alice.

Jenny lächelte. »Ich habe etwas für uns aufgehoben.« Sie löste sich von Alice und holte die Kiste unter ihrem Bett hervor? »Möchtest du einen Apfel?«

»Immer«, sagte Alice und dachte, dass es in all dem Traurigen doch noch etwas Schönes gab: Sie schienen wieder auf dem Weg zu sein, die Leuchtturm-Schwestern zu werden.

KAPITEL 38

Jenny ließ sich an dem Sekretär in ihrem Zimmer nieder und klappte die Schreibplatte herunter. Es war der erste eigene Schreibplatz in ihrem Leben, ein wunderschönes Möbelstück aus Mahagoni, mit einem Aufsatz aus vielen kleinen Fächern. Sie dachte an die Zeit, als sie ihre Schulaufgaben zu Hause in der Küche gemacht hatte. Jedes Mal hatte sie versucht, das Gemurmel ihrer Mutter auszublenden, die zur gleichen Zeit kochte, das Klappern der Töpfe, Schranktüren und Schubladen. Oder aber sie hatte in ihrem Zimmer an dem Toilettentisch gearbeitet, den sie sich mit Alice geteilt hatte. Zuerst hatte sie die Sachen darauf zur Seite schieben müssen, und trotzdem war nie genügend Platz für ihr Heft und ihre Bücher gewesen. Nun hatte sie nicht nur einen Schreibtisch, sondern gleich ein ganzes Zimmer für sich.

Liebevoll strich sie über die glatte Holzfläche der Schreibplatte und fragte sich, wie viele vor ihr an diesem Sekretär studiert hatten. Eine der brillanten Garrett-Fawcetts? Oder vielleicht die Astronomin Cecilia Payne-Gaposchkin? Hatte sie hier gesessen und über die Rätsel des Universums nachgedacht? Jenny konnte nur hoffen, sich ihrer Vorgängerinnen würdig zu erweisen, ganz gleich, wer sie gewesen waren.

Der Sekretär stand am Fenster. Jenny warf einen Blick auf

die Grünanlage unten am Gebäude. Wie immer waren Fakultätsmitglieder in Talaren unterwegs und Studierende, die Arme voller Bücher. Ein scharfer Wind rüttelte am Laub der Maulbeerbäume am Rand des großen Rasens. Die Blätter färbten sich bereits gelb.

Der einzige Nachteil ihres Zimmers war, dass es nie richtig warm wurde, und der Wind durch die undichten Fensterrahmen drang. Zudem war der Herbst in Cambridge so kalt wie auf Jersey der Winter. Jenny zog die Ärmel ihres Pullovers über ihre Hände.

Eine Zeit lang starrte sie blicklos nach draußen, dann griff sie zu ihrem Füllhalter und begann zu schreiben.

Newnham College
Sonntag, 13. Oktober 1946

Liebe Alice,

Du wirst es kaum glauben, aber ich habe ein eigenes Zimmer. Sogar ein großes Zimmer! Nur das Bad ist auf dem Flur, und ich muss es mir mit anderen teilen. Jetzt kann ich nachts schlafen, ohne von Deinem Schnarchen geweckt zu werden. Entschuldigung, war nur ein kleiner Scherz am Rande.

Du fehlst mir. Schreib mir, sobald Du die Zeit dazu findest. Wahrscheinlich hast Du im Krankenhaus viel zu tun. Mum und William werde ich auch schreiben und William ein kleines mathematisches Problem stellen. Er ist in dem Fach schon richtig gut. Vielleicht wird auch er eines Tages in Cambridge studieren.

Lächelnd stellte Jenny sich William in Cambridge vor. Es wäre die richtige Umgebung für ihn. Niemand würde ihn für seltsam halten oder über seine Verhaltensweisen lachen. Wichtig wäre allein seine Intelligenz. Hier würde er akzeptiert, vielleicht zum ersten Mal in seinem Leben.

Sie schrieb weiter.

Du ahnst nicht, wie glücklich es mich macht, dass aus meinem Traum endlich Wirklichkeit wird. Manchmal kommt es mir vor, als hätte es die sechs schrecklichen Kriegsjahre gar nicht gegeben, und ich wäre von der Schule nahtlos zur Universität gewechselt. Nun werde ich an mathematische Probleme herangeführt, die sowohl faszinierend als auch herausfordernd sind. Auch die Mathematik stellt für mich eine Art Zuhause dar. Dennoch fühle ich die schmerzhafte Lücke, die Pip in meinem Leben hinterlassen hat. Ich denke oft an Mr Marett, an die Trauer in seinen Augen.

Jenny bekam einen Kloß in den Hals. Auch Mr Marett wollte sie regelmäßig schreiben.

Gestern habe ich mich nach einer Vorlesung mit einer anderen Mathematikstudentin unterhalten. Ebenso wie ich ist sie älter als der Durchschnitt der Studierenden. Sie hat während des Kriegs in einer militärischen Dienststelle an einer streng geheimen Mission gearbeitet. Wie dem auch sei, wir haben über unsere Familien gesprochen. Dabei stellte sich heraus, dass Joan gute Beziehungen zum Innenministerium hat und nachfragen kann, in welchem Kriegsgefangenenlager sich Stefan befindet. Vielleicht kann sie auch mehr über Pips Schicksal herausfinden.

*Ich will Dir keine allzu großen Hoffnungen machen, kann Dir
aber versprechen, dass sie sich um die Sache kümmern wird.
Sobald ich mehr erfahre, melde ich mich.
Alles Liebe
Jenny xx*

Unter den Brief zeichnete sie einen kleinen Leuchtturm.

*

Manchmal kam es Alice vor, als wäre der Hang, den sie auf
dem Nachhauseweg hinaufsteigen musste, während ihrer Zeit
in Deutschland steiler geworden. Oder sie war noch immer
erschöpft, jedenfalls schleppte sie sich hinauf und sehnte sich
nach einem heißen Bad und dem Bett.

Es war nicht einfach gewesen, ihr früheres Leben als Kran-
kenschwester wiederaufzunehmen. So viel hatte sich geändert.
Die Verwaltung war neu, alte Kollegen waren gegangen, neue
gekommen. Die, die noch da waren, hatten ihr geschildert, wie
schwer die letzten Kriegsjahre im Krankenhaus gewesen waren.
Es hatte Stromausfälle gegeben. Währenddessen hatten sie die
Patienten nicht mehr mit den Aufzügen transportieren, nicht
mehr mit warmem Wasser waschen können. An manchen
Abenden waren sie auf die Kerzen angewiesen gewesen, die das
Rote Kreuz gesendet hatte.

Aber sie selbst hatte sich ebenfalls verändert. Sie war nicht
mehr die eifrige junge Krankenschwester der ersten Kriegsjahre.
Sie hatte den Mann, den sie liebte, verloren, und ihr Kind. Sie

war desillusioniert und ihre Stimmung in der Regel gedrückt. An eine bessere Zukunft vermochte sie nicht mehr zu glauben, die Kraft dazu war ihr abhandengekommen, und das, was noch übrig war, wurde von der Bewältigung ihres Alltags aufgezehrt.

Zu Hause betrat sie die Küche durch die Hintertür und schenkte ihrer Mutter ein mattes Lächeln.

»Möchtest du einen Tee?«

»Das wäre schön.« Lebensmittel waren noch immer rationiert, doch wenigstens gab es inzwischen wieder richtigen Tee.

Mum stellte den Becher Tee auf den Küchentisch und legte einen Briefumschlag dazu. »Jenny hat dir geschrieben.«

»Schon?« Alice hängte ihren Umhang auf und schob ihre Schuhe in den Schuhständer an der Hintertür.

Dann ging sie mit dem Becher Tee und Jennys Brief hinauf in ihr Zimmer, wo Karl schon auf sie wartete.

Alice ließ sich auf ihrer Bettkante nieder, zog den Brief aus dem Umschlag und las. Die Zeilen über Stefans möglichen Aufenthaltsort las sie mit klopfendem Herzen ein ums andere Mal.

»Papa«, sagte Karl. Er hatte begonnen, sich nach seinem Vater zu erkundigen.

Alice lächelte. »Vielleicht lebt Papa noch, und ich sehe ihn bald wieder.« Dann setzte sie sich an den Toilettentisch, um Jenny zu antworten.

Freitag, 18. Oktober 1946

Liebe Jen,

ich freue mich, dass Du in Cambridge am Ziel Deiner Träume angelangt bist. Dad wäre überglücklich gewesen.

Ich habe viel zu tun, doch es fällt mir schwer, meine frühere Freude an meinem Beruf wieder zum Leben zu erwecken. Oft erledige ich meine Aufgaben rein mechanisch. Der einzige Lichtblick für mich ist, dass ich wieder mit Rebekah zusammenarbeiten kann. Bei schönem Wetter machen wir ab und an eine Radtour, aber die meiste Zeit möchte sie natürlich mit ihrem Mann verbringen.

Es ist sonderbar, aber manchmal wünschte ich, ich könnte Stefan vergessen. Es scheint mir so aussichtslos, ihn wiederzufinden. Aber wenn Deine Studienkollegin in dieser Hinsicht etwas erreichen kann, wäre es natürlich wunderbar.

Bitte schreib mir sofort, wenn Du etwas über ihn erfährst.

Bis dahin alles Liebe

Alice xx

Auch Alice skizzierte zum Schluss einen kleinen Leuchtturm. Dann faltete sie den Brief zusammen, steckte ihn in einen Umschlag und kehrte in die Küche zurück.

»Ich laufe rasch zur Post, um meinen Brief an Jenny aufzugeben.«

»Das war fix«, sagte Mum, die noch am Küchentisch saß und ihren Tee trank. »Dabei hast du so müde ausgesehen.«

»Jetzt geht's wieder.« Draußen griff Karl nach ihrer Hand und hüpfte den ganzen Weg zur Post an ihrer Seite.

*

Eine Woche später hatte Jenny sich gemeldet.

Liebe Alice,

ich habe eine wunderbare Nachricht! Joan hat herausgefunden, dass ein Dr. Stefan Holz, Jahrgang 1919, sich in Dartmoor befindet. In einem Kriegsgefangenenlager. Das kann doch niemand anders als Dein Liebster sein.

Was wirst Du jetzt tun? Das nächstgelegene Krankenhaus wäre in Barnstaple. Vielleicht solltest Du Dich für kurze Zeit dorthin versetzen lassen. Allerdings wären wir dann beide in England, was Mum und William nicht gefallen wird. Doch darauf darfst Du keine Rücksicht nehmen. Folge Deinem Herzen, Alice!

Und halte mich auf dem Laufenden.

Alles Liebe,

Jen xx

Auch diesen Brief hatte Alice in ihrem Zimmer gelesen. Danach lief sie nach unten und erzählte ihrer Mutter, was Jenny herausgefunden und vorgeschlagen hatte.

»Ach.« Mum schaltete eine Herdplatte aus und setzte sich.

»Ich muss nach England«, sagte Alice. »Ich wünsche mir so sehr, Stefan wiederzufinden.«

Mum betrachtete ihre abgearbeiteten Hände, auf denen sich die ersten Altersflecke zeigten. »Bist du sicher, dass das eine gute Idee ist?«

»Natürlich. Was spricht denn dagegen?«

»Selbst wenn du ihn finden solltest, könnte es noch Jahre dauern, bevor er entlassen wird.« Sie hob den Kopf. »Willst du dann wieder mit ihm zusammen sein und dich den Vorurteilen aussetzen, die man den Deutschen hier entgegenbringt?«

»Damit würde ich fertig.«

Mum seufzte. »Überleg dir, wie wenig Zeit du mit ihm verbracht hast. Im Grunde kennst du ihn kaum. Davon abgesehen, könnte er sich verändert haben – so wie wir alle. Warum bleibst du nicht hier? Vielleicht lernst du mit der Zeit einen Mann von Jersey kennen.«

Alice schüttelte den Kopf. »Ich möchte keinen anderen, ich liebe Stefan. Außerdem möchte ich ihm von seinem Kind erzählen.«

Ihre Mutter erhob sich schwerfällig. »Ich nehme an, du wirst dich im Krankenhaus beurlauben lassen.«

Alice nickte. »Genau das werde ich tun.«

 KAPITEL 39

Der Bus von Barnstaple nach Holsworthy folgte einem gewundenen Sträßchen, vorbei an malerischen kleinen Dörfern mit Namen wie Frithelstock und Milton Damerel. Alice liebte diese Namen, die für die Grafschaft Devon so typisch waren; bei der Aussprache musste man den Mund anders bewegen als bei den weichen, französisch klingenden Ortschaften auf Jersey.

In Holsworthy befand sich offenbar das Kriegsgefangenenlager, in dem Stefan sein sollte. Die Fahrt von Barnstaple, wo Alice nun in einem Krankenhaus arbeitete, dauerte eine Stunde.

Wie der Zufall es wollte, war in diesem Krankenhaus eine Stelle frei geworden, auf die Alice sich erfolgreich beworben hatte. Sie hatte sich gesagt, selbst wenn sie Stefan nicht finden würde, wollte sie irgendwo neu anfangen. Es war das, was sie gebraucht hatte. Und nun war sie seit Mitte November als Schwester Robinson im Krankenhaus von North Devon tätig und zudem zur Stationsschwester befördert worden.

Es war auch an der Zeit gewesen, einen größeren Verantwortungsbereich zu übernehmen, dennoch war ihr der Abschied von zu Hause schwerer gefallen als erwartet, schließlich war sie nach ihrer Rückkehr aus Deutschland nur für kurze Zeit bei ihrer Mutter und William gewesen. Auch Rebekah würde sie vermissen. Für die Rettung dieser Freundin würde sie Mum und Jenny ihr Leben lang dankbar sein.

Alice warf einen Blick aus dem Fenster. Draußen zogen gepflügte Felder vorbei, die gigantischen Stoffstreifen aus braunem Cordsamt ähnelten. Hier und da waren Bauernhäuser zu sehen.

Bei der Vorstellung, demnächst vor dem Kriegsgefangenlager zu stehen, spürte sie ein nervöses Kribbeln in der Magengrube. Vielleicht sähe es dort wie in Biberach aus. Die Frage war auch, wie man ihr begegnen würde. Kontakte zwischen den Kriegsgefangenen und der einheimischen Bevölkerung waren streng untersagt. Und das bedeutete, dass es ihr auf irgendeine Weise gelingen musste, die Wachleute zu umgehen.

Sie hatte eine Weile gebraucht, bis sie den Mut zu dieser Fahrt gefunden hatte. Und noch immer war ihr nicht klar, wie sie bei ihrer Ankunft vorgehen wollte. Sie wusste nur, dass der Bus nicht weit vom Eingang des Lagers entfernt anhielt. Vielleicht wäre es am besten, wenn sie um das Lager herumlaufen würde. Womöglich würde sie Stefan dann irgendwo sehen. Eine offizielle Besuchserlaubnis besaß sie nicht. Zwar hatte sie diese beantragt, jedoch noch keine Antwort erhalten. Nun wollte sie es auf eigene Faust versuchen.

Sie hatte einen Brief für Stefan dabei. Den wollte sie einem Gefangenen geben, falls sie Stefan nirgendwo entdeckte. Vielleicht würde man ihn dann holen. Sein Name stand in großen Buchstaben auf dem Umschlag. Sie malte sich aus, wie es wäre, wenn sie und Stefan sich nach all der Zeit plötzlich gegenüberstünden. Sie würde ihm erzählen, dass sie in Biberach immerzu an ihn gedacht und die Hoffnung auf eine gemeinsame Zukunft nie aufgegeben hatte.

Karl reckte den Kopf, um ebenfalls aus dem Fenster zu schauen. Er wusste, wohin die Reise ging, und hatte vor Aufregung rote Bäckchen bekommen. »Wir finden Papa«, erklärte er. Alice lächelte und strich ihm über den Kopf. Karl schien es stets zu spüren, wenn sie eines Trosts bedurfte, vielleicht konnte er auch die Zukunft vorhersehen.

Kurz vor dem Lager verließ Alice den Bus zusammen mit Karl und folgte einer Straße, die an Feldern vorbeiführte. Auf den Feldern arbeiteten Männer in Kitteln über weiten Hosen, beides aus grobem Stoff. Manche trugen Kappen, bei anderen sah man das kurz geschorene Haar. Alle waren mager, dennoch gruben sie die Erde kraftvoll um. Das mussten Kriegsgefangene sein, dachte Alice und ließ den Blick von einem zum anderen wandern. Aber Stefan war nicht unter ihnen.

Alice ging weiter und stieß auf das Lagergelände, eine Ansammlung niedriger Hütten, die von einem hohen Stacheldrahtzaun umgeben waren. Bei dem Anblick wurde die Erinnerung an Biberach übermächtig, und ihr Herz zuckte vor Angst. Karl drückte ihre Hand.

Das große Eingangstor wurde von zwei Wachmännern flankiert. Hinter dem Tor lief ein Schäferhund auf und ab. Als sich ihm jemand aus dem Lager näherte, knurrte er.

Alice ließ den Eingang links liegen und folgte einem unebenen Pfad, der von Stacheldraht und Sträuchern gesäumt wurde. Karl quengelte, als er ins Stolpern geriet und sich an einen Strauch den Arm zerkratzte. Alice küsste die Kratzer wieder heil. »Du bist ein tapferer Junge«, sagte sie. »Genau wie dein Vater.« Allerdings musste sie selbst nun auch tapfer sein und weitergehen.

Als aus den Sträuchern niedriges Gestrüpp wurde, sah Alice in der Ferne wieder Männer in der gleichen Kleidung wie die Feldarbeiter. Einige spielten Fußball. Andere schienen ziellos umherzustreifen, mit hängenden Schultern und gesenkten Köpfen. Wie weit sie von den Soldaten entfernt waren, die seinerzeit in tadellosen Wehrmachtsuniformen und von Blasmusik begleitet in Saint Helier einmarschiert waren.

Vorsichtig und mit weichen Knien näherte Alice sich dem Zaun. Dort stand ein Gefangener, der dem Fußballspiel zuschaute.

»Entschuldigung«, sagte Alice leise und schluckte, um ihren trockenen Mund zu befeuchten.

Der Mann drehte sich um und blickte sie verdutzt an. Seine Wangen waren eingefallen und unter den Augen lagen Schatten.

»Ich suche einen deutschen Gefangenen. Sein Name lautet Stefan Holz. Vielleicht kennen Sie ihn.«

»*Mi dispiace*«, erwiderte er.

»Ich spreche leider nur Englisch«, sagte Alice.

Der Mann lächelte bedauernd. »*Non parlo inglese. Sono italiano.*«

Er war Italiener, so viel hatte Alice verstanden. Warum hatte sie ausgerechnet auf einen italienischen Gefangenen stoßen müssen? Sie versuchte es noch einmal. »Deutscher Soldat … Stefan Holz.«

Der Mann zuckte die Achseln. »*Mi dispiace.*«

Alice holte den Brief aus der Handtasche, den sie Stefan geschrieben hatte, und reichte ihn dem Mann. Dabei hoffte sie, dass er ihn weder behalten noch wegwerfen oder womöglich bei der Lagerverwaltung abliefern würde.

Der Italiener steckte den Brief in seine Kitteltasche, nickte ihr zu und ging davon.

Alice war kurz davor, in Tränen auszubrechen. Vielleicht war es dumm gewesen zu glauben, sie könnte Stefan an diesem Tag wiedersehen. Doch der Gedanke, er könnte irgendwo in diesem Lager sein, ihr nahe und gleichzeitig unerreichbar, raubte ihr beinahe den Verstand. Sie beschloss, es ein andermal wieder zu versuchen.

Als Karl an ihrer Jacke zupfte, deutete sie auf die Felder. »Irgendwo da draußen ist dein Papa.« Im Geist sah sie Stefans Lächeln, den sanften Blick seiner blauen Augen. Sie rief die Erinnerung an seine Küsse wach und fuhr sich mit der Hand über die Augen. Dann wandte sie sich ab und kehrte zur Bushaltestelle zurück.

Doch auf dem Weg hielt sie den Blick auf die Felder gerichtet und wünschte sich sehnlichst, Stefan doch noch irgendwo zu entdecken. Aber er war nirgends zu sehen.

Zurück in dem Wohnheim des Krankenhauses, in dem sie ein winziges Apartment bewohnte, setzte sie sich an den Küchentisch und schrieb einen Brief an Jenny. Sie erzählte ihrer Schwester von ihrer vergeblichen Reise zum Kriegsgefangenenlager und fragte, ob die Studentin mit den Beziehungen zum Innenministerium nicht noch einmal versuchen könnte, mehr über Stefans Verbleib zu erfahren.

In der Folgezeit lenkte die Arbeit sie ein wenig ab. Als Stationsschwester hatte sie andere Krankenschwestern zu führen und Berichte zu schreiben. Manchmal dachte sie an die Zeit zurück, als sie und Rebekah Lernschwestern gewesen waren, so jung und noch so unbedarft. Wie lange das schon her war.

Doch als sie an diesem Abend nach ihrer Schicht ihre Schwesterntracht auszog und die steife Haube ablegte, gestand sie sich ein, dass ihr die Arbeit, so anspruchsvoll sie auch war, nicht genügte. Vielleicht störte sie sich auch an den zahllosen Regeln und Vorschriften, mit denen sie sich Tag für Tag auseinandersetzen musste. Vor allem aber sehnte sie sich danach, eine eigene Familie zu gründen – und nach Stefan.

*

Einige Tage darauf, als Alice gerade ihre Spätschicht beginnen wollte, sah sie, dass Rettungswagen vor der Notaufnahme standen. Die Kranken hatte man offenbar soeben in die Notaufnahme gebracht.

Einer der Fahrer stand noch an seinem Wagen. Alice erkundigte sich nach den Notfällen.

»Ein Lastwagen ist mit einem Truck, der einen Blindgänger geladen hatte, zusammengestoßen. Es kam zu einer Explosion. Der Truck wurde in die Luft gejagt, und die vier Insassen wurden rausgeschleudert. Waren Kriegsgefangene.«

»O Gott«, sagte Alice. »Wie sahen die Verletzungen aus?«

»Eine offene Fraktur der Tibia, zwei Gehirnerschütterungen, einer mit Brandwunden am Bein. Brandwunden zweiten

Grads, schätze ich. Waren zwei Italiener und zwei Deutsche. Einer der Deutschen konnte Englisch. Hatte dem Kerl mit dem Bruch sogar schon notdürftig das Bein geschient.«

Hoffnung stieg in Alice auf, die sie rasch wieder unterdrückte. Es wäre ein zu großer Zufall, wenn es sich bei dem deutschen Kriegsgefangenen, der Englisch und ein Bein schienen konnte, um Stefan gehandelt hätte. Dennoch würde sie sich sofort nach den Verletzten erkundigen. Die Männer mit den Brandwunden und den Gehirnerschütterungen würden auf ihre Station gebracht, der Mann mit dem Beinbruch auf die Chirurgie.

»Witz ist, dass es sich wahrscheinlich um eine Bombe gehandelt hat, die mal den Deutschen gehört hat«, fuhr der Fahrer fort. »Von dem Angriff 1942, als sie das Gaswerk von Barnstaple treffen wollten. Ich wundere mich, dass man damit Kriegsgefangene durch die Gegend fahren lässt.«

»Aus welchem Lager kommen die Kriegsgefangenen?«

Der Fahrer zuckte die Schultern. »Liegt irgendwo östlich von Bude.«

»Holsworthy?«

»Richtig.«

Das Lager, in dem Stefan war. Alice' Pulsschlag beschleunigte sich. Sie lief in die Notaufnahme.

Dort waren drei Kabinen besetzt. In der ersten untersuchte einer ihrer Ärzte den Mann mit dem Beinbruch, dessen Gesicht grau und schmerzverzerrt war. Er stieß raue Laute aus.

Der Arzt wandte sich zu Alice um. »Sie können nicht zufällig Deutsch, oder?«

»Nur ganz wenig.« Es drängte Alice, in den Kabinen nach Stefan zu suchen, doch sie blieb noch einen Moment lang stehen.

»Können Sie dem Mann erklären, dass wir ihn operieren werden, er aber keine Angst haben muss, weil er in guten Händen ist?«

Alice übersetzte so gut es ging. Der Verletzte nickte.

In der nächsten Kabine lag einer der Männer mit der Gehirnerschütterung, um den sich eine Krankenschwester kümmerte. Auch bei diesem Mann handelte es sich nicht um Stefan.

In der dritten Kabine war er ebenfalls nicht.

Alice nahm die Treppe zu ihrer Station. Warum hätte einer der Verletzten auch Stefan sein sollen? Sie hatte sich einfach verrückt machen lassen.

Die Krankenschwester, die die Frühschicht geleitet hatte, übergab Alice ihren Bericht.

»Gab es besondere Vorkommnisse?«, fragte Alice und überflog die Einträge.

»Eigentlich nicht«, erwiderte die Schwester. »Aber Bett Nummer zehn wurde soeben neu belegt. Ein Unfallopfer mit Brandwunden. Schwester Ridd versorgt den Mann gerade.«

»Ich werde gleich nach ihm sehen.«

Alice hastete über den Flur zu dem Zimmer, in dem Bett Nummer zehn stand.

Der Verletzte lag auf dem Bauch, ein hochgewachsener Mann mit verfilztem blondem Haar. Die Schwester war dabei, den Beutel mit der erhitzten Salzlösung auf den Brandwunden auf einer Beinrückseite zu befestigen und aufzupumpen.

»Er schläft«, flüsterte sie Alice zu.

»Soll ich Ihnen helfen, den Verletzten auf den Rücken zu drehen?«

Schwester Ridd nickte.

Sie drehten den Verletzten zuerst auf die Seite, überprüften seinen Zustand, und drehten ihn dann auf den Rücken. Für einen Moment stand Alice' Atem still. Es war Stefan, der mit geschlossenen Augen stöhnte.

Wie dünn er geworden war. Auch zogen sich von der Nase zu den Mundwinkeln nun Falten … und eine kleine Narbe hatte er an seinem Haaransatz, die war früher nicht dagewesen.

»Ich sehe später noch einmal nach ihm«, erklärte Alice. Doch sie brauchte all ihre Kraft, um das Zimmer zu verlassen, und sich nicht zu Stefan zu setzen und seine Hand zu halten.

Als sie nach einer Weile zu ihm zurückkehrte, setzte er sich auf und starrte sie an. »Bist du es wirklich?«, flüsterte er. »Man hat mir gesagt, dass Schwester Robinson nach mir sehen wird, aber ich hätte niemals zu hoffen gewagt, dass du das bist.« Er lächelte. »Oder träume ich?«

Alice zog den Vorhang um sein Bett herum zu und ließ sich auf der Bettkannte nieder. Sie nahm seine Hand und drückte sie an ihre Wange. »Ich kann es selbst noch nicht richtig glauben. Ich hatte Angst, wir würden uns nie wiedersehen.«

Stefan führte Alice' Hand an seinen Mund und küsste die Innenfläche. Sein Blick war voller Zärtlichkeit. »Ich habe nie aufgehört, an dich zu denken. Du hast mir so gefehlt.«

Und mit einem Mal fühlte Alice sich wieder als Ganzes. Es war ihr nicht bewusst gewesen, sie hatte nur immer gespürt, dass sie nach ihrer Trennung von Stefan nicht nur Stefan, sondern auch etwas Tiefes und Inniges verloren hatte.

»Jede Stunde habe ich an dich gedacht«, flüsterte Alice. »Hast du meinen Brief nicht bekommen? Ich habe dir geschrieben, wie sehr ich mich nach dir sehne, und den Brief in Holsworthy einem anderen Kriegsgefangenen gegeben. Ich habe dich gesucht.«

Wieder küsste Stefan ihre Hand. »Den habe ich bekommen. Aber uns ist es nicht gestattet, Briefe zu schreiben.«

Alice streifte seine Wange mit den Lippen. »Aber musste es zu einem Unfall kommen, damit wir uns wiedersehen?«

»Eigentlich hätten wir den Transport gar nicht machen dürfen. Es war viel zu gefährlich. Weißt du, wie es den anderen geht?«

»Mach dir keine Sorgen. Wir kümmern uns gut um sie.«

Stefan legte sich zurück.

»Hast du Schmerzen?«

»Nur ein bisschen.«

»Ich hole dir Schmerztabletten.«

Als Stefan die Tabletten genommen hatte, streichelte Alice ihn. Sie musste nach den anderen Patienten ihrer Station sehen, dabei wollte sie nichts weiter, als bei Stefan zu bleiben, wollte keine Minute mehr von ihm getrennt sein.

»Ich muss gehen«, sagte sie. »Aber ich komme wieder.«

Stefan lächelte. »Ich werde schlafen, dann vergeht die Zeit schneller.«

Alice küsste ihn rasch auf den Mund und verschwand.

Danach fiel es ihr schwer, sich auf ihre Aufgaben zu konzentrieren; zu viele Gedanken schwirrten ihr durch den Kopf, während sie den Stationsarzt auf seiner Abendvisite begleitete, Tabletten austeilte, Infusionsbeutel austauschte, darauf achtete, dass die Kranken ihr Abendessen zu sich nahmen. Währenddessen fragte sie sich ein ums andere Mal, ob sie Stefan von Karl erzählen sollte. Vielleicht war es nicht richtig, Stefan mit etwas zu überfallen, das ihn nur unglücklich machen würde.

Dann und wann sah sie nach ihm und genoss das Lächeln, dass er ihr jedes Mal schenkte. Er aß auch ein wenig, und Schwester Ridd, die seinen Puls und sein Fieber gemessen hatte, erklärte, seine Werte seien gut. Die Brandwunden hatten sich nicht infiziert.

Nach dem Ende ihrer Schicht setzte Alice sich wieder zu Stefan. Sie berichtete ihm von ihrer Zeit in Biberach, ließ alles Schreckliche aus. Er erzählte ihr von seinem Leben im Kriegsgefangenenlager. Doch nach einer Weile wurde er blass, und seine Lider senkten sich.

»Du bist müde.« Alice drückte ihm einen Kuss auf die Wange. »Ich fahre nach Hause. Morgen früh bin ich wieder da.«

Stefan nickte, und seine Augen schlossen sich.

Auf Zehenspitzen verließ Alice das Zimmer. Es war richtig gewesen, dass sie Stefan nichts von Karl erzählt hatte. Eine solche Nachricht wäre angesichts seines geschwächten Zustands grausam gewesen. Sie würde warten, bis es ihm wieder besser ging.

In der Nacht fand Alice keinen Schlaf. Die Begegnung mit Stefan hatte sie zu sehr aufgewühlt. Bereits am frühen Morgen und vor Beginn ihrer Schicht stand sie auf und fuhr ins Krankenhaus, um zu hören, wie Stefans Nacht gewesen war.

Die Nachtschwester, eine Frau namens Taylor, war bereits im Begriff, das Krankenhaus zu verlassen. Alice traf sie in der Umkleide an, wo sie vor dem Spiegel stand und ihr Haar richtete.

»Wie geht es dem Patienten in Bett zehn?«, fragte Alice.

Ihre Blicke trafen sich im Spiegel.

Schwester Taylor zog die Schultern hoch.

»Was soll das heißen?«, fragte Alice scharf. »Gestern Abend ging es ihm doch noch gut.«

Schwester Taylor drehte sich zu ihr um. »Richtig. Und weil es ihm gut ging, wurde er zurück nach Holsworthy gebracht.«

Haltsuchend griff Alice nach der Wand. Wie kurzsichtig sie gewesen war. Wie dumm. Vor lauter Sorge um ihren guten Ruf hatte sie nicht darum gebeten, über alles, was Stefan betraf, auf dem Laufenden gehalten zu werden.

»Er hat Ihnen eine Nachricht hinterlassen. Sie liegt im Stationsbüro.«

Alice folgte Schwester Taylor dorthin und erhielt einen Umschlag. »Dr. Holz hat mich um Stift und Papier gebeten, um Ihnen etwas zu schreiben. Offenbar haben Sie auf ihn Eindruck gemacht.«

Alice las den Brief auf der Toilette. Wie es schien, hatte Stefan all das niedergeschrieben, was er ihr noch hatte sagen wollen. Dass er sie noch immer liebte und begehrte. Dass er sie suchen würde, sobald er freigelassen würde. Und er bat sie, auf ihn zu warten.

Es waren wundervolle Worte, und doch konnte Alice sich nicht verzeihen, dass sie, statt bei ihm zu bleiben, abends nach Hause gefahren war.

*

Jenny war auf dem Weg zum College. Auf dem Newnham Walk tauchte das reich verzierte, schmiedeeiserne Eingangstor vor ihr auf. Zur Zeit Königin Victorias war es errichtet worden, um Männer vom Eindringen in das Frauencollege abzuhalten, doch Jenny bezweifelte, dass das Geflecht aus Blüten und Ranken ein allzu großes Hindernis dargestellt hatte.

Der Pförtner tippte an seine Mütze. »Einen Moment, Miss Robinson, ich habe Post für Sie.«

Entzückt registrierte Jenny, dass der Mann sich endlich ihren Namen gemerkt hatte.

Er reichte ihr einen Briefumschlag. Jenny erkannte die geschwungene Handschrift ihrer Schwester. Sie wollte ihn schon aufreißen und lesen, hielt jedoch inne. Lieber würde sie ihn in ihrem Zimmer in Ruhe lesen, am warmen Kamin und bei einer Tasse Tee.

Noch immer hatte sie sich nicht an den beißenden Novemberwind gewöhnt, der über das Flachmoor blies und sich anfühlte, als käme er tatsächlich aus dem Ural, wie manche behaupteten.

In ihrem Zimmer machte sie Feuer, zog die Schuhe aus und rollte sich auf dem Sessel vor dem Kamin ein. Dann öffnete sie den Umschlag.

Nach der Lektüre des Briefs steckte Jenny ihn wieder in den Umschlag und blickte aus dem Fenster. Alice hörte sich aufgeregt an, und jede Zeile verkündete, wie selig das Wiedersehen mit Stefan sie gemacht hatte. Jenny wusste nur zu gut, wie schrecklich es war, wenn man nicht erfuhr, was aus einem Menschen geworden war, den man liebte. Aber Alice machte sich zu Recht Sorgen, dass ihre Mutter von dieser Wiederbegegnung alles andere als begeistert sein würde. Sogar sie selbst hatte gehofft, ihre Schwester würde in Barnstaple jemanden finden, über den sie Stefan vergessen könnte. Natürlich verdankte ihre Familie Stefan viel, doch eine Ehe mit einem Deutschen würde problematisch sein, und die Einheimischen auf Jersey würden sie Alice übel nehmen. Eine Ehe musste schon sehr stabil sein, wenn sie das aushielt. Jenny dachte an das, was Alice in Deutschland durchgemacht und wie elend sie ausgesehen hatte, als sie zurückgekehrt war. Sie hätte es verdient, mit Stefan glücklich zu werden.

Aber wenigstens hatte ihre Schwester den Mut gehabt, ihre Liebe zu Stefan auch auf körperliche Weise auszudrücken. Das hatte Jenny nie erlebt, hatte es nicht zugelassen. Nicht einmal die Erinnerung an eine Liebe hatte Pip in Deutschland gehabt, um sich daran festzuhalten. Und sie würde vermutlich nie erfahren, was ihm dort zugestoßen war, denn daran, dass er noch lebte, konnte sie nicht mehr glauben.

Mit einem schweren Seufzer setzte Jenny sich an ihren Sekretär und klappte die Schreibplatte herunter. Sie zog Newtons *Method of Fluxions and Infinite Series* zu sich heran.

Sie würde in die mathematische Gedankenwelt des 17. und 18. Jahrhunderts abtauchen und ihre Sorge um Pip ausblenden.

*

Als Alice am Abend von ihrer Schicht ins Schwesterheim zurückkehrte, fand sie einen Brief von Jenny in ihrem Postfach, und ihr Herz begann, schneller zu schlagen. Sie rannte in ihr Zimmer, warf sich auf ihr Bett und fing an zu lesen.

Freitag, 29. November 1946

Liebste Alice,
ich fürchte, dies ist eine schlechte Nachricht, deshalb hoffe ich, dass Du sitzt, wenn Du den Brief liest. Joan hat erfahren, dass der Großteil der Kriegsgefangenen von Holsworthy in ihre Heimatländer zurückgesandt wurde. Stefan wird vermutlich zu ihnen gehören. In Holsworthy sind nur noch wenige Kriegsgefangene geblieben, auch sie werden bald nach Hause geschickt.

Alice konnte nicht mehr weiterlesen. Warum musste das Leben so grausam sein? Sie hatte Jersey verlassen, um Stefan zu suchen, hatte ihn gefunden und dann darauf gewartet, dass er nach seiner Entlassung aus dem Lager zu ihr kommen würde. Und nun war er in Deutschland, und sie würde abermals warten müssen, bis sie vereint sein würden. Sie las weiter.

Es tut mir so leid, liebe Alice. Das einzig Gute ist, dass Stefan nun wieder ein freier Mann ist. Wenn Du möchtest, werde ich Joan

bitten, seine Adresse in Deutschland herauszufinden. Dann kannst Du ihm wenigstens schreiben … ihn vielleicht sogar besuchen. So-bald ich mehr weiß, hörst Du von mir.
Ich denke an Dich.
Alles Liebe
Jenny xx

Gedankenversunken faltete Alice den Brief zusammen und dann immer kleiner. Als Karl kam und ihre Wange streichelte, fing sie an zu weinen.

 KAPITEL 40

Mitte Dezember fuhr Jenny nach Hause, um die Weihnachts-
zeit mit ihrer Mutter und William zu verbringen. Dieses Weihnachtsfest 1946 würde nach den langen Kriegsjahren nicht
mehr ganz so mager und traurig ausfallen. Auch würden sie
erstmals wieder einen kleinen Weihnachtsbaum haben.

Aus Zeitungspapier bastelte Jenny mit ihrem Bruder Ketten,
um den Baum zu schmücken. Dank William hatte jedes Glied
die gleiche Größe.

Jennys Bruder war nun fünfzehn. Zwar mochte er es noch
immer nicht, dass man ihn in die Arme nahm, und trennte die
Bestandteile einer Mahlzeit auf seinem Teller weiterhin so, dass
kein Teil ein anderes berührte, doch es war einfacher geworden, mit ihm zu reden.

»Ich habe für uns ein Hähnchen bestellt«, erklärte Jennys
Mutter. »Truthähne gibt es noch nicht. Wahrscheinlich wird es
auch nur ein Suppenhuhn werden, aber besser als nichts.«

Jenny dachte an das festliche Weihnachtsmahl im großen
Speisesaal des Newnham College. Dort hatte es Truthahn gegeben, Bratkartoffeln, Brotsoße und zum Nachtisch einen
Plum Pudding mit allem Drum und Dran. Die Köche dort
hatten offenbar bessere Beziehungen als Mum. Überhaupt

hatte sie in Cambridge so gut gegessen, dass sie zugenommen hatte. Und nur ihre Mutter fand, dass ihr die zusätzlichen Pfunde standen. Es war jedoch Alice, die nach Jennys Meinung, ein wenig zulegen sollte. Offenbar aß sie nicht genug.

»Wie ging es Alice, als ihr euch gesehen habt?« Mum setzte Teewasser auf.

Jenny hatte ihre Schwester Anfang Dezember in London getroffen. Sie hatten einen wunderbaren Nachmittag verbracht, waren auf der Oxford Street einkaufen gegangen – Lippenstifte, Puder und Geschenke für William und Mum. Zwar waren noch zahlreiche Waren rationiert, doch bei manchen Produkten konnte man zumindest wieder auf eine kleine Auswahl stoßen.

Alice war jedoch sehr blass und still gewesen, lebte erst ein wenig auf, als es darum ging, für Mum eine Bluse und für William ein Set zum Bau eines Modellautos auszusuchen.

Am Abend sahen sie im Victoria Palace Theatre die Show »Sweetheart Mine«, obwohl Jenny sich nachher gefragt hatte, ob die Geschichte eines alten Ehepaars für sie beide das Richtige gewesen war.

Sie übernachteten in einem preiswerten Bed and Breakfast. Am Morgen verabschiedeten sie sich auf dem Bahnhof Paddington.

»Alice ging es gut«, erwiderte Jenny nun, obwohl Alice viel zu dünn und ihr Lächeln freudlos gewesen war.

»Ich wünschte, sie hätte Weihnachten kommen können.« Mum ließ sich am Tisch nieder.

Auch William saß am Tisch, war jedoch in eine neue Folge

der Abenteuerserie über den Piloten Biggles vertieft und hörte ihnen nicht zu.

»Das wäre schön gewesen«, entgegnete Jenny. Sie hatten so viele Weihnachtsfeste ohne Alice feiern müssen. »Vielleicht kommt sie im Frühling oder Sommer zu Besuch.« Sie stand auf und holte Teetassen aus dem Küchenschrank.

Ihre Mutter seufzte. »Ich hätte nie gedacht, dass meine Töchter im Alter von Mitte zwanzig noch nicht verheiratet wären. An diesem Tisch sollten Ehemänner sitzen und Kinder.«

Jenny stellte die Teetassen auf den Tisch. »Ich werde niemanden heiraten, solange ich nicht weiß, was aus Pip geworden ist.« Am Vortag hatte sie Mr Marett einen Besuch abgestattet und war erschrocken gewesen, als sie sah, wie unsicher sein Schritt geworden war, wie mühsam er sich aus dem Sessel erhob.

»Es ist schrecklich, dass ihr beide die Männer verloren habt, an denen euer Herz hing.«

»Dafür sind deine Töchter Karrierefrauen geworden. Alice wird eines Tages Oberschwester sein und ich eine brillante Mathematikerin.«

Mum lächelte wehmütig. »Ich wünschte, dein Vater hätte es noch erleben dürfen.«

»Dad hätte vor allem gewollt, dass wir nach dem langen Krieg wieder ein fröhliches Weihnachtsfest feiern.« Jenny legte eine Hand auf die Seite, die William gerade las. »Komm, Will, lass uns die Papierketten an unserem Bäumchen anbringen.«

*

Am Weihnachtsabend saß Alice im Stationsbüro und ging beim Schein einer Lampe die Krankenberichte durch. Die Patienten schliefen. Es hatte wieder zu schneien begonnen, vor dem Fenster wirbelten Schneeflocken. Es war ein bitterer, eiskalter Winter.

Aber Karl leistete ihr Gesellschaft und errichtete auf dem Fußboden einen wackligen Turm aus Bauklötzen. Alice rüttelte sich wach. Karl lebte nicht mehr. Aber er wäre nun drei Jahre alt, und die Bauklötze hätte sie ihm zu Weihnachten schenken können. Ihr Bruder hatte früher hingebungsvoll mit Bauklötzen gespielt, sie in exakten Reihen angeordnet und vor Wut geschrien, wenn jemand etwas daran auch nur einen Millimeter verschob.

Alice fragte sich, wie ihre Familie diesen Abend verbracht hatte. Sie vermisste Mum, Jenny und William. Dennoch war es richtig gewesen, nicht nach Saint Helier zu fahren. Wahrscheinlich hätte sie zu Hause nur die Weihnachtsstimmung getrübt, und jemand hatte auch den Dienst auf der Station übernehmen müssen. Zudem widerstrebte es ihr zu verreisen, denn vielleicht würde Stefan ihr ausgerechnet in dieser Zeit schreiben.

Wenigstens hatte sie dafür gesorgt, dass die Patienten sich ein wenig weihnachtlich fühlten. Sie hatten die Station dekoriert und für ein festliches Essen gesorgt. Einige der Angehörigen hatten am Nachmittag für alle Weihnachtsgebäck mitgebracht.

Alice blickte zu der Dekoration an der Wand. Eine Lernschwester hatte aus Zeitungspapier Buchstaben ausgeschnitten und sie zu FROHE WEIHNACHTEN zusammengefügt. Das N hatte sich gelöst und hing schief herab.

Mum, Jenny und William würden schon schlafen. Vielleicht hatten sie am Abend etwas gespielt oder Radio gehört. Waren nach dem Mittagsmahl am Meer spazieren gegangen.

Sie überlegte, was sie Karl außer den Bauklötzen geschenkt hätte. Vielleicht hätte sie ihm einen Pullover gestrickt, eine Eisenbahn darauf appliziert. Ihm in London ein Spielzeugauto gekauft, womöglich den kleinen Jeep, den sie in einem Schaufenster gesehen hatte. Am Abend hatte sie sich vor dem Einschlafen vorgestellt, wie er sich darüber gefreut und den winzigen Jeep auf dem Fußboden hätte fahren lassen.

Und was hätte sie Stefan geschenkt? Sie hätte ihm einen dicken, warmen Schal stricken können. Oder sie hätte seit Langem Geld gespart und ihm eine Armbanduhr gekauft. Sie versuchte, sich ihn in Deutschland im Kreis seiner Familie vorzustellen. Sie hätten ihre Geschenke geöffnet und danach zusammengegessen. Ob er ebenso oft an sie dachte wie sie an ihn? Ihr Herz schmerzte vor Sehnsucht nach ihm. Wenn sie nur wüsste, wo er war. Sie würde sofort zu ihm fahren, ihn umarmen und nie mehr loslassen.

Schwerfällig stand sie auf, um nach ihren Patienten zu sehen. Sie schliefen alle friedlich. Der alte Mann, der einen Schlaganfall gehabt hatte, hatte etwas Farbe bekommen. Der Besuch seiner Familie und die Feierlichkeiten auf der Station schienen ihm gutgetan zu haben. Ein junger Mann war bei der Lektüre von *Das Spiel der Macht* von Robert Penn Warren eingeschlafen. Alice nahm ihm das Buch aus der Hand und legte es auf den Nachttisch.

Als sie zu ihrem Büro zurückkehrte, klopfte es leise an der Glastür zur Station, und Alice konnte davor zwei Gestalten ausmachen.

Sie warf einen Blick auf die Uhr an ihrer Tracht. Elf Uhr. Die Besuchszeit war seit Stunden vorbei, und es war kein neuer Patient angekündigt worden.

Alice ging zur Tür. Zwei Männer standen davor – und einen glaubte sie zu erkennen. Ihr Herz begann, wie wild zu pochen. Sie blieb stehen, schaute noch einmal genauer zu den Besuchern. Bei einem musste es sich um einen Geistlichen handeln, er trug einen schwarzen Anzug mit Kollar. Doch es war der Mann neben ihm, der Alice' Herz verrücktspielen ließ. Ein hochgewachsener, schlanker Mann mit blondem Haar, der lächelte, als sie die Tür aufzog, und der seine Arme ausbreitete.

»Stefan!«, flüsterte Alice und ließ sich in seine Arme sinken.

Er drückte sie an sich, nannte sie »Liebste«, und strich über ihr Haar.

Alice schloss die Augen und küsste ihn.

*

Als Alice' Schicht zu Ende war, frühstückte sie mit Stefan in der Kantine des Krankenhauses. Und Stefan erzählte ihr seine Geschichte.

Dabei stellte sich heraus, dass er zu der kleinen Gruppe Kriegsgefangener gehört hatte, die noch im Lager hatte bleiben müssen, nachdem der Großteil bereits nach Hause geschickt worden war. Die Zurückgebliebenen hatten auf den Feldern Wintergetreide aussäen müssen.

Zu Weihnachten waren sie von Geistlichen und Kirchenmitglieder zum Essen eingeladen worden. Stefan war Gast eines Methodistenpastors und seiner Familie gewesen. Er hatte ihm von seiner Liebe zu Alice erzählt. Daraufhin hatte der Pastor darauf bestanden, ihn nach dem Essen zum Krankenhaus von Barnstaple zu fahren. Aufgrund des Schneefalls waren sie nur langsam vorangekommen, daher die späte Ankunft.

»Ich dachte, du wärst in Deutschland«, sagte Alice. »Ich wünschte, ich hätte gewusst, dass du noch hier bist.«

Stefan nahm ihre Hand und küsste sie. »Ich habe immer an dich gedacht und wusste, irgendwann würden wir wieder zusammenfinden. Das Problem war, dass ich dir weder schreiben noch das Lager verlassen durfte, sonst hätte ich mich längst gemeldet. Ich hatte nur Angst, man würde mich nach Deutschland schicken, bevor ich dich wiedersehen könnte.«

»Und ich habe versucht, die Adresse deiner Eltern herauszufinden.« Alice entzog Stefan ihre Hand, um seine Wange zu streicheln. »Aber jetzt bist du da.« Sie lächelte glücklich.

Bartstoppeln hatte seine Wange rau gemacht, und seine Hände waren die eines Arbeiters, nicht mehr die eines Arztes. Aber das war ohne Bedeutung. Wichtig war nur, dass sie hier zusammensaßen.

Alice erzählte ihm von ihrer Zeit in Biberach. Auch dass sie ihr Kind geboren und verloren hatte. Dabei spürte sie Karl wieder. Er saß neben ihr, und sein Blick ging zwischen seinen Eltern hin und her.

»O Alice«, sagte Stefan und für einen Moment bedeckte er sein Gesicht mit den Händen. »Ein Kind. Wir hatten einen kleinen Jungen.«

»Ich habe ihn Karl getauft und mir oft vorgestellt, er wäre bei mir. Jetzt wäre er drei Jahre alt.« Karl lächelte seinen Vater an.

Wieder nahm Stefan ihre Hand. »Du hast so sehr leiden müssen. Wir beide haben es getan. Aber bald werde ich ein freier Mann sein. Vielleicht finde ich hier Arbeit, vorausgesetzt irgendein Krankenhaus ist bereit, einen deutschen Arzt einzustellen. Aber die Hauptsache für mich ist, dass wir zusammenbleiben können. Möchtest du das?«

Alice wurde die Kehle eng. »Es gibt nichts, das ich lieber möchte.«

EPILOG
November 1996

Am Kai versucht Jenny, den kalten Wind zu ignorieren, der ihren Mantel durchdringt und ihr die Enden des Schals ins Gesicht weht. Sie kehrt ihm den Rücken zu und blickt über die neue Marina, wo nun Luxusjachten von Millionären liegen. Was für ein Unterschied zu Pips kleiner *Bynie May*, die während des Kriegs im Hafen festgemacht war. Aber möglicherweise war die *Bynie May* öfter auf See als eine dieser teuren, mondänen Jachten. Für einen Moment taucht Pip am Rand ihres Bewusstseins auf. Sie sieht seine glänzenden Augen, das sonnengebräunte Gesicht, die Lust am Leben, die ihm aus jeder Pore kam.

Jenny fährt sich mit ihrer Hand, die in einem warmen Fausthandschuh steckt, über die Augen. Vor vielen Jahren hat sie alle Hebel in Bewegung gesetzt, um zu erfahren, was aus ihrem Freund geworden war. Schließlich wurde sie von einem Historiker kontaktiert, der bei seiner Forschung über die Widerstandskämpfer auf der Insel Jersey während des Zweiten Weltkriegs auf neues Archivmaterial gestoßen war. Pips Name stand auf einer Liste eines Außenlagers des Konzentrationslagers Buchenwald bei Halle an der Saale. Dort war Pip an Ruhr gestorben. Jenny war an seinem Grab in Halle gewesen und hatte dort die drei Bilder seiner großen Lieben angebracht: ein

Aquarell der Insel Jersey, ein Foto der *Bynie May* und ein Foto von sich selbst.

Mr Marett war als gebrochener Mann gestorben. Er hatte nie erfahren, dass Pip in Deutschland umgekommen war.

Nun ist sie selbst alt geworden. Auch Alice und Stefan haben inzwischen eine Betreuerin, die bei ihnen im Haus wohnt. Die beiden haben sich ihr Leben lang um andere gekümmert, nun kümmert sich zur Abwechslung jemand um sie. Auch ihre Kinder kommen oft zu Besuch.

Die Blaskapelle beginnt. Es sind patriotische Stücke, die im Zweiten Weltkrieg beliebt waren. »We'll Meet Again«, »The White Cliffs of Dover«, »There'll Always Be an England«.

Mit einem Mal ist Jenny wieder im Jahr 1940. Damals stand sie ebenfalls an diesem Kai und wartete auf ihr Schiff nach England, bis sie ihre Meinung änderte und zusammen mit Pip zu ihrem Elternhaus zurückkehrte. Es war gut, dass sie geblieben war. So konnte sie mit Pip gegen die deutschen Besatzer kämpfen und ein Menschenleben retten. Dafür sollen sie an diesem Tag geehrt werden.

Der Kreis ihres Lebens hat sich geschlossen. Den Leuchtturm auf Catherine's Breakwater, den sie und Alice als Kinder besucht haben, wurde an den Hafen von Saint Helier versetzt. Dort steht er nun als Ehrenmal für die, die ihr Leben im Zweiten Weltkrieg verloren. Jenny dreht sich zu dem soliden, weißen Mauerwerk um und sieht im Geist zwei kleine Mädchen, die auf Catherine's Breakwater die Stufen zu ihm aufgeregt und neugierig hinunterlaufen. Wie verschieden sie und Alice waren und doch einander so nah. So ist es auch heute noch.

Jenny hört die Stimme ihres Vaters. *Er dient Seeleuten zur Orientierung und als Warnung und führt sie sicher nach Hause.*

Aber Pip hat er nicht nach Hause geführt.

Jenny murmelt die Zeilen eines Gedichts von Laurence Binyon. *Für die Gefallenen* lautet die Überschrift. *... Sie werden nicht alt, nicht wie wir, die wir geblieben sind. Weder wird das Alter sie ermüden noch die Zeit sie verdammen.*

*

Alice tastet nach der Fernbedienung und stellt den Fernseher an. Mit einem knisternden Geräusch springt er an. Sie wirft einen Blick auf ihre Uhr. Kurz vor halb eins. Gleich kommt der Wetterbericht, dann die Reportage aus Jersey. Jenny hat ihr versichert, dass die BBC die Gedenkveranstaltung von Saint Helier überträgt. Sie ruft nach Stefan.

Stefan lässt sich auf seinem Sessel nieder. Aufgeregt beugt Alice sich vor, kann sich vor Ungeduld kaum auf den Wetterbericht konzentrieren. Dann wird die Übertragung der Gedenkveranstaltung angekündigt. Sie zieht ihr Taschentuch aus dem Ärmel ihrer Strickjacke, das wird sie vermutlich brauchen. Stefan greift nach ihrer Hand. Er wird ihr wie so oft Kraft spenden. Sie schenkt ihm ein Lächeln.

Auf dem Bildschirm taucht der Hafen von Saint Helier auf. Der Berichterstatter steht mit dem Rücken zu den Menschen, die sich dort versammelt haben, und spricht in die Kamera.

Alice' Blick durchkämmt die Menschenmenge, entdeckt

einen hochgewachsenen blonden Mann und glaubt, in ihm ihren Sohn zu erkennen. Er hat ihr versprochen, an der Veranstaltung teilzunehmen. Jenny, die zu den Ehrengästen zählt, wird ganz vorn stehen.

Die Musik spielt auf. Als »There'll Always Be an England« an die Reihe kommt, erinnert Alice sich, dass es gesungen wurde, als sie damals Saint Helier verließ und nach Deutschland gebracht wurde. Sie hatte es noch eine Weile in den Ohren gehabt. Die Zeit im Lager war schlimm gewesen. Sie hatte sich nach ihrer Familie gesehnt, nach Stefan, hatte Karl verloren. Sie schaut zu der Stelle an der Wand, an der sie sich immer sein Foto vorgestellt hat. Doch irgendeine höhere Macht hatte Erbarmen, woraufhin sie und Stefan nach Karl noch drei Kinder bekamen, die sie glücklich gemacht und ihnen so viele Erinnerungen beschert haben, dass sie nun davon zehren können.

Wie seltsam das Leben spielt, geht es Alice durch den Kopf. Früher hatte sie stets gedacht, Jenny würde heiraten, sie selbst jedoch nicht. Doch Jenny hatte offenbar nie jemanden gefunden, der an Pip heranreichte. Sie war in Cambridge geblieben, hatte eine akademische Laufbahn eingeschlagen und es bis zur Professur gebracht. So, wie es der Wunschtraum ihres Vaters gewesen war. Auch auf William wäre er stolz gewesen, der nach seinem Studium in Cambridge dort ebenfalls Dozent geworden ist. Wahrscheinlich wäre Dad auch mit Alice' Leben zufrieden gewesen, mit ihrem Aufstieg bis zur Oberschwester.

Mum ist als Einzige auf Jersey geblieben, kommt jedoch

häufig nach England, um ihre Kinder und Enkelkinder zu besuchen.

Die Musik hat aufgehört. Alice rutscht auf dem Sessel vor. Der Bailiff hält nun eine kurze Dankesrede für diejenigen, die ihr Leben im Zweiten Weltkrieg im Kampf gegen die Deutschen verloren haben. Mit sichtlichem Stolz bittet er anschließend den Mann vor, der in Großbritannien der Botschafter Israels ist.

Auch der Botschafter hält eine Rede. Und dann kündigt er die Verleihung des israelischen Ehrentitels »Gerechter unter den Völkern« für Jenny an. »Sie und Ihre Familie haben große Gefahren auf sich genommen, um Rebekah Liron während der deutschen Besatzungszeit vor der Deportation in ein Konzentrationslager zu bewahren.«

Jenny tritt vor und nimmt die Urkunde entgegen. Sie schüttelt die Hand des Botschafters. Eine zarte, gebeugte Frau kommt zu ihr und schließt sie in die Arme. Es ist Rebekah. Alice drückt sich ihr Taschentuch auf die Augen.

Nun spricht der Bailiff wieder, richtet seine Worte an Jenny und sagt: »Zudem möchten wir Ihnen postum den Orden ›de la Résistance‹ für Philipp Marett verleihen. Gemeinsam mit Ihnen hat er die Zwangsarbeiter auf unserer Insel mit Nachrichten und, falls sie fliehen konnten, mit sicheren Unterkünften versorgt. Dazu hat großer Mut gehört. Philipp musste dafür mit seinem Leben bezahlen.«

Sichtlich gerührt nimmt Jenny den Orden entgegen.

Für einen Moment verweilt die Kamera auf ihren tränenfeuchten Augen, dann sieht man die Menschenmenge, den Kai, bis die Kamera sich zuletzt auf den Leuchtturm richtet und langsam von unten nach oben fährt – den Leuchtturm, der für so lange Jahre die Dunkelheit erhellt und den sicheren Hafen angezeigt hat.

Tränen rinnen über Alice' Wangen.

ANMERKUNG DER AUTORIN

Dreiundzwanzig Jahre lang hatte ich einen Nachnamen, den ich gehasst habe: Marett. Für andere war es schwierig, ihn richtig zu schreiben und auszusprechen. Wenn ich ihn nannte, schienen die Leute Hörprobleme zu haben, zwangen mich, ihn zu wiederholen, was mich doppelt verlegen machte. Deshalb war ich froh, ihn nach meiner Heirat fallen zu lassen und den meines Mannes annehmen zu können.

Ich staunte also nicht schlecht, als ich bei meinem ersten Aufenthalt auf Jersey feststellte, dass der Name, der mir in England aufgrund seiner Seltenheit unangenehm gewesen war, im Telefonbuch der Insel häufig vertreten war.

Ich dachte, vielleicht hat der Name eine maritime Bedeutung (die ersten vier Buchstaben »Mare« bedeuten auf Lateinisch schließlich »Meer«), insofern war es eigentlich ganz plausibel, dass meine Vorfahren auf einer Insel zu finden waren. Zudem war es tröstlich, dass auch andere diesen Nachnamen trugen. Als ich Jahre später Nachforschungen über meinen Stammbaum anstellte, stieß ich auf gleich mehrere berühmte Maretts von Jersey, mit deren Geschichte ich Sie jedoch nicht langweilen möchte.

Alles in allem hatte ich, als ich diesen Roman begann, mit

meinem früheren Nachnamen Frieden geschlossen. Inzwischen war mein geliebter Vater gestorben, dem ich den Namen verdankte, so dass sich mit ihm kostbare Erinnerungen verbanden. Doch als mein Mann vorschlug, ich solle einen der Protagonisten des Romans »Marett« nennen, erinnerte ich mich wieder an die Unannehmlichkeiten, die für mich damit einhergegangen waren, und ich war zunächst dagegen. Dann erkannte ich, dass er eigentlich recht hatte (wie es oft der Fall ist), und eine meiner liebsten Hauptfiguren erhielt den Namen Pip Marett.

Beim Verfassen des Romans habe ich mich um historische Genauigkeit bemüht, dennoch gibt es zwei Begebenheiten, die ich der Story zuliebe erfunden habe: bei der einen handelt es sich um die Erschießung der Zwangsarbeiter in Saint Lawrence, bei der anderen um die schlechte Behandlung der Menschen in Biberach, die mit Juden sogenannte »Mischehen« eingegangen waren, auch wenn meine Beschreibungen nicht allzu weit von der Realität entfernt waren.

Zuerst hatte ich geplant, dass Jenny Pip am Schluss des Romans aufspürt. Doch es war realistischer, dass sie bis zuletzt nicht erfuhr, was aus ihm geworden war, ihn weder bestatten noch sein Grab pflegen konnte. So erging es einigen Inselbewohnern, die nie herausfanden, wo ihre Liebsten geblieben waren. Dazu gibt es einen kurzen Dokumentarfilm unter: https://vimeo.com/229688437.

Ich habe mir die Freiheit genommen, das Forschungsergebnis des »Historikers« ins auslaufende 20. Jahrhundert zu verlegen, tatsächlich fand diese Forschungsarbeit erst zu Beginn dieses Jahrhunderts statt.

In der Vergangenheit habe ich über Ereignisse geschrieben, die mich fasziniert haben. Sie hatten jedoch keinen persönlichen Bezug zu mir, außer dass meine Romane im Zweiten Weltkrieg spielen, in dem mein Vater gekämpft hat. Zu Jersey habe ich durch meine Familie eine persönliche Beziehung, deshalb liegt mir dieser Roman ganz besonders am Herzen. Ich hoffe, Sie lesen ihn ebenso gern, wie ich ihn geschrieben habe.

DANK

Als mir die Idee zu einem Roman kam, der während des Zweiten Weltkriegs auf Jersey spielt, ging ich noch davon aus, Zeit auf der Insel zu verbringen, ihre Geschichte zu erforschen und mit Menschen zu sprechen, die mir einschlägige Informationen liefern konnten. Das war Anfang 2020. Bevor ich meinen Aufenthalt planen konnte, setzte die Pandemie ein, und man konnte nicht mehr reisen. Meine Besuche und Nachforschungen mussten also online stattfinden. Das war sowohl eine beängstigende als auch herzerwärmende Erfahrung. Beängstigend war, dass ich wusste, wie gut die Bewohner von Jersey ihre Geschichte kennen, und ich mich nicht blamieren wollte. Herzerwärmend war, dass es so viele freundliche Menschen gab, die mich mit Informationen und Ratschlägen versorgten. Insbesondere stehe ich in der Schuld von:

Anne Williams, meine stets kluge und wunderbare Agentin.

Der großartigen Sherise Hobbs und dem Team von Headline, insbesondere Bea Grabowska und Alara Delfosse.

Jane Selley für ihre Liebe zum Detail beim Lektorat.

Stephanie Norgate und Jane Rusbridge für ihre Großzügigkeit und ihre Unterstützung.

Der National Meteorological Library and Archive, insbesondere Mark Beswick, dem Archive Information Officer, der mir geholfen hat, die Wetterbedingungen im Juni 1940 auf Jersey zu ermitteln.

Rhys Perkins vom Saint Helier Yacht Club für seine konstruktiven Ratschläge in puncto Segeln und seine Geduld bei der Beantwortung meiner zahlreichen Fragen.

Andre le Quesne und Doug Ford, die so freundlich waren, mir Informationen über die Evakuierung aus Saint-Malo zur Verfügung zu stellen.

David Worsford, der so großzügig war, mir Einsicht in die Entwürfe seiner Kapitel über Saint-Malo zu gewähren. Das Buch ist mittlerweile erschienen: *Operation Aerial: Churchill's Second Miracle of Deliverance* (2021).

Michele Leerson und die Jersey Heritage, die sehr hilfsbereit waren und mir Nachforschungen in einer Zeit ermöglichten, als ich Jersey wegen der Covid-Reisebeschränkungen nicht besuchen konnte.

Gary Godel für sein Expertentum bezüglich der Operation Haddock, die im zweiten Kapitel des Romans vorkommt.

Anne Hudson für die Einblicke in die Landwirtschaft und die freundliche Überprüfung meiner Szenen in Devon.

Jeannette Hardiman, Wendy Falla und Mike Entwistle, die mir Ortskenntnisse vermittelten.

Sue Thomas für ihr Expertentum in Bezug auf die Mathematik.

Emily Kinder, die meine Cambridge-Szenen überprüft und mir hilfreiche Einsichten in das Leben am Newnham College hat zukommen lassen.

Clare Tredinnick, die mir freundlicherweise erlaubt hat, den Namen des Boots ihres verstorbenen Vaters *Bynie May* zu verwenden.

John Alexander für sein Expertentum bezüglich Filmtechniken.

Alle Fehler und Irrtümer gehen auf mein Konto.

Natasha Lester
Das Geheimnis der Dior-Kleider
Roman
Aus dem Englischen von Annette Hahn
570 Seiten. Broschur
ISBN 978-3-7466-3866-9
Auch als E-Book lieferbar

Eine große Freundschaft. Eine verlorene Liebe. Eine geheime Sammlung von Dior-Kleidern.

London, 1939: Die Pilotin Skye muss als Frau in der britischen Armee ständig um Anerkennung kämpfen. Auf einer Mission trifft sie ihren Jugendfreund Nicholas wieder, und alte Gefühle werden wach. Doch in den Wirren des Krieges laufen sie Gefahr, einander für immer zu verlieren.
Cornwall, 2012: Kat findet im Haus ihrer Großmutter sechzig wertvolle Dior-Kleider unbekannter Herkunft. Fasziniert beginnt sie, die mysteriöse Geschichte ihrer Familie zu ergründen, und stößt auf ein ungeheuerliches Geheimnis.
Nach der wahren Geschichte der Widerstandskämpferin Catherine Dior, der Schwester des großen Modeschöpfers

Regelmäßige Informationen erhalten Sie über unseren Newsletter.
Jetzt anmelden unter: www.aufbau-verlage.de/newsletter

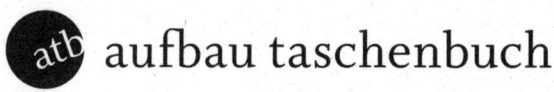

aufbau taschenbuch

Ronald H. Balson
Die Tochter von Kopenhagen
Roman
Aus dem Amerikanischen von Gabriele Weber-Jarić
432 Seiten. Broschur
ISBN 978-3-7466-3951-2
Auch als E-Book lieferbar

Er lässt sich als Held feiern, doch sie kennt sein dunkles Geheimnis

»Verräter« schmiert die 92-jährige Britta Stein an die Fassade eines Restaurants in Chicago. Sie schwört, dass der Besitzer sich im Zweiten Weltkrieg als Nazi-Kollaborateur schuldig gemacht hat. Um die Behauptungen der alten Dame zu beweisen, muss die Anwältin Catherine Lockhart tief in die Vergangenheit eintauchen. Und auch Brittas Enkelin erfährt erstmals die wahre Geschichte ihrer Großmutter ...

Nach dem Erfolg von »Karolinas Töchter«: der neue Fall von Catherine Lockhart und Liam Taggart

Regelmäßige Informationen erhalten Sie über unseren Newsletter.
Jetzt anmelden unter: www.aufbau-verlage.de/newsletter

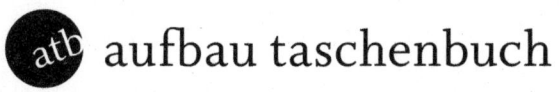